現代文學 18

世界之魂

Name That Human

Maxine Young 楊依射 著

博客思出版社

不折不扣的「覺醒主義」

「世界之魂系列」從首部曲到四部曲，關於「戰爭」、「政治」、「社會」、「經濟」等議題，均造成讀者相當大的迴響，討論我們熟知「全球化運動」對世界帶來的影響，以及至今為止所造成的轉變，而其核心價值，正是不折不扣的「覺醒主義」。

作為一部覺醒主義文學的時代先驅，「世界之魂」緊接著深入探討「治國」關鍵的覺醒課題，共分為「歌之魂」、「奏之魂」、「舞之魂」三篇，作者以更嫻熟之筆觸，刻劃出一個虛幻的未來，那是假想的世界，卻存在於真實之中，原始的荒涼、災難的大地、不幸的身世、不屈的靈魂，正是非洲大陸的現實寫照，而鎮壓、迫害、欺瞞、凌辱與永無止境的黑暗，彷佛從渾沌之初循環反覆，然而「哪裡有壓迫，哪裡就有反抗」、「不在沉默中爆發，就在沉默中滅亡」，於是革命誕生了，希望就像夜晚沙漠的星辰，冉冉昇起。

此書之所以撼動人心，在於作者的悲憫之情、同理之心，對於人間的眾生相，不是高高在上的俯視，而是穿透靈魂的凝視，非洲的苦難，毋寧說是人類的枷鎖，「因為懂得，所以寬容；因為愛過，所以慈悲」。

台中市長　胡志強

聽到時代的聲音

作家楊依射自二〇〇五年起就計畫撰寫「世界之魂」系列，她的寫作計畫相當詳盡，這系列的第一部長篇小說《漂流戰記》於二〇〇六年完稿，在二〇〇七年獲得國家文化藝術基金會贊助，對於這樣高度的肯定，使得依射自此將自己的思考從傳統文學中解放出來，開拓覺醒主義文學藍海。

「世界之魂」系列小說將故事的時間背景置於未來的時間，依射藉此方式闡明，人類心智的生命，只有向前看去，才能與人們未來構成的世界同在。未知的歷史、可能的事物、未來的判斷都比重新經驗已知過往事件的意義更重要，我們的心智世界應該，且必要隨著時間一同向前移動並且超越。此系列從《漂流戰記》到《世界之魂》，每一部創作都是規模浩大，人物繁多，每一個書中人物各有其獨特個性，都充滿了生命的悸動，對於故事場景與時代背景的的整體掌控，個別現象與事件發生的細膩描述，個人命運與周遭世界聯繫的充分揭示，皆展露出這系列作品是探討「人類的群體世界」。依射創作「世界之魂」的作品中，將時間的軸線拉長，以不同地理的人們生活互相對照，讓讀者明瞭大時代下，人們所面臨之處境。

除了探討人類外在的世界之外，首部曲《漂流戰記》，也關注著人類生命的本質與生存的脆弱性，作者認為人亦是單一的獨特物種，當人在孤獨的思考活動中，是人真正存在的理由。依射讓小說人物在孤獨思考中自己說話，讓讀者體驗小說人物蜜莉安、馬克鑫、賀菲斯鈞的思想脈絡，所以內在思想與外在行動的結合為其小說的特徵。小說中所描述的高科技戰爭、醫學胚胎改良、資訊革命與電子腦控制等，這些帶著魔幻色彩的故事，突顯了依射她所意圖揭露呈顯之世界觀的使命。有些讀者將本書定位為科幻小說，這樣的誤解，勢必錯失依射在《漂流戰記》中對於呈現人類生存的意義與人類對形而上之真理的追求。

依射在《微物樂園》裡試圖傳達「政治是什麼？」她藉著民主的政治活動表現出人性的殊異，政治手段與目標隨著人性的殊異性自然各不相同，然而政治的本質乃是共享人類的相同性，是講求自由、人權、正義的平等。殊異與平等的衝突，依射並沒有從老掉牙之政治理論的角度來設限，而是以各種政治行動與處境的判斷來說故事。依射在《微物樂園》中全力描述希洛的政治家養成教育過程中，有立維塔、賀菲斯鈞、哈德威等前輩的栽培與教導，我們有理由猜測希洛應該是一位能夠勝任大位的政治領袖。出乎意料，在其另一部小說《帝國本能》，希洛對於處境判斷的錯誤，使其政治行動與所設定的目標也跟著錯誤，因此造成人們的災禍。依射創造「希洛」這樣的政治人物，讓我們了解最高的心智能力在於「判斷」。

探究楊依射小說，發現小說中的「捷魯歐政權」是一個全球版圖的政權，也就是在其小說中的新世界是「全球統一」的時代。我們可以想像在資本主義全球化之帝國主義，在百年之後，某個已開發國家將它的統治權延伸到全球。「資本全球化」所存在與潛藏的巨大經濟利益，促使「歷史力量」趨向於「全球統一」的宰制形式。依射在《戮》、《帝國本能》、《世界之魂》三部小說中，陸續將這樣的宰制的本質，以更深層的意義與過程釋放出來，而人們必將受其奴役。政治影響人類生活至深，是以依射在小說中將政治導入各種經濟活動，並且穿梭每個主題，述說著人類未來將要面對不平常的「狀況」。《世界之魂》中顯示，政治並沒有給每個人平等的地位，資本主義也沒有給每個人相同的機會，全球化的結果是財閥與人民的階級分類。小說中無論拉坎多麼膽識過人，米雅多麼足智多謀，愛斯達多麼驍勇善戰，都敵不過政客讓梅葉的老謀深算，與巨大的財閥的控制。受盡欺凌之婦女，努力爭取基本生存權利的集體烏托邦夢想，仍然是遙不可及。

當我們談到「正義」，就無法避免「良知」的思辯，良知是自然律，是上天賜給我們超越個人利益、個人喜好的本質。內心的道德之普世價值是由良知來決定的。在良知遭受「兩難」的時候，人類的自由意志如何抉擇，依射的小說不乏出現這樣的人物與例子。我們看見在《微物樂園》中，心靈純淨的青年，弗蘭茲，巴爾頓醫院的繼承人。在《帝國本能》中，其企業財團不斷的擴張，弗蘭茲中年時，成為醫療產業巨頭巴爾頓集團的財閥，此時的他，早已經削弱了心智上對於道德與真理的追求。另外，依射小說人物米斯帝，代表著人性中良知的試金石，在《戮》、《帝國本能》兩本小說中，作者撰寫他面對恐懼與危難時的良知道德試煉。在《世界之魂》第十五章，米斯帝出現在全世界最大的北梅集團與第二大克萊爾集團的談判代表團之中，顯示在資本主義的結構下，缺少了明辨的眼光與堅決的意志，米斯帝經過「試煉」後，「良知」已殞落。

就在我們以為人性中那幽微的亮光熄滅了之時，依射為「良知的抉擇」開了一扇窗，我們發現《帝國本能》中卓若卡在當時最高掌權者喬瑟法控制的蟲洞網內創辦的紐塞納教育協會，提供蟲洞網的底層居民切身福利，免費提供孩童基礎教育、以及對就業的高等技術教育。這個教育協會因在喬瑟法的眼皮底下活動，不得不有所變通。在《世界之魂》中，這個教育協會已經站穩腳步，有組織、有規模，宵特居民走投無路的時候，米雅、愛斯達帶著全部的居民前往投靠。紐塞納教育協會、宵特組織、紅心小屋、畢尤與茉莉等等，都說明了良知是行動和理智的捍衛者。雨果說：「良知的覺醒就是靈魂的偉大。」這個核心思想貫通「世界之魂」系列每一部小說。

美國小說家亨利・詹姆士在《小說的藝術》中認為：「小說如歷史，讀者在小說中尋找生命中的真實。」楊依射以精準文字且觀察入微的描述世界，以開放的胸襟敘述人類文明，閱讀其小說猶如一場前瞻、創新思維的思辨之旅，在作者精心設計下的故事之中，看見問題的癥結，在眾聲喧嘩中聽到時代的聲音，引人深沉思考。

專案執行長　簡世照

理性覺醒的光輝

「世界之魂」系列是想像未來(Imaging the Future)的文學作品，依射將故事場景設在一百多年後，對於未來的描繪覆上一層現今世界的寫實小說幻象，作者經由召喚、修正、重組在我們周遭現象，然後推演、預想、虛擬人類未來的景況。此系列從首部曲《漂流戰記》至五部曲《世界之魂》創作的領域，從科技到戰爭、從政治到媒體、從經濟到社會，其作品之深度與廣度的內容，繁複與豐富的技巧，都證明了作者楊依射寫作的能力與巨大的野心，企圖以人類活動的各個方位來省察和挑戰以及思考「生命的真理」這樣重要的、永恆的問題。

在〈楊依射談『世界之魂系列』〉一文，作者引用康德的話：「世間上有兩樣東西，恆常引起我內心的驚嘆與感動。一是頭上的星空，另一是內心的道德法則。」依射要藉著小說創作來表達的就是這兩樣東西，它們遠在天邊，近在眼前，不需要刻意去遠求。每一個人都可以透過自身的感官世界，與外界形形色色的世界連繫，並擴大至天邊層層星系的無限範圍。世界之魂系列的各個主角與故事都不是單純與偶然，而是一種普遍與必然的和這個世界連繫的事件。人們在感官感覺、理性意識、以及對「善」的嚮往中生活著。由於感官的感覺過於強大，使得人們趨向於以物質現實為原則的生活。通過人類活動的外在觀察，人類生存的目的，似乎就是為保存自己的個體利益而鬥爭，追求個體存在的幸福。人們以為「生命」就是這樣，直到有一天，某個時刻，他的理性意識覺醒了，清楚的意識到像過去那樣的生活，不能再滿足他的要求。過去的生命停頓了，新的生命在理性意識覺醒出現後開始誕生了。作者楊依射藉由《漂流戰記》的蜜莉安、馬克鑫，《微物樂園》的辛耶特、希洛等人，向人們揭露理性意識的覺醒，生命產生了新的方向，新的開始，「生命的意義」誕生了！

幾個世紀過去了，我們看到資本主義不斷膨漲，資本家不斷的發展和擴大，為了商業利益，刻意製造錯誤認知。依射在《戮》與《帝國本能》清楚的呈現出為了個體利益，人們之間互相撻伐鬥爭，依射在《戮》中這樣表達：「一切的競爭都建立在利益之上……如果人類的世界還有任何『光榮』可言的話，那麼恐怕都是因為，有個名叫『良知』的東西，阻擋了我們通往趨炎附勢的榮耀之途的緣故。」這個『良知』就是潛伏在我們生命中嚮往「善」的特質。

接著作者進一步創作《世界之魂》來闡釋「理性覺醒」後，如何將人們的生命帶入向善的嚮往與生命的有恆。依據依射在《世界之魂》中呈現的故事，有兩個論點：其一是，真正的愛是理性意識的活動；另一是，真正的愛是棄絕個體的幸福。故事中宵特黨的成員拉坎、米雅、透魯、愛斯達等棄絕個體的幸福，將自己的生命全部奉獻給別人，前仆後繼，壯烈犧牲。她們獻出她們的生命是經過理性意識的活動，為了成就大愛，心中無個體的私欲和自身安危，雖然壯烈成仁，但他們的犧牲並不是徒勞無益，人類只要還存有這樣向善的嚮往，誰也擋不住理性覺醒的陽光。她們播種下世間真愛的種子，就如同「麥粒不死」，她們的生命力都比她們活著的時候更強更有力量，影響著世界更多的人。《世界之魂》的故事傳達「生命的意義與有恆」，這也是「世界之魂」系列的終極主題。

苦難的時代承載著人類痛苦之集體意識，才能孕育出偉大的靈魂，我們觀看書中主角愛斯達一生起伏的變異，她個人身世際遇與非洲苦難命運的因緣相連，將她存在的重量與能量推升至生命的最高處。作者楊依射用一種更深刻、更豐富的姿態呈現，寫下了氣象極為寬廣的人文關懷文學巨著。

特約主編　簡慈利

世界之魂　目錄

中篇　奏之魂

下篇　舞之魂

上篇　歌之魂

第一章　硝煙中的慶典

灰暗的地平線上沉積著赤褐色的微弱曙光，從遠處望去，一幢幢黑影寂靜兀立，浸沐於地底深處翻湧而起的黑污塵煙裡。清晨的諾叡港，一頭眠囈的巨獸，牠的眼睛尚未清醒，鼻息卻已粗重地降臨。刺烈的乾燥晨風刮在朦朧的赤色大地上，捲起一陣又一陣狂暴風沙。愛斯達跟在母親身後，用著瘦弱的背脊、窄小見骨的肩膀，吃力地馱著一擔又一擔超乎體能負荷的礦砂，一小步、一小步、低著頭，小心翼翼地負重上坡。在昏曖窒息的勞動中，面色黝黑的少女不時斜眼望向遠方，注視著矗立於港邊的三座巨大黑影。那是這個區域幾個主要礦業公司聯合經營的加工區，一望無際的粗大管線如同成群的巨蛇般蟠踞於港口週邊地面，阻隔了此地居民與海洋之間長達數個世紀、如婚姻般的深刻聯繫。

海洋選擇了巨蛇。今日，一如愛斯達與她的母親，所有曾經在這兒生活的居民都被驅離原本的居所，遭到苦難的囚禁。赤色的沙暴與重度污染的刺鼻環境，這就是西元二一四零年西非大地的寫照。不幸的境遇無止盡地攀向頂峰，考驗著無數與愛斯達同樣降生於煉獄之中的孩童。

愛斯達是在這座礦場出生的，出生的時候，她的母親年僅十七，在懷孕的期間被丈夫拋棄，只得來到礦場獨力謀生。愛斯達並不是母親與前夫的孩子，她的生父，是當地一支以強暴婦女為統治手段的民間武裝組織成員。十年前的一天下午，愛斯達的母親一如平日在田裡工作時，一支開著吉普車的武裝民軍突然衝進村子，先用一艇輕型機槍瘋狂掃射、迅速殺光反抗者之後，大肆掠奪財物與儲糧的同時，更狂野地強暴了所有來不及逃走的婦女，虐殺無數驚嚇得只能呆泣哭喊的孩童。愛斯達的母親來不及逃離田地，遭到數個民兵圍堵，他們將她壓倒在田埂上，一面嘻笑怒罵地說出不堪的話語，一面殘酷地輪流上前強暴她。愛斯達的母親並沒有昏厥過去，也沒有反抗，只是驚嚇而絕望地任由身體如殘破的布偶般任人擺弄、丟棄於野外。對於當地居民而言，這樣的事件早已習以為常，儘管不滿，但也無力抗天，因此逃過一劫的男人們多半立刻就會拋棄被玷汙的妻子，另覓新歡，充分地再一次享受新婚帶來的短暫喜悅。唯有苟且偷生、苦中作樂，才是弱者的安身立命之道。於是，幾天後，當愛斯達的母親正奄奄一息的躺在三哩外一家臨時醫院的簡陋帳棚裡，直腸與陰道之間的隔膜被強暴者殘酷地刺穿而造成肛漏與嚴重的病菌感染，正高燒不退必須等待動手術與抗生素治療的情況下，她的丈夫在家中奢費張揚的迎娶了新的妻子：一位更年幼、更聽話的妻子。並且隨後遣人告知臨時醫院的醫師與志工人員，表示不會給付前妻的任何醫療花費。事實上是，男方家已經不再承認他們與愛斯達的母親之間有過任何關係了。

愛斯達的母親在臨時醫院的照顧下撿回一命，但已無家可回。她在醫院志工的指引下離開故鄉，前往西岸的諾叡港獨力謀生。諾叡港是位於西非的主要工業大港，此地自古以來始終都是北美曼格勒市的勢力範圍，即使捷魯歐政權崛起，建立了更高層級的全球共和聯邦之後，在西非的利益爭奪上，曼格勒市也未曾退讓。諾叡港是北美用以控制西非資源戰場的灘頭堡，擁有全非洲最高金額的港口投資以及最大規模的精密加工設備。網狀的鐵路通往週邊數個巨大礦場，各家跨國投資的礦業公司比鄰而立，據山為王，將丘陵夷為平地，高山挖成海塘。部分種類的礦產開採不需太多專業技術，只需挖鏟出來即可，因此許多窮人，尤其是因各地武裝組織作亂而流離失所的難民，或者被名為人力仲介實為人蛇集團的不法組織簽下賣身契約的勞力苦役等等，無數走投無路的窮苦人們不斷被集中到這些礦場，提供無止盡的勞力輸出。

愛斯達的母親在二一三零年底來到諾叡港，進入其中最大的一座鈳鉭鐵礦場當搬運工。她的體能還算不錯，加上年輕貌美，工頭不常為難她。宿舍同僚雖多為男性，但由於礦場工作實在太過繁重，彼此倒也相安無事。然而，不幸的打擊總是接二連三，幾個月後，愛斯達的母親肚子大了起來，她這才意識到自己懷孕了。大腹便便加上長期睡眠與營養不足，身體逐漸變得笨重，行動愈趨遲緩，美麗的皮膚因過度曝曬而枯黑乾裂。每當她低垂著身體，以深陷額頭的背帶駝拉更多、更沉重的礦砂時，腹部深處總會傳出一陣陣憂怨的疼痛，使她如陷泥淖，滯步難行。

工頭開始不滿她的速度，時常用言語羞辱她。同僚間的氣氛也產生變化，不時以侵略的視線看待這位備受折磨的年輕孕婦，知道她即將生產。一日，愛斯達的母親感到陣痛加劇，間隔也變得密集，疼痛的程度使她難以站立。她央求礦場經理讓她搭乘早班的貨櫃列車前往鄰近的醫院待產，但是經理卻以工安為由予以拒絕，另外找了位助產士過來，要她在宿舍待產。由於平時從事體力活，加上懷孕期間營養不足，胎兒體型嬌小；儘管備受驚嚇，愛斯達仍在母親痛苦的嘶吼聲中呱呱落地。嬰兒膚色黝黑，頭髮卻很茂盛，身體蜷縮成一團，渾身沾滿羊水、黏液與糞便。出世的瞬間產婆沒能好好接住，愛斯達從半公尺高的床緣直落地面，霎時，嬰兒憤怒地哭號起來，聲音異常響亮，就連一公里外的礦場工人都聽見了這股爆發而出的小小憤怒。

產婆笑了起來，助產的女性同僚們也都開懷不已，愛斯達響亮的哭號猶如春雷乍響，穿射天際、驚蟄大地。她在母親的懷裡皺著眉頭，細小但卻異常有力的四肢不斷使勁掙扎，顯得非常不滿，母親幾乎很難好好抱住她。年邁的產婆為了示範照顧的方法而抱起愛斯達，卻被嬰兒用力踢了幾腳。產婆呵呵大笑，說道，好傢伙！好傢伙，這孩子絕對是非洲的希望。

母親哭了起來，斗大的淚珠直往下掉，伸手抱過愛斯達，眼淚便滴落在嬰兒臉上，濡濕了小小的口鼻。愛斯達偎在母親懷裡，猶如浸沐於女人的體液與淚水之中。這個令人不得不憤怒的起點毫無轉圜餘地的刻畫上嬰兒未知世事的靈魂，當愛斯達咬著母親的乳頭拼命吸吮時，她的眼神彷彿帶著恨意。母親悲傷而又滿足地看著愛斯達，淚水不曾停歇。

新生命的降臨不曾象徵好運，苦難是生命的本質，亦是靈魂的起源。愛斯達在礦場長大，五歲開始便隨著母親進入礦坑，跟在大人身後一趟趟地背扛礦砂。從稍微懂事開始就在礦坑裡隨著母親工作，愛斯達當然沒有機會受教育。事實上，別說是受教育，礙於當地法律不允許女性非婚生子的規定，愛斯達根本連戶籍都沒有；她是個不被允許存活於世上的不幸之子。更令人髮指的是，愛斯達生得一點兒也不像母親。即使成長期間攝取的營養並不充足，幾乎餐餐都是食薯果腹，愛斯達仍長得比同齡孩童更為高大。方正修長的骨架，有如男性般強健的體態，上揚精悍的雙眼，以及清薄寡情的嘴唇；儘管沒有人說出口，也沒有人見過愛斯達的父親，然而每個人都心中有數，愛斯達幾乎就是她生父的翻版；她的生父！那個當初在田野間輪暴她母親的幾個武裝民兵之一。

因此，愛斯達等同於罪惡。這孩子的生命，就是罪惡。

彷彿呼應著罪惡的氣息，愛斯達的母親長年宿疾纏身，她在田野間遭受強暴時被施暴者感染了邪惡的血液疾病，終究沒能熬過第十個年頭。生命中的最後一年，愛斯達的母親瘦骨嶙峋，皮膚因細胞壞死而滿是大大小小的茶色、黑色斑點，全身遍佈血膿並冒的腐爛瘡口。但她仍然撐著身體，一直工作到最後一個月，終於因為肺部組織壞死，沒有辦法自行呼吸了，才被送到鄰近的醫療中心，在無人看護的臨時病床上孤獨的死去。臨終之時，病床甚至並不在室內，而是隨意地被推擠排在醫療中心後方的露天遮棚下。

禿鷹群聚而來，雄偉的身軀龐然降落，強大的巨爪深深嵌入死者胸腔。愛斯達站在不遠處，眼睛與瘋狂搶食的巨鷹群落猛然對望：那神態、那景象！瞬間，愛斯達聽見一聲斷裂聲音，在她還沒真正搞清楚情況之前，腦袋如同火山爆發，頓時不知名的某種物質猛烈噴發而出！

沙漠刮起狂風，愛斯達迎向人生的第一場大屠殺。滿天飛散的黑褐羽毛與刺耳急躁的驚駭嘶叫聲響徹天際，在屠殺與被屠殺的過程中，愛斯達感受到一股前所未有的偉大使命！一股空前強烈的炙燙熱流將她吞噬，從腦細胞到末端神經、大狂喜到極度焦慮，愛斯達領悟到生命中第一個至理——生命的價值必須仰賴屠殺才能實現！唯有屠殺！唯有親手終結威脅者的生命！才得以窺見存活的縫隙。愛斯達鬥志高昂了起來，極度亢奮地撲向一隻又一隻的貪婪之神，拽下牠們矯健的翅膀，扭斷牠們尖銳的勾爪，撕扯下牠們強韌的顎部；巨鷹撲擊而上，在攻擊與被攻擊中，愛斯達共扭斷了七隻鳥頸，扯斷無數翅膀，現場慘絕人寰，巨鳥的各種部位散落一地，四處沾黏於腥異的血跡之上。愛斯達也渾身鮮血，河流般的血注從右半邊臉龐淅淅瀝瀝的滴落地面，體無完膚，身上遍佈深及見骨的嚴重撕裂傷。愛斯達自此失去右眼，她為這一次的屠殺付出了代價。

但是，她畢竟贏了。人生的第一場殲滅戰，愛斯達獲得勝利。

不尋常的騷動聲引來了醫護人員，率先趕到的青年驚駭失聲。然而令他驚駭的，不是怵目驚心的分屍鳥羽，而是在一片狼籍之中，看見了一位無比狂暴的憤怒戰神。一個幾乎可以用驚世駭俗來形容的……浴血少女！青年感受到一種奇異的浪漫！此時此刻的際遇，使他認為自己出色而特別，而他有義務回應這份浪漫的天賦！青年小心翼翼地跨過滿地腥穢，來到少女面前，盯著她凶惡的面孔，思考了一會兒，然後用著極為恭謹的語調說道：

「這是你的第一場戰役嗎？」

「不，我只是屠殺了牠們。」愛斯達超乎想像的冷靜答道。

「哦！」青年愣了一下，似懂非懂地點點頭，然後伸出手停在愛斯達面前，溫柔地說道：

「我是這裡的醫生。可以告訴我你的名字嗎？」

愛斯達不懂對方為什麼要伸手過來，依然直立著身體沒有動作，簡短地說道：

「愛斯達。」

青年醫生溫柔地一笑，眼睛綻放出亮光，主動拉起愛斯達的手握住，愛斯達陡地渾身一顫，用防備的眼神瞪向對方；眼神接觸的剎那，兩人都在彼此身上感受到一股奇特的吸引力。青年醫生將愛斯達引入室內，為她清理身上的血跡與傷口，敷上藥膏，貼上消毒繃帶。室內很空曠，乾淨又空曠，沒幾個病患，除了青年之外還有兩個醫療人員，較為年長的一位有著灰色的鬈髮、豐滿的臉頰與下巴，坐在窗戶旁的躺椅上，好整以暇地看報紙抽煙，度過悠閒的西非午後時光。另一位壯年的醫生則正在照料其中一個病患，那位病患膝蓋後側犯了皮膚炎，看上去不大嚴重，只是紅腫發癢的程度。然而壯年醫生煞有其事地幫他擦上皮膚藥，千叮萬囑地吩咐患者務必執行正確的後續換藥方法，才能及早康復。愛斯達環顧室內情景，身上被青年醫生塗滿半透明的消毒軟膏後，以藥用繃帶層層疊疊地包纏了起來。青年醫生狀似滿意地用著讚賞的眼神仔細檢視幾乎被他纏成木乃伊的愛斯達，接著，從外頭推了一張病床進來，叫愛斯達躺下休息，先睡一覺。

愛斯達瞪著左眼沒有說話，全身熱血噴張，一點兒也不想躺下，但還是依照吩咐，爬上病床躺了下來。照顧愛斯達似乎能給青年醫生帶來莫大的成就感，青年甚至好心地親手為愛斯達蓋上薄被。就在這個時候，後頭那個一直冷眼旁觀的灰髮醫生用著揶揄的語調說道：

「果然是慈善家的兒子，還真是素行大愛呀！呼吼吼吼吼吼……」

不悅的笑聲尖椎般刺入愛斯達的靈魂，她本能地聯想到方才扭斷禿鷹脖子的景象，不自覺地看了灰髮醫生一眼，發現目標比想像中壯大很多，只得用力閉上眼睛，企圖進入假死狀態，使自己從外界中隔離開來。隔離的藝術，亦為求生之道，愛斯達深知箇中滋味。好比母親在世時，常因為體力不佳而遭受工頭施暴的時候；或者礦場經理總愛在四下無人時，把他的下體強迫塞入愛斯達口中的時候；又如母親身體逐漸潰爛，而被趕出擁擠宿舍的時候；以及每當愛斯達意識到自己正是罪惡之子、渾身流竄著暴徒之血的時候。憤怒躲藏於深暗之處，焚燒著五臟六腑。愛斯達的母親已化為碎骨，散落於禿鷹的體內與乾旱的沙漠裡，禿鷹也不再有生命跡象，乾癟的皮囊掩埋於黃沙之下，露出羽翮不整的半邊身軀。愛斯達彷彿感覺到自己的腳趾陷入流沙，當她掙扎著回頭仰望，卻發現後頭幾個大人站成圈子，圍繞在她的四周，一邊吃著花生米喝酒，看著報紙談笑風生。

沒有人看見她。

沒有人看見愛斯達的掙扎，也不會在意她的生命正迅速流失。就像那些醫師對於慘遭愛斯達屠殺的巨大禿鷹只覺得骯髒而顯得默然，他們認為愛斯達正在消失的生命也毫無疑問代表著同樣的意義。愛斯達往上再一次看清楚「那些人」的容貌，赫然發現，他們只有鼻孔與薄薄的下垂嘴唇；沒有眼睛，沒有耳朵。聽不見，也看不見。如此盲目的低等物種，卻掌握著其他人的命運生死！

憤怒的情勢猛然升高，愛斯達掙扎著爬了起來。她原本是想爬出困住雙腳的流沙，然而手臂一揮，卻不小心爬出了夢境；孤坐於萬籟俱寂的暗夜中，獨自驚悚喘息。

窗外一束陡光洩入，受到光源的吸引，愛斯達離開病床，赤腳走出戶外。瞬間，月光變幻，明亮得如同礦場夜間的探照燈，銀白色的紗瀑帶著微微粉紅的色澤光暈，瀰漫於接近地面的數尺低空；那是空氣中密度極高的塵煙雜質，在罕見的無風夜晚，以神秘的朦朧姿態壟斷人類的五感與視線。靜謐之中，愛斯達突然寒毛直豎，隱約感覺到某種不幸的頻率；恐懼的低頻夾雜著尖銳的聲囂，距離逐漸逼近，正往醫療中心這邊過來。她全身僵直、血液下沉，害怕得動彈不得，冥冥之中，愛斯達卻清晰的知道，這是一種潛藏於體內、為她本能所熟知的極端恐懼！無法以言詞形容，更不知該如何處理，恐懼之下，唯一的本能反應告訴愛斯達：一定要躲起來，不然會被殺掉！愛斯達無聲地蜷縮身體，像隻野兔般鑽入建築物後方一片低矮的灌木叢中。灌木叢不甚濃密而得以容身，相對的，遮蔽效果卻不是太好，但危機快速逼近，無暇轉換藏身之所，愛斯達儘可能地縮小身型，只能祈求好運的憐憫。

毫無預警的，警鈴聲倏地大作，一支三人小隊的武裝組織闖進醫療中心而觸動了保全開關。幾個睡在一樓的病患第一時間往後門衝了出來，跑得比健康的野生動物還快。壯年的醫生也在其中，但他沒有跑遠，不時驚慌地回頭張望，見另外兩位同僚沒有出來，猶豫了一會兒，最後停下腳步，躲躲藏藏地往後門不安地走了回去。室內傳出緊張的爭吵聲，年長的灰髮醫生似乎正試圖與持槍歹徒進行溝通協談，愛斯達聽見灰髮醫生的聲音說道：

「你們可以拿走所有的東西！錢、藥物、補給品！你們可以全部拿走！」

「打開保險櫃！」歹徒命令說道。

沒聽見灰髮醫生回答，但室內沉默了下來，應該是正在開保險櫃。過了一會兒，一聲槍響震穿耳膜，瞬間青年醫生瘦長的身影奪門竄出，往灌木叢這邊拼死逃命。躲在後門外側的壯年醫生見狀不對，正要轉身逃開，卻被追著青年出來的歹徒撞個正著，攔斷了退路，壯年醫生情急之下衝向持槍歹徒，先用上胳臂格開槍口，接著試圖以身體扭轉歹徒持槍的手臂，兩人頓時陷入一陣困苦的摔角扭打。青年醫生回頭一看，想也不想地就衝回後門，從地上抬起一塊巨石往格鬥中的歹徒頭上使勁砸去，歹徒也不惶多讓，他因為青年的攻擊而從壯年醫生的箝制中騰出空間，一邊呼號同夥一邊從手指的縫隙中扣下板機，槍聲大作，流彈四射，掃向愛斯達藏身的灌木叢處。前方正忙於大搬財物的同夥聽見動靜，便有一人過來查看情況，他從室內看見纏鬥的景象，於是朝青年身上開槍。青年腹部中彈，應聲倒地，匍伏著掙扎爬開，接著又是一聲槍響，壯年醫生癱軟在地。

兩名歹徒好整以暇地看著青年痛苦地爬行，在沙地上拖出一條蜿蜒的漫長血跡，先前被青年用石塊砸頭的歹徒非常樂在其中，他一路跟隨著青年前進，不時以槍拖重擊青年的後腦、脊椎，有時則踢踹他的跨下，或是踩在青年身上，使他難以前進。青年承受虐行，卻依舊繼續往前掙扎爬動，更偶爾回手反抗。歹徒顯然被惹惱了，他回頭跟同夥打了個手勢，要對方過來幫忙，接著開始脫扯青年的衣褲，決定將青年處以閹割殺害之刑。

由於青年沒有放棄逃脫的念頭，兩名施暴者的位置已經隨著青年的移動而繞過灌木叢，變成在愛斯達的後方，當他們因為青年猛烈反抗而必須彎下腰來制服他時，月光照耀在施暴者腰間露出的皮帶上，突然間，白刃精光一閃，電擊了愛斯達的左眼，她渾身一顫，喚醒了自己的靈魂。

人生的第二場屠殺，迅雷不及掩耳地展開。愛斯達像鬼魅般拂向歹徒背後，手腕一轉，隨即抽出發光的短刀，毫不猶疑地刺入第一個心臟！拔起來！刺入第二個心臟，迅疾安靜、毫無聲響。此時，月光嬌羞不已，邪媚地躲藏了起來，惡人在暗夜之中頹倒。當前方搬運完財貨的第三個同夥過來找人時，青年握起死者的步槍，從灌木叢後方進行瞄準，讓第三人應聲倒在壯年醫師的身旁。

開槍的時候青年還很冷靜，然而當他想要起身時，卻忍不住掩面號泣了起來，不斷沮喪地搖晃著腦袋。他抓住愛斯達的手，口中喃喃說道：

「我們必須離開這裡！愛斯達！我們必須離開這裡！」

愛斯達冷靜地說道：「有其他地方可以去嗎？」

青年恍神地點點頭，說道：「我很抱歉讓你遇到這種事，愛斯達，我很抱歉……」

「沒什麼好抱歉的，醫生，」愛斯達說道：「我很高興。」

「很高興？」青年愣了一下，顯出不可思議的表情，低聲問道：「為什麼？你為什麼會高興？」

「我殺了侵略者！」愛斯達神采奕奕地看著青年說道：「傳統上，要成為戰士的人都必須跨過界線，你剛剛也跨過界線了，所以你也是個戰士。恭喜你，醫生！不過還是我比較厲害，我一次殺了兩個，你只殺了一個。老實說，我沒想過自己這麼厲害，以後我可以殺更多人！所以很高興。」

「不！不對！愛斯達！」青年幾乎是歇斯底里地說道：「殺人是不對的！」

「哦，或許吧！」愛斯達聳聳肩，敵意回到了她的臉上，不屑地說道：「反正在你們世界裡，我們什麼都不對，只有當你們奴隸才對！」

「不是這樣！愛斯達！」青年猛然抓住愛斯達的肩膀，激動地看著她，一時卻想不出更多的辭彙，只能重複說道：「不是這樣的！愛斯達，不是這樣的！我不能……噢！天啊，我不能……」

青年苦惱地支吾了好一會兒，才突然像是想起什麼似的，趕緊說道：

「不管了，總之我們不能留在這裡，我們要去求救！先在這裡等我一下！」

青年在慌亂的情緒中手忙腳亂地搬動壯年醫生與灰髮醫生遺體，仔細地幫他們擦淨身體，換上體面的乾淨衣服，蓋上嶄新的毯子，過程中數次斷斷續續地哭泣。愛斯達冷漠地看著眼前景象，又轉頭瞧了瞧倒在沙地上三名武裝歹徒的遺體，他們呈現出自然的姿勢：臥倒或仰躺，四肢癱軟散置，下顎無力地鬆口張開，眼皮半睜著，裡頭的眼珠子稍微有些濕潤，欲語還休地收起了視線，有點不知道在看哪裡的感覺。人的遺體看久了，其實跟禿鷹的臭皮囊也沒什麼差別。恍惚間，低迴的天光再現，愛斯達順著光暈延展而望向遮棚，她的母親仍舊曝身在那兒。

沙霧瀰漫了起來，愛斯達面向著母親，卻沒有走近，她知道她已經過不去了。太陽從愛斯達背後昇起，地面沙塵也隨之浮升旋舞，愛斯達於沙嵐之中張開雙臂，瞬間狂風如觸手般竄入衣衫、襲向胸膛，溫暖又粗糙的觸感令愛斯達回想了起來，母親的撫觸，粗糙又悲傷，滲透著穿蝕骨肉的驚蟄熱度，用沙啞的聲音呼喚她的名字，愛斯達、愛斯達！你是非洲的希望。

愛斯達睜開僅剩的左眼，緩緩迎向日出。沙暴中的太陽異常刺眼，逼使愛斯達不得不皺起眉頭，瞇住眼光……但是，她已無所畏懼。

青年收拾好必需品，聯絡了一家距離最近的救援組織前來會合。處理好一切後，他走向愛斯達，輕輕蹲下身子，牽起少女的手，緩聲說道：

「走吧，愛斯達！」

少女回應了青年的呼喚，兩人離開醫療中心的時候，青年大概壓根兒沒有想過，自己這天基於最低限度的人道主張而牽起的稚嫩之手，竟在未來數十年後，徹底撼動了非洲的命運。

第二章　遊唱帷幕

窗外，小客機的螺旋雙翼煩躁地捲起一幢幢煙幕，法伊・烏林克一手扶著自己的左側腰腹尚未痊癒的槍傷患部，一手搭在曝曬得熱燙的窗台上，半彎著腰，面色痛苦，露出不耐煩的神情。這位剛從醫學院畢業的青年外科醫生，兩個星期前經歷了人生中最恐怖的一場震撼教育，體驗了短暫但卻是真槍實彈、慘無人道的非洲行醫記。在此之前，法伊一直認為自己是個異常喜愛冒險之人，然而當一夜之間失去了兩位最尊敬的同業前輩，挨了生平第一顆子彈，差一點兒就被劫掠的暴徒閹割，最後還開槍殺了人之後，法伊現在知道，自己並不是真正喜愛冒險，危機並不像想像中令他沸騰雀躍。在諾叡港的大型醫院中休養生息的兩個星期，法伊不得不承認，自己之所以參與外派，深入非洲，其實只是希望別人認為自己是個喜愛冒險的男子漢而已。歷經了超乎想像的空前劫難後，生還的功勳令人無比喜悅。所幸槍傷並不嚴重，加上法伊身強體壯，癒合情況良好，法伊投效服務的慈善醫療組織特別安排了專機接他回家。今日，當法伊心滿意足地搭了五個小時的車程，帶著愛斯達來到機場準備搭上專機時，他真的感覺到，自己就是個英雄！他不但從邪惡中脫身而出，更擊敗了邪惡，拯救了一位無助的非洲孤女！雖然事實上是這位血腥的暴力孤女拯救他在先，不過這對現在的法伊而言一點兒也不重要，重要的是，他認為自己可以帶走這位孤女，使她永遠的脫離非洲苦海！法伊顯然是真的這麼認為。因此，當特別前來迎接法伊的專機機長在法伊登機的前一刻對法伊說，他不能「隨行攜帶」愛斯達上飛機時，法伊幾乎瘋狂地跳腳，他在心裡大喊，這個機長有毛病嗎？這個機長瘋了！

然而，機長當然沒有瘋，他冷靜的告訴法伊，由於愛斯達沒有身分證明，任何人都不能隨意把她帶離原本的生活區域。「這是規定！」機長不斷重複申明：「就像你不能隨意引渡任何野生動物到其他地方一樣，你不能隨便帶走這裡的人。」

「愛斯達不是野生動物！」法伊瘋狂地怒抗道：「你居然！你怎麼能把一個人說成是野生動物？她只是沒有申請戶籍而已，這也是由於她可憐的身世而主管機關不允許她有戶籍！這樣的規定在我們的世界並不通行，你不能用這裡的規定來規範我。」

「噢！」機長非常不以為然地聳聳肩，說道：「我沒有打算用這樣的規定規範你，烏林克先生！但是我是這裡的人，請你了解我必須遵守這裡的規定。沒有身分證明的人不能搭飛機，不能離開出生地區，就是這樣。」

法伊一挑眉毛，模仿對方，語帶挑釁地噢了一聲，說道：

「原來如此，我了解了，你必須遵守規定，但我不用，是吧？」

「沒錯，你可以忽視規定，但我不行。」機長冷淡地說道：「所以我不能讓這個孩子上飛機。」

法伊深吸一口氣，挺起背脊，左手仍然扶在腰際，點點頭說道：

「我完全明白了，那麼你不用擔心，因為我會領養這個女孩兒，她將成為我的女兒，所以我必須帶她回去，所以你必須讓愛斯達跟我上飛機。」

「噢，不行！」機長歎口氣，搖搖頭，說道：「你完全沒有搞懂，烏林克先生，你不能隨便領養小孩，他們不是寵物店裡的動物！如果你真想領養這女孩兒，就應該遵循正規手續，透過官方的基金會申請辦理，這不是我能管轄的範圍，我只是來負責接你回去而已。總之，只有你可以上飛機，那女孩兒不行。」

「但……」法伊張口結舌，拼了命的說道：

「但我不能丟下她啊！她已經無親無故了！隻身一人，又沒有身分證明，這樣一個孩子你叫她能怎麼辦？你瞧瞧四周的景色，這裡離最近的城鎮有多少里，如果我在這裡丟下她，自己上飛機離開，你叫她能怎麼辦！」

「我沒辦法。」機長聳聳肩，一副事不關己的模樣說道。法伊皺著眉頭瞪了機長一眼，突然像是想起什麼似的，說道：

「我知道了，你要多少？多少錢你會願意讓愛斯達上飛機？」

機長也瞪了法伊一眼，有點激動了起來，為了不顯得誇張而刻意壓低聲音說道：

「不！別想！你這已經構成意圖犯罪的行為了，烏林克先生！讓我告訴你，你現在的行為與思想都跟那些惡劣的人口販子沒什麼兩樣！你要嘛現在上飛機，要不就帶著她走陸路想其他的辦法回去。」

法伊感到震驚，他又驚又怒地喘息著，回頭看了看孤身坐在長凳上的愛斯達，又轉頭回來望向窗外的飛機，憤怒而痛苦地說道：

「不行，我不能放手。這女孩兒救了我一命！我不能背叛她。」

說完，法伊憤而拂袖，大步走回愛斯達身邊，就要帶她離開。機長無奈，三步併兩步地跟了上來，在後頭說道：

「不然，烏林克先生，這樣吧！我幫你聯絡宵特組織，他們在附近有一個基地，或許可以問問看她們是否願意開車送你們到諾叡港市區！」

「宵特組織？」法伊疑惑地問道。機長點點頭，解釋說道：「地區性的婦女防衛組織，你也知道，這個地區對於許多女性而言……並不友善，宵特組織是專門收留、保護流亡婦女及孩童的武裝防衛團，成員大多是女性，你們醫院也曾經和他們合作過，你不知道嗎？」

法伊搖搖頭，說道：「不，我沒聽說過。」

機長再度聳肩表示無所謂，舉起一隻手說道：「我可以問問看他們是否願意送你們到諾叡港市，你要等我嗎？」

法伊點點頭，請機長去聯絡這個他根本聽也沒聽過的組織。雖然也意識到可能會有未知的危險，不過總比卡在機場或者在烈日下徒步移動好得太多。過了一會兒，機長回來告訴法伊，對方答應了，要法伊與愛斯達在原地等待，他們最慢兩個小時會到。

法伊牽著愛斯達，在原地用行李箱充當椅子坐了下來，機長吩咐機組人員看好飛機，然後拿了一壺冰開水，走下來陪法伊一起等待。法伊接過冰水時看了機長一眼，打趣說道：

「我該不會其實被你賣掉了吧？」

機長呵呵哈哈地笑了起來，說道：「相信我，你沒那個價值！我說，宵特組織的那個團長，她叫拉坎，是個了不起的人，你見過她就會知道。」

「拉坎？」法伊問道：「是個什麼樣的人呢？」

「你見了她就知道了，而且，」機長轉頭看向一旁的愛斯達，說道：「我認為或許你應該將這孩子寄託給宵特組織。她是這兒的人，總有一天必須在這塊土地上生活，必須與自己的命運奮戰，如果你把她弄得養尊處優，那只會成為壞處。」

「哦……」

法伊沉思著沒有回話，不過心中卻不是十分認同。閒談了一會兒，日影漸趨偏斜，遠處沙氳中揚起一線煙塵，機長說道：「大概就是他們了。」

一台有著巨無霸改裝車輪的吉普貨車噗隆噗隆噗隆地在活物般的沙塵龍捲風中抵達，車內一人戴上頭罩，俐落地跳下車，朝法伊這邊走來。法伊開始有些緊張，他隱約看見對方腰際後側露出了一把槍柄，下意識地握緊愛斯達的手，把她推到自己身後。然而，對方走到機長跟前，拉開防沙塵的頭罩，接著，陰鬱的面罩中露出了一個艷陽四射的微笑！瞬時法伊心臟蹬了一下，不禁嘲笑起自己的多慮，心想，真是個高大健壯的女人！古銅色的肌膚閃亮不已，說起話來有種大刀闊斧的氣魄，整個人只能用明豔照人來形容。機長向法伊介紹兩人認識，這位令法伊驚為天人的高大美女，就是宵特組織的團長拉坎。

初識拉坎，她熱情又親切，一下子就對心防很重的愛斯達又摟又抱。法伊愣了一下，意識到自己從沒想過要擁抱愛斯達，感到有些震驚。機長與三人道別，拉坎便領著法伊與愛斯達上車。開車的婦女名叫阿麗西亞，圓潤的身材與風趣的言談不僅把駕駛座擠得爆滿，更使整個車廂噴洩出洪亮的笑聲。不過，如此開朗的阿麗西亞，也有段令人咋舌的過去。在前往宵特組織基地的路上，阿麗西亞說起了自己的身世，她用著不帶一絲陰影的清亮語調循序漸進地道出一個駭人故事，卻說得理所當然，好似不知疾苦。

阿麗西亞說道，她原是鄉下的農村少女，一如大多數的非洲農村，在阿麗西亞的家鄉，少女不能單獨出門，也不能到田裡工作，這都是為了防止被強暴。一天，阿麗西亞帶著年幼的弟弟去汲水，突然聽到槍響，接著是母親的尖叫，阿麗西亞嚇得全身顫抖，只得趕緊抓住弟弟蜷起身體躲藏在水井後面。他們的母親被暴徒軍隊抓走，賣入黑市成為性奴隸。阿麗西亞的父親是個賭博成性的酒鬼，暴徒軍隊衝入屋內時，父親瞬間躲進門板後方，努力壓縮著身子，任由妻子被毆打擄走。然而，原本母親的工作收入是家中唯一的經濟支柱，為求生計，頓失經濟來源的阿麗西亞父親，便以六百元的價格把阿麗西亞賣給鄰居作為農奴使喚。兩個月後，阿麗西亞在田裡工作時遇上了擄走她母親的同一批暴徒軍隊，他們打斷她一條腿，把她綑綁起來，運送到遙遠的陌生地方。正當阿麗西亞以為自己也將淪為性奴隸時，交易卻似乎出了問題，買家非常不滿意她被打斷的腿、與因被火蟻咬傷而過敏腫脹的歪斜臉孔。結果交易告吹，怒氣衝天的暴徒輪番強暴了阿麗西亞之後，隨意地將她棄於野外，身上甚至仍然捆著繩索。下體不斷出血，阿麗西亞卻動彈不得，流淌而出的血液在烈日曝曬下逐漸散發出濃郁的腥羶氣味。突然間，阿麗西亞聽見腳步聲，原以為終於有人路過了，但卻又感覺不對勁。撲鼻而來的，是一股死亡的喘息，伴隨低沉的呼嚕喉聲，使阿麗西亞陷入絕望。金色的蓬鬆鬃毛赫然拂上顏面，巨大的撼然雄獅試探地嗅聞、輕舔阿麗西亞的身軀。

「我相信我死定了！」阿麗西亞說道：「不過當時的念頭是，這種死法倒也令人備感欣慰。」

於是，阿麗西亞閉上眼睛，等待致命的一吻。然而等了半晌，卻無動靜，睜眼一看，那頭獅子竟顯出一副意興闌珊的模樣，用尾巴拍拍屁股，走到不遠處逕自趴了下來，懶洋洋的打了個巨大的呵欠，接著側身倒向一邊，發出雄偉的鼾聲。

阿麗西亞呆若木雞，心想，啊？不吃嗎？自己居然生得一副連性奴隸販子也不要、獅子也不想吃的肉體？這是何等的肉體啊！愈想愈覺得可笑，甚至一點兒也不再感到悲傷了。阿麗西亞努力在地上摩蹭扭動，掙開綑綁的繩索，接著用手臂拖著沉重的身體，往前匍伏爬行。巨獅聽見聲響，從睡夢中抬起眼皮，用著一種很夢遊的神情看著阿麗西亞從牠面前緩緩爬過。五個鐘頭後，筋疲力盡的阿麗西亞終於爬回主要道路旁，在太陽西沉前的最後一抹日暈中，被巡邏的動物保育員救起。

「那隻獅子給了我啟示！牠讓我的人生從此不同。」阿麗西亞說道：「現在，我感覺我就是隻野生動物！肚子會餓，肉體會受傷，但是心靈永遠強悍！」

「就像那隻獅子！」拉坎接口說道。阿麗西亞點點頭，重複強調說道：

「對，就像那隻獅子，像任何一隻獅子，也像任何一隻獅子的獵物。我是說，求生的氣魄是高貴的！無比高貴。」

法伊用力點頭，深表贊同。拉坎回頭對法伊笑著說道：

「很驚人的故事吧！當初就是這樣的故事讓我創立了宵特。我必須說，現在看到你這樣的年輕人，我都心有感慨。差不多十年前，我剛從大學畢業的時候，當時我也像你一樣，二十幾歲，熱情洋溢，很容易被感動、被說服，一心一意投身慈善組織，想為『落後的非洲大地』奉獻一己之力。因為你知道，我認為那就是『行善』！」

法伊皺起眉頭，拉坎卻作出了一個誇張的表情，繼續說道：

「我真的那麼以為！不是因為我笨，而是在捷魯歐，我們都被這麼教育！非洲必然落後、必然需要來自文明世界的拯救，而我是非裔捷魯歐人，理所當然應該投身於幫助自己同胞的事業！而最好的選擇就是加入撒哈拉生態保育基金會，來到撒哈拉生態保育區工作。你知道，這個保育區的面積是整個非洲的四分之一！」

拉坎隨著自己的話語發出驚嘆，法伊靜默地聽著，知道話中還有後文。不過阿麗西亞卻打斷了兩人的對話，指著前面說道：

「到了！我們村子，甜蜜的家！」

「今天時間太晚，我們明天才去諾叡港市補給，法伊，你們得先在村子住一晚，好嗎？」拉坎說道：「我也希望你們看看我們村子，我要告訴你為什麼我會離開撒哈拉生態保育基金會、為什麼要成立宵特！」

拉坎的眼神誠摯又火熱，法伊知道自己不能拒絕，不過，他也並不是太擔心安全的問題，當然，除了對方是女性的因素之外，也由於拉坎異於常人的強烈魅力。法伊牽著愛斯達下車，愛斯達身體不適，臉色偏白、手腳冰冷，暈車了。拉坎叫人整理空出一間小屋的房間來，讓愛斯達進去休息。村民見拉坎回來，便像是受到號召般逐漸聚集過來，法伊往外望去，發現聚集而來的村民中有半數都是孩童，年齡與愛斯達相近；再仔細一看，更發現其中許多孩童的身體情況並不健全。肢體殘疾的普遍程度使法伊感到震驚，拉坎告訴法伊，這些孩子都是孤兒，他們身上的傷殘，則是「文明世界」為了「維護非洲生態」而放任產生的代價。

阿麗西亞與幾個管理階級的婦女開始準備晚餐，拉坎領著法伊在村里四處參觀，同時接續先前的話題，娓娓道出宵特組織的由來。

「我加入撒哈拉生態保育基金會的第二年，有一件事情影響了情勢的發展，就是二一三三年羅徹斯特發生的那場七日政變。」

法伊點點頭，他對這次事件非常了解。七日政變是一次全球皆知的政治丑劇，而羅徹斯特則是捷魯歐政權為了推動全球單一貨幣制度而產生的第一個犧牲者。為了替自己的政策利益鋪路，當時的捷魯歐政權強迫羅徹斯特市接受一筆以尚未發行的全球單一貨幣「和平幣」為計價單位的貸款合約，是任羅徹斯特市長可納・庫魯夫當然強烈反對，斷言拒絕，為了制衡捷魯歐政商掮客的暗中作梗，更發起民眾遊行示威，以圖控制議會結果。然而當支持可納・庫魯夫的民眾上街示威後，整個羅徹斯特市卻竟然遭到一支由捷魯歐暗中僱用的職業傭軍「新民軍」以武力鎮壓。「新民軍」突入市政府，挾持市長可納・庫魯夫，成為政變。而藉由這場政變，最後捷魯歐當局順利的除掉極左派的可納・庫魯夫，使羅徹斯特接受了這筆不合邏輯的和平幣貸款，淪為附庸之地。而在事件的一開始被捷魯歐政權派去向可納・庫魯夫遊說貸款合約的車前卒，就是法伊的父親米斯帝，米斯帝後來更為捷魯歐政權犯下的這樁犯罪融資案背罪入獄，法伊始終為父親感到不平。因此當拉坎一提到羅徹斯特的七日政變，法伊立即眼睛一亮，心中感受到共鳴。

不過，拉坎認知的重點不在羅徹斯特事件，而是那之後的事情。她告訴法伊，「新民軍」在政變結束之後撤出羅徹斯特，但是並沒有解散。他們本來就是一批民間的職業僱用軍，更因為受到捷魯歐當局僱用的資源而變得愈加龐大。羅徹斯特事件之後，新民軍轉而被派入非洲其他地區，開始加強對非洲各地的干涉與管制。除了新民軍之外，隨著捷魯歐政權勢力的深入，非洲各地開始出現大批的民間武裝組織，他們用步槍與陽具進行恐怖統治，任何企圖反抗的勢力都會被徹底殲滅。無數的村莊遭到蹂躪，男丁被屠殺，婦女遭性侵與毀容，許多孩童被活生生的剝皮與截肢。死者會被釘在木樁上展示於道路兩側，猶如乾枯的路樹。拉坎說道：

「在我為撒哈拉基金會工作的五年當中，發現撒哈拉基金會不斷的擴張保育區的範圍，不斷的把更多、更廣大的區域劃入生態園區，而基於保育原始生態的理由，所有居住於被劃入保育區範圍內的原住民全數遭到驅離。問題是，這些驅離的行動，居然是僱請當地的武裝民兵來執行！你可以想像其後果如何。而當我們的人員、或是外來的記者與觀光客等，不幸看見那些慘遭虐行殲滅的村莊時，撒哈拉基金會為了使放任暴行的結果正當化，便將這些無辜的村民指控為盜獵集團、或是反叛的恐怖組織。這讓僥倖存活下來的村民受到更嚴重的迫害，他們基本上必須躲藏流亡，不然就會因為莫須有的罪名而被迫接受審判與勞役。不只是撒哈拉基金會，幾乎所有同類型的慈善組織都與主流媒體沆瀣一氣，唯有他們說出來的話語，才能夠成為事實。」

法伊聽得目瞪口呆，不可置信地說道：

「太誇張了！你是說，所有的民間武裝組織都是捷魯歐政權資助的嗎？不可能吧？我聽說他們是部族之間不斷的內戰！」

「內戰？噢是的！確實是內戰，」拉坎說道：「至少官方的說法是內戰沒錯。然而為什麼會有這麼多內戰？為什麼有這麼多的民間武裝組織？為什麼永遠都有超級廉價的大量軍武提供給這些根本沒受過訓練的民兵？大量的武器被丟入這個地區，是誰丟進來的？在軍武管制如此嚴格的今日，為什麼唯獨流入非洲的武器如此氾濫？走私如此猖獗？」

一連串的提問逼得法伊有些踉蹌，他來此地時日尚短，對於現實局勢毫無概念，但是法伊知道，拉坎說的是真的。他也知道，拉坎正試圖讓他徹底明白的事情，很可能會毀了他的一生。但是法伊無法拒絕。他無法拒絕拉坎，一如他無法捨棄愛斯達，法伊在心裡挖苦自己，或許這根本只是自己的大男人情結也說不定。法伊歎了口氣，簡短地將父親米斯帝因為羅徹斯特融資案而為捷魯歐政權背黑鍋的事情告訴拉坎，然後他說道：

「父親曾說，真實的話語不能說出口，也不應被聽見，那是毀滅世界的聲音。現在我終於有點明白了。如果你剛才說的都是真的，那麼也就是說，今天整個架構於捷魯歐政權之下的政商體系，全都是犯罪結構的一部分……」

「沒錯，這就是非洲的現實，」拉坎說道：「在撒哈拉基金會的工作讓我理解到這整個大系統的真面目，而他們有一個更遠大的計畫，就是用來支撐和平幣的超級地下運輸系統，蟲洞網隧道計畫。」

「是的，」法伊說道：「現在工程已經沿著北非通到休達港了，接下來預計就是要往南接通諾叡港吧？聽說外環的路線會最先完成。」

拉坎點點頭，停頓了一下，眼神注視著法伊，認真的說道：

「到最後，我理解到，撒哈拉基金會就是沿著蟲洞網隧道的預定路線正上方地表來擴張管區範圍。」

「什……什麼意思？」法伊突然心臟抽搐了起來，緊張地問道。拉坎說道：

「我一直在想，為什麼撒哈拉基金會要不斷擴張保育區的領土？又為什麼要將那些原住民村落殲滅驅離？這根本不是一般保育團體應有的行為與思考模式！到最後，我終於搞清楚了，他們根本不是保育組織，他們就是要那些土地、就是要那些土地上的資源！你想想，只要成立保育組織，就能夠透過『正當的』手法強奪廣大的領土，然後從底下蓋幾條輸送管，就能把各種資源通通拿走了！所以他們必須要擴張園區、必須要清除掉所有園區內的原住民村落！這就是他們的做法！」

兩人邊談話邊繞了村莊一圈，法伊莫名的感覺到一陣空腹疲憊，他停下腳步，隨意在砌牆的土墩上坐了下來。沙漠的夕陽燃燒著乾燥的空氣，令人有些窒息。法伊抬起眼皮，望向餘暉中的拉坎，她美艷得不可一世。

「所以你離開了撒哈拉基金會？」法伊氣若游絲地問道。拉坎點點頭，直接在法伊旁邊席地而坐，說道：

「是的，阿麗西亞與我，一開始我們暗中收留倖存的村民，如你所見，大多是孤兒，還有被截肢與殘疾的婦女，原本我們並沒有想得太多，或許就像現在的你一樣，只是覺得無法視而不見。但是，受到基金會資助的武裝民兵總是能找出我們的位置，然後不時攻擊收容所，為了躲避攻擊，我們只好不斷搬家。到最後，我們驚覺自己也變成了躲藏的流亡者！連自己都無法保護，又要如何保護他人？阿麗西亞支持了我的決定，唯一的活路，就是必須武裝。受到攻擊時，必須要有足夠的反擊戰力！於是我們成立宵特，訓練孩子與婦女能夠進行武裝戰鬥。」

「你認為付諸武力是最後的解決辦法了嗎？」法伊困惑地問道：「恕我很難認同，戰鬥不是女人的天職……」

「那麼受害就是女人的天職了嗎？」拉坎嚴厲了起來，說道：「面對有理說不清的敵人，唯一有效的辦法就是付諸武力。威脅始終都存在，沒有一個地方是真正安全的。如果想要安居直至終老，我們就必須戰勝。」

法伊沉默了下來，拉坎的氣魄緊緊揪住他的靈魂，令他驚懼不已。然而法伊害怕的不是拉坎，而是首次體認到的非洲真實，以及意識到從未真正切身處境考慮過本地人面臨境況的自己。法伊心思混亂，晚餐的時候，他看著愛斯達已經與一群宵特的孩子摩肩接踵地擠在一起，大家分食著濃湯與麵包，氣氛非常融洽，更令法伊胸中窒悶。他感覺到似乎真的不能把愛斯達帶走，她屬於這裡，就像自己屬於捷魯歐。然而，更令法伊理智潰敗的是，他居然覺得自己恐怕也很難離開這裡了！彷彿身陷於沙漠的迷流而無法自拔。

村子電力有限，全村只有兩台發電車供應電力，一台是太陽能，另一台則需使用燃油，因為補給不易，村民大多晚上八點左右便早早就寢以節省電力，只留一組輪班人員在瞭望塔上值勤守夜。法伊與愛斯達被安排和其他十幾個孩子睡在一起，孩子們很快就睡著了，此起彼伏地發出安然的呼聲。法伊躺在靠近門口的位置，張開眼睛就能看見沙漠的夜空，漆黑之中透著微紅的薄霧，顯得虛幻不實。入夜後氣溫驟降，寒意籠罩著法伊的身心，他覺得疲憊極了，卻怎麼也睡不著，扭著身體翻來覆去，只覺得又冷又煩躁。心裡不斷想著拉坎與愛斯達的事情，以及這些宵特孩子未來要面對的人生……法伊渾身不對勁，某種東西在他全身竄留著。夜裡的蟲鳴猶如交響樂隊大遊行，法伊很是訝異，沒想到這種貧瘠的沙漠裡居然藏有如此豐富的生物。錯落洪亮的蟲鳴演奏出高昂的催眠曲，當意識逐漸飄忽，倦意也愈來愈濃重，法伊終於在陌生的非洲夜裡模模糊糊地沉入睡夢。

然而，他沒能睡得太久。

凌晨時分，遠處一聲驚雷遽響，法伊陡地從床上彈起，還沒來得及搞清楚狀況之前，便聽見村里拉起了張狂的警報聲，屋外火速忙碌了起來。屋子裡的孩子也都醒了，他們冷靜且快速地翻開床板夾層，取出一支又一支的醜陋步槍，法伊伸手想要抓住愛斯達，不讓她跟著亂跑，卻被愛斯達瞪了一眼給掙脫了。法伊愣在原地，看著這群不出十來歲的少年少女們像是職業老手般操槍上膛，匍伏於屋內四處各就各位，把槍管伸入土牆上預先挖好的眾多孔隙中待命。瞬間，寧靜的村里成了肅殺的堡壘。法伊從其中一個槍孔往外一看，這才突然發現乍看之下蓋得七零八落的簡陋屋子，其實有其必要規則可循。每間屋子都與街道保持斜面四十五度角，而村民利用這些屋子作為防禦堡壘，這意味著一旦敵人進入村里，便等同於進入致命的交叉火線區。遠處的槍聲逐漸逼近，可以聽得出來外圍的宵特村民已經開始開槍反擊，一陣交鋒過後，男性粗鄙的嘶吼唾罵聲響亮了起來，接著又是一陣機槍狂力掃射。法伊聽得胃腹糾結，恐懼得不知如何是好，環顧室內的這群孩子兵，卻沒有人顯得慌張。他們高度專注而冷靜，眼中流露著憎恨。

一個少年注意到了法伊的不安，他轉過頭來對法伊比了個手勢，要他別擔心。法伊不知該如何回應，只能輕輕的點點頭。少年稍微挪開身子，把頭伸過來對法伊低聲說道：

「別害怕，這是常態。」

「常態？」法伊情緒上有些無法接受。少年點點頭，好心地解釋說道：

「這算是小規模，他們時常這樣過來挑釁，不算真正的攻擊。不過這是因為我們能反擊才是如此，如果不能反擊的話，大概大家就要又死一次了。」

法伊說不出話，腦袋像是被緊箍咒嵌入，只覺得無力。村里外圍的激戰持續了三十分鐘左右，如少年預測的一般平息了下來，法伊這才想起了自己的使命，擔心村民在激戰中受傷。警報聲繼續響了一會兒才停止，法伊衝出小屋，往剛才發生槍戰的方向跑去，無月的夜晚異常漆黑，散發著紅色光芒的薄霧不知何時早已散去，法伊在黑暗中有些昏頭轉向，直到有人出聲叫住他，才頓時回神。阿麗西亞叫住法伊，把他領進一間彈痕累累的土屋裡，室內有三名傷員，正有其他同伴在為她們處理傷口。其中一個女孩腿部槍傷，子彈卡在她的腿骨上，旁人束手無策，只見她拿起一把軍用開山刀，正想忍痛嘗試把子彈從傷口中扳出來。法伊趕緊上前制止她，讓女孩就地躺下，然後回去拿了自己的手術鉗子拔下在她腿骨上卡得死緊的金屬彈頭。

女孩狠狠咬著她的開山刀柄，一聲也沒吭，直到法伊開始縫合傷口，才放鬆下來，偶爾發出呻吟。法伊向阿麗西亞問道：

「有人告訴我這是你們生活的常態！是真的嗎？」

「確實，」阿麗西亞瞪著圓眼珠子說道：「他們喜歡用這種騷擾的方式，目的就是讓我們時常睡不好覺。」

「我們在這一區被視為眼中釘，」女孩也說道：「因為我們拒絕被迫害。」

女孩面色仍顯蒼白，但神情中盡是叛逆與驕傲，她邪笑著告訴法伊，這種零星的小型戰鬥對她們而言是例行常事，可以親自拿起武器真是太棒了！如果不是走上武裝作戰的道路，過去像這種時候就只能拼命逃走或者被殺害。可以戰鬥，親手掌握自己的命運，這才是真正的自由。

「我們是為自由而戰！」女孩堅定且毫不狡飾的說道：「為生存！為自由而戰！即使這會違反統治者的法律也在所不惜！」

「你今年幾歲？」法伊問道。女孩回答說道：「十四歲，我叫透魯。興趣是坦克車與製作炸藥，喜歡的東西是組件鬆垮的AK步槍。」

「哦吼吼吼吼……」法伊只能苦笑著搖頭，反問說道：「為什麼是組件鬆垮的步槍？不是卡得緊實的比較好嗎？」

「喔，因為那是十歲時我得到的第一把步槍。」透魯正氣凜然地說道：「我用它殺了很多人，那樣的傢伙，要我殺一百個也不嫌多。」

法伊靜默地替透魯包好紗布，彷彿已對悲慘的情緒感到麻木而無須再多作回應似的，暗自垂下了眼皮。

隔日一早，拉坎依約要送法伊去諾叡港市，阿麗西亞則必須駕駛另一台油罐車前去補給村里所需的燃油。法伊在冷冽的晨光中提起行囊，卻感到胸腔窒礙，心情異常沉重，愛斯達背對著太陽目送法伊上車，十分坦然地對法伊揮手道別，最後要離開的，果然還是只有法伊一個人。法伊難掩心中落寞，但挨不住聲聲催促，只得遲緩地爬上拉坎駕駛的吉普車。

驅車離開村子，風中的黃沙如魔法使般一路圍繞舞蹈。法伊看向正在駕車的拉坎，美麗的側影仍掩藏不住一夜無眠的憔悴倦態。法伊內心一陣刀絞，他猶豫了一會兒，低聲開口，遲疑地問道：

「這樣下去，你們的未來究竟在哪裡呢？拉坎？」

拉坎沒有回答，嘴角卻顯得肅殺了起來。彷彿時間停頓似的，長而濃密的睫毛遮蔽了拉坎的心思。法伊嘆了口氣，難過地說道：

「這樣根本不是辦法！這不是長久之計，你一定明白我的意思，拉坎！」

拉坎輕笑了一聲，說道：

「你只是不習慣女人當家作主而已，法伊。不過不用擔心，你遲早得習慣的，因為我們不打算退讓。放棄對你而言或許很輕鬆，但是對我們而言，卻是付不起的代價。昨夜你所感受的恐懼在此地由來已久，那就是非洲的日常。同時，我也必須老實告訴你，我很失望，因為你似乎仍看不見我們的世界，或者應該說，即使歷經了這一切，你仍拒絕張開眼睛。」

「那麼你是希望我能做什麼呢？」法伊幾乎心碎的說道：「你希望我留下來嗎？你希望我為宵特……」

法伊說到一半，自己也為之語結，他意識到自己正在擺架子，正在拒絕拉坎，正在拒絕幫助宵特的孩子們，也正在背叛愛斯達。法伊陷入沉默，他已無話可說，任何話語都將再度彰顯靈魂的罪惡。吉普車輪咕漉漉地壓在乾裂的泥土道路上，不時發出嗶啪作響之聲，法伊為了轉移注意力而往外探頭一看，突然啵的一聲，一顆堅果彈起擊中他的腦門，法伊噢的叫了一聲，尷尬地縮回身體，更加面紅耳赤了。拉坎笑著說道：

「我們快到了，進城之後我送你到市區的外環車站，你在那邊可以搭車到任何地方，然後我就得離開，不能跟阿麗西亞分開太久，她那台車很容易被劫掠。」

法伊欲言又止，情緒滿溢得難以抑制，但卻實在不知道自己還能說些什麼，不禁喟嘆自己竟是一個如此失敗之人！法伊下車的時候，心中的猶豫也顯現在他的行為上，一下子勾到衣服，一下子夾到手指。拉坎全都看在眼裡。終於，她在道別的前一刻叫住法伊，對他說道：

「我不期望你為宵特做任何事情，法伊！」

法伊聞言抬眼，兩人四目相接，電流直匯。法伊不得不屏住呼吸，只聽拉坎繼續說道：

「你只要打贏你自己的戰爭就行了！好好的思考，哪裡才是你的戰場？什麼樣的地方，才是你的歸宿！為了自己渴望的事物，當個恰如其分的戰爭狂。然後，如果你願意順便告訴更多的人，讓他們知道事實，知道內戰的真相，知道有這些孤兒與被截肢者，知道蝗蟲與旱災，知道我們的奮戰……」

法伊只能猛點頭，他激動地上前抓住拉坎的手，涕淚並下的說道：

「請你告訴愛斯達，我一定會回來，我一定……一定會回來！」

拉坎不苟言笑的摸索著法伊的靈魂，然後，露出一個寬容的微笑應允。法伊簡直像是得到了寬恕似的，差點兒沒跪了下去。法伊目送著拉坎離開，心中滿是熱血熱腸的博愛。然而，當烈焰的火影逐漸消退，青年赤裸裸的站在日光之下，他的心靈變得迷惘混亂，幾乎就要承受不起自己的心跳！直到一種沉默卻震耳欲聾的怒吼吶喊出聽不見的駭人哭號……沙漠的風暴，才又席捲了起來。

第三章　與神的別離

進入乾季之後，由於水源短缺，原本便已十分拮据的水源補給就變得更加窘困。在長達半年的乾季當中，備用的水井頂多也只能供水兩個月，甯特村里至少有四個月的時間必須從五小時車程外的沼澤地取得水源。

沼澤地本身也在縮小當中，這片沼澤的東半部深水區屬於撒哈拉生態保育園區的範圍，西邊則多是淺彎。因此每當乾季一到，沼澤便會一日一日往東面縮小，逐漸縮往撒哈拉生態保育園區的邊界附近。在西沼澤區的四周，有數十個村落仰賴沼澤供應水源，他們是從撒哈拉生態園區中被驅離出境、未被殲滅的幸運村落。儘管得以活著遷村的原因是柔順的姿態與媚俗的話語，而使他們情願低聲下氣的動機則是其他慘遭暴行的鄰近村落；如今他們依賴著不穩定的西沼澤逐水草而居，卻也樂天知命，得以自力更生。在村落中成長的原住民多是性情和善的，向強勢屈服的他們只把撒哈拉基金會的犯罪行為當成大自然的變遷現象。一個帶領全村遷居至西沼澤的老者就曾對拉坎說道：

「從前我們強盛，我們掌管那兒，現在他們強盛，他們掌管那兒。他們就像犀牛，聰明的獅子不會去做獵犀牛這種蠢事兒。我們在哪兒都能生存，在這兒，我們的孩子也一樣長大。」

西沼澤的村落大多對甯特村民很友善，尤其他們知道拉坎為了保護流離失所的婦女與孩童，而不惜捨棄撒拉哈生態保育園區的優渥工作，更與之為敵。每年的這個時節，甯特村幾乎每個星期都必須來沼澤地補給水源，雙方也時常做些日常交易，多半是以物易物的買賣，兩地孩童也常有往來，彼此間都很熟稔。甯特成立了自己的武裝防衛團之後，西沼澤的村落也仿而效之，幾個村落之間聯合組成了西沼澤巡防隊。

宵特村是全民皆兵，輪值擔任防衛團的工作，為了提高戰鬥素質，拉坎甚至透過舊日親友關係，請到曾經在捷魯歐密勤局擔任戰鬥訓練官的退役軍官來指導村民。這位嚴苛的訓練官米雅‧阿姆斯壯可是當代赫赫有名的搏擊高手，年輕時曾獲獎無數，被政府聘僱之後，基於工作需求，對武器與戰術也有精深的領略。米雅在拉坎最後一次帶領全村逃命出走，並決心在現居之地武裝紮根、不再躲藏之時加入宵特組織，村民的遭遇與拉坎的決心使她大受震撼，義無反顧地加入了宵特組織。她的到來帶給拉坎與宵特村民莫大的鼓舞，米雅帶來的不僅是戰鬥的知識與訓練，她更為拉坎牽線，與一位曼格勒市的年輕軍火商奇絲‧阿尼安展開了實驗性質的合作關係。

奇絲的軍火生意是遊走於法律邊緣的武器交易，她一直渴望進入非洲市場，畢竟這兒是全世界最後、也最大的火藥庫，有著全球最猖獗的軍火黑市，以及最寬鬆的取締法規。拉坎也好，奇絲也罷，兩人都是初生之犢，拉坎需要奇絲提供的軍火，奇絲則想把宵特組織當成進入非洲軍火黑市的根據地，兩人一拍即合！初次見面時，奇絲便大刀破釜地承諾，將會以近乎成本的低廉價格，持續供應宵特組織所需要的各種最新武器，從各式步槍、機槍、彈藥、輕型火砲等，到改裝的吉普車、油罐車、以及偵測雷達等等一應俱全。然而，宵特村民身無分文，即使奇絲半買半送，她們又要如何付款呢？拉坎苦思許久，想出了一個頗有爭議、但卻兩全其美的辦法——直接架設封閉式的網站，把宵特村民的戰鬥，做為奇絲軍火的實戰宣傳！

拉坎剛提出這個構想時，阿麗西亞非常反對，她認為這會使她們被盯上，尤其宵特村實際上的主要收入來自於種植古柯葉的時候。奇絲卻很高興這個辦法，她立刻安撫阿麗西亞說道：

「我幫你們弄幾個溫室，外型像是一般的泥草屋，把古柯種在室內也比較容易照顧！宣傳拍攝的重點是戰鬥與武器，只要不把古柯拍進去就可以了！室外的田地也可種些糧食作物，看起來就像是個恬靜的村子，充滿女人、小孩、辛勤耕作的糧食稻穀，這樣甜美的村子卻必須獨立奮戰、對抗強暴軍隊入侵？這是何等景象！我保證募款也會很容易的……啊！不如我來幫你們募款吧？武器就算免費供應，如何？」

阿麗西亞仍然不悅，說道：「把大夥兒都拍進影片，萬一政府對著人頭來抓人怎麼辦？」

「別擔心，」奇絲一抹輕笑，遊刃有餘地說道：「募款的人是我，在外面遊走的也是我，真要抓人，也是先抓我。」

「那麼，」拉坎問道：「你有自信絕對不會被抓嗎？」

「當然！」奇絲說得不帶一絲猶豫，露出神秘的微笑聳聳香肩，輕聲說道：「曼格勒市也只不過是我們阿尼安家的一個小小傀儡罷了，在和平幣發行之前，通行整個北美的曼格勒幣可是我們家的發行專利呢！」

奇絲說話時唇角上揚，眼神勾引著拉坎。面對奇絲的媚態，拉坎倒是很鎮定，好奇的問道：

「像你這樣的大小姐，怎麼會想來賣軍火？」

「說什麼哪！戰爭與革命，永遠都是銀行家最關切的兩件大事啊！」奇絲的眼中射出一道精光，接著神韻流轉，露出邪惡的模樣說道：「倒是像你這樣的大美人兒，怎麼會想來當反抗軍？」

拉坎愣了一下，隨即噗哧笑開，她其實沒想過自己已經成了反抗組織的頭目。奇絲與拉坎瞬間心意相通，兩人眼中閃爍著滾燙的熱情，宵特的武裝之路由此開始。即使全力支持武裝路線，阿麗西亞仍不時愛拿奇絲的外貌調侃與奇絲陷入戀情的拉坎，說奇絲的膚色「慘白到像個殭屍」，黑色的長髮則是「猶如輾平的海菜」。然而，奇絲是米雅的摯友，更是拉坎的入幕之賓，不但支持宵特整個防衛團的武器供應，更隨著募款的成功，成了宵特的大金主。每次碰面，阿麗西亞少不了表面上酸奇絲幾句話，但她心裡知道，這個性情古怪的軍火商人，雖然總愛把「生意、生意」掛在嘴邊，但卻有著一種懾人心魄的深邃眼光。奇絲恐怕並非只將拉坎視為一個「刺激的情人」而已，而是真正的、愛上了已經決心為非洲付出的拉坎吧。

隨著乾季再度降臨，橫貫北非的蟲洞網隧道開始南向推進，而為了維護符合捷魯歐政權需求的「非洲秩序」，撒哈拉基金會對於保育園區週邊的警戒與干預，亦與時俱進，更勝以往。今年，不只有暴徒民兵的強犯偷襲，宵特村與環居西沼澤的原住民村落，都受到更加嚴密的觀察與監視。對於宵特與西沼澤村落的居民而言，或許這並非什麼天大的事件，他們早已習於充滿壓迫的外在環境，習於對抗威脅，懂得與生死存亡的運命共舞。然而，這年的難關卻是非比尋常——這是數年一次的大旱之年，西沼澤村落的老者說道：「大旱之年，沼澤乾涸，蝗蟲成災，疫病隨之。」可以預期的是，今年的乾季，將會相當辛苦。

愛斯達來到宵特已經兩年多，這是她第一次遇上大旱之年，村里村外都充滿著緊張的氣氛。為了保護農作物，拉坎決定在村莊四周圍圓打點，立上十來根粗壯的石樁，以村莊中心的瞭望塔為頂端，往各面放下了連接在一起的防蟲帳子，將村莊整個覆蓋住。巨大的防蟲帳子平時可以捲縮起來綁在瞭望塔下方，一旦蝗蟲來襲，便立刻拉起警報，全村動員將帳子張開至定點以石樁固定壓好，期望能順利保住產量不多的作物。全村為此演習了好幾次，年輕的孩子們與其說是緊張，其實更為興奮，整個村莊被防蟲帳子覆蓋住的景象實在神奇，孩子們在村子裡跑來跑去，簡直把進入防蟲狀態的村里當成了刺激的遊樂場！亮橘色的防蟲帳子織得細密又牢固，每一面都交錯三層，一旦張開覆蓋下來，自然也遮蔽了不少陽光。太陽被分成數以萬計的微小光點，從滿天的孔隙中傾洩下來，彷彿沐浴於細緻的光雨之中，每個人身上臉上，也都是一片花妞妞。愛斯達這年十三歲，她的個頭已經比其他同伴高壯許多，眉宇銳氣，英挺懾人，只有歡笑起來的時候仍流露出幼稚的模樣，顯露出她原本的年紀。宵特村的教育與生活型態讓愛斯達整個人脫胎換骨，更展現出一種異於常人的才能——閃閃發亮的才能。也許是個頭高大的關係，愛斯達在同伴之間很容易受到矚目，即使並不多話，她的語句也總是比其他人簡短響亮。幼年在礦場鍛鍊出來的艱苦毅力，使她在一群同樣有著慘困過去的孩子中也顯得不凡，每當愛斯達專注的神情閃閃發光，總使同伴們不自覺地將她視為領導，進而跟隨模仿。愛斯達的戰鬥直覺也異常敏銳，她被米雅・阿姆斯壯視為高徒，十二歲就加入了防衛團，與大她四歲的小隊長透魯共用一艇機槍，成了生死相依的血戰摯友。

烈陽曝曬，草根乾枯，土地龜裂成瓦片的形狀，大旱之神展現出它的權威，誰也無法豁免。就連膚色近乎純黑的愛斯達，也時時感到皮膚被曬得腫痛刺癢，不過，這都只是無關緊要的小事。真正嚴重的問題是，西沼澤的面積快速退縮，五天前還能取水之處，再去之時已成荒劣之地。沼澤東半部分的深水區儘管倖存，但卻在撒哈拉生態保育園區的範圍內。每逢乾季，園區內為數眾多的保育動物也都會聚集於此地，因此在邊界的地方設有恐怖的高壓電籬笆，以及嚴格的警衛巡守，防止西沼澤的村民過來與珍貴的保育動物們搶水，而壞了出手闊綽的觀光客們的雅興。觀光客只想看見動物，想見識健壯的珍奇異獸在廣闊的非洲大地上奔騰萬里的浩大場面，並且在這樣的浩瀚、與強大的力與美之中感受到單一個人的無比渺小，以及這份渺小感為內心呼喚而出的那份純真之愛！這份純愛將會填滿他們的內心，然後為他們帶來生命中罕見的夢想與希望。他們來到非洲，渴望見識一個夢想的世界，充滿各種在惡劣環境中因為低等而無比強悍還有美麗毛皮與其特外型的野生動物，這是文明世界的夢想！文明世界認為自己有權力捍衛這樣的夢想。因此，在這裡，他們並不想接觸現實，因為那會有損他們的高尚。

往年儘管乾旱，西沼澤靠近邊界地區多少還有幾個水坑足以供水，但是今年雨季結束得特別早，乾旱的程度與時間都超出預期；今年，高壓電圍籬之外的西沼澤，在進入乾季的第三個月，就已完全乾涸！

沒有水。

沒有水了。

愛斯達呆呆的站在裂成碎片的沼澤地上，回頭望向透魯與阿麗西亞。透魯皺著眉頭說道：

「嗚啊，還真的蒸發得一點兒也不剩！」

電籬笆的另一側有幾個巡守員拿著步槍，充滿敵意的監視著她們。阿麗西亞向兩個孩子招招手，叫她們上車，要回去了。透魯與愛斯達對視一眼，兩人也充滿敵意的瞪向那幾個巡守員。愛斯達低聲對透魯說道：

「我們什麼時候才能向他們開槍？」

透魯輕哼了一聲，輕蔑地說道：「總有機會的，總有一天！」

阿麗西亞似乎聽見了兩人的對話，趕緊展露大人的氣魄，強硬地呼喝一聲：

「回去了！」

透魯這才拉著愛斯達回頭爬上吉普車，兩人才剛坐好，立刻就被阿麗西亞訓斥了一頓。

自古以來，「白粉」一向都是門好生意，不論是販售還是追緝，大家追求的都是同樣一個目標：壟斷交易權。在非洲許多地方，太多的戰亂與不當統治使貨幣的價值棄如敝屣，每當組織與組織之間有私下交易時，白粉才是最珍貴的有價資產；而其中，又以古柯為最。當拉坎決心建立宵特以對抗暴徒民軍的時候，她便清楚，要使宵特組織存活，就勢必得背棄普世的道德價值觀，以「生存」為優先考量。在這樣的邏輯下，種植古柯便成了理所當然、且最穩定的經濟來源。不用擔心沒有市場，也不用擔心價格崩跌，這兩者都是其他經濟與糧食作物望塵莫及的絕對保障；唯一需要擔心的，只有擋人財路時引起的交易紛爭而已。

拉坎從北美引進了最精良的提煉技術，又把這項技術提供給西沼澤村落的古柯農民，加上奇絲從中穿針引線，宵特村與西沼澤村落的古柯在西非諾叡港與北美曼格勒市都廣受好評。穩定的古柯收入使他們足以持續維持武裝成本，並在乾旱與糧荒時得以向外進口糧食與乾淨的飲用水，可以說，古柯產業正是宵特與西沼澤村落得以在乾荒之地綿延生存的重大關鍵！問題是，這當然也引來了其他勢力的垂涎覬覦。

非洲秩序！多麼令人痛心疾首的辭彙，我們都心照不宣。任何一個強權在強調「秩序」的時候，他們要的通常不是「秩序」，而是壟斷與奴役，位於捷魯歐的全球共和聯邦亦不例外。透過世界單一貨幣「和平幣」，他們壟斷全球貿易的交易權。透過超級物流系統「蟲洞網」隧道的建構，他們奴役所有受控制地區的人民。他們藉由資本主義建立一個超級物流霸權，揮舞著法治與道德的旗幟，榨削早已赤裸橫呈的非洲人民。非洲不是唯一的受害者，非洲只是首當其衝。

撒哈拉基金會對於捷魯歐政權有著莫大的用處，這一點從捷魯歐主動提供的龐大補助費用上即一見分明，撒哈拉基金會就是站在第一線為捷魯歐維護非洲秩序的尖兵。他們利用充足的經費成立了一個協調委員會，專門在旱季時節以緊迫釘人的方式向西沼澤村落的農民進行勸導，勸導的內容通常是提供兩種方案給農民做選擇：第一，因為種植古柯是非法行為，所以委員會必須實踐法律正義，燒掉農民的所有古柯田地。第二，因為種植古柯是非法行為，但由於農民是為了養家活口才不得已知法犯法，考慮到農民可憐的處境，因此只要讓委員會從古柯的收入中抽取高額佣金，便能息事寧人。

說穿了，就是要收保護費，想分一杯羹。

然而西沼澤村落仗著有宵特提供的武力做為後援，態度十分強硬，基金會的協談如同白費工夫，曠日費時卻成效不彰。一切的問題都出在宵特！這個由女人與小孩組成的組織，不但拒絕服從，還敢擋人財路，真是罪大惡極！為了除掉這根肉中刺，委員會向撒哈拉基金會發了一份報告，信誓旦旦地指稱宵特組織為該地區危害最大、武裝程度極高的盜獵與毒品走私集團，長年脅迫西沼澤村落居民替他們為虎作倀，更假裝收留流亡婦女與孤兒做為掩護，實則暗中從事非法人口交易。這份報告在基金會高層與捷魯歐名流之間獲得極大的討論，他們近乎歇斯底里地痛罵這個邪惡的宵特組織！竟敢殺害他們如此重視的保育園區中無助而珍貴的稀有動物！文明世界的傲慢禁不起挑釁，撒哈拉基金會趁此機會打著「拯救非洲的珍貴動物」的口號，募得一筆龐大款項。在各種公開場合露面時，許多慈善名流紛紛一邊展示著身上華貴的名牌服飾，同時咒罵著宵特組織，用著鄙夷且痛苦的口吻說道：

「他們迫害動物，因為他們知道動物沒有反抗之力！他們毫無心腸，不在乎這些動物也是生命！我可沒有辦法傷害動物一根寒毛！我太愛動物了！所以我捐款給撒哈拉基金會，幫助打擊盜獵犯罪！」

這些慈善名流們大概想都沒有想過，這筆名義上用於「打擊盜獵犯罪」的款項，實際上的作用是雇用一支暴徒民兵，使他們配備最新最精良的武器，然後徹底消滅不存在於捐款者眼中的「反抗組織」。而這些憤怒的反抗者，卻正是為了滿足名流們身上的奢華服飾與日夜笙歌的筵席而產生的直接犧牲者。他們不會知道，或許就算知道了，也一樣毫不在意。文明世界不需要聽見真實之聲。

一日正午，沙漠的熱氣與烈陽的火焰統治著大地，愛斯達跟透魯正好輪值在瞭望台上警戒，氣溫熱得令人頭昏腦脹，乾季的下午又正是飛蠅蚊蟲猖獗之時，兩人臉上身上頭上難有一處不被蚊蟲覆蓋。忍耐了幾個鐘頭，透魯實在受不了了，站起身來正想去把蚊帳張開的時候，突然眼神被遠處一個目標吸引住。她一邊揮趕著蚊蟲，一手遮住陽光以仔細觀察目標……透魯的嘴巴不由得張了開來，但卻已顧不得吃進蚊蟲，立刻回頭大叫：

「警報！入侵！快拉警報，愛斯達！」

「蝗！蝗蟲嗎！」昏昏欲睡的愛斯達頓時驚嚇躍起，倉皇問道。

「不！」透魯怒急大叫：「暴徒部隊！可惡！為什麼雷達沒有警示！」

驚心動魄的警報聲貫穿大地，隨著撒哈拉反恐部隊一同行動的攝影記者卡西法瞬間睪酮素激增，他環顧四周這些職業雇傭軍鐵血剽悍的面孔，在心裡不斷告訴自己：啊！這就是戰爭！真正的戰場！自己終於要成為夢想中的「戰地記者」啦！先前抑鬱地寫了幾年沒品的小道八卦仍未放棄而能熬到今天真是太值得了！打吧！戰吧！渾身浴血吧！戰地作家的榮耀已是唾手可得！

彷彿呼應著卡西法內心的怒喊，突然一陣狂野的巨響，開著十八輛軍用悍馬車的撒哈拉反恐部隊從正面迎上了宵特組織的第一波攻擊！磅、磅、清晰的兩聲，當頭兩輛悍馬車無預警地翻車倒地，大火猛然竄燒起來，裡面的人員還來不及逃命，突然紅色的焰光一閃，冒出一個巨大火球，接連猛烈爆炸的音波撞擊，彷彿氣流也隨之憤怒。卡西法嚇得抱頭蜷縮，身心亂顫，他用發抖的手試圖拿起相機，不停地在心裡怒吼：快拍啊！快拍啊！這就是榮耀的身姿，快點拍啊混帳！然而手還沒拿穩，隨後又是一波飛嘯的流彈攻擊！機槍子彈的飛嘯聲不大，在空中聽起來是短捷的咻、咻咻咻！而打在車板上則是叮、咚噹、咚磅叮咻、咚噹！卡西法鼓起全身力量睜開眼睛，好不容易抓起相機拍下第一張珍貴的照片，卻發現相機根本無法拍下緊迫駭人的子彈飛嘯聲，他按下快門，只拍到了自己蜷縮的膝蓋頭。

宵特村裡，米雅・阿姆斯壯毫不留情地指揮輕砲小隊，持續朝逼近中的車隊進行炸射，不久炸中第三台與第四台，火焰哭號了起來，兩台車翻撞在一起，部份車體隨著車內彈藥的爆炸緩緩衝上了天空，然後落在後頭另一輛車的前車蓋上，把引擎砸個歪七扭八。宵特的輕砲彈射程較敵軍車上的機砲稍遠，米雅命令隊員充分利用這段射程之差，盡量多毀一輛是一輛。「把砲彈用完也沒關係！反正一旦變成接近戰砲彈也就沒用了！給我一炮炸一輛！」

透魯和愛斯達也扛著重機槍跑來前線備戰，瞄準器一架好，透魯湊上眼睛一看，皺起眉頭，說道：

「啊咧，不是暴徒部隊？裝備不太一樣！」

「沒差！打死就都一樣了！」

愛斯達鬥志高昂地催促透魯對敵軍掃射，透魯也頗有同感，朝著敵軍的引擎蓋與駕駛座答啦啦、答啦啦啦地扣下扳機。

各種不同頻率的飛嘯聲從卡西法身邊穿射而過，他動彈不得，只能抱住長著茶色鬈髮的尖細頭顱猛地把身體塞在椅坐下方。撒哈拉反恐部隊在進入己方機砲射程之前又有好幾台車被炸中，他們分隊行進，試圖分散宵特的防禦火力，然而車隊一分散開來，卻使弱點更加暴露。不久，反恐部隊終於展開期待已久的反擊，車頂的機砲吐出火舌，對著宵特村里低矮圍牆上劃出一長串的曲線，圍牆瞬間飛散四射，並非傾頹倒塌，而是灰飛湮滅。塵煙漸散，彈痕累累的泥土屋裸露了出來，機砲的碎片隨即射穿屋內，頓時碎屑四濺，旁邊一個隊員悶呼軟倒，眼窩上方被打穿了一個小孔，汩汩滲出濃稠鮮血。愛斯達怒意暴衝，伏身爬過去一肩扛起輕砲基座，狂吼怒道：

「回擊！現在立刻回擊！」

愛斯達通聲一吼，透魯也立即放棄掩蔽，爬起來拉住機槍，瞄向敵方車隊就是一陣瘋狂射擊，一時間氣氛高漲，其他防衛隊員受到激勵，跟著發動一陣激烈反擊。愛斯達見其勢可乘，轉頭對米雅・阿姆斯壯吼道：

「團長！距離夠近了！狙擊砲手與司機！」

不消米雅調動，狙擊隊員早已準備在後，趁著機槍與砲擊的掩護展開狙擊。宵特村莊的連外道路只有前後兩條，道路狹窄而彎曲，四周則由農田圍繞。農田闢得十分緊密，以纖細而高聳的田埂相互連接；這些細得只能單人步行的田埂刻意建得堅固而突出，如此一來，入侵者若是打算直接橫越田野、直搗黃龍時，車輪就會被田埂給卡住，成為活生生的遲鈍標靶。在建造田埂時拉坎還特意做了測試，即使是性能最優越的四輪驅動車，也一樣在田埂間進退不得。奸詐的田埂猶如隱形的地面陷阱，在雙方激烈交火的緊張情勢下，開在前頭的幾台敵軍悍馬車在蜿蜒狹隘道路上被擊毀，形成現成的路障。被堵在後頭的撒哈拉反恐部隊為求突破，車隊於是離開路面，紛紛駛入田野之間，愛斯達嘴角忍不住笑意，果然沒多久，這些自以為聰明的車隊魚貫壓過田埂，隨即翻覆卡住。宵特的狙擊手冷笑上陣，當反恐隊員背著沉重的武裝設備從翻覆的車廂中努力爬出來時，就是豐收的時節——「獵田鼠」戰場！

正面襲來的敵軍陣營相當慘烈，由於宵特村里的佈局易守難攻，這批職業軍人傷亡慘重。記者卡西法搭乘的悍馬車也在田埂間傾斜卡住，車上部隊棄車步行，然而一離開車廂，準確得要命的狙擊子彈就朝著身軀而來，卡西法被眼前的景象嚇壞了，他原以為這批職業軍人強悍勇猛，跟著他們行動應當安全無虞，沒料上了戰場，傭兵終究是烏合之眾，只知道口出穢語做出愚笨攻擊，當危機發生時卻如此任人魚肉、毫無對策與紀律可言！卡西法知道若想活命，此時絕不能離開車廂，宵特組織應該不會浪費更多的砲彈在這種已經動彈不得的目標上，理論上，短時間內車廂應是相對安全的。卡西法神經緊繃，努力將身體藏於座位間的屏障之處，直到槍聲逐漸緩息，他猶豫著要不要出去投降。

「讚啊！我們有火力優勢！」

透魯快意地握拳大叫，敵軍車隊近乎完全停止，勝利的狂喜瞬間爆發。透魯亢奮地催促米雅讓她組隊前往俘虜殘存敵軍，愛斯達則認為應當繼續維持防禦陣勢一陣子，確定沒有其他敵軍蓄勢待發，再去處理俘虜的問題。米雅考慮了一會兒，叫愛斯達領隊鎮守，自己則帶著透魯與其餘十人組成小隊，到前線去確認敵軍情況。

米雅帶隊出去之後，拉坎與阿麗西亞從另一側趕來救治傷員，宵特防衛隊雖然獲得勝利，但也付出了嚴苛的代價，隊上六十人死了七個，十三個極度重傷，其餘無生命危險傷者二十餘人。愛斯達站起身來，她並不擔心透魯與米雅在前線的情況，猜想她們會遇上零星的反擊，但敵軍已無可乘之機。然而不知為何，愛斯達仍然感覺內心惶惶不安，熟悉的恐懼揮之不去，從她有記憶以來，就始終纏繞著她的那種深層恐懼！這使愛斯達疑惑了起來，敵軍已經被消滅了，為何心中仍舊如此騷動不安？愛斯達渾身不對勁，她也說不上來是什麼狀況，不過就是不對勁！彷彿像是……像是這整件事情還沒結束！

愛斯達本能的往後方村里望去。突然間，一種微小的、精密的、悶聲的頻率擄獲了她，愛斯達寒毛豎立，大吼說道：

「他們在後面！槍聲裝了滅音器！已經進來了！」

拉坎一驚，抓起衝鋒槍說道：

「阿麗西亞繼續救治傷員，其他人跟我來！」

愛斯達領頭跟著拉坎往後方衝出去，起居區的村民已與入侵者交上火，拉坎與愛斯達等人在己方火力掩護下趕來，才驚覺村落已有半數房舍落入入侵軍手中。一個平常很黏阿麗西亞的少年麥牙向拉坎報告說道：

「對方大約二十人，沒什麼戰略，就是破門掃射，他們有輕火箭砲和肩負飛彈！幾乎擋不了！」

「他們怎麼進來的？」愛斯達氣急敗壞，麥牙往窗外一指，瞪大眼睛說道：「他們的直昇機就在村外！」

「直昇機！」愛斯達驚叫說道：「那怎麼會沒聽見聲音？」

「只要裝了翼形消音旋翼的話就都很難聽見，」拉坎命令說道：「總之，我們要搶回村落！」

防衛隊迅速整裝分隊，正要搶先進攻時，突然火光一閃，一枚爆破飛砲炸中門口，愛斯達被震波摔在牆上，整個人摔得七葷八素，她知道下一秒敵軍就會衝進來，顧不得太多了，儘管塵煙漫天，能見度低下，愛斯達伸手抓起步槍就朝門口射擊，果然聽見嗚嗯悶哼兩聲，隱約看見一個黑色的身影在門檻處倒下，隨後又擠上來一個身影，愛斯達想也沒想再次壓下板機。混亂之中，一隻粗壯的手臂霍地擄住愛斯達的身軀，將她粗暴地壓倒在地，背上一陣尖劇刺痛，愛斯達哀嚎起來，雙手一軟，步槍隨即脫手被踢開。手上一空，愛斯達意識清醒過來，本能地把身體側向一邊抽出短刀捅進敵人肚子，敵人嗚呼一聲正想反制，愛斯達已捅進第二刀，這一次正中右側內臟，對方痛苦地縮了一下身子，便再也沒有動靜了。愛斯達掙扎著爬起身來，環顧四周搜尋她的步槍，卻看見室內屍首橫呈，防衛隊員的肢體與入侵軍隊相互交疊。愛斯達隨地撿起一把輕機槍，上膛之後往屋外跑去，街道上仍稀稀落落的響著槍聲，許多屋子裡還正在肉搏戰，愛斯達想要發號施令、重整戰局，但她已是孤零零一人。宵特的防衛已被擊潰，村民各自展開反擊與掙扎的搏鬥，原本的優勢蕩然無存，敵人又比她們強壯得太多！愛斯達感到萬念俱灰，她扛起一把肩負輕砲爬上屋頂，看見麥牙說的那台敵軍直昇機，果然就大剌剌地停在村外不遠之處，看上去像是雌鹿型，不過卻沒有配備武裝。很難相信雌鹿直昇機竟然沒有配備武裝！那除了體積很大之外還有什麼優點？愛斯達已經懶得思考了，她趴在屋脊上把輕砲架好，瞄準尾翼開砲，砲彈偏差並未擊中尾翼，但卻在連接尾翼的脊骨上打穿一個洞。直昇機急起飛升，搖晃得有些嚴重，愛斯達心想，想殲滅我們，你們一個也逃不了！復仇慾望高漲，她迅速調整砲管角度，根據直昇機的動態又打出一發砲彈。正以為打得太低而再度失手時，沉重的雌鹿機體卻劇烈地顫了一下，受損的尾翼脊骨撐不住起飛的受力而扭曲折損，很快整台機體便失控旋轉起來，發出嗡嗡的咆嘯聲墜落地面，旋翼葉片唰唰唰地用力砍入沙中，掀起一陣滾筒式的沙龍捲。葉片折斷的部分噗嚓噗嚓地如暗器般飛散四射，愛斯達努力壓低身子，瞬間，不幸的感覺降臨，後腦杓一涼，頭盔活生生被削去一大半，她摸摸腦袋，手上沾了點血，黏呼呼的一片，不過腦殼還在。

正打算從屋脊上脫身，卻聽見了一種難以擺脫掉的、奇特的聲音，本來還以為是錯覺，腦袋給刮破了所以產生幻聽？就在下一秒，愛斯達抬頭往天空一看，還真以為是自己瘋了……整個天空黑壓壓的一片，密密麻麻的紅棕色小點聚集成詭幻的巨大活體，遮蔽了整個宵特村里。牠們不斷變幻，隨即撲天蓋地而來，用著令人抓狂的麻癢振翅聲征服萬物生靈。愛斯達驚得全身僵硬，恐懼得不知所措，腦中只能迴響著一個詞彙——蝗蟲！愛斯達一咬牙，心想，原來蝗蟲長這樣！可惡，真是不祥！穿蝕腦門的巨大振翅聲奪走人們的靈魂，愛斯達只能捂著頭臉恐懼地將身體伏在屋脊上，成千上萬的赤色飛蟲如暴雨般將她覆蓋，愛斯達發瘋地滾下屋頂，踢著腿摔落地面，蝗蟲喜愛她，將她頭頂的傷口視為珍饈，愛斯達發狂尖叫地在地上打滾亂舞，然而她的呼救卻在蝗蟲的集體意志下被淹沒覆蓋。愛斯達絕望了，她放棄掙扎、放棄防禦；雙手癱軟，眼睛睜了開來，任由全身覆上赤色外衣，呆呆的躺在地上。

抖地！一雙大手抓住愛斯達的身軀，把她一把拖起。透魯的喊叫聲從虛空中傳來，喚醒了愛斯達的血液。透魯著急地拍趕蝗蟲，脫下自己的衣服包裹住愛斯達受傷的頭顱，用著非比尋常的巨大力量將她拖離街道，鑽進一間土屋。米雅和一部份防衛隊員也躲藏於此，看見熟悉的面孔，愛斯達這才回神，激動地叫道：

「團長！蝗蟲！蝗蟲是真的來了！我們沒有張開帳子！作物……」

「別慌！愛斯達！」米雅鎮住愛斯達的肩膀，渾聲說道：「蝗蟲不會停留太久，傷患待在這裡耐心等待！拉坎跟其他人呢？」

愛斯達搖搖頭，低聲答道：「不知道……走散了。」

米雅讓愛斯達與其他傷員待在土屋裡，自己領著一個小隊前去支援拉坎與其他村民。愛斯達粗魯地把頭部隨便包紮起來，抓緊一把步槍縮在門口內側防守。她的內心還在顫抖，靈魂卻已變得冷酷，宵特村里前途茫茫，然而這裡是自己唯一的歸所。愛斯達心想，拉坎說得對極了！為了安居直至終老，我們必須戰勝！要生存，就得戰勝！

午後的陽光如沙漏般灑下金色的光影，蝗蟲的聲音與氣味都逐漸遠去，愛斯達與同伴們緩慢地走到街道上，空氣如死者般寂靜，處處充滿爛泥似的蝗蟲軀殼與殘破的土屋牆垣。透魯、米雅與其他防衛隊員從另一側走出來，看見愛斯達等人，便叫她們過去集合。

拉坎受了重傷，腹部被槍彈打穿，子彈卡在她的骨盆內側，流出來的血是極深的黑色。她臉色慘白，咬著牙齒硬撐著，蓬鬆的頭髮毛躁散亂，眼睛瞪得好大。愛斯達有些惶恐，她從沒看過拉坎這副模樣。米雅忙著聯絡阿麗西亞，要她趕緊帶救護箱過來，拉坎卻抓住米雅，幾乎是用嘶吼的方式聲嘶力竭地說道：

「答應我你不會離開！答應我你不會放棄宵特！答應我……米雅！」

米雅毫不猶豫，用力握住拉坎的手臂，堅毅地洪聲說道：

「我會盡我所能，最大的力量！就像你一樣！」

拉坎急喘了起來，大豆般的淚珠從滿是鮮血與污泥的皮膚上滾落，劃出了幾道放射狀的濕潤淚痕，拉坎還想說些什麼，看見愛斯達在旁邊，便伸手抓住愛斯達，淚腺崩提地嘶聲說道：

「你們會沒事的！你們會不斷戰鬥，然後，你們會建立一個安居的國度！不管變成什麼，我都會幫助你們！愛斯達……建立自己的國度！和同伴們一起……絕對不能放棄！」

「我知道、我知道、我知道！拉坎！」

愛斯達著急地答道，她根本還沒有意會到這是拉坎的遺言，只是被那野獸般極度憤怒的不甘願所感染，恐懼地也跟著掉下眼淚來。

猙獰的面目再度轉為平靜，拉坎恢復了昔日的容貌，只是看上去有些疲憊。身軀長眠於赤貧荒漠，靈魂與天地共存。記者卡西法失魂落魄地縮在村里角落，與他同行的撒哈拉反恐部隊已全數在這一役中遭到殲滅。宵特村民贏得了最終勝利，然而付出的代價，卻是難以承受的沉重。全村只有不到五十人從這場殲滅戰中脫身，生還者一無所有，僅有的糧食作物與古柯田都被蝗蟲啃食殆盡，先前儲備的乾糧與飲用水，也都在戰鬥中銷毀大半。宵特村，已經走投無路了。

然而，每當愛斯達爬上瞭望塔，眺望著遠方的天空與地平線時，心裡就會騷動起一股莫名的激昂，彷佛是緊攫著靈魂的語言，吹氣動髮地對她說道：

我知道生命，
我知道死亡，
我知道戰鬥！
更知道如何回首凝視，
但絕不走回頭路。

第四章　暴徒與詩人

雨季降臨時，萬物都顯得低迴而虔誠，年復一年的乾旱不斷考驗著生物的極限，逐水草而居的動物骨骸，在遷徙的路徑上隨處可見。當生存與死亡的界線變得模糊不清，唯有跨越過瘋狂的行逕，才能追逐出更高層次的鍛鍊，並在電光火石的瞬間，成就出邪惡的勝利新章。

宵特村慘烈地消滅入侵部隊後的兩個星期，當村民們正忙於大規模地重建家園、整修防禦的圍牆與田埂時，突然一日正午，搖曳的地平線上出現了一個不尋常的景象。一長排約有十多輛吉普車、每輛車都超額滿載著過多的乘員與行李貨物，有如螞蟻雄兵般列隊而行，徐緩地往宵特村前進。

幾日前，宵特村才將拉坎與村裡眾多的死難者一起合葬。墓地儉樸，但每個人都有墓碑，在村外立成了一個矩陣，守護倖存的村民。越過令人錐心的矩陣之地，愛斯達的視線隨著地平線上的吉普車隊緩慢地瞇了起來，直覺告訴她，又有事情要發生了。

爬下瞭望塔，幾個防衛隊員隨著米雅一起去接應西沼澤的車隊。雖然已經料到事態不對勁，但是當車隊開到宵特村外，看見車上的西沼澤村民時，愛斯達還是十分吃驚。他們風塵僕僕，滿臉無助，攜家帶眷地逃奔求援，顯然受到極大的驚嚇。米雅讓透魯安排收容西沼澤村民的事宜，愛斯達立刻衝上去幫忙搬行李扶老人。稍微安頓了一會兒之後，才從餘悸猶存的西沼澤村民口中，聽見了另一樁驚悚慘案。

莫約就在宵特遭受攻擊的那幾天，一日早晨，西沼澤的村民們如常前往沼澤東區補給儲水，這是每週的例行工作。然而，這天的情況卻有點不一樣。當村民們一邊來到沼澤東區，心裡還正期望著能有幾個水坑讓他們取水的時候，眼前所見的景象，卻讓他們大吃了一驚。原本矗立於沼澤中央、將寶貴的東沼澤區隔於撒哈拉保育園區邊界內的那一整排高壓電圍籬，竟然不知何時已經被移除了！眼前只有一望無際的相連草原，以及成群遷徙的動物。

村民們高興得掉下了眼淚，立刻衝進濕潤的沼澤地，在僅剩不多的深水坑中趕緊把貯水桶裝得大滿，腳一踩下去，水塘裡居然還存活著不少兩棲魚類！他們狂喜地把衣服脫下來，在水塘裡一連撈了好幾條大魚，想盡辦法用衣服把使勁扭動掙扎的大魚包裹住，才意猶未盡地邁向回程。電籬笆被撤除的消息迅速在村落中傳開，大家都很興奮，就像是長久以來緊緊箍住頭顱的巨大鐵鉗瞬間消失無蹤，頭痛康復了！腦袋自由了！喜樂從天而降。當天晚上，許多家庭痛快地用掉先前的貯水，全家人都洗了淋漓盡致的澡，大口喝乾碗裡的每一口飲料，解除掉一輩子的乾渴折磨……現在，這些都不算是奢求了，生命本當如此豐盈！

孩子笑了，咧開嘴巴露出大大的牙齒；婦女笑了，微皺著眉頭露出苦盡甘來的神態；男人也笑了，良善爽朗的言談中彷彿不曾擔憂過明天。就在甯特村與撒哈拉反恐部隊怒目睜著血紅的雙眼試圖殲滅對方的那幾日，西沼澤村落裡卻如同年節慶典般，不知煩憂地連續慶祝了好幾天。

直到有天傍晚，遠遠地、從田野之間，突然一陣驚天動地的淒厲慘叫；喜悅嘎然而止，樂土崩然幻滅。半數的成年婦女，消失於荒野之間。

那一天，日間在田裡工作的辛勤婦女，沒有一個回到村子。男人們急了，儘管夜幕低垂，最後一絲陽光也離開泥土，他們還是鼓起勇氣，打著亮晃晃的探照燈，往通向田野的小徑走去。深入蠻荒，無邊的黑暗使人走向不同的命運。當探照燈的光束滲入夜色，還返映出的，卻是一整片、密度驚人之高、令人屏息的金色星空！星光此起彼落，於暗夜中相繼閃爍，金色的光點猶若柔軟的地毯，循著地勢變化而匍伏前行，朝向人們逼進。此時，一聲驚雷乍響！天空哭泣，靈魂傾訴；斗大的雨珠打在冒著煙霧的獵物身上，當一道光亮消失，絕望在鐵銹的腥味中降臨，人們永遠也不會知道，自己不過是獵食者眼中的盤中飧。

西沼澤村落被獅群包圍了，一批一批、飢餓又強大的獅群。然而，村民們心中充滿恐懼的臆測，很難判斷這群「獵人獅」究竟是否屬於這個地區的原生獅群。牠們對獵食人類似乎情有獨鍾，莫非是受過訓練？還是人類果真太容易獵食？不論如何，西沼澤的村民直到此時才頓然省悟，東邊的高壓電圍籬，恐怕不是被移除了，而是整個西沼澤區域「淪陷」的象徵——他們大概都被劃入保育區的統治範圍內了。

接下來的日子如同煉獄，每一日，都有更多村民淪為餌飼；每一夜，令人屏息的金色星空，都比前一日更加緊密、更加貼近村落。男人們試圖以悲憤的機槍子彈橫掃煙幕，當許多眼睛在黑暗中黯淡熄滅，隔日必然引來更激烈的大型入侵。大貓向人類揮軍挺進，西沼澤村落久未補給，彈藥攕据，低矮的木造泥草屋猶若兒戲之物。夜晚的屠殺是虛幻的夢魘，牠們喜歡婦女的大腿勝過男人的臂膀，內臟更是營養！哭叫的幼兒也絕不放過，脂肪率高的部位總是特別養生。繁星揮灑的夜晚變得異常死寂，村民們噤若寒蟬，只能無助地聽著……又有誰家陷入毫無希望的搏鬥。數日之後，情況更加險惡，就連光天化日之下，村民們也受到獅群的熱烈凝視。牠們用鎖住獵物的眼神盯著村人活動，只要一離群落稍遠一點兒，就成了活牙祭。於是很快地，西沼澤村民連田地的農務都被迫放棄了。老實說，如果獅群夠聰明，牠們就應該容許人類持續耕作才對；然而獅子非人，牠們無意從事畜牧業。短短兩個星期，西沼澤村落被逼得走投無路，不能下田，不能出門，就連躲在屋中也不盡安全。唯一的活路，恐怕只能集體出走，投奔宵特村。雖然他們心知肚明，此舉將會把獅群引至宵特村附近，然而對於西沼澤村民來說，至少宵特村目前沒有這種燃眉危機，應當還有足夠的存糧、足夠的武裝來對抗求生。更重要的是，今日不去宵特村的話，恐怕又有許多人沒有明天可去了。

尚未從死鬥的傷殘中恢復，又突然收容了西沼澤投奔而來的村民，宵特村的現況，實已嚴重超出負荷。雖然告知奇絲當前的緊迫危機，然而從曼格勒市安排越洋補給最快也要三個星期。阿麗西亞與米雅面面相覷，如此嚴苛的匱絕危機，竟使她們無計可施。

一天晚上，負責守夜的愛斯達盯著漆黑的夜色，透過夜視鏡往黑夜中瞧去，隱約看見不遠的矮樹叢中有幾條肉蟲般的物體正窣窣移動，正當愛斯達皺起眉頭、心生警戒之時，其中一隻臉孔探出了遮蔽的枝葉——那是一對美麗的金色雙星，在夜視鏡中發出詭異的青綠色光芒。愛斯達抓起步槍，反射性地射殺了樹叢中的母獅。震撼的軀體應聲臥倒，長長的尾巴優雅地畫出一道弧線，拍打在樹叢上，隨後也垂軟在地。槍聲把獅群其他成員嚇得夾腿縮逃，火速竄離愛斯達的視線；只剩下受到驚嚇的昆蟲如雪片般群起飛舞，圍繞在母獅身邊久久逡巡不去。

槍聲也驚動了宵特村人，透魯從前方的瞭望台跑了過來緊張地探問情勢，以為又有暴軍來襲。愛斯達歎了一口氣，說道：

「確實有東西來襲，但是不是人，是獅子。」

「果然被引過來了嗎！可惡！」透魯有些氣急敗壞地罵道。

「吶，透魯！我一直在想，既然糧食不夠了，我們乾脆打獵吧？」愛斯達指著遠處才剛被射殺的母獅，睜開晶亮的眼睛，聲音壓得好低，興奮地說道：

「看！充足的肉！」

「你認真的嗎？」透魯臉上還皺著眉頭，嘴角卻已露出邪笑，沉默了一下，說道：「確實是充足的肉。可惡，我好餓。」

「我們開車去把它拖回來吧？現在！」愛斯達大膽地說道。

「現在？」透魯嚇了一跳，愛斯達趕緊抓住她，低聲說道：「因為等到天亮的話，團長與阿麗西亞一定不會准我們吃獅子肉啊！」

「說的也是！」

想到魂牽夢繫的肉味，透魯實在無法忍受了，立刻秘密召集了幾個防衛隊員，合力把吉普車推到村外發動，在夜色的掩護下，想盡辦法才把愛斯達射殺的那頭母獅給拖上車載回來。笨手笨腳地開腸剖肚、掏出內臟，花了好大的力氣終於清理完畢。等到要開始烹煮美食的時候，天邊已透出虛幻的白光，大家都精疲力竭，餓垮累壞了。

久違的早晨，宵特村里猶如夢中的海市蜃樓，人人都從一股濃郁的燒烤肉香中含淚甦醒……啊啊！多麼令人激動的香味！村民們一個個捱著肚子從屋中探出身子，陶醉又悲傷地想要確認香味的來源。許多人精神恍惚地說道：

「天哪，我一定是餓昏了！」

驚心動魄的肉香味把村民們全都吸引了過來，他們聚集在防衛隊員的宿舍屋外，看見的景象必定吃驚不已。年輕的防衛隊員們合力煮了好幾大桶肉湯，正在裝成小碗，讓大家分食。村民們在晨曦的沐光下喝著獅子肉湯，一股強大的暖流從胃腹中竄升而上，含帶著微鹹的鹽分，往每個人的眼眶中冒了出來。

遠遠聞到肉香，阿麗西亞也急急忙忙的跑來，一看見透魯與愛斯達，便著急地劈頭喝道：

「該死！你們煮了什麼啊！」

「呃……」

透魯與愛斯達互看一眼，不知該怎麼回答。阿麗西亞往鍋裡一看，只剩一些熬透的大骨，再往後頭一瞧，便看見一堆剝得七零八落、極為狼狽的金色毛皮。阿麗西亞瞬間變臉，嚴厲地問道：

「獅子？你們殺了獅子？」

幾個參與的防衛隊員害怕了起來，低著臉孔不敢說話。愛斯達沉默了一會兒，定聲說道：

「是的。我殺的。昨天晚上。」

「很好，你殺的。那麼，」阿麗西亞怒目瞪向愛斯達，又問道：「誰提議把獅子煮來吃的？」

「我提議的。」愛斯達用著毫無情緒的語調說道。

透魯一聽，趕忙搶著辯解說道：「啊！因為大家都餓了，我們缺乏蛋白質，對吧！沒有力氣要怎麼作戰！」

「笨蛋！」

阿麗西亞勃然大怒，放聲罵道：

「你們難道不曉得獵殺動物的下場嗎！撒哈拉基金會已經視我們為眼中釘了，現在你們還吃了獅子！開什麼玩笑！你們就這麼想被殲滅嗎！」

「就算不吃獅子！他們一樣要殲滅我們啊！」

愛斯達罕見地憤怒了起來，激動地怒斥說道：

「情勢已經明擺在眼前，西沼澤區已經淪陷，他們就是要我們消失！不論我們是否願為他們奴役，都一樣只有死路一條！只差是慢慢折磨致死，還是瞬間被殺。在他們眼裡，在那些『外頭』的人眼裡，我們根本就不存在！因此暴軍一定會來，屠殺必然再度發生！就算不去觸碰他們的法律，我們也毫無和平生存的餘地，這就是事實！這就是我們的現況！為了安居直至終老，我們必須戰勝！」

「就算如此也不能吃獅子！」阿麗西亞氣得七竅生煙，吼道：「刻意去惹火敵人，萬一補給之前就又一次敵襲呢！你吃了肉，好哇，有力氣了！但是沒有彈藥你要怎麼作戰？不知死活！真是不知死活！」

「阿麗西亞！」

冷不妨一聲呼喝，後頭的米雅打斷阿麗西亞的怒罵，她站在後面已有好一會兒了。環顧四周，一個個吃了肉湯而面紅耳赤的村民，以及透魯與愛斯達倔強的臉孔，米雅嘆了口氣，說道：

「吃都吃了，算了吧。現在有更緊急的事。所有隊員回到崗位上開始執勤，該工作的都開始工作！阿麗西亞，我有事要跟你說。透魯、愛斯達，你們兩個也過來。」

群眾呼應散去，透魯與愛斯達只得放下喝了一半的肉湯，雙雙嘟著嘴往米雅後頭跟去。

米雅走進平常用來開會的軍議房間，透魯與愛斯達進去的時候，其他人已經等候多時。除了米雅與阿麗西亞之外，還有記者卡西法，與另一名防衛隊的小隊長麥牙。愛斯達看見平常一臉落魄樣的卡西法也在房間裡，突然感覺到事態不尋常。以戰地記者身分隨同撒哈拉反恐部隊入侵宵特的卡西法，在殲滅戰之後就一直留在宵特村沒走，雖然米雅說可以開車送他去諾叡港，但卻被卡西法拒絕了。對於這種沒戰死又賴著不走的侵略者，愛斯達本能地將卡西法視為戰俘，然而，卡西法卻似乎很得米雅重視，這令愛斯達心中莫名的有些不是滋味兒，因此每當卡西法在場，愛斯達總是沒有好臉色。不過話雖如此，看見卡西法出現在軍議房間裡倒還是第一次。愛斯達心生警覺，轉頭看向米雅，只覺得氣氛十分嚴肅，確實不像是要討論獅子肉湯之類的話題。米雅把大門關起來，站在門邊，雙手沉重地叉在腰上，低聲說道：

「各位，剛剛我們得到聯繫，這批補給不會進來了。」

「什麼意思！你說不會進來？」阿麗西亞首先跳腳罵道：「是奇絲那傢伙怎麼了嗎！」

「不是，」米雅說道：「貨櫃在諾叡港被攔下來了，撒哈拉反恐部隊在我們這兒被殲滅的消息已經在外面傳開，現在我們宵特可是真的被定義為武裝盜獵的不法叛軍了。」

「你這傢伙！是你告的密吧！」愛斯達對著卡西法破口吼道：「這裡就只有你會幹這樣的事！」

「不關他的事，愛斯達。」一旁的麥牙打斷愛斯達說道：「撒哈拉的部隊被殲滅前曾經向他們總部發訊求救。而且事實上，那天從入侵到作戰的整個過程，都被衛星拍攝下來了，那批軍隊本來就是撒哈拉基金會的車前卒，他們的任務不在於是否打贏，而是誘使我們反抗，然後將作戰的過程拍攝下來，作為宣告宵特是不法組織的證據。對於撒哈拉基金會而言，這才是真正的目的。」

「可惡！」透魯恨得牙癢癢地罵道：「竟敢玩弄我們！」

「那些都不重要了，透魯。」米雅沉思著說道：「如果我們的貨櫃在諾叡港被攔劫下來，表示奇絲現在可能也已經受到監視，不能輕舉妄動，但是除此之外我們又沒有其他門路可以補給。我比較擔心的是，撒哈拉基金會既然都已經能夠查封貨櫃，並且用衛星監測宵特的實際活動，加上西沼澤等於是被滅村了；種種跡象都顯示著強烈的目的性，若真如此，接下來恐怕很快就會有終結性質的大行動……」

「誰怕誰！」愛斯達怒道：「來幾個我殺幾個！」

「不能這麼說，愛斯達，」透魯也面若冰霜了起來，說道：「我們被斷了補給，等於是受到圍困的狀態，如果繼續再把我們這樣困個幾週，彈盡糧絕，根本不用打了。」

「沒錯，絕對不能等到那一步！」米雅說道：「既然這次無法作戰，那麼就必須在對方展開圍困行動之前先進行交涉。問題是我們不能直接去跟撒哈拉基金會交涉，那是羊入虎口。對於這個點，卡西法剛剛提出了一個很有趣的建議，我想讓你們大家聽聽看。」

米雅示意卡西法發表他的建議，只見卡西法嘆了一口氣，微微站直身體，輕聲說道：

「請問各位知道紐賽納教育協會嗎？」

眾人面面相覷，不知所以然。卡西法沉默了一會兒，繼續問道：

「那麼，各位一定知道蟲洞網隧道吧？」

「嗯，就要蓋到諾叡港了對吧？」透魯說道：「撒哈拉保育園區為了把範圍連結到諾叡港市，所以西沼澤才會被滅村。」

卡西法點點頭，說道：

「紐賽納教育協會，它是一個與蟲洞網的社群體系緊密結合的慈善教育機構，目前已經在北非經營得相當成功。除了提供孩童免費的基礎教育與高等就業教育之外，比較不為人知的部分，是它在蟲洞網於北非建造的期間收留了該地區因土地被徵收而失去居所的大量流民，紐賽納協會的安置計畫也非常周全，據我所知，當初這批受到紐賽納協會保護的北非流民，現在都成為蟲洞網中的主要勞動力……」

「你是叫我們也去當奴隸嗎！」

阿麗西亞不可置信地看向米雅，米雅立刻伸手制止的音量，說道：

「不是的，你沒聽出其中的關鍵嗎？阿麗西亞？」

阿麗西亞皺起眉頭，無法理解地轉頭瞪向卡西法，說道：

「我只聽見你說流民變成蟲洞網的苦工！」

「我沒說苦工，」卡西法一臉窮酸相地辯解：「是主要勞動力！」

「這不重要吧，阿麗西亞！」透魯正想打圓場，愛斯達卻突然瞪大了眼睛激動起來，急聲說道：

「啊！我知道了！是這個意思吧，團長！只要和紐賽納協會合作，就可以避開敵人的攻擊，還可以堂堂正正的入侵蟲洞網！」

「沒錯！」米雅眼中透出一道銳利的亮光，然而隨即又隱藏了起來，面色轉而沉重，說道：「以前我跟拉坎就有討論過，最好把宵特『植入』蟲洞網的體系內，這樣不論各方面條件都會變得對我們有利。但是當時苦無門路，接著宵特又開始栽種古柯作為主要經濟來源，使得我們無法化暗為明。如果要進入蟲洞網體系，就必須放棄現有的基地，當然包括所有的非法交易。短期內必然會一無所有，只能以難民的姿態接受救濟與安排，然而長遠來看，進入蟲洞網才是最正確的策略。」

「問題是，」透魯問道：「以前沒有門路，那現在有門路了嗎？」

米雅微笑起來，眼睛看著對面的卡西法，說道：

「好巧不巧，這傢伙與紐賽納教育協會有點因緣。」

眾人的眼睛隨著米雅的示意轉向卡西法，卡西法點點頭，輕咳了一聲，含蓄地解釋說道：

「剛出社會的頭幾年我曾在一間小雜誌社為《吉奧雙週刊》工作，當時指導我的總編輯卓若卡女士，也就是現在紐賽納教育協會的董事會長，是位很令人敬重的人。雖然替她工作的時間不長，但是一直都有保持連絡。要隨行來非洲之前，我也還曾親口向卓若卡女士報告過。如果各位希望的話，甚至現在立刻就可以連絡上她。」

「那就快點連絡上她啊！還等什麼？」愛斯達心直口快地催促道：「撒哈拉基金會的一切惡行都是要替蟲洞網開路！可見蟲洞網多麼重要！是敵人的命脈。如果真的能夠進入蟲洞網的內部，從內部開始掌握蟲洞網，那就等於是控制了敵人的腹腔！快點打電話給那位女士吧，卡西法！」

「慢著愛斯達！這可不是隨便說了就算的事情！」

阿麗西亞突然怒喝了起來，這個提案令她從一開始就異常不悅。阿麗西亞擔憂地說道：

「米雅，我們不能放棄現有的基地！這是我們和拉坎辛辛苦苦一手建立起來的家園啊！放棄了這裡，要我們全部淪為苦工奴隸嗎？宵特有這麼多的人，現在還有西沼澤過來的村民，我必須說，像你們這種在文明世界長大的人恐怕一輩子也無法體認，你們回到那兒，你們可以成為正常的人，有正常的工作，別人也會正常的看待你們；但是我們不同！我們會被排除在外，地位永遠低人一等，一旦離開這裡，即使受到救濟，那也是寄人籬下，永遠無法抬頭！」

「我們在這裡也無法抬頭啊！」愛斯達反抗地說道：「雖然可以戰鬥，但也都是處於挨打才還擊的情況，我們從來沒有主動出擊過！」

「我們不需要主動出擊！愛斯達！」阿麗西亞激動了起來，高聲顫抖怒道：「我們武裝，我們在受到攻擊時還擊作戰，都是為了要在此地安居！而不是征服敵人，我們沒有敵人！我們也不應該去征服任何人！」

「但是敵人有放過我們嗎？」愛斯達也火大了起來，渾聲說道：「我們不得罪任何人，但他們有放過我們、讓我們安居的意思嗎？沒有！他們只想殲滅我們！在宵特走上武裝反抗路線之時，就已經注定無法與撒哈拉基金會和平共處，無法在生態園區週邊安身立命了！這個基地很棒，對我而言，這是世界上最棒的地方！有武器、有彈藥、有拉坎、有同伴！但是我們不能死守這裡，要生存就要能主動攻擊！」

「愛斯達……」

愛斯達的言語鏗鏘有力，聲調渾厚激昂，毫不退讓的堅毅情感如波動般搖撼著濃郁的氣氛，透魯看著愛斯達，沉默地垂下眉睫；米雅與卡西法也默不吭聲，麥牙則緊張地睜大眼睛直往其他人臉上瞧。房間裡只剩阿麗西亞仍情緒激動地喘著氣，搖著頭，拼了命的否定說道：

「不不不！我們不能放棄這裡！當初拉坎和我們辛辛苦苦一起建立起來的，你們看看，那些田野，我們一鋤頭一鋤頭開墾，那些屋舍，我們一椿子一椿子的搭建，那些作物，我們低著腰汗如雨下的辛勤耕種，還有孩子們，孩子們臉上的笑容，我們拼了命將他們拉拔長大。這裡是我們唯一能自由立足的地方，活得像個人，活得像個母親，有尊嚴，有力量，是個戰士！我們不能離開這裡……我絕不離開！宵特是我的一切。米雅！你要把孩子們帶到蟲洞網裡面去，他們很快就會忘了土地，忘了農田，忘了蝗蟲，忘了狂風與太陽，忘了水災與旱災，忘了暴軍的惡行，忘了撒哈拉基金會的凌虐，忘了曾經有人為他們奮戰，忘了逝去同伴的血淚犧牲！他們會被教育成聽話的蠕蟲，一輩子在黑暗的隧道中為暴虐的霸權集團鑽洞，在不見天日的狹隘洞穴中度過被餵養的人生！你要孩子變成這樣嗎？」

阿麗西亞說得聲淚俱下，眾人默然不語。阿麗西亞喘了一口氣，情緒稍微平復了一些，又開口說道：

「土地在這裡，自由在這裡，靈魂在這裡，拉坎在這裡。我不走。你們也不應離開！」

阿麗西亞的臉上有一種莊嚴的淒然，她歷經風霜的身體此刻顯得脆弱而老垂，幾乎就要壓垮脊椎的重量令人難以負荷，阿麗西亞撐著沉重的身體往門口走去，還沒打開門，卻聽見外頭窸窸窣窣地傳來陣陣隱約的啜泣聲，拉開門把，只見村民都已聚集在房門外頭，個個面色凝重而鬱卒佇立。許多年輕的防衛隊員與婦女們壓抑著聲音哭泣了起來，宵特的男人不多，但悲傷的眼眶亦隱忍著淚水。一聲長長的嘆息在飄著肉湯餘香的風中渺然停駐，阿麗西亞正想說句話安慰哭泣的村民時，原本坐在屋內的愛斯達卻突然噹啷一聲站起來，頭也不回的離開會議房間。回來的時候，手上提著清晨前獵殺的那張血淋淋的母獅毛皮。

渾身染血，愛斯達也不以為意，把連著頭顱的母獅毛皮往阿麗西亞面前一丟，指著地上的獅子頭，說道：

「你們，看哪！獅子屍體和人的屍體有什麼差別？動物只要死了，都是一樣的表情，面容鬆垮，看起來很疲憊，眼珠子稍微有些濕潤，不知道在看著哪裡。不管是獅子或人都是一樣。但是！在這裡，獅子是至高無上的動物！牠們可以橫行霸道卻仍受到保護。撒哈拉基金會也一樣橫行霸道卻受到保護，然而同樣是人，我們卻必須在被殲滅的邊緣求生。為什麼？這個世界上，凡事沒有正邪對錯之分，只有強大與否的差異。獅子高貴是因為牠們強大！同樣的，要保護宵特，我們沒有其他的辦法，只有不斷變強、不斷壯大、直到有一天能夠徹底擊潰敵人！才能獲得真正的安居。阿麗西亞說，我們的土地在這裡、自由在這裡。問題是，看看現在的宵特，想想我們過的生活，這片土地真的屬於我們嗎？我們在這裡真的自由嗎？確實，宵特武裝起來使我們能勉強保住性命，但是，這叫做自由嗎？我們壓根兒不是為了自由而戰，而是為了最根本的生存權利付出了過重的代價，這不是自由！事實就是，我們根本無法安居！選擇了戰鬥，習慣了殺戮，但仍無法安居，為什麼？只有一個原因，我們不夠強大！唯有變得跟撒哈拉基金會一樣強大，我們才可能安居而不被騷擾。問題是現在我們四面通路的末端都受到撒哈拉基金會的控制，補給不能，即使有辦法找出別條補給路線，在這種處處受到肘制的情況下，宵特也很難重回全盛時期。這個基地已經到極限了。所以，我會去的！蟲洞網！拉坎不在這裡了，她的苦難已隨著風沙而去，我們也不應困在這裡。我會去的，蟲洞網！不論擋在前面的會是什麼，我都絕不退讓。不願意離開的人就繼續留在這裡吧！但是我一定會去。」

「你在說什麼！愛斯達！」阿麗西亞急聲說道：「宵特不能分裂！我們是個大家族啊！必須堅守一起團結起來。我們或許窮困，但是我們擁有榮譽，家族不能分散！宵特不能分散！我們要留守這裡！」

阿麗西亞像是宣布結論似的打算結束對話，肥胖的身軀往旁邊一轉，就要離開。愛斯達面色一沉，眼神突然猙獰了起來，喝道：

「阿麗西亞！」

全村人都打了個冷顫，愛斯達渾厚的怒喝聲中散發出寒透人心的肅殺之氣，阿麗西亞不自覺地僵住身子，半面回身看向愛斯達，臉上難掩吃驚。愛斯達紊亂地深吸了幾口氣，悲傷地說道：

「在這裡等待我們的，只有死路一條！靠耕作農田或許可以吃上飯，但是槍砲彈藥絕對補給不上。一旦彈藥打完，就是宵特的滅頂之日。對方什麼時候都可以下手，因為我們坐以待斃。老實說，我一點兒也不介意戰死沙場，生命就是苦難，但是，看到拉坎最後的模樣，使我突然有種不同的領悟。『殺死敵人』是沒有用的。就算屠殺成千上萬的敵人，屍體也無法學到教訓，殺死敵人反而只是結束了敵人的苦難，我們幹嘛對敵人這麼仁慈！我們應該『征服』敵人，掠奪敵人的資產，君臨他們，使他們成為奴隸，正如今日他們要求我們的一樣，使他們為我們的好處無止盡的貢獻勞力與生命！宵特最大的問題在於，我們一直都是與世隔絕，而且敵人知道我們就在這裡，哪有不被攻擊的道理？進入蟲洞網的話，不但可以讓敵人找不到目標，還能潛伏於敵人的體內！那兒一定有著豐富的資源，有著四通八達的補給通路，這些都是我們想要卻得不到的致勝關鍵！只要進入蟲洞網，我們一定很快就會變得比敵人更強大！我們要在那兒征服敵人，然後建立屬於我們的國度！這才是宵特的未來！」

「我贊成！愛斯達說得對！」

透魯激動地走出來，眼眶泛紅地站在愛斯達身邊，抬起頭，眼中有著無比堅毅的悲痛，扯著心扉說道：

「我愛這裡，我好愛這裡！有誰會不思念自己成長的地方呢？但是，前進的腳步不能停滯！不能因為區區一點回憶而停止前行！我們在宵特學到如何掌握自己的命運，現在輪到我們來掌握宵特的命運了！我贊成去蟲洞網，我會去！」

透魯是防衛團中的領導者，她的表態立刻影響了大多數的年輕隊員，隊員們激昂而堅定地團團圍住透魯與愛斯達，表示與她們同一陣線。其餘村民們也開始交頭接耳地認真討論，氣氛逐漸傾向於進入蟲洞網的決定。米雅拍拍阿麗西亞頹喪而焦急的肩膀，對她說道：

「阿麗西亞，不用擔心，也不要把對已逝者的思念背負在身上，我們已經沒有多餘的力氣了念舊了。」

阿麗西亞終告屈服，然而她鬆垮的面容卻瞬間變得跟地上的母獅一樣，看上去異常疲憊。村民逐一表態，遷居的決定明朗化，阿麗西亞覺得身體不太舒服，說想回去躺一下，便孤獨地離開了人群。

走進陽光下，阿麗西亞的背影瞬間散發出一種衰老的情緒。愛斯達愣愣地看著這難以名狀的一景，眼睛像是被吸引住似的，心中湧出一股濃得化不開的黏稠之感。愛斯達突然理解到，這彷佛是某種終曲的序幕……只要跨出這一步，一切都將不復從前。

黑暗於正午降臨，希望的光芒驟逝。阿麗西亞從疲憊的午睡之中遁入涅盤，生命躲藏了起來，軀體不再甦醒。碩大的遺體身上可以摸到了許多堅硬的腫塊，整個宵特村裡，從來沒人知道阿麗西亞已生了重病，她從未呻吟，從未抱怨，只是拼了命地照料他人。村人為阿麗西亞舉行了簡單的告別式，讓她長眠於拉坎之側；當死亡呢喃著大地熟知的語言，風沙於沉寂的靜謐之中悄悄歌唱，阿麗西亞的背影變得異常巨大。愛斯達前往蟲洞網的決意並沒有改變，然而那張曾經引領著眾人歡笑與奮戰的面容，也在空寂的迴響下變得模糊不清。

灰雲席捲而來，燥熱的焚風瞬間變得清涼。隆隆的雷聲從遠方的天空清楚敲響它的樂章，低沉的頻率共振響徹大地，從人們的腳底貫穿靈魂。愛斯達試圖離開這片暴雨前的暗影，渴求最後一絲陽光喚回她心中好戰的本性；但是，安全的歸途隨著影子的消失而不復存在，殘存於空氣餘溫中的，只有一陣陣黏稠的難受之情。

暴雨沖激大地，刷洗著萬物的心靈，愛斯達生平第一次哭號了起來。站在傾盆的大雨之中，魂魄依舊猛烈噴燒。然而，愛斯達錐心刺骨地明白到：從這一日起，不論她的靈魂灼燒，喉嚨再如何乾裂嘶喊……黑暗，都不會降臨了。

第五章　宛若黑星

為了追尋生存之道，沉默的吉普車隊在朦朧的塵霧中緩慢前行。米雅領著宵特與西沼澤的村民離開了習以為常的戰場，只留下孤獨的堡壘兀立，陪伴已沉睡的先驅。風煙渺浩，赤沙瀰漫，沒有人知道迎接他們的將是什麼樣的命運，或許這是一切的轉戾點，是機會，也是終極的冒險。

繞過諾叡港區，順著海濱公路向北行進半日車程，沿途的地貌景觀已與宵特村與西沼澤大異其趣，孩子們好奇地四面張望，天空又低又藍，遠方的雲朵如泡沫般直接漂浮於海平面上，斜斜吹起的幾個巨大雲團不斷往高處堆積，鬆散的結構好像隨時會崩解落下一樣。海岸是綿延雄偉的赤褐色懸崖，層疊的地質裸露於細白的海浪與柔和的光影之間，姿態巍峨，色澤洗鍊。遠空之上，蒼穹清澈而高遠，浩瀚的海面如綢緞般深奧耀眼，就連太陽也不再散發出赤紅的光暈，空氣變得透明清涼，並且帶著一種微鹹的特殊香氣。驚訝於如此清晰的精確遠景，愛斯達簡直愣得出神，半瞇起眼睛，迎向海風長長地深呼吸，猶如鷗鳥的翅膀盤旋於不穩定的海岸氣流裡，浮遠忽近，一股奇特的漂浮感支撐起愛斯達全身，那是一種她從未知曉的氣息，彷彿脫離現實的虛浮感，奇妙而幻絕，鼓漲得令人心痛不已，不知該如何是好。

不久，蜿蜒道路的遠方景色中隱約出現了一點黑污，隨著距離愈近，污點在視野中的面積隨之擴大，黑灰色的巨大煙柱滾滾而上，夾雜著一股黏膩刺鼻的化學氣味撲鼻而來，完全掩蓋了海風的爽心香氣。愛斯達皺起眉頭，定睛一看，路旁兩側接連聳立起無數巨大而醜陋的化工廠房，當車隊駛入遮蔽的路段，大夥兒都忍不住掩鼻咳嗽，化學廢氣令人聞之喪膽，愛斯達盡量屏息按捺，還是感到一股殺人般的侵蝕力量竄入腦殼，令她頭痛欲裂，昏眩倒胃，隨著旅途顛簸，不久便面色鐵青，渾身冷汗了起來。

這些化學廠房都是臨時建築，裡頭正趕著大量加工液狀的碳原塑鋼，那是蟲洞網隧道的主要建材。合成碳原塑鋼所需的各項原料以固態壓縮的型態運至蟲洞隧道的工地上方，在臨時搭建的移動式工廠裡合成加工為液狀型態，接著就直接從工廠底下的幾條運輸管線直接灌入地底，成為蟲洞隧道的基礎結構。卡西法搖著頭說道，上一次在這條路上經過這些化學廠房的時候，還距離諾叡港區有三天車程呢！距今不到一個月，工程已即將連通諾叡港了，一如蟲洞網的官方見解，施工的效率的確表彰著劃時代的突破。

再往北一些，經過了幾個交通檢查站，路況突然間大幅好轉，吉普車隊魚貫開上平鋪直述的寬敞公路，路旁景象也逐漸熱鬧了起來，不時有許多大型的商店聚落出現。宵特的車隊在卡西法的指示下往一個岔口轉了進去，不久路面開始下沉，兩旁的景物愈趨高聳，直到完全遮住了天際，車隊彷彿進入了一個超乎理解範圍的世界。愛斯達疑惑地往四周探查，公路依然平坦寬敞，兩邊路旁都開滿了五光十色的小型商城，華麗奇幻，完全看不見想像中那種巨大、冷硬的堅牆，也完全沒有先前那些臨時化學廠房的醜陋影子，一切都美得不盡真切。往頭頂上瞧去，愛斯達忍不住吃驚，猶若千萬個迷你太陽在天空中並列而生，齊天放射出耀眼明光，把世界照得比金星更亮！這裡的氣流有種異常的虛空之感，但並非缺氧之意，而是空氣中毫無沙塵，乾淨到匪夷所思的地步，柔和的清風中帶著一種難以名狀的氣味……淡淡的，稍微有些沁涼感，吸入之後會散發出少許甘澀餘韻……愛斯達從沒聞過這種味道；老實說，不難聞，只是很怪！

繁華的路段像是沒有盡頭似的，車隊來到一個較為窄小的路口前，放慢速度轉了進去，經過一小段架空的陸橋後，令人吃驚的奢誕景象在眼前展開。她們彷彿進入了一個正在燃燒的世界，觸目所及，盡是色彩斑斕的大型燈泡與招牌，層層疊疊的建築物形成垂直的聚落，緊密而相互重疊地依附於米灰色的懸壁之上。空中的迷你太陽以同心圓的方式排列，隱約可以看出一個拱形的天頂結構。車隊緩慢駛近一棟有著圓弧外牆的雄偉建築物，接連著車道的是建築物底部一整排密密麻麻的黑色洞窟，宵特的車隊就從其中一個窄小的洞口開了進去。視線頓時變暗，愛斯達用力閉了一下眼睛才適應，發現是一片樓頂低矮的平臺。在低矮的樓頂與平臺地面之間有無數粗大的方柱支撐，地面上鑲嵌著緊密相連的玄鐵方框，面積大小正好可以停下一輛吉普車。鐵框四周是懸空的，與地面相接的邊緣之處有著深不見底的縫隙。車隊靜止下來，大家先行離座，只剩駕駛謹慎地將吉普車依序開進鐵框內，才熄火下車。人都離開了之後，突然機械聲大作，載著車子的鐵板突然下沉消失，取而代之的是從車位側邊延展伸出的另一個空鐵板，咚的一聲，把整個吉普車隊都藏入了停車場下頭。

宵特村人面面相覷，大呼驚奇，這就是蟲洞網地下城，居然可以把十數輛的吉普車隊瞬間藏起來！驚奇之餘，愛斯達轉瞬沉思，竟然能夠隨時這樣浪費的使用電力？這裡一定擁有充足的能源。噢！充足的能源，與完備的電力系統。一股發自深處的笑容湧上顏面，擠壓著眼珠透出亮光。愛斯達笑著心想，太好了，果真來對地方了，這次的賭注，不會輸。

前來接應的男性有著一張熟悉的面孔，腦中靈光乍現，愛斯達幾乎立刻就認出這個男人，他是法伊！當初帶著愛斯達從礦坑附近的醫療中心離開，從而使她輾轉進入宵特的那位青年醫師法伊。法伊的模樣變了很多，尤其是他的雙眼，過去那雙清澈而洋溢著純摯美善的熱情特質已不復見，他的內在變得晦暗不明，唯有零星的餘光偶爾從轉瞬的縫隙中逃脫，瞬間放射出極高的亮度，就像隧道空中的那些迷你太陽。愛斯達明白這樣的特質，她也曾在拉坎與阿麗西亞的臉上感受過相同的餘光；米雅偶爾也有類似的神態出現，不過與其他人比較起來，米雅的表情通常還是開朗強悍得許多。這幾個大人當中，愛斯達最喜歡、也最敬佩的，果然還是團長米雅，強悍的性格，健壯的體魄，認真起來嚴厲又果斷，平時則豪爽幽默，尤其是吃飯的時候。米雅時常說，她就是來幫助宵特突破逆境的，這就是她加入宵特的原因。對於愛斯達而言，米雅不僅是領導者，更是她滿心憧憬的目標。總有一天，自己也要成為這樣的人！充滿力量，也帶給別人力量，女性就當如此！

米雅上前與法伊招呼，法伊立刻激動地握住米雅的手，臉上露出心酸的懊悔神態，說道：

「對不起！對不起！我……我回來得晚了！」

米雅穩靜的拍拍法伊的肩頭，說道：

「不用為過去感到遺憾，你現在在這裡，我們現在在這裡。接下來還請多指教囉！今天舟車勞頓，我想讓大家早點休息，可以嗎？」

「當然沒問題，已經都安排好了，跟我來吧。」

法伊帶領眾人離開停車場，往建築物的上層走去。經過電梯時，由於宵特人數眾多，她們決定一邊參觀一邊走樓梯上樓，法伊便也陪著她們走樓梯。看見愛斯達與透魯兩人緊緊相依，法伊用著感懷地笑容直說，長大了，長大了！然後與她們並肩一同往上走去。

愛斯達以為法伊在蟲洞網裡當醫生，法伊苦笑了一下，說自己已經放棄從醫了，他現在是紐賽納教育協會西非地區的負責人。當醫生雖然好，可以幫助很多生病的患者，然而卻救治不了社會的病根。愛斯達沉思了一會兒問道，那麼紐賽納協會有辦法救治社會的病根嗎？法伊眼神暗沉了下來，閃出一絲高壓的餘光，低聲說道：

「至少這是我們極力推動的目標。」

安排給宵特的宿舍是一整排有著透明大落地窗的方形房間，從窗戶望出去，正好可以俯瞰整個地下城鎮的景色。愛斯達試著數了數錯綜複雜的建築樓層，但是很快就放棄了，結構太難看懂，許多走道都看不出來是要通往哪裡，許多樓層簡直像是浮在半空中似的，完全不曉得要從哪兒上去。透魯也在一旁驚嘆著，然而驚嘆之後，卻突然嚴肅起來，低聲說道：

「我覺得阿麗西亞說的是對的，愛斯達。這裡的人，看起來過得很享福。」

「的確。」愛斯達說道：「你擔心大家會喪失鬥志，如阿麗西亞所說的，被餵養成聽話的蟲子嗎？」

「至少……」透魯沉默了一下，說道：「至少我很確定，他們不會加入我們的戰爭。」

「那你就錯了，透魯！」愛斯達說道：「我們不會在這裡發動戰爭。我們是來此掠奪資源的！」

「我很擔憂，」透魯露出了與阿麗西亞擔憂之時雷同的神色，說道：「生活享福的人都很自私，我們一定得非常謹慎，以免一不小心就被出賣。」

愛斯達也沉默了下來，盯著燈光明媚的地下城鎮，腦內活動異常激烈。晚上睡覺的時候，身體明明已經非常困倦了，然而一整天的經歷超乎想像，愛斯達腦袋清醒得不像話，完全無法入睡。瞪著眼睛直到隔天，清晨的時候，窗外的太陽燈設備發出煦煦微光，模擬微曦情狀。地下城鎮從睡夢中緩緩甦醒，幾個遠處的微小窗口點亮了室內燈光，光暈團狀滲出，宛如寒夜中的溫暖惑星，令人沉迷不已。愛斯達這才開始感到疲倦，趴臥著倒在床上，捫心自問：

「我們來到了，我們安頓了，那麼接下來呢？應該怎麼做才好？應該要怎麼做……才是正確之途？」

睡著之前，愛斯達聽見透魯起床的聲音，這是在宵特村里跟守夜換班的時間。愛斯達嘆口氣微笑了起來，終究沉沉睡去。

宵特人很快就適應了蟲洞網地下城內的生活，紐賽納協會為宵特的大人們安排了精簡的職業訓練，隨後很快便開始工作，她們受到蟲洞網管理局的雇用，多半成為了蟲洞隧道的清潔人員。孩子們則得先受教育，每天花下大量的時間坐在教室裡聽老師講課，剩下的時間得先完成難度頗高的作業，才能離開教室去做其他的事情。雖然課業不難適應，但是愛斯達簡直要被這樣枯燥的行程給逼瘋了！進入蟲洞隧道一個月，每天就只有教室、宿舍、教室、宿舍，連教育協會外頭的街道長個什麼樣子都搞不太清楚。儘管深感學習知識的重要，但愛斯達認為更重要的當務之急，是必須盡快與地下城居民進行深入且緊密的交流，以及盡快學習關於蟲洞隧道的所有知識與技術，這才叫做掌握蟲洞網！眼見大人們每天只是在路上掃街擦牆，原本在防衛團中戰力強大的少年隊員逐個眼神渙散，愛斯達的腦中不斷回想起蠕蟲、蠕蟲這個詞彙；在黑暗的隧道中為暴虐的霸權集團鑽洞，在不見天日的狹隘洞穴中度過被餵養的人生……莫非阿麗西亞說的才是正確的嗎？若真如此，那麼已經來到這裡的宵特，又該怎麼辦呢？

焦急而煩躁的情緒一發不可收拾，愛斯達覺得自己有極大的責任得為宵特的未來負責；然而絞盡腦汁、左思右想，就是想不出什麼好對策來。由於學生與大人的宿舍分立，日常行程也不同，來到這裡之後，愛斯達就很少見到米雅了，其他學生也幾乎都見不著宵特的長輩，氣氛逐漸恐慌了起來。終於一天下課，愛斯達實在忍不住了，無視老師的管制而大吼說道：

「我不管了，我要去找米雅！」

話一出口，沒想到全部學生竟像著魔似的立即挺身跟進，追著愛斯達轟隆轟隆地往外頭直衝而去。抓狂的學生大軍如憤怒的牝牛亂竄，把整個教育協會搞得土木橫飛，連從未與宵特往來過的其他協會學員也都嚇得瑟縮發抖，不敢吭一聲；當頭的愛斯達與透魯則是橫眉豎目，完全被視為了惡霸。

不過這一闖禍，總算引起了注意。一個自稱教育會長的老師用著十分小心翼翼的措辭心驚膽戰地責罵了她們，愛斯達等人受到輕微的處罰——每天下課後要幫忙清掃協會的公共空間，就是拖地板擦窗戶之類的工作。愛斯達說她們想見米雅，想見宵特的其他長輩；教育會長才又小心翼翼地告訴她們，宵特的其他大人住在街道尾端的宿舍，她們隨時可以過去，而米雅已經離開這裡，她與法伊一同前往羅徹斯特了。大家一聽，目瞪口呆，不知該如何反應，老師才又急忙解釋，米雅和法伊就是為了宵特的未來動向而前往羅徹斯特，在那兒與董事會長卓若卡女士會面，商討進一步的計畫，不多久就會回來了。聽到這裡，大夥兒才又安心下來。老師離開之後，愛斯達想了一想，對透魯說道：

「那麼，在這段期間內，我們也來做些什麼吧？」

「能做什麼呢？」透魯困惑地問道。愛斯達眼睛一亮，說道：

「例如說，恢復宵特防衛團的工作？」

「可是這裡沒有暴徒軍隊啊？」另一個團員說道。旁邊又有人接口：

「也沒有蝗蟲……」

「也沒有獅子。」

「那，我們應該對抗什麼？保護什麼？」

如此直接了當的問題，愛斯達也被考倒了，一夥人又面面相覷了起來。正當苦惱的時候，突然門口啪啦一聲，大家以為是老師回來趕人，然而回頭一看，闖進教室的卻是一個滿頭赤紅鬈髮的女孩。女孩穿著刺繡精緻的連身裙子，一臉趾氣高昂地站在門口，一見宵特的學生個個傻愣愣地望著她，便得意地笑了起來，用食指盯著愛斯達說道：

「你！你就是愛斯達對吧！剛才的問題就是你提的對吧！想在你們團長不在的期間做些事情？但卻不知該做什麼才好？」

「沒錯。你是誰啊？」愛斯達不客氣地反問道。女孩看起來更加得意了，手插著腰，毫不留情地說道：

「想要組織團體、成就大事，哼哼哼，憑你那顆泥巴腦袋是絕對辦不到的！」

「啊？少瞧不起人，」愛斯達受到挑釁，起身怒道：「我們是宵特！這個世界上沒有辦不到的事情！」

「辦不到的，我知道。」女孩眼中露出一絲猛禽般精光，沉聲說道：「因為，我才是『辦得到』的人。」

女孩名叫莉奧・馬斯洛發，年紀與透魯差不多大，但是嬌生慣養，說話一副頤氣指使的模樣。莉奧從歐亞大陸的極北之地而來，父親是代表故鄉城市進駐西非蟲洞網地下城的外交官員，獨生女的莉奧跟著父親離鄉背井，來到蟲洞網生活，這令她感到非常不滿。她對愛斯達等人說道，她的家鄉已經滅亡了，雖然位置與名稱依然標在地圖上，但已名存實亡。十年前，捷魯歐政權的聯邦官員來到她的故鄉，半哄半騙外加威脅的強迫都市政府簽下一紙以和平幣計價的融資合約之後，寧靜的小城一夕色變，泰半土地被四周蜂湧而來的金權財團狼吞虎嚥地「圈選」為抵押用地，並要求都市政府必須「盡速」且「強制」徵收這些土地，好讓它們為市民「建設」之用。於是，四分之三的城市原居民被驅離自己的百年老家，少數幸運的家庭勉強找到了長久的遷居之處，然而大多數不具遷居能力的家庭，就只好暫時住進財團提供的租賃公寓。然而許多人家遷居之後的工作生計大不如前，這些財團提供的租賃住宅又負擔高昂，許多家庭待不住了，最後只能離開故鄉，前往其他鄰近的都市尋求安身立命之道。

「這還只是九牛一毛！」莉奧忿忿不平地說道：「更過分的是，它們更以監督還款為由，把觸手深入我們政府內部，完全宰制了人事任命權！聽話的全都調進內部，有意見的就全都外放。我們家從一開始就屬於反對融資合約的派系，父親的同事發起了一次反金權運動，規模雖然小，但很有警覺作用，許多人都加入了我們！可是沒想到金權財團也掌控了議會與司法，最後，父親的摯友們一個個被捲入抹黑的司法訴訟，爸爸則被流放到這裡來。」

「太可惡了！簡直和撒哈拉基金會一樣！」

愛斯達等人聽得入神，忍不住氣憤難平地跟著批判起來。莉奧情緒一上來，激動地又接口說道：

「我們以前是個偏僻安靜的小鎮，北面有著漂亮的港灣，人民傳承著優美而淳樸的文化，現在回去看，完全不是那個樣子了！油污、怪手，塵土、黑煙，地面永無止盡的震動，外來的媒體業者強迫灌輸人們制式思想、脅誘居民去跟銀行借錢，哄騙大家拿房子與土地去抵押換取廉價的股票……我們只是個淳樸的小鎮，沒有人有鍛鍊過那麼深的心機能與他們鬥智，許多人淪陷了！傾家蕩產的流落街頭，還隨時會被追債員施暴。我們什麼都沒了，那個過去曾經像夢境一般美麗的地方，現在成了烏煙瘴氣的工業殖民地。它們拿下我們，為了強佔我們不會結冰的北極港，為了掠奪北極海床下的豐富礦藏！」

「對！撒哈拉基金會滅掉西沼澤村，也就是為了擴張保育園區，為了強佔西非所有的資源！」

一個西沼澤的宵特團員怒吼說道，大家的情緒跟著激憤了起來。莉奧露出認真的眼神，對宵特眾人嚴肅地說道：

「我知道你們來此的原由，我們有著共同的憤怒！我深知顛覆金權之道，然而孤身一人，無力又渺小。我需要你們！我需要與你們合作！如果你們也有同樣的目標的話！請務必與我合作！」

莉奧說得鏗鏘有力，渾身散發出一種驚人的氣勢，愛斯達等人都感到一股敬慕之情，很快地便接納了莉奧。

在莉奧的指揮下，宵特正式向紐賽納教育協會登記成為學生社團，取名「宵特服務團」。她們在宿舍入口的一處開放空間設立了簡單的服務站，每天都有團員輪值接待，其餘團員則利用下課後的時間分成小隊向地下城「進攻」；所謂進攻，當然不是真的攻擊，而是進入城中心的密集區挨家挨戶地向店家自我介紹。重點就是，盡量讓更多地下城居民知道宵特服務團，明白宵特服務團的「功能」，然後當有需要的時候，一定會來找宵特幫忙！這叫作打響知名度。

莉奧解釋，這裡雖然是西非地區最大規模的蟲洞網地下城，但它仍是一個緊密連結的封閉式社會，居民們都是彼此的雇主與客戶，這種情況下，親自上門推銷才是最有效的。計畫才開始沒幾天，宵特的服務站就連續接到了數樁委託案件：幫忙油漆店家的外牆、幫忙清理公共澡堂的浴池、幫忙搬運走私的貨物、還有人在發生衝突時呼叫宵特前來主持公道（實為壯聲勢）等等；案件無奇不有，令人大開眼界。米雅兩個月後風塵僕僕地回到西非地下城，對於宵特的現況也大為驚訝，雖然是學生自主成立的服務團，但是由於人力不足，經驗也嚴重缺乏，一開始先是有幾位紐賽納協會的老師時常來幫忙，幫忙到後來索性一併加入宵特。接著，因為許多老師加入了的關係，教育協會的其他學員也開始受到吸引，他們通常會先忙裡忙外地跟著湊個幾次熱鬧，隨後發現似乎很有趣，於是陸續加入宵特。服務團的人數在很短的時間內快速壯大了起來，人力變得充足，居民們丟來的問題又更多了！有時力有未逮，服務團也得尋求外援，到後來，連蟲洞隧道的清潔大隊也正式與宵特服務團建立了合作關係。隧道清潔隊有半數以上的成員是宵特的壯年婦女，她們熱誠而強壯，並且毅力過人，所到之處均深獲信賴。清潔大隊的其他隊員們與宵特服務團合作過幾次之後，彷彿感覺生活變得比以往更有動力的緣故，也紛紛加入宵特。清潔大隊的宵特團成形之後，反而比學生的宵特團更受居民喜愛。她們在掃街之餘時常被委託解決一些孩子應付不來的棘手工作，像是捕捉蚊蠅蛇虫啦，尋找失竊家畜啦，還有保護受虐婦女以及充當結婚證人之類的事物。米雅回到地下城時，宵特早已脫胎換骨，變得生氣勃勃，與居民的日常生活緊密結合。

大家對於米雅的歸隊感到無比亢奮，無不迫切地想要知道米雅的下一步計畫。米雅卻玩味地大笑起來，開懷地說道：

「你們知道自己有多麼優秀嗎！我和卓若卡女士認真的商討了想要讓宵特在蟲洞網裡做的第一件事情，就是你們現在已經在做的事情！」

「服務團嗎！」透魯興奮地問道。

「擴大組織嗎？」愛斯達也睜著晶亮的眼睛。米雅說道：

「是，都是！更重要的是，讓宵特成為居民心中最大的依靠！這就是你們現在正在做的事情……」

「但這只是第一階段的工作吧！」莉奧突然打斷米雅說道。莉奧與米雅雖是第一次見面，但莉奧卻完全無視米雅的長輩身分，同樣蠻橫地說道：

「光是停止在這種程度的話，那根本什麼也成就不了！」

面對出言挑釁的莉奧，米雅卻露出欽賞的眼光，讚許地反過來詢問莉奧心中的計畫。莉奧皺起眉頭，眼中爆出精光，聲調昂揚地說道：

「下一步？當然是參選公職啊！用宵特成員塞爆地下城全部公職職位！不只地下城，還有蟲洞網也是。最困難的是，蟲洞隧道的建築技工大多是男性，他們通常對由女性組成的宵特服務團不屑一顧，但是我們必須掌握這些男性票源才行。握有一定程度的公權力，同時也擁有很多男性成員及支持者的宵特服務團，才能贏得社會的尊敬，而不會淪為不受重視、可有可無的婦女工作大隊。另外，服務團現在規模愈趨龐大，團長您也回來了，我認為宵特亟需重新整合成為一個更嚴密的組織才行。」

「像軍隊那樣？」愛斯達問道。

「不，像政黨那樣。」

莉奧說完，米雅隨即用著一種難以忘懷的眼神看著她，嘴角露出狂喜的笑意。強忍按捺了好一會兒，才緩慢地說道：

「莉奧，你為什麼加入宵特？」

瞬間，莉奧的眼神變換，一種極為嚴厲的聲音不協調地滲漏了出來，用著陰沉的語調，彷彿吟唱般地說道：

「我有不得不實踐的目標，與不得不償還的代價，無法廢棄、不能遠離，只能不斷前進！身體也好心靈也好，都必須被緊緊地束縛住才有前行的力量！」

米雅看待莉奧的眼神令愛斯達印象深刻，米雅過去也曾用類似的眼神注視著自己，但不如看著莉奧時那般深刻。愛斯達心想，這表示莉奧是個比自己想像中更加厲害的角色！說不定宵特在這兒遇上莉奧，真是挖到寶了。莉奧受到米雅的肯定令愛斯達備感激勵，因為她自己也非常喜歡莉奧，認為莉奧有許多宵特過去缺乏的重要特質；而這些特質，無疑會令宵特成功。

另外，在兩個月的外出行程當中，對米雅而言最重要的事情就是與奇絲會面。奇絲因先前補給給宵特的走私貨櫃而惹上監察官司，曼格勒市在捷魯歐政權施壓下只得暫時將奇絲列為境管對象，短期內不方便出境。然而奇絲心繫非洲，於是拜託她的兄長可諾耶代為與米雅會面。可諾耶是阿尼安家族長子，同時也是曼格勒市阿尼安銀行的總裁，為了避免媒體注意，可諾耶與米雅於北非休達港市秘密會晤，商討了許多至關重要的計畫。可諾耶說道，即使奇絲的官司結束，未來軍火與毒品的生意也都不可能繼續了，家族本來就反對奇絲做這項生意，加上隨著蟲洞網推進，捷魯歐政權對非洲的控制也只會愈趨嚴密。米雅說她完全了解，而且宵特已經還入蟲洞網的西非地下城，她們「短期內」不會需要軍火，也永遠不會再碰毒品走私，宵特要在蟲洞網的體制內增生。可諾耶點點頭說道，我知道，你們需要的是錢。

「資本！」可諾耶強調說道：「體制內的發展比體制外更花錢，如果想要組織壯大，你們會面臨非常多意想不到的花費。」

可諾耶承諾說道，先前奇絲為宵特在曼格勒市募得了一筆為數不小的款項，他會用這筆款項為宵特成立一個基金帳戶。然而要這麼做之前，還有另外一個問題要克服，就是得先在蟲洞網內開設一間子銀行，如此一來，內部資金才能在不受監視的情況下流通。

「這需要一些準備時間，」可諾耶說道：「而且我希望這件事能讓奇絲來負責，這樣你們或許會更加放心。不過我想大致上是沒有問題的。」

果然，奇絲半年後從官司中全身而退，並且作為阿尼安家族的大前鋒，大刀闊斧地展開了西非阿尼安銀行的拓展工作。西非阿尼安銀行的總行就設在蟲洞網的西非地下城裡，與宵特服務團的新總部比鄰而居，成為蟲洞網中最多小額帳戶的便民銀行。久別重逢，米雅忍不住開玩笑地對奇絲說道：

「認識你這麼久，我從來都不知道你居然有一個如此迷人的老哥！」

奇絲聽了，卻不以為然地奸笑了兩聲，說道：

「哼，那隻老狐狸！只有在利益相同的時候才能夠相信他。」

「是這樣嗎！我以為他很好心腸的幫助了我們？」米雅問道。奇絲冷哼了一聲，順便翻了個白眼笑道：

「噢，是啊，因為家父過世的時候我被迫『順從地』放棄了應當繼承的部分股權，讓他保住了屁股下頭那張大椅子。」

「噢，原來如此。」

米雅笑道，作勢拍拍奇絲的肩頭以示安慰，然後接著說道：

「你憔悴了不少。」

奇絲嘆了口氣，流露出脆弱的神色，對米雅淺淺一笑，說道：「你也知道，像拉坎那樣的人，一輩子不會遇到第二次了。」

惋惜之情深沉而優雅，猶若淺海中群體釋放的珊瑚卵，如雪花一般、在虛無的夢境中隨波浮流。然而幻夢無法追趕虛無的現實，當空寂的腳步踩踏大地，泥土仍會進入人們的夢中。奇絲回到西非，重新扮演起宵特靠山的角色，也許正是因為，這兒是她最能夠感受到安全的氣味之處。

好不容易，宵特在離開沙漠之後終於逐漸站穩腳步，並且開始有餘力可以朝向下一個目標前行。宵特積極鼓勵團員擔任公職，從社區幹事、村長里長、各種議會代表；只要有任何公職的空缺，都要努力讓宵特的成員來卡位填補。宵特服務團也重新組織了更簡單且緊密的內部制度，由於成員仍以女性為主，服務團內很自然的形成了許多不成文規章，莉奧首先看出這項特質，並且將之稱為「母權秩序」。

西元二一四九年，進入蟲洞網已經五週年的宵特看起來事事順風，超過九成的西非地下城居民是宵特服務團成員，其中半數是握有蟲洞隧道營運技術的專業技工，而幾乎所有與地下城相關的決策，都必須經過由宵特主導的居民議會來決定。西非地下城儼然成為宵特的大本營。然而，當她們開始思考該如何往其他的蟲洞網地下城擴張的時候，卻遇上了一個難以突破的障礙。儘管宵特在西非地下城是如此呼風喚雨，但它畢竟只是一個「幫助大家解決困難」的民間自發性互助社群，問題就在於，這樣的組織到處都是，只要有需求，誰都做得到！因此宵特如果繼續維持「服務團」的柔性本質，那麼根本就沒有擴張的必要了！但若是貿然提出某些意識感強烈的主張，恐怕又有違作為一個「服務團」該有的中立精神。處於核心的宵特成員多半有著強烈的危險信念，莉奧試圖顛覆金權，愛斯達渴望建立國家，米雅與奇絲思考的則是一個政黨；但內部聲音繁亂，困擾於種種矛盾，宵特始終無法整合出一套簡潔有力又能懾服人心的核心價值。

就在這個時候，不知是幸運還是不幸，寄居於西非地下城並且已經達到飽和狀態的宵特，竟然被由捷魯歐政權主導的世界經濟聯會議選為全非洲蟲洞網中最成功的「優良案例」。所謂優良，當然是指「經由蟲洞網的建設而造福非洲百姓」的成果而言；在評選的註解當中，西非地下城被稱為「備受迫害的西非流民終於找到最後的安居樂土」，而宵特則是「為了珍惜呵護這得來不易的幸福，她們組成了一個緊密且有效率的社群服務團，完全融入地下城的生活，居民彼此相親相愛，以助人為樂。」

這幾段評語在西非地下城中引起了兩種極端的不同反應。大部分的居民是開心的，她們加入宵特服務團確實就是為了讓生活更多采多姿、緊密連結；然而看在宵特的原始團員眼中，卻成了最惡劣的諷刺。愛斯達與透魯等原始防衛隊員本能的想要反抗，掏挖著深處的慾望爆發，她們企圖血洗這恥辱與侮蔑。然而團長米雅下達了封口令，要團員們沉默以對，禁止多餘的行動。許多人氣憤噴淚，卻只能暗中壓抑著聲音怒吼號泣，彼此激動地抱頭痛哭。

米雅的禁令是有原因的，正因這次的評選獲獎，世界經濟聯盟的主席讓梅葉、以及蟲洞網管理局的局長文森特，兩位當今全球最為位高權重的人物將會親自蒞臨西非地下城，前來頒獎，在全球媒體的面前嘉勉宵特。

米雅決定讓愛斯達與莉奧兩人擔任宵特服務團的代表，受獎前的一整個星期，奇絲與法伊還緊急騰出時間給兩人密集特訓，幫她們安排講稿、問答演練，就是希望給全球媒體留下深刻而正面的第一印象，作為宵特日後發展的助力。

於是，西元二一四九年的十二月三十一日，愛斯達與莉奧在幾乎要炸破耳膜的歡呼聲與掌聲之中被送上頒獎台，像是人偶般直愣愣地站在讓梅葉與文森特兩位大人物的面前，從兩雙中年男人的手中接過一張薄薄的白紙時，兩人對看了一眼，全身僵硬得說不出話來。

黑暗的四周有無數隻手將愛斯達與莉奧推向面對群眾的麥克風前，莉奧咬緊牙根，臭著一張臉，眼神陰沉得像個殭屍，愛斯達則是一臉茫然。白閃閃的鎂光燈、此起彼落的快門滋渣聲、相互碰撞的收音器材、發出紅色光點的攝影鏡頭、張牙武爪的臉孔、如雷轟炸的噪音、隨風刨起的狂沙、掩蓋著血跡爛泥的塵土、子彈咻咻掃過的音響、麻癢恐慌的入侵蝗蟲、屠殺死敵的快感、被暴徒凌虐的憤怒、頹倒於地面的先驅、疲憊的阿麗西亞、血泊中瞪眼而逝的拉坎、擔架上剝落潰爛的母親……

黑褐色的羽毛散落一地，愛斯達回到了一個她很熟悉的地方。絕望、憤怒，時時恐懼、處處邪惡。唯一的脫身之道，只有戰爭；唯一的求生之道，只有暴力與戰爭。

眼前的一切瞬然虛無，愛斯達猶若恍神，無感情地舉起手中那張燙著金色滾邊的薄紙獎狀，緩慢地、從中間撕開成兩半。

戰爭不曾遠離，暴力深藏於心。接下來一陣昏天黑地的紛亂之中，彷彿看穿愛斯達的痛苦般，莉奧緊緊握住愛斯達的手，滿臉炙燙地哭泣了起來。

第六章　狂喜前夜

西元二一五零年初，胥特掌握西非地下城議會已行之有年，在西非阿尼安銀行與地下城居民的全面支持下，形同政黨的胥特不斷嘗試擴張西非議會的權限。在其他的蟲洞都市議會都還沒上軌道之前，西非地下城議會已經開始大力推動與周邊港區都市合併的議案；地緣關係最為緊密的諾叡港市則首當其衝，被視為第一合併目標。

在諾叡港市，與北美阿尼安銀行合作密切的曼格勒礦業公司影響力甚鉅，過去它們曾是全非洲最大的礦業公司，佔有礦藏豐富的廣大土地，出產的金屬礦產支撐北美百分之三十的消耗量，僅次於南美東沙王國的市佔率。然而這項優勢，卻因為西元二一三八年世界經濟聯盟的成立而備受挑戰。世界經濟聯盟是一個由「全球首都」捷魯歐市所主導組成的全球性經濟組織，雖然它的總部設於羅徹斯特，然而捷魯歐的黑暗手影昭然若揭。世界經濟聯盟有著眾所週知的兩把巨鉗，也就是蟲洞網與和平幣：以蟲洞網掌控全球物流，再以和平幣「統治」這個物流系統。為了使這兩把鉗子得以發揮最大效能，當世界經濟聯盟於西元二一三八年首次召開世界經濟會議時，一部名為《非洲貿易條款》的片面制定法案，毫無預警地橫呈於世人面前。其內容規定：

自翌年（二一三九年）起，所有於非洲在非洲地區的進出口貿易均必須強制改以和平幣計價，同時更針對農業、礦業的交易，以及金融業務進行了嚴格的登記管制。

這項條款無疑嚴重剝奪了曼格勒礦業公司在非洲原先享有的特權，不但貿易營運受到嚴格的監控，還有蟲洞網與撒哈拉保育園區競相執行由世界經濟會議賦予它們的土地徵收權；很快的，曼格勒市在西非的利益明顯受到威脅，獲利能力一落千丈，再加上一群來自捷魯歐的新興競爭者在各項政策優勢下的不公平競爭，曼格勒在西非的勢力終於退居二線，甚或更加邊緣化。

儘管喪失了龐大的非洲暴利，曼格勒礦業公司仍舊守住了最後的關鍵堡壘——諾叡港市。當然，這並不是運氣。事實上，這個地區直到上個世紀的八零年代之前都並沒有港口，然而在二零八零年代末期，此地爆發嚴重的內亂，曼格勒礦業公司便趁著戰亂的局勢，暗中將整段海岸線據為己有，並立即建造了一座曼格勒市專用的港口，即為諾叡港。接著，在戰火的摧殘之下，飢荒與暴亂接連而至，為了幫助礦業公司自暴民的手中保護港口利益，曼格勒市政府於是推動了一項「制度性輸出計畫」，將整個接連港口的地區劃為港都，由此建立了諾叡港市。

諾叡港市是典型的次級都市，意即由其他大都市所投資建設的附屬都市，其稅收屬於曼格勒市，所有的政策與制度也依照曼格勒的最大獲利行事。「次級都市」只是一個好聽的名稱，說穿了，這種遍佈全球的「次級都市」，實際上就是殖民都市的意思。像曼格勒或者全球首都捷魯歐這類頂級規模的大都市，財力與權力都遠遠超出一個「政府機構」能夠管理的程度，這些頂級都市的政府通常由幾個頂層的超巨財團共同「持有」，透過操縱都市公債與各種大型工程債券，財團有十足的影響力可以確保該都市政府必然會為其利益死忠效勞。如同支持著捷魯歐全球首都地位的並不是任何一個成功政黨的成就，而是創立聯合黨的克萊爾集團以及使世界和平黨創黨之初即橫掃千軍的北梅集團；而令北美曼格勒市得以強盛一方的，當然也不是任何一個成功的政治家，而是曼格勒礦業公司及其重要融資夥伴，阿尼安銀行。

由曼格勒市投資建造的諾叡港市的經濟命脈自然也與曼格勒市相同，兩者均由北美阿尼安銀行全權掌控。諾叡港市的議會也不例外，市議會成員多由北美阿尼安銀行與曼格勒礦業公司出身的成員組成，其中也有少數西非人，然而他們通常在曼格勒市成長與接受教育，滿嘴滿腦子都是雅痞式的曼格勒主義，時常被人比喻為「薄皮薯」。薄皮薯是一種奢侈的改良馬鈴薯，有著棕褐色的外皮與細緻的米白色果肉，肉質豐厚多汁，吃起來不似根莖作物，反像香氣濃郁的奶油。由於外皮薄嫩脆弱，得在溫室裡小心栽培才能存活。改良至此，薄皮薯已經不被認為是西非地區的原生作物，它們是曼格勒的品種，對於西非地區的環境而言，是種植成本相當高昂的奢侈品作物。

早在二一三二年，當捷魯歐政府初次提出蟲洞網概念、並且證實現有技術可行之時，曼格勒礦業公司立即知道，這是一項將會徹底改變列強於非洲勢力分配的計畫。一旦捷魯歐政權決意將蟲洞網落實於非洲的大地之上，就必須不計代價地使諾叡港成為與蟲洞隧道直連的港口之一，決不能被屏除於這廣大的系統之外！即使這會使諾叡港市背負巨額負債。很顯然地，在非洲利益的爭奪上，曼格勒輸掉了第一輪賽事。而現在，他們極力追求轉折，渴望扳回一城。

西非地下城與諾叡港市同樣是在阿尼安銀行的支持之下蓬勃發展，只是諾叡港市的銀行業務屬於可諾耶的「北美阿尼安銀行」，而非奇絲的「西非阿尼安銀行」。兩者之間最大的差異在於，西非阿尼安銀行在西非地區的業務屬於境內業務，不需受到《非洲貿易條款》的監視。然而被視為外資的北美阿尼安銀行就不同了，不但每筆大額的資金流動都必須上繳營業稅，業務帳目也受到稽查機關的緊迫盯人，不得不小心翼翼，隨時繃緊神經。任何一點兒想要節稅的慾望，都可能成為被找碴的漏洞。可諾耶很早之前就計畫試圖在西非地區開設一間獨立性質的子銀行以規避監控，然而這個計畫卻不能想做就做，需要很大的耐性。至少，在蟲洞網確實連通諾叡港之前，都不能有明確的意向顯現；以免節外生枝，壞了暗渡陳倉的好事。直到二一四四年，劫後餘生的宵特組織正式遷入西非地下城，以及奇絲仍然懷抱的那份非洲大夢，才讓「西非阿尼安銀行」有了著床之處。

在西非地下城，宵特組織力求突破，不願困在地下城當洞窟王；而在諾叡港市，若與位居西非蟲洞網樞紐的西非地下城合併，不但腹地大為延伸，得以嘉惠諾叡港的重要性，更可將其間的蟲洞隧道路段納入都市管理範圍，大幅提升都市地位。雙方利益相通，初次接觸就一拍即合。前前後後經過兩年的細密洽談，西非地下城與諾叡港市終於在二一五零年六月，正式合併為「西非市」，成為佔地一萬五千平方公里的蟲洞網終端都市，擁有一百九十五公里的蟲洞路段，並且直通諾叡港出口。若與當前全球各大一級都市相較，規模自然尚有懸殊，然而行政區的突然擴大，卻為宵特帶來了一個空前的機會。

首先是西非市政府與市議會的所在地問題。顯然由於西非地下城的空間不足，諾叡港市議會便極力爭取以諾叡港市現行的行政單位直接升格，來作為西非市的市政府與市議會，其中只要在市議會中依照人口比例新增西非地下城應有的議員席次，而其餘部分則無須變動。或者說，他們不希望有任何變動。

這當然無法說服以西非地下城為根據地的宵特！

諾叡港市的薄皮薯們似乎忘了一件事情。諾叡港不是為了種植薄皮薯而造的樂園，它是曼格勒的殖民都市，是曼格勒要用來爭取非洲利益的灘頭堡。然而，享福的日子過得久了，濫權的行為習慣成了自然，不論是誰都會變得遲鈍。於是，當薄皮薯們坐在冷氣房裡翻看著各項「數據」、以為自己十足掌握著西非市合併事業的主導權的時候，當他們在炎熱的西非氣候下仍因發汗量不足而患上各種文明病的時候，當他們滿足於曼格勒式的雅致生活、而再也無法忍耐身上沾有勞力髒污的時候；在盲目的肉眼與遲緩的心靈所無法感知之處，一場沙暴的雛型已經悄然浮現。薄皮薯的特質不再符合曼格勒的利益，此時此刻，農莊的主人又何曾為了改換一種更符合收益的作物而感到猶豫呢？

而現在的宵特，正是這項「被選中的」新品作物。

兩年前，宵特正式於西非地下城登記成為一個地方性的小政黨，強調是個以婦女為主的、民生互助為主的「生活化的」組織，單純為了使組織發揮更好的效率而組成政黨。此時宵特的黨主席是米雅・阿姆斯壯。米雅強健穩重、如陽光般耀眼的豪邁形象無疑是宵特最大的招牌。然而實際上，各種重要決策卻多出自於奇絲・阿尼安之手。奇絲從宵特立黨之前就已擔任黨部總務一段時間，在西非阿尼安銀行的直接支持下，宵特財政豐盈，本錢雄厚，而這還只是黨之初開、萬事謹慎的階段。豐盈的財務狀況使宵特可以進行許多宣傳活動，這些宣傳活動多由外型與性格皆豔光四射的莉奧・馬斯洛發負責。莉奧雖然年輕，但由於氣質使然，一言一行都帶著奇特且擄獲人心的本能。女人懾服於她的美艷與魄力，男人則傾倒於她妖魅的性感特質。不像奇絲是幕後主腦，對於一般民眾與基層黨員來說，莉奧才是米雅之下的第一號人物。莉奧是一張華麗的旗幟，也是一面萬能的盾牌，總能輕鬆擋下任何對宵特不利的言論攻擊，然後使出令人炫目的本能，使所有的批評反轉成為民眾對宵特的支持。不過，這些都還不是宵特在西非地下城中能夠獲得民眾傾倒支持的最大原因。

初入地下城之時，由愛斯達與莉奧主導發起的宵特服務團，現在改名為宵特勞工團，並且由透魯帶領。勞工團的性質比較接近工會，主要的功能在於整合勞工資源，在勞資中間作為一定程度的仲介與避險功能，同時透過與紐賽納教育協會合作，而能以極低廉的收費提供進修機會與休閒旅遊等娛樂行程。這些課程與行程都非常受到歡迎，因為不見天日的地下城裡，原有的娛樂方式實在很有限。因此對於一個生活於地下城的勞工家庭而言，宵特勞工團不但保障了父母的工作福利，還為孩子們與整個家庭都提供了超乎所值的學習與休閒活動，服務幾乎涵蓋了每一個地下城勞工家庭的全部生活範圍。這些家庭通常全家都是宵特團員，他們的加入，絕不是為了理念與口號，而是由於勞工團能夠直接提供最符合他們需求的實際利益。

於是，宵特勞工團不僅決定了每個地下城勞工家庭的就業狀況，還間接控制了大多數人閒暇時間所從事的行為。或許在這個階段，可能大多數人都還尚未察覺這是多麼龐大的影響力，並且在許多勞工往往積勞成疾、以及工安意外不斷等方面來看，地下城勞工受到壓榨與奴役的暗影依然存在。然而任誰也不會懷疑，宵特勞工團確實是整個西非地區、以及所有蟲洞都市當中最為生氣蓬勃，也最有向心力的勞工組織。

勞工團代表著西非地下城的「民意」，以雄厚民意為後盾的宵特，因此有了對外談判的權力。她們當然絕對不會妥協於諾叡港市議會的現成方案，事實上，早在推動合併計畫之初，宵特便已經考慮到新市府與議會的地緣策略問題了。

地下城有空間不足的障礙，這是無法改變的事實。然而若真直接以諾叡港市來承接新局，那麼宵特與西非地下城都將永無翻身之地。薄皮薯們必然壟斷所有權與利，一輩子獻身蟲洞網的眾多勞工則別想多得一杯羹。這絕對不符合宵特、也絕對不符合西非地下城全體居民的利益。

大家想要的，是空間。生存的空間！

噢，生存！再也沒有比這更沉重、也更無意義的辭彙了。它不是聖人歌頌的高尚特質，而是萬物皆然的粗野本能——而且是不可妥協的本能！

奇絲主動找上諾叡港市議會的沙沙古拉議長，安排讓他與米雅會面。沙沙古拉是個典型的薄皮薯，他的祖父與父親都曾是曼格勒礦業公司的礦工工頭，若不是他的父親在五十三歲那年拋棄了結璃三十載的糟糠之妻，而娶了公司裡一位來自曼格勒市的低階女主管，沙沙古拉也注定將成為一個礦工。這位女主管與沙沙古拉父親的婚姻不出半年便即告吹，然而當女主管再度調職、離開諾叡港的時候，基於母性的憐憫，她將前夫的兒子一起帶回曼格勒市生活。沙沙古拉整個青少年時期都居住於曼格勒市，他在曼格勒市最好的大學受完教育，而後聽從「曼格勒母親」的建議，來到諾叡港工作。不知是否受到成長環境的影響，沙沙古拉的性格有些扭曲。他對他的「曼格勒母親」言聽計從，聽話到連熟識的人都看不下去的程度，然而他卻也時常表現出對一種自以為紳士的、對女性的蔑視——尤其是那些和他同樣有著深色皮膚、又土生土長於西非地區、沒有受過完整教育的女性。同樣的，他也並不尊重那些與他同種同族的男性，但至少在公開的場合裡，沙沙古拉會將他們稱之為「專業人士」，並在必要的時候也會讚美這些為了曼格勒礦業公司勞苦一生的礦工。喜愛附會風雅的沙沙古拉也是一個浪漫主義者，他時常聲稱自己一輩子都在尋找真愛，而這個「真愛」，用他自己的話來形容，就是：「我那白皙的珍寶！」

與米雅會面的時候，一見到奇絲在場，沙沙古拉整個人軟得像坨奶油。他對米雅毫無興趣，從頭到尾眼睛完全失控地盯著奇絲直瞧，恭維而情色的眼珠漾著乳色的油光。奇絲對沙沙古拉說道，阿尼安銀行強烈希望能在西非擁有更大的經營腹地，然而這是目前的諾叡港市所無法滿足的，阿尼安銀行早在上個世紀就已經把諾叡港經營得很好了。奇絲接著說道：

「我們想要建設一個新的都市，地點就在目前諾叡港與西非地下城的折衝點，蟲洞隧道在那兒將會有一個特別的出口，我們打算在那兒蓋一座嶄新的圓頂都市。」

「您是說，圓頂都市？」沙沙古拉喜形於色地說道。奇絲露出微笑，說道：

「沒錯，有著美麗的微晶圓頂覆蓋的都市，我們希望比照曼格勒市規格來建設這座新誕生的西非市。」

「噢，那真是太美妙了！」沙沙古拉的眼睛已經飛上了天，飄浮著說道：「曼格勒市是全世界最美麗的都市啊！我們要複製一座曼格勒市在非洲的沙漠之中嗎？這真是令人亢奮！」

「只要您贊成這個計畫，」奇絲說道：「那麼您也將是這座圓頂都市的市議會議長。您喜歡這個新職位嗎？」

「噢，我的天！那是我一生的榮耀！」沙沙古拉神情誇張地用手摸著心窩，眼睛瞪得比雞蛋還大，接著把頭湊上奇絲面前，刻意低聲說道：

「您知道，我可以解散現行的諾叡港市議會，然後組成一個臨時議會，讓您的代表與我們諾叡港議員一同決定新議會的各種事項，您認為如何？」

奇絲也刻意放輕語調，細聲說道：

「先由臨時議會來協調新的市議會規則確實很妥當，然而就像您一樣，諾叡港市的議員都非常優秀，我們宵特的代表不僅在人數上、在談判的能力上都較為弱勢，希望您在臨時議會中還能多多照顧！畢竟宵特代表的是西非地下城的人民，而西非地下城則是我們阿尼安銀行首次打進蟲洞網的前哨站，他們的利益對我們而言，是很重要的大事！這點希望您務必了解！」

「噢，噢，沒問題、沒問題！」沙沙古拉眼眶泛淚，滿口承諾地說道：「這我相當有經驗，您儘管交給我辦，我可是曼格勒的忠誠信徒啊！阿尼安小姐！」

「我相信你的誠信，沙沙古拉！」奇絲微笑地說道：「我的兄長可諾耶一向都告訴我，您就是我們在諾叡港最得力的事業夥伴啊！」

米雅從頭到尾坐在一旁，不用說上一句話，只在末了配合著奇絲的示意說了句「感激您」與「謝謝」。回地下城的路上，米雅忍不住嘆道：

「那傢伙簡直把你當成女神了，奇絲！」

奇絲媚眼一勾，毫不客氣地說道：「我的確是啊。」

「你真的認為要用他當西非市議會的議長嗎？」米雅笑著問道。

「有何不可呢？」奇絲似是而非地說道：「讓他先做個美夢，辦事才會賣力。」

「確實，但是，」米雅頗有同感，但仍有些擔心地追問說道：「那之後的官位交易？」

「官位交易？」奇絲不客氣地白了米雅一眼，隨後眼波流轉，淺唇勾笑，一派輕鬆地反問道：「如果一個人根本沒有選上議員，是要怎麼當議長？」

米雅嘴巴張了開來，露出一種大悟大徹的神情，啞子似的驀然失笑。不過接著又問道：

「那萬一他選上了呢？」

奇絲不為所動地笑道：「那就表示這傢伙還有攏絡的價值。」

儘管不是沙沙古拉的本意，然而臨時議會依然無聲無息地奠定了薄皮薯派的末日。在臨時議會運作的兩年期間，宵特刻意將本身的政治性質隱藏於勞工團的表象之下，透魯與莉奧號召了一批勞工團志工隊，直接進駐諾叡港市，她們有兩個主要目標，一是礦工，二是諾叡港區內的港口工人。

諾叡港週遭有著數以十計大大小小各種不同礦產的礦場，其中也有愛斯達小時候與母親一起待過的礦場，正如當時連戶籍都沒有的愛斯達，這些礦工不但被諾叡港市法律排除於一般市民之外，並他們定義為「自由港口勞工」，冠上「高流動性勞力」之名，別說最低薪資保障，甚至連最基本的醫療資源都無法享受。這些境遇悲慘的礦工多是婦女，許多人的遭遇和愛斯達與她的母親如出一轍，是底層社會的完全犧牲者，也是宵特勞工團決意吸收的第一目標。而第二目標港口工人，在諾叡港市的法律中也與前述礦工有著同樣的地位，差別在於他們多是男性，大多原本是農夫，因為各種原因失去了祖傳的土地與生活基礎而淪為只能依靠出賣臨時勞力維持生存的流民。

宵特志工隊在諾叡港通往礦區的路徑上租了一間小屋子作為本部，小屋年久失修，外牆本為斑白的土色，結構有些脆弱。志工隊於是刷上黑色的碳塑塗料進行修補，使土牆牢固。整修後的小屋通體漆黑，別說不美觀，看上去甚至不像是一間屋子。隨後前來的莉奧一看，忍不住大叫說道：

「這怎麼行?太不像樣啦!給我買桶紅色的油漆來!」

幾個志工隊員立刻衝去搬了幾桶紅色的塗料回來，大家原以為是要把整間屋子漆成紅色外牆，然而在莉奧的指揮下，卻只有部分塗成大紅色，其餘則保留了原本的黑底。透魯與志工隊員都忍不住大笑，狂稱這真是個好主意！

黑色的小屋外牆上印著一顆又大又鮮明的端正紅心，強烈顯眼，從遠處就能看得一清二楚。志工隊員們興奮地擊掌叫好，因為代表宵特勞工團遠征的志工隊，現在有了一個振奮人心的識別標幟——「紅心小屋」誕生了！

莉奧說道：

「『紅心小屋』就是宵特精神的進化與延伸，我們要讓這間『紅心小屋』發揮力量，成為困苦礦工、勞工、尤其是婦女的救主，首先就從拜訪礦場親自推銷奇絲授權給我們的微型貸款計畫開始吧！啊不過，微型貸款計畫聽起來實在不夠有型，沒有強烈的『希望感』，所以表面上換個名稱如何？」

「那就叫『紅心計畫』怎麼樣？」

與透魯一同參加志工隊的麥牙提議說道，其他隊員也紛紛附議，微型貸款的新名稱於是定案。

透魯與莉奧將志工隊分成兩組，港口組和礦坑組，莉奧主攻港口勞工，透魯則進軍礦坑。當透魯與礦坑組的隊員透過奇絲的關說而得以前往各家直接或者間接由曼格勒礦業公司投資開發的礦場，她們親自拜訪礦工宿舍，毫無意外地看見了許多心碎的景象。愛斯達曾對透魯描述過她的幼年生活，那種沒有止盡、昏天黑地、遠遠超出體能負荷的勞動與惡劣的生存品質，她們的生活沒有休息，只有工作與睡眠——從微曦至深夜，每日工作時間為十六小時，馱著背籃踩著鬆動難行的陡坡走道來回運送礦砂，這就是每日每日的工作內容。當體力超出極限而腿軟跪倒的時候，監督的工頭會露出鄙夷的神情怒罵說道：

「不准偷懶！欠揍嗑死女人，給你這麼好的工作條件還敢偷懶！切！要知道隔壁礦場的工人是只睡五個小時的！讓你們睡太多反而睡昏頭了是吧！給我爬起來動作加快！」

當透魯與礦坑組的志工隊員來到這些礦場的時候，她們看見的景象仍與愛斯達當時的描述如出一轍，其中也有許多十多歲的毛頭孩子，面無表情地跟在過勞憔悴的母親身後一起工作。孩童的身形瘦削，骨凸腹圓，臉孔茫然，唯有黑白分明的大眼珠偶爾會噴射出一種擠壓過後的濃縮情緒，然而這些情緒極為內斂，甚至連當事人可能都不明白自己擁有這些情緒。礦坑裡的孩子們猶如愛斯達的幼年顯影，透魯看了禁不住心酸，她知道微型貸款根本救不了這些婦女礦工。

西非阿尼安銀行提供的微型貸款之所以在西非地下城大受歡迎，是由於地下城的婦女通常自營生意，有了微型貸款，週轉更靈活，而且不會陷入負債循環，對於經營小生意的婦女們十分受用。然而在礦場工作的這些婦女礦工卻大為不同，她們幾乎吃住都在礦場宿舍，工時超長，根本沒得休息，何來經營副業的體力與時間？透魯將這個情況告訴莉奧，她不想明知無用還硬向這些悲慘的婦女推銷貸款，而目的只是為了要她們在之後的選舉中支持宵特。而且重點是，她們根本不被允許去投票。大多數人的戶籍並不在諾叡港市，甚至沒有戶籍。

莉奧沉思著說道：

「我們在港口的工作進行得很順利，港口的勞工婦女們都熱烈響應，我們提供的微型貸款確實也幫助許多婦女獨立創業，原來這是因為她們的情形和地下城的婦女狀況很接近的緣故。如果微型貸款對礦場的婦女毫無用處的話，那我們就必須改變方針，針對她們最急迫的需求來推動改善策略。」

「她們最急迫的需求？」透魯苦笑了一下說道：「哈哈，她們還能有什麼需求？她們需要一個庇護所啊！」

莉奧沉默了一會兒，眼神變得極為嚴肅。考慮了一下，然後緩聲說道：

「那麼，就給她們一個庇護所！愈快愈好。」

透魯握緊了拳頭，帶著莉奧的承諾與實行方針回到礦場，私下向婦女礦工們進行一連串的遊說。首先是「帶走她們的孩子」，說服婦女礦工們讓孩童們到「紅心小屋」受教育，志工隊已經緊急向紐賽納協會搬救兵，在紅心小屋的旁邊蓋了幾座簡單但堅固舒適的組合屋充當教室與宿舍，且派了駐地教師來給學生上課。「帶走孩子」的計畫受到礦業公司本身的支持，他們不喜歡孩童在礦場裡跑來跑去，因此大力幫忙（或者說脅迫）婦女礦工把孩子送到宵特的紅心小屋去。這步計畫因此進行的很順利。接著，孩子離開身邊，沒有母親不感到牽腸掛肚，於是志工隊便進一步遊說各家礦場主管讓婦女們一星期來紅心小屋與孩子相聚一次。基於宵特有西非阿尼安銀行這座靠山，加上近年來奇絲對於接收北美阿尼安銀行西非業務的動作頻頻，礦場主管們善於觀測，便也沒有為難。只不過，當婦女礦工們久違地離開礦場，來到紅心小屋的時候，志工隊就開始了緊鑼密鼓的「搶人大戰」。在紅心小屋，她們有充足的時間可以不受干擾地與這些婦女深入長談，問她們，如果有其他的選擇，還會回去礦場挑礦砂嗎？莉奧特別強調一點：

「挑礦砂當然是堂堂正正的工作之一，不過前提是，礦業公司必須付給工人堂堂正正的時薪。但是它們並沒有這樣做。你們工作得連命都快沒了，最後卻時常什麼都沒有拿到。」

「但是我們又能怎麼辦呢？我的丈夫拋棄了我，而我又得養孩子……」

大多數的婦女如此無助地反問，甚至也有許多人害怕離開礦場會遭受報復。然而看到自己的孩子在紅心小屋過得健康快樂，母性的本能卻也燃燒了起來。就在陷入恐懼與希望交戰的猶豫之時，莉奧帶著一群已經加入紅心小屋的港口勞工婦女過來，她們已經在港口外圍成立了一個小型的生意村，大家都做著各種不同的小本生意，由於宵特的微型貸款帶給她們更好的創業起步，港口的勞工婦女們熱誠地對礦工婦女訴說著自己的創業經歷，她們容光煥發，眼中閃耀著滿滿的自信與希望，加上人多膽大，很快地說服許多礦工婦女露出心動的表情。孩子們在其中也起了關鍵的作用，母親的任何決定總在孩子身上，孩子喜歡紅心小屋，他們喜歡上課，喜歡學習，心向著宵特，並且希望母親快樂。

紅心小屋不只提供微型貸款，更幫助這些婦女確實地找到可以自力更生的生活方式，「紅心計畫」因此無意間引發了一連串婦女礦工的出走潮。她們成群結隊離開礦場，步行穿越荒無的曠野，帶著孩子與滿腹堅毅的決心朝向紅心小屋投奔而來。她們拒絕繼續遭受剝削，試圖發揮出潛藏的才能，逐漸展現出驚人的成果。小本生意靠的是誠意與實力，獲得創業機運的婦女們團結又獨立，使港口生意村日益興隆，成了商業活動的繁盛地區。其中，因為紅心計畫而重獲新生的店家之間產生了一種不成文的共識，她們都在自家的招牌或者產品中印上紅心小屋的識別圖樣，也就是黑底紅心的標記。紅心標記幾乎成了商標，突然之間，大家都想把自己的商品打上這個圖樣，因為這個標記會使銷量立刻大幅增加。

婦女礦工的出走潮以及港口生意村的迅速壯大，不久即驚動了諾叡港的薄皮薯派高層。各大礦業公司豪華的冷氣會議室裡一連幾個月來都在討論缺工的燃眉之急。為了壓制廉價勞力的流失，他們開始制定連珠砲般的嚴格管制，要求臨時勞工簽下等同於賣身契的雇用合同，試圖把「流動勞力」變成「固定資產」。然而這些自以為聰明的規定，卻著實惹火了其他多數的勞工，不論港口工人還是礦工，甚或一般民眾，身兼多職在諾叡港是工作的常態。這是因為薪資往往被壓得很低，導致單單從事一個工作根本無法糊口，幾乎每個人都同時至少從事兩個或者兩個以上的工作。如果一個公司要求職員不得兼職，除了多半從曼格勒空降的高階管理職位之外，通常很難招得到人。礦業公司聯合發起的強制終身合約風氣，不但導致更大批的勞力集結出走，還招惹了一般市民的強烈反感。其中站出來反對得最大聲的，是一位綽號「滷肉夫人」的曼格勒名流之妻。

滷肉夫人本名蘆若，因為音近滷肉，加上賢淑熱誠又燒得一手好菜的歡樂天性，「滷肉夫人」之名便不脛而走。滷肉夫人是非裔曼格勒人，大學剛畢業就嫁給了當時是法律系教授的丈夫，後來她的丈夫被曼格勒礦業公司相中，以高薪聘請來到諾叡港替《自由薪資法》護航，由於工作成果出色而聲名大噪——雖然在多數人耳中是惡名；不過這並不影響滷肉夫人在名流之間的響亮名氣。

蘆若與她高高在上的律師丈夫本來就有些貌合神離，這個情況在來到諾叡港之後日益顯著。基於不同的信仰與價值觀，夫妻之間衝突日深，終於在蘆若加入宵特的紅心計畫之後浮上爆發。蘆若認為紅心計畫正是她多年來想要從事的事業，然而她本人的名聲太過響亮，「滷肉夫人支持響應紅心計畫」的消息使她的丈夫在業界立場尷尬，變得有些難堪。夫妻數度爭執之後，滷肉夫人決定與丈夫離異，她爽快的遞出文件，毫不猶豫的離婚了。滷肉夫人的舉動備受矚目，她的加入使得紅心計畫頓時成了一個全諾叡港市人人響應的主流運動，是一種不可非議的正義之舉措，宵特突然之間成了時代的主流。

這個意外的發展終於驚醒了正在臨時議會與宵特進行合併協商的薄皮薯派，最後的合併大選期限將至，此時宵特聲勢暴漲，原以為自己佔盡優勢的薄皮薯派，現在卻因為與欺壓勞工的礦業公司同一陣線而被受唾罵。眼見選情不利，薄皮薯們急中生智，採取了一個最古老、最直接的應對策略，這個策略可說是與我們的物種歷史共存共榮，即使在今日，也依然快速有效。薄皮薯派組成緊急小組，並且全體動員，暗中恐嚇支持紅心計畫與宵特的民眾。一時之間，風聲鶴唳，好不容易炒作起來的氣勢瞬間蒸發，在薄皮薯派恐怖威脅的高壓策略下，為了保住飯碗與性命，民眾再度選擇了沉默。

宵特總部對此十分緊張，儘管透魯與莉奧使出渾身解數，米雅甚至請到同樣為紅心計畫全力奔忙的滷肉夫人為宵特披掛上陣，參選西非市首任市長。然而輿論氣氛從來都只是牆頭弱草，和實際的生存利益比較起來，理念不過是掛在胸前的時尚飾品。在緊逼而來的合併選舉面前，宵特又再度陷入了孤立的泥淖。

直到選前兩天，愛斯達被奇絲交付了一個神秘的任務。她隻身來到紅心小屋，和另外兩個隊員低調地做了一番準備；紅心小屋的其他隊員似乎並沒有太注意她們的行為有什麼異常，大家都忙裡忙外地為了選前的拉票做最後衝刺。這是宵特的第一次大型選舉，由於事關重大，加上欠缺經驗，每個人都忙得昏天黑地。

選舉前夕，黑夜無聲無息地降臨。紅心小屋在酣呼聲中驀然閃起了一絲驚艷的火光！火勢從小屋正門竄起，隨即驚醒了睡在服務台沙發上的愛斯達。愛斯達立刻起身狂拉警報，把大家疏散到戶外空地去。這時火勢突然又猛烈了起來，像是遇到了某種助燃物質，熊熊的火光劈哩啪啦地直奔天際，作為志工隊總部的紅心小屋不久便陷入狂放的火海之中，燒得什麼也不剩，只留下一片焦土。後頭的紅心計畫學生宿舍也醺得烏漆馬黑，大家都倉皇恐懼地掩面逃奔出來，許多人嚇得顫抖著抱頭痛哭了起來。透魯難以理解地大聲問道：

「為什麼會燒起來？到底是什麼東西引起火災？」

「總部裡有『什麼東西』可以引起那麼大的火勢嗎？」愛斯達反問說道。

透魯著急懊惱地說道：「啊？應該沒有？我想不出來！啊啊，什麼都沒了！為什麼？為什麼？」

「是縱火吧！」愛斯達突然冷聲說道：「薄皮薯派想燒死我們。」

此話一出，群情激憤。隔日天還沒亮，消息已經傳遍西非地下城與諾叡港，整個西非市沸沸揚揚，大家都在討論薄皮薯派縱火焚毀宵特的紅心小屋的事情。先前因受到恐嚇而膽寒噤聲的民眾再也按捺不住胸中憤慨，她們把正義的花飾別在胸前，無視薄皮薯派的官僚威脅，在灼燒皮膚的烈日下排著長長的隊伍，決意投票表態。紅心小屋遭到薄皮薯派縱火焚毀的「事實」，使得婦女們再一次看清了薄皮薯派的真面目，並因此強烈感受到自己的命運與宵特緊密連結！此時此刻，支持宵特已經不再只是一種選擇，而是神聖的義務與使命！

縱火的嫌犯始終沒有落網，然而到了最後，根本也沒有人在意是誰燒毀了紅心小屋，這些都已經不重要了！宵特第一次的「撈過界」作戰，已然大獲全勝。滷肉夫人當選了西非市長，而合併後的西非市議會席次中，宵特與親宵特的勢力拿下了五分之三的多數，沙沙古拉及其黨羽勉強保住少數席次，但已然失勢。死硬派的薄皮薯則一敗塗地，因為他們幾乎被西非阿尼安銀行給切斷了銀根！財務窘困的情況下，就連要把照片印上選票欄位，都可能極其困難。

奇絲依約定指示議會讓沙沙古拉擔任議長，雖然新市長滷肉夫人不太滿意沙沙古拉，不過奇絲告訴她說道：

「我們沒有多餘的人力可以擔任防火牆，沙沙古拉很適合這項工作。再說，拉攏他總比讓他心生怨懟來得好。」

很快的，滷肉夫人就理解了奇絲的用意。被奇絲切斷銀根而落選的許多薄皮薯派滿腹苦水，他們在選後不斷藉機大肆狂罵，指出宵特實質上就是透過紅心小屋來進行賄選，並且宣告打算循法律途徑整肅宵特。沙沙古拉在諾叡港市的法官之間很有門路，他讓這些斷了後路的薄皮薯們迅速耗掉僅剩的資源之後，一個接著一個缺氧枯萎。於是不久之後，任職於企業的大多數人閉上了嘴巴，任職於政界的少部份人，則寂然退散，自動離開他們口中所謂的「荒唐的政治界」。

愛斯達功成身退，選舉當日便已離開西非市，啟程前往北非休達港。帶著奇絲的密令與米雅的介紹信，預備展開下一段充滿鐵與血的冷酷旅程。

中篇　奏之魂

第七章　調律之聲

優雅的白浪嬉戲般拍打著岩岸，用細碎的歌聲傳頌亙古的定律。宛若巨鉗緊緊扼住咽喉的驚險地形展現出與生俱來的意志，彷彿就是這份決心，注定使其名垂古今。偉岸的雙柱經歷歲月的長久洗蝕，顯出歷久彌新的堅毅感情，然而，如果還有人依稀記得這座海峽的全盛光年，那麼它現在的形貌，必然是瘦削滄桑，垂垂老矣。佔地廣大、橫跨直布羅陀海峽兩端的休達港市，如今帶著些許睥睨神色，用最強壯的雙臂環繞住無數古老海灣，以一種突兀卻又謙卑的矛盾姿態，向命運宣誓，也遵從命運的宣示。

「非洲不是注定偉大，它生而偉大！」

這樣的信念在西元二一五零年代塵囂至上，尤其是新生的北非地區，藉著得天獨厚的地理與人文條件，發展出一種特有的懶惰與狂妄。

隔著地中海的狹長出口，休達港市分為歐非兩區，居民往來頻繁，隨時都有陸地般巨大的運船在港邊待命，不到十分鐘就能開出一個班次。歐陸區是僅次於羅徹斯特與捷魯歐的商業金融大城，每日操縱著全球十分之一的流動資金，「直布羅陀指數」直接左右著全球股市的漲跌走勢。而非洲區的沿岸地帶，則是風景宜人的觀光勝地。別墅、豪華旅館與大型俱樂部密林而立，川流不息的旅人、賭客、富豪家族與走私業者，都在一場又一場充滿北非風情的香檳奢宴裡，邂逅人生的際遇。浮游如斯者，絢爛而稍縱即逝，在垂涎多汁的華麗艷景下，墮落的野心萬頭鑽動。這裡是龍蛇匯集的黑幫賭城，許多賭場大亨在這兒都擁有私人的港口，當然，這些港口完全不受公權力管制，只要富豪大亨們願意，他們更可以買下一小段海岸線，以徹底擺脫海巡人員的盯哨與貿易條款的限制。

毒品、黃金、鑽石、軍火，暴富者無不由此發跡；而發跡之後最強而有力的屏障，則仰賴金融、能源、新聞媒體、以及娛樂業。隔海對望的兩條狹長沿岸地帶，使休達港囊擴了歐洲的精華與非洲的天賦。金光閃閃、徹夜笙歌的形象也是世人對休達港市的主觀印象——一個化著濃妝的狂野妖姬！很少有人會去認真的思考或者猜想妖姬卸妝之後的模樣，因為在這裡，人們會告訴你，玩樂都來不及了！哪有時間想那麼多？

毫無疑問，這是個不折不扣的盛世！以狂野妖艷聞名的休達港市，就是個典型的後全球化時代樣板都市。自由的利潤、放浪的權力，豪奢的饗宴、與短促的人生。在世界金權集團的後花園中，妖姬的假面七彩繽紛，令人捉不著頭緒也看不穿面目，狐媚的蠱香更掩蓋了原生的知覺……不論從各方面來說，這的確都是個盛世。

而且，是個殘暴的盛世。

越過充滿皺摺的亞特拉斯山脈往東南而去，在靠近撒哈拉沙漠的西北邊緣地帶，有著一整片放眼望去幾乎看不出邊際的地窖式隱蔽廠房。用著一種混合敵意與自傲的獨特風情，傳聞中醜陋而森嚴的休達重工區，於來訪者面前弧列展開。這裡顯露出北非風情背後的真實面目，躲藏在內陸深處，沉默地掌握令人寒噤的工業實力。無視於世事變遷，「權力」永遠都來自兩種面向：財富，以及武力。而當兩者完美結合互哺之時，就會如眼前所見，出現無數無數個「休達重工區」。

若非親眼所見，世界上極少有人知曉休達重工區的存在。或者即使知道了，也大多認為休達重工區與各大頂層企業在非洲各地的血汗工廠如出一轍，就是個普通的工業園區；可能道德上有幾許瑕疵，然而從全球發展的角度而言，哪個盛世不由奴隸的血汗累積而成？血汗工廠，就是世界展望的根基。而身處非洲之外，自認與「根基」無關的大凡民眾，則喜歡把生冷的諷刺插在時髦的衣著髮型上作為標誌，以彰顯自己高貴的理性、與那令人無比心碎的良知。

「就讓世人誤會它是血汗工廠吧！」

休達重工區的投資者樂得如此說道。金錢、武力與權柄，三者相生又相剋。在黑金與犯罪如此猖獗的休達港市，在財力的興盛與權力的氾濫背後，必有一面暴力之盾。休達重工區，是一座跨國投資的聯合軍工廠。每一秒鐘都持續產出全球最大量、供應最廣泛、價格最便宜的專業軍用設備。從槍枝、砲彈、直昇機到各型坦克，從基礎的監聽終端機、衛星干擾器、到足以打下一座近地衛星殖民站的地對空電磁砲台，各式各樣超乎想像的特殊用途武器不勝枚舉。若說休達重工區等同於「世界的軍工廠」，實在一點也不為過。然而，這裡所生產的所有武器中，只有非常少的數量經由正式的管道輸出至非洲以外的地方，供應給為數不多的歐亞地區民間武裝組織；而其餘的絕大部分，全都留在非洲，充分的使用在非洲人民身上。

如蝗蟲般橫行的暴徒軍隊，替撒哈拉基金會助紂為虐的職業傭軍，全都由此而生。來自捷魯歐、羅徹斯特、曼格勒市、以及世界各地的頂層投資者，不僅在販售軍火的生意上坐享巨大利潤，更把職業軍團當成是「一種比較特殊的球隊」來投資經營，放在非洲這個物產豐饒的大球場上，作戰廝殺、相互競賽。在投資者的董事大會上，每支軍團甚至都有勝負計分以供參考；同樣的，戰爭賭盤也很受到歡迎，光是休達港市就有數以千計的黑市投注站。在非洲各地進行的這些「戰爭賽事」，顯著地強化了北非的優勢地位，東起西奈半島的羅徹斯特市，至西臨大西洋的休達港市，則是非洲戰爭賽事的兩大莊家。

愛斯達於二一五二年的夏季來到休達港市，在奇絲的安排下加入了一支名為「非洲復興」的僱用軍團。「非洲復興」是曼格勒市與阿尼安家族聯合投資的主力軍團，軍團裡名將輩出，是戰爭賽事中的常勝軍。愛斯達在為期一年的受訓期間便已展現傑出才能，帶領著同隊的訓練生一起以最高級分通過測試，正式進入職業軍團。一個教官在評等簿子上提到愛斯達的時候驚嘆著說道：

「世上若有漢尼拔再世，則非此生莫屬！」

愛斯達正式進入軍團之後沒多久，非洲復興軍團就受到西非市的雇用，奉命肅清西非市主要農業區——塞河流域——遭受到暴民騷擾的問題。沿著撒哈拉沙漠西緣南下，非洲復興軍團在毫無長物的金色沙漠中展開了什麼也不用做的掃蕩。外型俐落的輕裝甲車馳騁於起伏不定的美麗沙丘之間，彷彿乘風破浪般急速前行，追逐著遠處多山的高原與少數綠洲。往南方而去，則進入荒漠與稀樹草原間的半沙漠地帶，多刺的灌木叢在稀疏的熱帶草原之間零星散佈。由於此地降雨極不規律，土壤漠化嚴重，只有在接近塞河流域附近，仰賴灌溉的農田莊稼才能連年豐收。來到塞河流域，愛斯達跟隨軍團在農業區外圍展開巡邏，沿途遇上幾個因乾旱而荒廢的村子，龜裂的斷垣殘壁曝曬於怒火四射的艷陽下，在狂風中化為沙塵。其中有些村子還沒死透，苟延殘喘地維持著最後一絲氣息。有天，軍團經過一個村莊，偶然看見一個垂死的老人孤坐門廊，神情猶若空殼，彷彿靈魂早已風化。愛斯達本能地想去幫助他，卻被長官阻止，並對她說道：

「那個沒救了。」

隔天軍團再度經過，老人已經不在門口。按耐不住躁熱的心思，愛斯達還是持槍戒備地往屋子裡探視了一下，老人仰躺於土床上，整夜的風沙落塵猶如朦朧的薄紗，輕柔覆蓋了軀體。死亡在這裡，如此沉默，如此寂靜，沒有多餘的溫情。

每天浩蕩行軍的巡邏日子又過了兩個星期，愛斯達這才逐漸明白，這次所謂的暴民，並不是指暴徒軍隊，而是因飢荒出走的脆弱災民。由於連續幾年都降雨不足，即使是水源較為豐富的塞河流域也大幅萎縮，在莊稼欠收的情況下，農業區居民擔憂四周的飢荒難民將會進一步瓜分掉他們的土地與屯糧，於是拒絕收留投奔而來的災民。雙方在恐慌之中爆發了幾次流血衝突，非洲復興軍團於是受雇來此。然而抵達的時候，大部分的飢荒災民已經往西遷徙，沿著塞河順流步行，朝向下游的西非市而去。

遷徙的災民持有少量武器，為了爭取生存的機會，他們變得容易暴怒、採取攻擊手段。一收到消息，軍團隨即前往圍剿，終於在塞河北岸舍瑪地區找到了一群筋疲力盡的飢荒災民。人數約為五百，飢餓的怒火燃燒著他們的心智，災民用寥寥可數的老舊獵槍朝非洲復興軍團最新型的裝甲車上打了幾發子彈，咚咚噹噹幾聲，裝甲車不痛不癢，更在軍團司令的一聲命下，轟隆轟隆地把絕望而襤褸的災民隊伍驅離河畔，迫使他們深入北部半荒漠地帶逃生。

這就是非洲復興軍團，無堅不摧的戰爭賽事常勝軍！此次的「塞河戰役」又替軍團多添一筆光榮紀錄。勝率與積分相逐追高，甚至影響了西非市與休達港市在談判桌上的政治判斷。二一五三年底，非洲復興軍團憑著塞河戰役的「功績」擊敗其餘軍團候選，在休達港市與西非市所簽訂的一項共同防衛協議中，獲得擔任「西北非都市聯合防衛軍」的重大合約。

軍官們笑得合不攏嘴，花了大筆鈔票投資軍團的股東們更歡喜得四腳朝天。現在，非洲復興軍團不再只是個私募傭兵集團了，它成了西非地區唯一的一支正規軍。來自西非市與休達港市辛勤工作的市民手中，龐大的軍備預算源源不絕地流入軍團投資人深不見底的口袋中，啊啊！多年的苦心經營總算有了回扣……噢不不，是回報。

豐富的資金挹注，很快地使非洲復興軍團產生脫胎換骨的變化。為了確保新獲得的「領地」，非洲復興軍團不得不迅速擴充軍備規模，以應付北自地中海沿岸至諾叡河以南的唐古山、東自撒哈拉沙漠南緣的曼蓋尼高原至西側大西洋海岸之間約六百萬平方公里的廣闊巡防範圍。二一五三年秋季，非洲復興軍團獲得防衛協議合約之前，原本共有二十個裝甲旅，配備五千輛瑪瑙式輕裝甲車（每輛需三人操控），加上約一千人的直昇機飛行隊，總兵力約在一萬六千人至一萬七千人之間。然而到了隔年春季之時，正式成為西北非防衛軍的非洲復興軍團迅速擴張，其中最重要的，是新成立了空軍部門。非洲復興軍團原本沒有空軍，當然更不具有獨力訓練出一支空軍的能力；新成立的空軍，是直接向捷魯歐的聯邦航空集團整支挖過來的。聯邦航空集團是捷魯歐政權的公營企業，專門訓練各種用途的職業航空隊伍，有時以出租的方式、有時則連同設備與人員整支隊伍直接出售。在沒有一個國家擁有自己的公民軍隊、每個都市都以稅金聘請傭軍作為其正規軍的後全球化時代，捷魯歐政權成功的在前世紀末期壟斷了航太科技與飛行訓練的專業技術。現在，散佈於全球各地的所有職業飛行員，清一色是由聯邦航空集團訓練出來的僱佣人力。同樣的，擴充為兩倍規模的非洲復興軍團裝甲旅和直昇機隊，也藉由大幅吸收其他現役職業軍團的精英傭兵，而成為一支擁有五萬兵力、可以即刻作戰的正規軍隊。

在此同時，非洲復興軍團也已經展開了兩次大規模肅清行動。趁著乾燥而炎熱的冬季，大肆掃蕩了西北部的西撒哈拉區以及東南部漠西區。《西北非都市聯合防衛計畫》名義上的目的，是為了要能有效解決西非地區過度猖獗的暴徒民軍問題，以維護區域安定。然而事實上，與其說西撒哈拉區與漠西區是暴徒民軍問題最嚴重的區域，不如說，這兩個地區正好是權力真空地帶的緣故。當地的暴徒民軍多受到撒哈拉基金會的資助成立，換言之，這不是曼格勒市在非洲既有的勢力範圍。愛斯達在這次的掃蕩中毫不猶豫地參加了東南部的漠西陣線，雖然她並沒有到過漠西地區，不過，這裡是愛斯達的母親的故鄉。

初次踏上漠西草原，暖洋洋的微風帶著溫柔的氣息撲鼻而來，即使穿著密實的戰服，仍能感受到一股前所未有的悸動。美麗的甘蔗田櫛比鱗次，彗詰的家禽與健壯的牛畜在農舍之間恬靜穿梭，不時生氣勃勃地相互鳴叫一番。蟲吟如絲涓聲此起彼落，肥滿的雀鳥像礫石一樣成群停落地面。愛斯達感覺到有一種莫名的情緒將她往下拉扯，身體與心靈都異常沉重，不知名的騷動在腹腔中流動液化，呼吸變得急促，牙齦感覺酸酸的。人生中第一次，鄉愁的美好與悲哀同時征服了愛斯達，眼神變得水潤的同時，心中的黑洞也隱然浮現。只不過，這樣的感動沒有持續太久。當車隊駛近村莊，清楚的彈痕怵目驚心地劃過民宅樸實的土牆，猶如散落的流星殘骸。居民瘦削而多傷殘，男人群聚喝著悶酒，婦女緊張而侷促，縮著背脊在農田裡卑微地工作，一有任何動靜，立刻像鼴鼠一樣探頭張望，恐懼地焦慮戒備。這樣的景象使愛斯達的眼神再度變得沉默，凝固的血液由深處回流，佔據了她的心房。如同以往的許多時刻，如同回望從暴力中求生的時刻，那些時刻，一塊一塊地凝固在愛斯達心底，使她吹不著微風，飲食無味，血液泛黑，無感無痛。如今，好似這樣的凝血，又多結了一塊。

漠西草原的命運，就此注定。

染血的靈魂聽不見悲淒的怪厲嘶喊，只有死者的安祥能為屠殺帶來終結與平靜。漢西陣線的掃蕩成了一場難堪的屠殺行動。高度專業的正規軍，在三週之內陸續殲滅了近二十個武裝部落，反抗者死傷千餘人。一個重傷的戰俘死前狂笑著大聲叫道：

「你們也一樣！我們戰鬥而生存，你們更差勁！」

「沒錯，我們更差勁。」正好站在附近的愛斯達回答說道：「因為我們夠強大。」

戰俘掙扎著咳出幾口黑血，眼睛往上一翻，嘴巴仍不甘願地默唸了幾句才斷氣。愛斯達平靜地從旁邊走過，沒有一絲慍怒，沒有一絲勝利的高傲。死亡就是獎賞，而敵人的死亡，則是生存者難得能可貴的喘息。愛斯達珍惜這樣的喘息，也很享受喘息的時刻。

屠殺的決斷使愛斯達在軍中名聲鵲起，卻也招來嚴厲的非議。本來，西北非無視於全球共和聯邦的禁武協議，在短時間內如此快速的擴充軍備，當然不可能是人人樂見之事。在這片六百萬平方公里的廣大土地上，曼格勒市阿尼安家族的葫蘆裡裝著什麼祕藥，就算看不見也一樣聞得到。遠在七千公里之外的捷魯歐亦翹首引領，派出大批政客與學者，以犀利的言詞砲擊休達港市與西非市之間的《西北非都市聯合防衛計畫》，批評這是「意圖製造區域緊張」，而漢西陣線的屠殺行動，則是「蓄意破壞非洲和平」，屠殺的行為「邪惡至極，令人無法坐視不理」！

許多人都竊笑了起來。一句「無法坐視不理」，究竟道出多少纏綿糾葛的暴利勾結？楚楚動人的慾望啊，逐步誘發著人們邁向瘋狂的根源。

二一五四年三月中旬，愛斯達受到拔擢，調任至第四裝甲旅，派駐於撒哈拉亞特拉斯山脈南麓與東部邁勒吉鹽沼窪地之間的東北防線。這片鹽湖區其實並不在休達港市原有的行政範圍內，然而考慮到西面的後方就是休達重工區，因此在簽訂《西北非都市聯合防衛計畫》時，宵特黨強烈建議將東北防線往前推移，以減輕休達重工區的壓力。休達港市也順水推舟，放手讓擔任防衛軍總司令的科西嘉將軍全權制定防衛計畫。生得一頭烏黑秀髮、性感的濃眉大眼、高挺的鷹勾鼻、渾身散發出裸露筋肉之美的科西嘉將軍，同時是奇絲與米雅的舊識及密友，科西嘉的家族本是休達港市人，她的祖母因工作遷居曼格勒市，到了她母親出生時，才在曼格勒市定居下來。儘管在強勢的母權家庭裡面，科西嘉也算是家族中特別出色的怪胎，像是等不及長大似的，從小就處處展現出一種異於常人的特質：與生俱來的軍事才能，以及令人退避三舍的強烈鬥性！科西嘉著迷於「攻略」任何事物，工於心計，又是個天生的軍事將領。年輕時自曼格勒軍校畢業之後，就直接加入了非洲復興軍團，以戰術預報師的身分大為活躍。出色的專業天賦使她提升了非洲復興軍團在戰爭賽事中的勝率，而奸巧的權謀才幹，則使非洲復興軍團一躍成為西非地區唯一的一支強大軍隊。預期到東北防線將會日趨緊張，除了愛斯達所屬的第四裝甲旅之外，科西嘉同時還還派駐八個旅團的兵力鎮守於此。

時機的緊張永遠有跡可尋，到了這個時候，曼格勒市的野心已是昭然若揭。從西非市合併與宵特黨執政，到非洲復興軍團獲得聯防合約、進而堂而皇之的震懾掃蕩西撒哈拉與漠西地區，如火如荼的連續「重大突破」逼使非洲的權益角力來到一個新的境界邊緣，捷魯歐政權在非洲的一方獨霸之勢，似乎已初見鬆動跡象。曼格勒市正試圖統合西北非整體資源，而且，已經有一個很好的開始了。

在局勢日漸緊繃的東北防線後方，一幢景色宜人的地中海濱豪華飯店裡擠滿了有頭有臉的人物。來自曼格勒、西非市與休達港市的政商代表齊聚於杯光酒影的研討會中，正著手討論成立「西非省」的問題。在紐賽納協會的幫助下，宵特黨提出了一份叫做《西北非整合協議》的文件，裡頭不僅提到成立西非省的政治程序，更初步規劃了省政府成立之後所應遵從的立場與政策原則，以及幾項關鍵的重要措施。這份協議其實有點像在鑽漏洞，因為當今世界在全球共和聯邦治下，並沒有「省」這層行政單位。拜科技發展之賜，現代的「都市」等同於二十世紀時一個國家的規模，如同過去各國的國土面積與國力互有差異，現代都市也以等級劃分。同樣的，土地廣袤的非洲在全球一百八十四個列為國家等級的「一級都市」當中，卻只囊括了其中兩個！從這一點看來，可以說當今非洲之於全球體系的價值與定位，也與歷史上某些特別悽慘的時期別無二致，遵從著來自根源、似乎永無止盡的噩運。隨波逐流也是一種命運，但是人們實在應該記得，除非外力作用，波濤不會自己產生。在非洲，天災與獨特的氣候環境固然影響甚鉅，然而難以革除的艱困遭遇並非天命，而是不曾間斷的長久人禍。不知是否呼應著這樣的命運，宵特黨在《西北非整合協議》當中計畫藉由成立一個更高級別的「省政府」，來進一步強化休達港市與西非市之間的區域聯盟。而目的，當然是為了共同抗衡來自羅徹斯特的經濟命令，與捷魯歐的政治干預。《西非整合協議》令休達港市無可自拔地進入亢奮狀態，原因在於其中一個致命的關鍵項目：發行「西非軍用代幣」的構想與計畫。

宵特黨本來就是武裝組織起家，黨魁米雅深刻認為，唯有建立一支強大的正規軍，才有可能長久維持西非的安定。這在技術層面上不是什麼太困難的事情，但真正的問題在於，這非常花錢。西非對外的一舉一動、尤其是經濟行為，特別受到羅徹斯特的嚴格掌握，在內需經濟無法自給自足的情況下，想要維持一支隨時可以作戰的強大正規軍，唯有發行政府債券來對外融資一途。然而維持軍力可不是只有一天兩天就足夠的事情，想要長期以巨額貸款來供養一支軍隊，根本是癡人說夢。別說仗還沒打贏，恐怕連戰爭都還沒發生，政府早就先被債務給拖垮了。在奇絲的建議中，唯一有可能擺脫這種「負債爛仗」的解決辦法，就是將軍方的財務與政府分割開來，使其自成一獨立系統。奇絲強烈建議由西非軍方獨立發行一種軍方專用的貨幣，她解釋說道，此舉將可免除未來西非省政府因戰爭而負債累累的壓力，並且亦可作為政府在戰爭時期的準備金。

這個邏輯固然有其詭異之處，奇妙的是奇絲似乎已經非常確信西非的未來必然會走向戰爭！不過《西北非整合協議》還是讓醉心於休達港市的投資家們個個熱血沸騰起來，在他們的眼中，《西北非整合協議》不過是非洲戰爭賽事在賭盤上的一種延伸；玩得更凶狠、賭得更重大，回報自然也愈爽快人心。

同時，不知是有心還是無意，《西北非整合協議》的內容完整地流入捷魯歐當局的手中。對於捷魯歐而言，這可不是什麼好玩的賭盤！西非軍用代幣的構想之所以致命，乃是由於它被設計成一種貨幣，而非「戰爭債券」。債券雖然在法理上價值等同於貨幣，但它畢竟不是通用貨幣。而軍用代幣雖然名為「代幣」，卻是一種貨真價實的貨幣。就算這種軍用代幣一開始確實只在軍方與軍火商之間通行，但在交易結算時也勢必將與和平幣之間以匯率兌換。換句話說，和平幣就不再是全球唯一的貨幣了！可想而知，阿尼安銀行的計畫大概就是，只要讓西非軍方獨立發行了通用的軍用代幣，之後一旦戰爭開打，很快的，軍用代幣就會無可避免地成為和平幣體系以外的另一種通用貨幣，並且至少通行於西北非與曼格勒市部分的企業與地區。

而這種新的貨幣，將由阿尼安銀行主控發行！

嬌嫩欲滴的果實在熟透的艷陽照射下散發出間歇的誘人腐香。慾望橫流的二一五四年四月，西非陣營在東北防線的推進與增兵，使捷魯歐政權也不得不豎起背毛。捷魯歐這時面臨了兩種選擇，一是盡可能的不要讓西非省成立、更不允許它發生戰爭！然而這在執行上是有困難的。西非已經高度武裝，而捷魯歐在過去三十年來，又持續贊助太多的投資人幫助非洲武裝。企圖阻止非洲發生動亂一向違背捷魯歐投資人的規則，他們的規則代表著利潤，而這些利潤又有很大的一部分每年挹注於捷魯歐政府……好吧，就算是權傾天下的聯邦總理也得承認此路不通。那麼，另外一條比較符合「規則」的途徑，就簡潔明快得多了。既然西非（的投資人）想要戰爭，捷魯歐（的投資人）也想要戰爭，在非洲這種不痛不癢的地方搞一場較大規模的戰爭，或許雙方都可賺入一筆可觀的錢財。軍隊愈強大、百姓生活愈痛苦，投資人就愈加有利可圖，此即為亙古不變的「規則」。

終於，利慾薰心的捷魯歐催促位於羅徹斯特的世界經濟聯盟總部緊急召開一次區域安全會議，要求在世界經濟會議的架構下建立一個「世界經濟安全委員會」，賦予其經濟制裁與協調糾紛的神聖任務。同時，透過在羅徹斯特著名的「七日政變」中曾為捷魯歐戮力肅清反對勢力的新民軍團，大批職業軍團開始往羅徹斯特西線集結，沿著北非蟲洞網地面公路向邁勒吉鹽沼窪地東緣緩慢推進。

由於軍隊的活動受制於蟲洞網公共安全規定，不能在蟲洞網內作戰。因此儘管雙方都在蟲洞隧道內設置了多個監守點，然而在這個時間點上，不論是捷魯歐還是曼格勒市，都還不願意把衝突正式推上檯面，結果使得使得兩軍勢力交界之處的北非地下城突然變成了一種怪異的中立區域。每日的隧道統計貨運量在這個時期裡奇怪地暴增，地下城居民白天照常工作生活，晚上則神采奕奕地從事刺激的諜報活動來賺取外快。新民軍和非洲復興軍團的兵員們不時在地下城內互相刺探（甚至交換）訊息，整個區域瀰漫著一種詭異的氣氛。在交界區內，每個人都期待著某種大事發生，而且不管即將出現的是什麼樣的混亂，他人的苦難都將成為自己一蹴可成的天賜良機。機巧的猜忌使即將展開的戰爭透出邪魅的惡念，荒唐的謠言與短謬的詭計如狂風暴雪般漫天飛舞，人們的口舌不得一刻空閒。

仰望沙漠夜空，綿密得幾乎要滿溢出來的銀河繁星競相炫燿著滿載的洪荒之詩，從遠古的時空裡，將那份爆烈而奔放的自由在玄觀之中四射噴洩。愛斯達坐在露天的帳棚下，用著一種全心奉獻的嚴肅神情進行著槍械的保養工作。這是她在戰場上最喜歡的工作，把槍械精心擦拭得光滑晶亮的同時，內心也會變得無垢。狂野的屠戮、失控的暴怒、浴血時的憤慨激昂，都可隨著槍械上的污垢一同擦拭而去。靈魂輝映著星空，發散出纖細的光芒。璀璨而美麗，彷彿唾手可得，卻又遙不可及。

戰爭之於職業軍人，猶如久旱逢甘霖。五月三十一日深夜，一支新民軍團分隊以迅雷不籍掩耳的速度向西非陣營發動突襲，當頭的幾個站哨無預警地遭到電磁砲彈密集轟炸，強固的掩體灰飛湮滅。愛斯達從遠處一看，立刻大吼說道：

「接著就是我們！他們要切……」

語聲未落，瞬間數枚砲彈嘩啦啦地把掩體上部鑿穿砸個稀爛，震波轟地把愛斯達撞飛，哇啊啊地飛躍三十公尺外的沙地上才翻滾著狼狽起身，附近有另外兩名同樣被炸飛出來的人影，愛斯達側耳傾聽，其中一人是情同手足的同僚麥牙，麥牙滾地之後幾乎立即起身，和愛斯達一樣匍伏於沙丘之間。另一個人影就沒這麼幸運了，不再反應的軀體隨性地沉落於遠處的沙丘坡面，稍微往下滑動之後，溫柔地被掩蓋了起來。視力極佳的麥牙在黑暗中看見愛斯達，壓著身體朝她跑來，此時另一側的站哨隊員已和逼近的新民軍團交上火，地平線燃起一道不斷移動的紅色光輝，伴隨不時爆開的局部突閃，震盪的空氣帶著一種獨特的節奏朝喘息的靈魂們強撲而來。愛斯達與麥牙困在道路的這一側，像貓一樣彎著身體前進，火線擋在前方，一時間無法穿越過去，只得暫時躲進路旁的溝槽裡埋伏。敵軍迫近的速度令愛斯達感到訝異，冒險抬頭一看，發現新民軍的車隊不是裝甲車隊，而是強化式吉普車隊，當頭一台車頂上裝設了電磁砲座，像工程車一樣往前架著修長的墨色砲管。其餘車輛只有輕型機砲，列成縱隊跟著頭車前進。愛斯達知道新民軍使用的強化式吉普車在斜前方有一小段視覺死角，加上他們的注意力正被從另一側還擊的西非軍吸引住，愛斯達認為這是個好機會。她轉頭對麥牙打了個手勢，麥牙眼睛像超新星似的閃了一下，兩人各自抽出配帶的小型雷彈，找好合適的位置蓄勢待發，目標就是第一台吉普車的前輪！

敵軍車隊一邊瘋狂掃射著一邊前進，愛斯達渾身繃緊，一種致命物質從骨髓中竄流而出，瞬間充滿神經，使意識敏銳、肉體強大、眼睛蓄滿能量。當轟隆轟隆的壓輪聲用狡猾的步調朝她們迫近，愛斯達與麥牙調整呼吸，暗中數秒，三、二、一！兩人同時躍起，順勢將雷彈往當頭的吉普車前輪底下扔去。接著一剎那都沒這麼快地、爆炸的閃光吞噬了一切，愛斯達用力縮起身子往溝渠裡鑽去，盡可能把身體埋得更深、更深！此時，沙土是唯一的保護。暴露在掩蔽之外的皮膚感到一股涼意，當愛斯達終於能從沙土中抬起頭來時，涼意轉變為惡劣的刺痛，從背後往骨子裡燒了起來，回頭一看，背上一片焦黑，衣服和皮膚硬巴巴地黏在一起，形成鱷魚般的皮紋皺褶。愛斯達看見麥牙激動地絞動嘴巴，然而整個頭腦嗡嗡嗡嗡，聽力還沒從爆炸的聲盲之中恢復。

往路面一看，新民軍頭車的前段底盤被炸燬，兩邊車輪都不見了，支撐頓失，頂頭的砲管重量隨即「咿呀──」地把車身往前軋了個狗吃屎，翹在半空中的後輪只能失態空轉，焦急地發出呼嚕呼嚕的抗議吼聲。後方的車列縱隊也被堵慢了下來，公路對面的西非軍立刻展開猛烈砲擊，被逼得走投無路的新民軍車隊只得相繼往愛斯達這一側開下道路，打算把高起的路面當作屏障。路面之外是一片充滿礫石的半沙漠土壤，雖然普通吉普車得以行駛，但對於強化式武裝吉普車的重量似乎太過勉強。對方車速緩慢，愛斯達認為機不可失，然而她與麥牙手邊火力不足，正當苦惱之際，後頭一團黑乎乎的影子像多足蟲似的從公路另一側爬了過來，幾個和愛斯達一樣焦黑的人影聯合拖著一台輕機砲，潛入這一面的溝渠中。

三更半夜，一通神秘電話打進了奇絲．阿尼安的臥房。通話持續不到一分鐘，奇絲便起身整裝，絲毫不能耽誤地飛奔外出。成立西非省的實際步奏，業已展開。宵特黨通過了最困難的第一步考驗，也就是開戰，而且必須是「被動的開戰」。捷魯歐在對西非戰事的判斷上犯了一個很大的錯誤，就是他們誤認為西北非的合併與軍事化，充其量只代表著曼格勒的利益，而不是曼格勒加上西非本身的利益；因此，就像當初借用新民軍發動假政變而征服羅徹斯特，現在的羅徹斯特政府也並不代表羅徹斯特人民、而是捷魯歐在非洲利益上的代言人一樣（當然，捷魯歐政府也從來不是捷魯歐人民的代表），高高在上的財閥觀點使他們認為對西非開戰「不是什麼大事」，只不過就像多打了一場球賽而已。

然而，奇絲和宵特黨顯然不是這麼想的。

天還沒亮，休達港市府大廳裡擠滿了媒體記者，每個人手上都已經拿到一份官方發出的聲明稿，現在只等著大事發生。早上七點整，在米雅、奇絲、蘆若夫人、休達港市長施法克、以及一大票政要高官的簇擁下，北非榮耀黨的黨魁阿沙托杜拉緩緩步上台階，在一片亢奮的肅靜之中，開始發表演說。阿沙托杜拉穿著傳統的長罩衫，把圓滾滾的肚子挺得無比堅實，彷彿在說這裡就是世界的中心！他用極端的言詞怒罵「只想奴役非洲」的捷魯歐，用剽悍的態度激發聽眾對「黑色血統」的狂熱，以及以莊嚴的讚美詮釋宵特黨派的重要女性，然後，以一種近乎聖靈顯身的神聖激情，對群眾宣布，西非省將會「堅決抗戰腐敗金權」。阿沙托杜拉幾乎要掉下眼淚來，憤怒地說道：

「今天，我們被迫宣戰。明天，敵人哭著求饒！」

這時，講台下一整排軍裝碧亮的年輕軍官突然唰的一聲直挺站起，用著誇張的感動神態向阿沙托杜拉行曲臂軍禮，齊聲發出的宏亮呼喝與讚美聲震得大廳門窗都紛紛嘎響、久久不停，最後還得由阿沙托舉手指示他們停止，會程才能進行下去。演說之後，宵特黨力推阿沙托杜拉擔任第一任西非省長之職，阿沙托杜拉十分識趣地演了一齣萬般為難的的精采橋段，最後耐不過眾人請求，只好勉為其難的接下了這個任重道遠的神聖職務。記者會結束後十分鐘，早上八點零五分，西非省政府宣布了內閣名單。阿沙托杜拉的內閣中，半數以上是宵特黨員，其餘則由榮耀黨員以及少數社會知名人士分列擔當。

愛斯達的站哨雖然一開始被炸得七葷八素，不過新民軍團在唯一的一座電磁砲受到損毀之後，戰力與裝備都遠遠不及西非駐守軍，激戰沒能持續太久，西非的援軍激增，新民軍團很快就陷入了不可抗的劣勢，只求且戰且退。愛斯達蔑視地冷笑一聲，說道：

「傭兵，永遠不會認真打仗。可憐的蟲子！」

在第四裝甲旅的強力支援下，西非軍事實上還不到早上阿沙托杜拉發表演說的時間，就已經徹底擊潰了夜襲的新民軍。許多戰敗潰逃的新民軍人被俘時一臉錯愕，他們還活在戰爭賽事的邏輯之中，面對西非軍壓倒性的強大規模，只能呆若木雞，摸著後腦杓直呼不可置信。

儘管大獲全勝，愛斯達的站哨隊員還是受到嚴重折損，然而死者的鮮血，卻為生還的戰士換來了無價的報償。之後的三個半月，愛斯達躺在舒適的軍部醫院中接受無數的鮮花贈禮與來自各方權貴的噓寒問暖，就在她覺得耳朵長繭煩躁得難以忍受而拼命復健的時候，防衛軍總司令科西嘉帶著一批隨身採訪團，親自前來探訪愛斯達。

那是一個風光明媚的早晨，親切的科西嘉用著疼惜的嚴厲態度，亦步亦趨地輔佐著愛斯達進行了一個上午充滿痛感的復健運動。復健室被下令清場，寬敞的室內只有科西嘉與愛斯達兩人，她們背光而立，身影靠在一起，沿著長長的扶把在靜謐的空氣中緩慢前行，彷彿這美好的一刻永無止盡。在她們的背後，是一面有著玻璃鑲嵌的開放式落地窗，冶艷的日光強而有力地落在她們身上，將那些古銅色肌膚、裸感堅實的筋肉、狂野不羈的深色鬈髮……全都染上了令人屏息的豪華光暈。這幅景象深深撼動了全球無數投資客與西非人民，他們在一種充滿本能、甚至是充滿性慾的悸動之下，爭先恐後地將希望托付給令人傾倒的西非軍方。

二一五四年十月二日，過渡性質的「西北非都市聯合防衛軍」終於正式成為「西非省防衛軍」。而在同一天，愛斯達也收到來自司令部的調派指令，成為最新編制「第四十八特殊機動旅」的作戰指揮官。

愛斯達是西非軍方的象徵性人物。當她前往第四十八旅，接收屬於自己的權力之時，一種血脈憤張的搔癢簡直控制了愛斯達的心智！竄發的動脈噴流幾乎就在耳邊轟轟私語，愛斯達試圖使自己冷靜、努力克制心跳好分辨出血液中如洪流般的機密話語，腦袋卻是一片空白。

前方會有什麼呢？愛斯達如此自問著。然而此時此刻，似乎任何答案都已喪失了意義。

第八章　賢者的盛宴

一個前所未有的龐大行政單位之初建，意味著前所未有的龐大資金空缺。黑底紅心的宵特黨旗飄揚於西非省政府的上空，與星月並列的北非榮耀黨旗各據一方。當全世界的資金無不關注於此，令人意外的，卻不是堡壘般銅牆鐵壁的西非省府建築，而是它的所在地。

新誕生的西非省政府，赫然出現在不屬於西非省的土地上。比激戰過後的東北防線更加推進，幾乎來到了休達港市與羅徹斯特的中折點，橫跨蟲動隧道寬廣的地面公路，包夾似的在到路兩側對稱突立。陽光普照的北非風景下，軍事堡壘式的省府建築陰暗森嚴，令人望而生畏；並且猶如鬼魂般，竟在一夜之間出現！

這絕對不是什麼魔法，而是不折不扣的現實。西非省就這麼當著捷魯歐的面，硬生生奪走它在非洲的「右肘」——大剌剌地坐落在北非地下城的正上方，佔據了前後數十個蟲洞出口。躲在首任省長阿沙托杜拉在休達港市發表誇張風華的一連串執政大計畫、以及激戰過後收容戰俘與軍事重整的多項「演出」爭取來的帷幕背後，一座拼裝式的軍事堡壘分批連夜運至北非地下城進行組裝，不出兩個月，堡壘完工定位，當有人終於從衛星空照圖中發現地上突然冒出一座鋼鐵之城時，阿沙托杜拉就那麼正好地！在休達港市召開記者會，以一副接受上天加冕的王者之姿，向大眾傲然宣佈西非首府的定都事宜。

「鋼鐵之城，希望之都！」

阿沙托杜拉感動地高聲宣道：

「西非省府將定都於北非地下城，從今天開始，它有了一個名字，我們叫它『希望都』！」

任何得從新聞報導上得知此事之人，想必都難掩驚訝。但在所有的公開言論之中，卻完全沒有人對此事提出疑問。捷魯歐政府竟然默不吭聲地承受了西非省定都北非地下城所造成的風險？這實在是教人難以相信。部分捷魯歐的觀察家忿忿不平地在政論節目中指出，當初為了「確立捷魯歐在非洲的穩固權利」而建造的非洲蟲洞網，其中最早完工、並且是唯一直通捷魯歐的北非路線，現在竟被一群名不經傳的政壇惡霸給攔腰截斷，其結果，北非蟲洞網非但沒有穩固到捷魯歐的利益，反而拱手一讓，強化了捷魯歐的敵人。這是何等重大的損失！然而捷魯歐政府卻硬是咕嘟了一聲，不知吞下多少牙齒與口水，彷彿就是鐵了心不發出一點兒喉音。

再遲鈍的人，也都多少覺得事有蹊蹺，囊括全球精英智囊的捷魯歐政商集團，就算是想做善事，也不可能願意犧牲自己的利益以成就敵人之優勢。西非省尖豎著背毛，曼格勒則繃緊神經。二一五四年十二月，當西非省議會於希望都初次召開之時，滿滿的新聞頭條都還充斥著高昂的危機意識與一觸即發的緊張感，幾乎每個人都認為戰爭一定還會再度發生，捷魯歐絕對不會坐視西非省目前為止獲得的空前成功，因此新民軍一定還會再犯，而西非軍也必將再度獲勝！軍隊劍拔弩張，隨時準備戰鬥。

在都市與軍隊之外，整體而言，西非民眾對於建省之後的未來發展，多半也是樂觀的。民眾高度亢奮、而且言談之間充滿攻擊性，尤其是來自廣大農村地區中遊手好閒的年輕男性。他們激昂地想像著即將降臨的繁榮美景，都市化將會帶來燈火通明的夜晚與交通堵塞的車流，生活將會如同永不止息的嬌媚盛宴，人人都有繽紛豪華的氣派行頭，以及一生暢飲不盡的美酒。如有任何事物試圖阻礙西非通往如此光明美景，唯有以武力將之擊碎。

「誰怕誰！我們有軍隊！」

喧嘩的叫嚣從男人口中傾洩而出，通常伴隨著漲紅的挑釁與濃重的酒氣。自我毀滅式的英雄豪情編織著刺激罣丸酮的羅曼史，遑論物換星移，男人都是永世的賭徒、與追尋浪漫根源的輪迴醉仙。不幸的是，由於缺乏橫衝直撞的雄性激素，婦女們通常考慮得比較保守。她們大多露出靦腆的笑容，欲言又止的聳聳肩，然後含蓄地說道，希望能有安穩的生活。

哦哦哦多麼煞風景的談話！女人真是太過無趣、太不解風情了！要知道，這個世上唯有一樣事物可以稱之為成功的真理，它就是「野蠻的資金」。

資金、資金、資金！做什麼事情都要資金，而且必須夠野蠻。不夠野蠻的資金，叫做肥羊；一定要野蠻地使用資金，才能榮登成為酒足飯飽的豺狼。

人民的吶喊，確實傳入了執政者的耳中，阿沙托杜拉雖然外貌腦滿腸肥，內心卻是非常清楚「規則」的聰明玩家。檢視現況，阿沙托杜拉十分明白自己沒有能讓人民失望的本錢，他的權位唾手得來，但卻不甚穩固。回顧西非建省之前，榮耀黨在休達港市有著長達十五年的執政地位，因休達港介於捷魯歐與曼格勒的勢力交會地帶，各項自由貿易協定與企業獻金源源不絕，北非榮耀黨始終資金豐盈，不曾有匱乏之虞；加上佔有休達重工區的獨特地位，北非榮耀黨從未遇過像樣的競爭者……直到西非宵特黨出現。儘管目前為止兩黨表面交好，彼此都作勢要共創時代，但事實很清楚，儼然是曼格勒傀儡的宵特黨，不止迅速把持了內閣，更在強勢的軍隊壓迫下擅自決定了首府的定都事宜。被迫在台前當個風光戲子的阿沙托杜拉實際上恨得牙齒作響，不知多少個氣到睡不著的夜裡，渾身顫抖地輾轉反覆，用最鄙齪的辭彙對著妻子憤罵那些「不知羞恥的宵特賤女人」。然而，就是這些「不知羞恥的宵特賤女人」把阿沙托杜拉逼得一退再退，搞得榮耀黨內憂外患，受到極大的衝擊與威脅。因此激動歸激動，阿沙托杜拉畢竟是政壇老手。既已錯失先機，那麼現下的當務之急，也只得先打穩樁腳，以免順水急流，喪失掉更重要的根據地。

建省後的第一個年末，二二五四年十二月，西非省上沸下騰，省議會如火如荼地連日召開。政治代表、銀行家、休達重工區的軍火製造商，如蜜蜂穿梭般努力進行一連串交錯的複雜協商，隨著嗡嗡嗚聲不絕於耳，關於西非軍用代幣的發行計畫，展開了清楚的眉目。

在這激進的幾個星期中，阿沙托杜拉顯得異常焦躁。他擔憂地監視著宵特黨主導的整個協商過程，不用說，榮耀黨自然是被排除在外。整個議會期間，米雅・阿姆斯壯與奇絲・阿尼安所駐的宵特總部門庭若市，不時爆發出機警的喧鬧消息，進出其中的人們猶如狂熱的使徒。反觀阿沙托杜拉的辦公大樓，卻是空空蕩蕩，乏人問津，莊嚴的門面在炎熱的驕陽底下散發出一股悽涼寒意，令人好不生畏。阿沙托杜拉這輩子還沒嘗過此種屈辱，以他原本的性格，大男人就算斷頭流血也絕不能丟了面子！這口悶氣實在教人難以消受。問題是，眼前的態勢現實且殘酷，軍用代幣是宵特黨提出的法案，而主導著這個計畫、同時也是支持著整個代幣計畫可行性的，又是奇絲・阿尼安的西非阿尼安銀行；兩者都不是阿沙托杜拉能夠見縫插針的組織。沒有固定金主的榮耀黨此時猶若籠中之獅，就算想破頭腦，卻只更加激發了使盡力氣也難以按捺的滾沸怒氣。在休達港市當權超過二十年，好歹也算個一代豪傑，阿沙托杜拉豈是願做傀儡的人物？眼見時間愈來愈緊迫，不能再蹉跎了！阿沙托杜拉痛下決心，為了榮耀黨的未來，他決定替這個歷史悠久的北非政黨找個金主，而且必須是個固定的、雄厚的、野蠻的、超級金主！

老實說，這真的一點兒也不難。阿沙托杜拉甚至不需要派遣親信離開到太遠的地方，而只需要打開辦公室的大門——一整排來自捷魯歐的財團代表個個咧開整潔白牙，老早就在門外恭候多時。縱橫政壇商場二十餘載的肥胖黨魁無須擔憂「欠缺人脈」這種門外漢的窘境，榮耀黨如同一朵交際花，八面玲瓏地在各方衝突之間取得巧妙的立足平衡，這是榮耀黨一直以來的自保之道，是智慧與自由的結晶。然而，為了對抗可恨的「婊子傀儡」宵特黨，現在不是堅持己見的時候了。

密集的閉門會談後，一個名叫艾索爾的經濟學博士很快獲取了阿沙托杜拉的注意。艾索爾是捷魯歐北梅集團推薦過來的金融專家，外貌看上去修長冷峻，淡金棕色的柔細頭髮由側邊分線，梳理得一絲不苟，細長的眉毛在眉骨邊緣壓得低低的，底下是一雙橫長而深陷的冷漠眼睛。阿沙托杜拉相信艾索爾一定很習慣從充滿絨毛的景象中視物，因為每當艾索爾皺起眉頭的時候，淺棕色的眉毛幾乎就擋在視線前方。在一大票長袖善舞、阿諛奉承的財團代表之中，有幾個因素使艾索爾脫穎而出，除了不善巴結的實際言語、以及和冷峻相貌備感矛盾的圓潤雙頰之外，最重要的是，艾索爾是捷魯歐北梅集團的人。

這點程度的見識可難不倒阿沙托杜拉。非洲的命運取決於威震八方的兩大工具，一是和平幣，一是蟲洞網。不論曼格勒還是捷魯歐，都必須藉由控制和平幣與蟲洞網，才能控制它們在非洲的利益。而在這個方面，曼格勒是挑戰者；現役的王者，正是捷魯歐的北梅集團。

第一次別開生面的談話，艾索爾劈頭就對阿沙托杜拉說道：

「省長先生，我知道您不願意讓您高貴的政黨淪為金權傀儡，因此直到今日才找我們商談。然而現在我必須先確認一件事情。我們必須知道，您要保護的究竟是西非省？還是榮耀黨？」

阿沙托杜拉思考了一下，神色凜然地說道：

「我希望由榮耀黨來領導西非省邁向自由與繁榮。」

艾索爾用他那雙天生的冷漠眼睛看著阿沙托杜拉，面部肌肉卻有點像是在微笑般地說道：

「我了解了，省長先生。請您靜候佳音。」

一開始，阿沙托杜拉還不太確定那句「靜候佳音」是什麼意思，然而艾索爾的態度顯然產生了說服作用。抱著揣測的心態等了兩天，什麼也沒發生。到了第三天下午，正當阿沙托杜拉的耐性終於衝破極限，用著充滿不屑卻又難掩失望的情緒對著部下大發雷霆時，突然一個心腹衝進阿沙托杜拉的辦公室，激動地大吼叫道：

「阿沙托！天大的消息！宵特黨放棄軍用代幣了！」

「什麼！」阿沙托杜拉也驚吼說道：「為何？怎麼可能？她們發生了什麼事？」

「她們好像認為操之過急並不妥當，自己終止了這項提案議程！這是米雅・阿姆斯壯的公開聲明，不會有錯！」

議員的語氣像是突然被赦免了死刑那樣充滿感恩之心，阿沙托杜拉沉默了半晌，面色轉沉，坐回辦公桌前，打了電話把艾索爾召來。

艾索爾出現的速度真不是普通的快，簡直像變戲法一樣，一眨眼時間就翩然到來，還帶著有點曬傷的泛紅雙頰。第二次見面，談話依然簡潔明快、毫不拖拉。阿沙托杜拉只問了一句：

「你是怎麼辦到的？」

「我只是把您的意思往上傳達而已。」艾索爾面無表情的說道：「您希望由榮耀黨領導西非省來邁向自由與繁榮，不是嗎。」

「的確、的確，沒錯！」阿沙托杜拉點點頭，有些困難地思考了一下，然後說道：

「哦，艾索爾、艾索爾！我應該任命你為財政部長嗎？」

轉瞬之間，艾索爾彷彿流露出極為內斂的微笑，暗藏於嘴唇內側忽隱忽現的潔淨白牙微略閃光，用著很磁性的語調低聲說道：

「恭候差遣，省長先生。」

建省後的第一個除夕假期，在這別具氣氛的時刻，宵特黨「自律性的」停止了大部分政治活動，彷彿真的打算「還權」給阿沙托杜拉似的，議會變得異常寧靜，輿論也顯出安祥的形貌。阿沙托杜拉在二一五五年的一月二日，也就是該年度第一個上班日，立即發出一道關於財政部長的人事命令：撤換掉原本由奇絲・阿尼安推薦的心腹人選，將名不見經傳（但卻效率驚人）的艾索爾，送上這個位置。

超乎任何人的預期，西非省的局勢很快出現了新的轉折。從背景成謎的艾索爾當上財政部長以來，不只從捷魯歐市，源源不絕的資金有如潰堤般從世界各地蜂擁而至！投資的競賽如同熊熊大火，從諾叡港與西非市等西部沿岸大型都市開始，往內陸猛烈延燒。都市圈競相衍伸擴大，新興聚落隨著四處蔓延的蟲洞網絡驚蟄竄出。龜裂的西非大地以乾柴烈火之姿拋棄了沙漠的靈魂，在比想像中更短的時間裡，迅速變得狂傲火辣，然後，不免也自恃嬌貴了起來。

於是，就好像作夢一般，從二一五五年開始，西非省在阿沙托杜拉與榮耀黨的領導下，出奇不意地展開了一段如夢似幻、誇誕蓬勃的繁華時代！

「噢，神奇的西非！榮耀的阿沙托！」

來自世界各地的主流媒體不禁一致發出激情的讚嘆！少了奴役與血腥，少了優越與迫害，少了充滿憎恨的恐怖組織，少了素質粗劣的暴徒民軍，少了原始大地的野性呼喚，少了乾旱與糧荒的淒苦悲歎。從這一年起，非洲印象改頭換面。不只對外媒而言如此，對西非本地人更加影響深重。

新興的都市快速發展提供了超乎想像的繁盛機會，年輕力壯者無不懷抱著雄偉的都市大夢。無視鄉土的嘆息，離開樸質的村莊，穿越乾荒沙漠，只求湧入虛華的都會，渴望機會之神的慧眼眷顧。不論內陸或沿岸，許多新建而起的大型都市儼然科技的巨神，如群山環抱的現代化大型建築以各種自由而進化的神奇姿態，強調著文明的競速。嶄新的潮流不斷湧現，到處都是變幻快速的流行文化獨占鰲頭，隨處可見企圖翻新下一輪潮流、渴望出人頭地、好在業界中呼風喚雨的年輕人。年輕人多半積極進取、充滿鬥志與夢想，敢於大膽冒險，很少考慮保守的規劃，那被認為是老派的脫節思想，跟不上新穎的時代潮流。過去從刻苦殘暴的生活型態中養成的戒慎習性，暫時被拋到腦後，似乎只要再過一小段時日，就會被完全遺忘。年輕人在新的文化之中過得舒適而墮落，奢侈成了理所當然的需求，享樂則是人生的唯一目的。

走進新興都會中，生活於其中的群眾永遠沸騰又奔忙，周旋於異常活躍的各種藝文與娛樂活動之間。問一句，何謂藝術？坐在時髦的咖啡館裡，便能聽見才華洋溢的青年男女們無休無止地談論著天花亂墜的人生觀。問一句，何謂生活？走進華麗的酒吧夜店，即能看見風流倜儻的求歡之眾通宵達旦地展示著毫無忌諱的愛戀與熱情。過去，只有在如休達港市這樣少數的大都市中能夠見到的奢華景象，現在遍及整個西非大陸。

人們在選擇工作時的考量也有了轉變。過去因不切實際而從未獲得尊重的許多職業，在潮流的吹捧下變得忽然搶手。詩人、歌手、編輯、藝術家，彷彿只要在說出自己的名字之前冠上這些頭銜，就成了新潮流的引領者，才華將因為頭銜而變得閃耀奪目。另一種風騷的職業，也被視為令人稱羨的象徵，除了引以為豪的滿腹經綸，胸中更洋溢著強烈的治世之心！如學者、教授、政治家等，由於這些職業同時還代表了一定程度的家世背景，因而頗受景仰。隨著經濟榮景步上康莊大道，生意人也開始醞育野心，不叫自己生意人了，他們結成資方同盟，領悟出以狡詐的完美共識來取得更大的市佔率與更主觀的定價權。投機炒作成了經營主流，人們的談話無不橫溢出超乎度量的自滿之情，彷彿西非就是全球之精華，而自己這一批人，則因擁有過人的投機天賦，注定成為未來之王。

投機至上的企業界與享樂主義的消費群眾組成了嶄新的西非社會，突然之間，原本倍受爭議的西非省，不約而同地被權威的捷魯歐學術界與曼格勒媒體譽為是當今最成功的經濟改革典範。幾乎對經濟採取完全放任政策的阿沙托杜拉政府是民主的最佳示範，而只懂得不斷將大筆金錢用在享樂消費的社會價值觀念，則是人民崇尚自由的理想佐證。除此之外，還有高度發達的工會組織，國際媒體有計畫地捧紅了幾位實際上是職業演說家的勞工領袖，他們都是魅力無邊的類型，每每一出現即風靡群眾，在支持者的血淚歡呼中受到讚頌。他們的演說內容總有固定模式可循，通常以強調勞工對社會經濟的各種犧牲與貢獻作為起頭，接著就會開始對媒體發出高音頻的瘋狂咆哮，正義凜然地要求縮短工時！要求提高薪資水平！他們會用最強烈的措辭與最歇斯底里的情緒表現來炒熱現場氣氛，把聽眾搞得激憤唾淚，然後，再一次歌誦勞工偉大的犧牲與貢獻來結束演說。

不知為何，他們每次都能如願得逞！只要一有哪位重量級的勞工領袖發表了動人心弦的演說，隔天必然會在報紙上看見某些企業達成共識、集體加薪的新聞公告。儘管這些來路不明的勞工領袖實際上都是一些背景可疑的人物，唯一無庸置疑的是，他們都受人指使，而支撐每一場演說那樣龐大開銷的，必然來自於超乎想像的神秘後台。

繁榮來得太快，身處其中之時，一切都是霧裡看花。在社會高度都市化的前提下，人們其實很難以自己的生活經驗來建立對社會全貌的認知。「都市」是一種架空的結構，其中的所有事物都受到肢解，剖析成為更細密更精確更狹小的零碎片段，舉例來說，就像是高度分工的勞動生產線，一個工人只負責一個環節，一個環節只做一件單調、重複的動作，而整條生產線上或許有上千上萬個這樣的環節。安置於生產線之中、每天只經手這千萬分之一份流程的個人，就算是工作一輩子，也很難從這樣的崗位上探知生產線的整體規模，甚至可能無法得知最後究竟造究了什麼樣的產品。而高度都市化的社會型態，亦頗有異同之妙。以個人與家庭為單位，人們最主要的（也幾乎是唯一的）對外聯繫管道，只有來自於大眾媒體所提供的消息。

沒有其他的選擇，不論虛實，民眾都得照單全收。

西非建省以來，人們每天打開電視，看見的通常不是西非省內應該關注的社會議題，而是來自於曼格勒與捷魯歐等「先進社會」的風氣報導。在西非省內百餘台電視頻道中，由曼格勒資金直接投資的九家媒體公司控制了四十三台西非電視頻道內容，如果把間接投資也算入其中，那麼近七成的西非媒體都受到曼格勒的資金控制。第二大主流則是來自捷魯歐的四家媒體公司，其中之一是紐賽納教育協會投資的北聯新聞集團。與曼格勒媒體天花亂墜的編織美夢不同，捷魯歐的媒體主攻新聞與評論，但就灌輸西非百姓更多的「國際觀」與「自由思想」方面上，兩者琴瑟和鳴，互吟對唱。絕大多數的西非家庭從購入電視的那一天起，「西非」就從他們的人生中消失了，取而代之的，是前衛流行的曼格勒風潮，以及古典威嚴的捷魯歐信仰。

再也沒有比虛榮更折損國運的了。不到十年前還滿是質樸堅忍的美德，現已消失殆盡，都市裡充斥著追求奢華與精緻的荒誕風氣。表面上，兩大世界強權都為西非的機會與發展性傾心瘋狂，洪水似的投資熱潮前仆後繼湧入，甜言蜜語地吹捧西非的自信風采，讓他們開始相信自己值得更好的物質享受；然而，這些催發自信的風潮與價值觀，卻都不是西非的原創文化。耽樂思想隨著熱錢有計畫的傾銷輸入，當精心妝扮的年輕人爭先恐後地「展現自我」之時，信心的度量衡，卻落入了模仿的陷阱。除了衣著行舉，生活模式，甚至包括對社會型態的認知，如果不能效法兩大「先進社會」所諄諄灌養的規格與理念，那麼就失之偏頗，無法展現出宏觀的高尚格調。

媒體不是映照社會的鏡子；媒體是預言命運的投影機。業已持續三年的極低利率與寬鬆貨幣政策把西非塑造成投機天堂，不只曼格勒為西非瘋狂，就連捷魯歐也公開讚揚西非省的開明之治。然而，由於貨幣過剩，股市接連不斷破表噴發，就在投機市場驚喜連連的同時，西非省亦陷入了令人驚恐的負債與通膨連鎖。光是二一五七年一年間，物價就向上翻了兩倍有餘，到了二一五八年上半年結束時，撒旦的臂膀牢牢箝住西非的身心，付上身軀的惡性通膨，已經完全無法制止了。緊緊抓住發達的虛榮、沉浸於消費享樂的西非投機群眾，此時仍然追隨著借貸的毒癮，不以為意地把物價的翻漲看作經濟發展的象徵，甚至引以為豪。根據西非省府二一五七年的統計，一個中等收入的西非民眾平均每個月需要透支收入的三倍貸款才能支付日常生活；政府機關與私人銀行更是不惶多讓，幾乎是競賽般的發行各式各樣的信用債券，以快速推動龐大的「基礎建設」。

透支貸款的西非人似乎很少考慮該怎麼還錢。不過關於這一點，民眾一點兒不擔心，因為借款出去的銀行與眾多信貸機構，實際上考慮得更少。

然而，夢想與現實畢竟不可能完全一致，物價飛漲自然嚴重壓縮了基層百姓的生活空間。很快地，敏銳的勞工領袖們立即察覺了這個新的重要題材！時間愈來愈靠近二一五八年底的省議會期，優秀的演說家們必須替勞工階層的經濟壓力趕緊找到一個代罪替身才行。突然間，非理性的情緒蔓延開來，唾沫的矛頭莫名其妙地鎖定了西非省防衛軍。

常民恐怕都是健忘的，而且是慣性的健忘。只要生活變得稍微富裕，一段時間能夠豐衣足食，人們很快就會淡忘過去的苦痛與災難。很難想像，就在不到十年之前，西非是個人人眼見為憑的奴役煉獄，然而那段不堪的記憶，現在已被寫入塵封的歷史，沒有人願意提起。西非百姓彷佛真心的相信「西非的世紀」是從阿沙托杜拉上台之後才開始的，阿沙托杜拉就是西非的創世主！在此之前的世界，只是一片毫無價值的渾沌狀態。飢荒、奴役剝削、大旱災、暴軍虐行，這些都是史前文化；而龐大的正規軍隊，則是終結史前文化的野蠻遺跡。不少媒體開始抨擊西非軍方仗著虛榮的功勞而吸血無度，尤其是，軍隊現在看起來毫無用處。走在街上，處處可以聽到人們宛如被洗腦般複誦著要求裁軍以及削減軍備的共識，沉重的軍備開銷已成了招人唾罵的輿論箭靶。所有的軍事活動都惹人厭煩，民眾壓根兒不想考慮戰爭的可能性了。

在各家媒體同聲一氣的演繹下，「西非省防衛軍」被詮釋為一個非必要的冗大組織，每年消耗西非納稅人四成的寶貴稅金，實際上卻是肥將軍特別飼育區。也許是為了搭上這股可以增加知名度的風潮，幾乎所有稍有名氣的評論家都奮不顧身地疾呼裁軍，強調軍隊應當「隨著盛世的興起而殞落」，這才是眾所期盼的英雄之姿，也是最符合人民利益的結果。

嬌媚的花兒散發出死亡的氣息，在迷霧之中益發引人瘋狂。偏巧就在這個時候，由和平幣與蟲洞網的總管機關「世界經濟會議」中的幾個常任核心會員，聯合主辦了一次號稱是「學術性」的高峰論壇。西元二一五八年二月，來自全球各大一級都市的重要代表乘坐著造價昂貴的私人專機，愜意地翱翔飛躍蜿蜒濃綠的亞馬遜河上空，來到南美東沙王國首府黑奧市參與這次盛會。阿沙托杜拉也以西非省長的身分風光出席，由於西非省宛如國際間的超新星，阿沙托杜拉在會議期間備受恭維，尊榮的待遇從媒體渲染出去，令西非百姓大為吃驚！他們立刻從漠不關心，變得突然心服口服了起來。許多人感激涕零的稱讚黑奧論壇上的學者大師們擁有人間最透徹的智慧，才能如此慧眼識西非！而對於不苟同西非成就而未予以濫加附和的其他參與者，則膚淺地翻起上唇，笑稱：他們怕了！

此次黑奧論壇的主要議題，就是透過西非省的建設案例，證明世界經濟會議在蟲洞網與和平幣的政策上確實能彌平資源分配，有效消除貧窮問題。因此當大會熱烈討論未來展望之時，多數人都一致認為應該加快推動南美洲與亞洲的蟲洞網建設與和平幣系統，以促進世界和平之展望。而為了達成目標，最要緊的，就是應當盡力消除區域間的貿易壁壘，以及主權屏障。在所有可能妨害和平的障礙中，又以主權軍隊危害最大！各地都應該盡快推動全面的廢軍計畫。

論壇還針對西非的未來提出了建議，特別指出西非省截至目前為止的發展政策都很成功，然而如果希望西非省能夠更進一步統合整個非洲的話，那麼「廢除軍隊」就是不得逃避的必要之痛了。唯有廢除軍隊，把一切都交給經濟，才能突破區域壁壘，把繁榮帶進世界上的每一個角落。論壇的學者紛紛以曼格勒市與捷魯歐市的過去經驗為範例，這兩大全球公認的先進社會都已經完成廢除「主權軍隊」的過程。尤其捷魯歐市貴為當今全球共和聯邦的首都，而全球共和聯邦政府可是由歷史上赫赫有名的「奧延福拉克軍政府」演變而來的！正是因為看清了主權軍隊的侷限，以及對於主權軍隊本質上的邪惡有所頓悟，本身也是出身軍旅的開國總理賀菲斯鈞・拉塞佛德才會破釜沉舟，毅然廢軍。他那偉大而優雅的超凡智慧，替後世點燃了指引的明燈。

「廢軍」象徵著進步的里程碑，唯有軟弱的政府與自由的百姓，才聽得見和平的謳歌！這充滿希望與幻想的真理有如醍醐灌頂，再一次衝擊了西非人民的心靈。後全球化時代的政府，果然是不需要正規軍隊的！但是反觀現實，西非省卻因龐大而無用的主權軍隊而不得不面對債台高築、與嚴重通膨的雙重窘境，無情吸走人民血汗錢的西非省防衛軍，真是恬不知恥！

無可避免的，西非人開始認真且火大的爭取他們「廢除軍隊的權利」了。從黑奧論壇回到西非的阿沙托杜拉一路受到人民澎湃的歌頌擁戴，他的腦袋還沒從輕飄飄的恭維宿醉中清醒，然而西非民眾臉上的過度激情，以及那些極度渴望順應時勢的廢軍要求，卻無所不在地散發出一種腐臭的味道。阿沙托杜拉本能地暗自警覺了起來，一生縱橫政壇鍛鍊而出的敏銳嗅覺使他察覺了某種危險。在他的經驗認知中，民眾弱智且低能，只會隨輿論起舞。然而輿論表達的並非民眾本身的思慮，而是受到有目的的操縱。阿沙托杜拉也時常為了自己的政治目的蓄意操弄輿論，他很清楚這套。只要放出真假互參的幾種資訊，同時在至少兩家的主流媒體上安排發動資訊競賽，便能毫無負擔地掩飾住真相遭受壟斷的事實。利用大量的資訊操縱以孤立真相，或者更正確的說法是，使大眾相信這些資訊的價值，而自動遠離真相。因此，眾人皆稱好的東西，其後必有災厄。

雖然阿沙托杜拉打骨子裡就極端厭惡科西嘉與她的軍隊，但此刻事態非常。當省議會於二一五八年十二月間正式將廢除西非省防衛軍的提案列入議程、並且還討論得十分火熱時，阿沙托杜拉破天荒地闖進議會，無預警地對全西非省現場直播，發表了一場反對廢軍的演說。這場演說被旁聽的記者評論是阿沙托杜拉的自殺行為，當他備受噓聲而怒氣沖沖的離開省議會時，還被路旁的民眾丟擲沙石，氣憤嗆聲。

阿沙托杜拉騎虎難下，終於拉下老臉，前往拜訪宵特黨魁米雅・阿姆斯壯。不料會面的時候，奇絲與科西嘉居然也都在場，一個慵懶一個粗悍地坐在寬大的豪華沙發上，只用眼神掃描著阿沙托杜拉。就連這樣的羞辱，阿沙托杜拉也都強忍下來了，他正色告訴米雅・阿姆斯壯，說道：

「我們不能這樣幹，我們不能隨便廢除軍隊！」

「哦，我以為你恨不得廢掉我的軍團！」科西嘉一副高傲的口吻：「我們只是擋在你面前的一堆女人屁股。」

阿沙托杜拉臉上一陣烏青，卻又不能反駁，只得低聲下氣地強調說道：

「聽著，這事兒有問題！絕對不是我們想的那麼簡單，這是捷……呃，是世界經濟會議那幫人的陰謀！我們廢除了軍隊，他們故技重施，瓜分非洲！我確實不喜歡你，科西嘉，但是你應該也要反對廢軍的才對！」

「哈哈！」科西嘉盛怒笑道：「我反對？我當然反對！這所有的血汗功勞都是軍隊打下來的，現在搞到全省都想廢軍，其實是你的策劃吧！也好，我不幹了！我的軍隊不再效忠你的政府，你這種放任熱錢進來經濟殖民的混帳政府不值得我的兵士勞動！就讓他們廢啊！我不幹了。」

「我沒有打算要廢除軍隊！」阿沙托杜拉惱羞成怒，猛地拍案吼道：「天曉得事態會發展成這樣！我告訴你！若不是軍隊裡淨是你們這些死女人，事態才不會敗壞至此！西非不能沒有軍隊！若真廢了軍隊，你們宵特也是唇亡齒寒！」

米雅似乎頗有同感，陷入一陣嚴肅沉思。半晌才說道：

「但是目前的情況，考慮到民眾情緒……要終止廢軍法案恐怕不可能了。」

「所以說女人就是……」阿沙托杜拉硬是把後文吞了回去，改口說道：「阿姆斯壯女士！現在不是顧慮民眾情緒的時候了！事情得有個輕重緩急！你必須支持終止廢軍法案！」

米雅顯出一副很為難的眼熟模樣，那模樣阿沙托杜拉是認得的，他也時常用這副模樣做勢推託，那是作戲。阿沙托杜拉腹中怒火悶燒，眼神一沉，正要發作的時候，一直在旁邊的奇絲突然講話了。她身體斜倚，單手支著頭，腦筋咕溜地說道：

「不如就這樣讓議會廢軍吧！如此一來也能滿足世界經濟會議的要求，不用擔心熱錢被抽走，畢竟那是西非目前的死穴。」

阿沙托杜拉像被戳中痛處般悶哼了一下，內傷，但卻無法哀嚎。

「至於西非的軍事防衛問題……」奇絲停頓了一下，像是一邊思考著，同時一邊說道：

「把軍事合約轉讓給宵特黨如何？只有名稱改為黨衛軍，一樣繼續執行目前的勤務，軍隊的開支則由宵特黨來負擔。這樣政府就不算喪失軍隊，對於民眾而言，又不需要供養軍隊，心情會輕鬆很多吧。」

「黨的財務……負擔得起嗎？」米雅擔心的問道。奇絲說道：

「勞工團的預算會大幅減少就是了。」

「我沒意見。」

科西嘉一副無所謂的樣子說道：「您意下如何呢？省長先生？」

阿沙托杜拉憤而拂袖，暴怒又陰鬱地衝回省府辦公室，立即下令動員榮耀黨，準備在省議會中想盡最後辦法集體反對廢軍法案。在無數的通話中，阿沙托杜拉不斷怒罵：

「該死！這群死女人是魔鬼！是惡魔！我應該當場轟掉她們的頭！我真該轟掉她們的頭！」

二一五八年度的西非省議會結束時，在一種非理性的歡欣氣氛下，議會解除了西非省防衛軍的職務。西非百姓一連狂歡好幾天，為此喝光所有美酒，大肆慶祝順利地卸下西非不必要的武裝，這真是空前的成就！失去主權軍隊的西非省，終於和曼格勒與捷魯歐一樣，晉升成為憧憬中那樣「軟弱」又「自由」的先進社會了！

「這群女人是魔鬼！」

教人喪心病狂的陰森宅邸中，現在，只剩下阿沙托杜拉一個人還如此說道。只不過，已經沒有人要聽他說話了。

第九章　絕望的寶石

二一五五年初春，遠在撒哈拉沙漠北端的阿沙托杜拉正要帶領西非省邁入一個前所未見的偉大紀元，繁花怒綻的美景活躍於媒體播映的畫面之上，與現實中的花香相比，妖嬈而虛幻的鳥語似乎更為嬌豔。不論時空境地，當美麗的舞台帷幕初開之時，人們心中永遠充滿豐饒的幻想。不過，同樣的，在民眾看不見的帷幕之下，事實永遠與唯美的羅曼史絕緣。

自從升任旅長以來，愛斯達始終心情很好，她身上的燒傷已經癒合，新的皮膚從又黑又硬的老疤中生長出來，全身表皮變得深淺凹凸，活像個科學怪人，不過，那就是燒傷。活動太劇烈的時候，特別皺巴巴之處偶爾還會滲出血水，不久結出新的硬疤。愛斯達從來都不怕痛，唯有當遍佈全身的傷疤開始結痂時，就誕生了一種生不如死的又刺又癢，搞得人寢食難安。每當癢到不能忍受的時候，就只能讓麥牙幫她擦上一種醫院給的止癢藥膏，擦下去會發出冰涼火辣的錯覺，儘管時效很短，還油油的很難洗掉，但至少暫時緩解一下欲抓不能的奇楚痛苦。除此之外，愛斯達情緒是亢奮的，因為她非常清楚，新的軍事命令很快就會下來了。

與軍團中其他旅部比較起來，第四十八旅可說是一支「軍團中的軍團」，名義上掛的是普通的裝甲旅名號，但實際上卻由五個裝甲旅、三個傘兵旅、外加一個獨立偵察營組合而成，規模等同於一個師。一來到第四十八特機旅，愛斯達立刻知道事非尋常。第四十八旅在軍團中並不與其他旅團有太多交流，她們甚至有獨立的營區與操練所；同時，在人員的編制上也不像軍團中其他師團那樣平均編配來自世界各地的職業傭兵，第四十八旅全員西非人，其中有七成女兵，近兩成比例為宵特防衛團原始成員。這樣的成員編制意義相當明確，不論非洲復興軍團名義上受雇於何人，第四十八特殊機動旅都將只聽命於宵特黨。事實上，它就是宵特黨軍。

愛斯達難掩心中激動，時常感慨地回想起過去，自拉坎與阿麗西亞創建宵特、米雅與奇絲幫助宵特在西非落地生根以來，原始的防衛團員幾乎都聚集在這兒了；而現在，這支勁旅交付於自己的手中。世上恐怕沒有任何其他的事物，能比這樣強勁的力量更為可靠了！愛斯達心想，這就是宵特，這就是掌握命運的力量！就像過去在宵特防衛隊戰鬥時一樣，愛斯達感覺到自己體內久違地燃起了一股金光閃閃的奇芒炙焰，從腳下的土地直燒腦門，再從兩眼之間噴射綻出！烈歎的精光，飢渴的希望，生命再度於揚起的晨風中溢出濃濃體香，教人無比緬懷。宛若拉坎的精神、宛若阿麗西亞的雄壯，那是一股無法遏止的動能，源源不絕地注入戰士的心中。愛斯達緊握拳頭，她打定主意要告訴這個世界：就算是時代，也無法阻止宵特，更無法阻止宵特即將展開的變革！

早在阿沙托杜拉上台之前，科西嘉和米雅已經暗中擬定一個雄才大略的作戰計畫，代號「河流陣線」。「河流陣線」計畫的目的異常深遠，它意圖使宵特黨取得中非地區的實質控制權，好當作未來獨立發展的重要根據地。綜觀情勢，米雅心裡清楚，假若宵特黨不能打破由捷魯歐與曼格勒二大強權所壟斷的非洲均勢，那麼不管是宵特還是北非榮耀黨，任何在這塊大陸上發生的政治活動，都只會是傀儡把戲。「他們」懂得操弄人心，使「人們」聽見無數華美的謊言，看見短暫的絢麗光亮，然後很快地！在一陣亂七八糟的呼嘯聲中捲土而去，把所有財富搜括帶走，留下更深的黑暗、與冰冷的絕望。在「他們」掌控下的「人們」，沒有和平，沒有普遍而穩定的幸福，只有一場一場虛偽幻夢，與其後無法逃離的殘暴動亂。一個平凡人想要全身完好地安度終身，那都是多麼奢侈的事！不論過去還是現在，這片大陸都一如以往，只有無止盡的流動、不見底的勞苦，彷彿那就是非洲的宿命，而世上，只有一個辭彙足以形容這種宿命，**殖民地**。米雅與奇絲時常討論到，如果宵特黨不能設法取得一個不受外力干涉與監視的堡壘腹地，那麼未來也將與現在別無二致，不會有拉坎期許的變革，也不會有阿麗西亞奢求的珍貴希望。

科西嘉絕對是大力推動「河流陣線」計畫的主導者之一，因為她是軍人，而軍隊只有在戰爭與快要發生戰爭時才顯得出價值。科西嘉認為，西非省充其量不過是個「較大且較正式的」殖民地賭場，由捷魯歐與曼格勒兩大莊家共同經營。「西非省防衛軍」的合約背後顯現出了幾個關鍵的事實。

在地理位置與建省時機上，西非省正好是非洲蟲洞網中首度完成的第一大區塊，為了「證明」蟲洞網對於激發偏遠地區經濟活動與打擊貧窮有著如宣稱般的療效，正是蟲洞網的大股東廣邀四海高朋前來共演舞台劇的時候了。藉由放任（幫助）西非建省，扶植一個新的傀儡莊家（阿沙托杜拉），以此建造一個較過去都更具規模的投資環境（殖民地賭場），讓來自全球的頂層投資者（富可敵國的賭客們）能夠盡情地吃喝嫖賭、玩個高興，酒足飯飽之後還能隨手挖走幾座礦山當作旅遊紀念，帶回去與同行較勁、或對外行人炫燿一番。當然，投資人在西非省投資期間必須向西非省政府納稅，而這些稅金大幅度地被使用於加強西非省防衛軍的戰力上。從這個邏輯看來，西非省防衛軍當然不屬於（被嫖賭的）西非人民，就像賭場裡的保全一樣，這支軍隊的工作，說穿了，就是確保肥羊被剝皮時不會有不該發生的掙扎，確保賭客們在賭場玩樂時不會受到不該存在的安全威脅。

對好戰如科西嘉而言，能有源源不絕的充足軍費當然令人露齒欣嘆，不過，這不是戰爭。

沒有勁敵，沒有鐵血橫溢的戰爭，展現不出軍隊的尊榮。一支淪為巡邏賭場保全的軍隊，實在沒有存在的必要。想打破這個狀況，要在世界軍事史上留下智勇芳名，科西嘉別無選擇，只有站在宵特這邊。

非洲有四條大河。尼羅河、剛果河、尼日河、與三比西河。尼羅河從東部延伸至東北部，全長六千六百九十五公里，往北注入地中海。三比西河位於非洲東南部，以一個巨大「S」形綿延兩千七百公里，最後注入莫三比克海峽。而在東非大裂谷西緣，縱切過雄偉山地，向西方流經潮濕高溫的剛果盆地後注入大西洋的，是剛果河。另外還有全長四千一百公里的尼日河盤據於撒哈拉沙漠西南方，以順時針方向繞了一大圈之後，往南注入幾內亞灣。除了發源於西非的尼日河外，尼羅河與剛果河均發源東非大裂谷中段位置，而三比西河的源頭則在大裂谷南段延伸。很難不注意到，即使先進的蟲洞網在技術上的確征服了非洲崎嶇且嚴酷的地貌與天候，卻也與平凡生物同樣，離不開一項關鍵要素：淡水。要命的、淡水資源！

以抗蒸發為理由，西非蟲洞網大幅將本已非常有限的河水引入隧道內部暗渠，名義上為確保低蒸發損耗，實際上卻以此壟斷了整個西非地區的「水權」。原本存在於地表上、居民可以自由取用的少數河流與天然湖澤，因為蟲洞網成功地將河流「地下化」而通通不見蹤影。所有的農田、牧地，往後都只有仰賴人工灌溉一途。因此不只是蟲洞網地下城內的一般民眾，就連依然在已經失去河流的河谷上耕種、逐水草而居的農人與牧人們，都必須向蟲洞網管理局付費購買灌溉用水，才能維持農田與牧場的生息。這是何等令人寒慄的生殺大權！

米雅望著地圖興嘆，伸手指向坦干伊喀湖與屋凱偉雷湖中間的一小塊彈丸之地，斬釘截鐵的說道：

「我們非得拿下這裡不可！不管以什麼樣的形式。」

那是「卵地」，惡名昭彰的卵地。全名卵達烏龍地，東北臨非洲第一大湖屋凱偉雷湖，西南則為魯吉吉河流域的狹窄平原，與非洲第二大湖泊坦干伊喀湖。面積八萬三千平方公里，人口約一千五百五十萬。卵地銜接著非洲兩大重要湖泊，地勢北高南低，北部多火山與湖泊，南部為向東傾斜的高原地形，平均海拔一千五百公尺，往東面延伸出去成為一大片遼闊草原。大大小小的河川彷彿輕柔包覆般流貫其間，西部的多數河川流入基伏湖後注入剛果河，而北部與東部的河流，則全數匯入尼羅河。

卵地之最特殊與最重要之處，不止因為它正好是尼羅河與剛果河的分水嶺，同時是兩條生命大河的源頭集水區，更是控制剛果盆地的重要隘口。剛果盆地猶如非洲的心臟，拿下卵地，就是拿下掌握非洲心房的鑰匙。如此教人驚歎的致命地點，無怪乎自十六世紀以來，卵地在非洲的殖民暴力史上，始終是兵家必爭之地。由卵地對剛果盆地發起的戰爭動盪不曾間斷，事實的真相卻總是鮮為人知。正因為是要害之地，更得使它絕然孤立。

除了令人垂涎的剛果盆地之外，西非的前例也讓宵特瞭解到，若是不能在搶蟲洞網之前控制住一個地區的水源所有權，就無法利用蟲洞網創造出自立環境。想要在非洲締造一個獨立、自由的國度，卵地恐怕是宵特唯一的選擇。最理想的情況下，米雅希望能搶在蟲洞網深入剛果盆地之前以閃擊戰略佔領卵地，同時控制南北兩大湖泊。以西非目前強大的軍勢後盾，要一口氣攻佔卵地並不困難，問題是距離。要從西非通往卵地，得先越過漠西草原往東南抵達剛果盆地，沿著盆地北緣東進，而後順著魯文佐里山脈南下，從北端進入卵地。這條路線目前已有相互銜接的公路與鐵路系統，同時也與蟲洞隧道在中非地區的預計路線十分接近。只是距離實在太遠，如此崎嶇綿長的補給路線就連作夢也很難維持得住，更不用考慮後續的政治問題了。宵特不能這麼早露出獠牙，必須戴著漂亮的面具，扮演曼格勒的寵物直到最後一刻。

另一個使米雅不得不暫時打消對卵地直接出兵想法的因素，就是卵地本身也擁有一支頗具規模的正規軍隊。連續數個世紀以來，卵地的政治始終擺脫不了軍權獨裁的專制統治，而這些軍權獨裁多半受到歐美強權國家的贊助與支持。今日，卵地的獨裁者是掌權四十年的年邁軍閥阿美卡。阿美卡從年輕時就是捷魯歐政權指定栽培的對象，他的父親與祖父二代都曾為捷魯歐政府與聯合黨效命，整個家族在卵地都是特權階級。阿美卡在捷魯歐的軍事部門下接受過完整且嚴密的軍方訓練，可謂與米雅系出同門。

阿美卡一生中大部分的時間，都花在平定困擾卵地長達五百年的「兩圖問題」。「兩圖」指的是同文同種、但卻因為實際利益而衝突不斷的胡圖人和圖西人。胡圖人佔卵地總人口八成，大多是農民，而圖西人則較晚遷徙至此，為性格驃悍的遊牧民族。隨著時代不同，兩圖勢力互有消長，然而唯一不變的規則，就是不斷的政權輪替、不變的暴虐迫害、無法遏止的逃亡難民、與如影隨形的追捕屠殺。四十年前，當時正好也是四十歲的阿美卡仰仗著捷魯歐聯合黨與克萊爾集團在軍備與金錢上的支持，強勢鎮壓卵地，彌平內亂，終於在卵地吹起一股新的希望之風，建立起一個強調兩圖族人必須和平共處的「班圖政府」。這個新的獨裁者斷然採用了一種最簡單的方法，來處理歷代以來最困難的兩圖問題——極權統治。班圖政府殘酷鎮壓暴亂鬧事的胡圖族人，也同時迫害富裕自私的圖西人；時日一久，大家都說，卵地真的變得「祥和而安定」了！因為不管是胡圖族人還是圖西族人，現在大家都會說自己是「班圖人」，然後露出連自己都很感動的矯情笑容，讚美「聖賢的領導人阿美卡」創造了真正的和平。和平的社會裡，沒有可怕的種族對立，只有唯唯諾諾的貧富壁壘。成功解決兩圖問題的阿美卡憑著這項功績享譽國際，先後獲頒了四次「世界和平獎」。

阿美卡軍事上雄據卵地，政治上享譽國際，要一舉擊敗他絕非易事。二一五五年二月，愛斯達收到一項艱難的嶄新任務。第四十八旅脫下勇猛的戰服，換上一身探險家行頭，化身一群對東非大裂谷地形瘋狂癡迷的地理研究社團，化整為零，輕裝便行地分批前往卵達烏龍地集合。除了愛斯達的軍旅，參與本次任務的還有紐賽納協會的兩位地理學者與多位導遊，以及宵特勞工團的前線幹部。從這樣的成員組合就已經可以看出，宵特並不打算一開始就來硬的。本次任務不是發起軍事行動，而是計畫暗中顛覆阿美卡政權，進而從政治上奪取卵地。首先由紐賽納協會的老師們負責表面上地理研究社團的工作，使外界不至起疑，而勞工團幹部附屬於其下，負責吸納信眾，同時，由愛斯達旅指導反阿美卡組織組成一支可靠的游擊隊政府，替宵特奠定中非戰略之基礎。任務命名為「第一號河流陣線」，計畫最晚應於二一五六年底之前完成。

率先進入卵地勘查的是愛斯達與四十八旅的偵查營，領隊者是紐賽納協會的兩位老師，赫塞樂與海卿。赫塞樂與海卿都是貨真價實的地理學者，赫塞樂研究地質與水文，海卿則鍾情於火山。過去十年來，兩人在卵地已有多次進出、駐留、甚至帶團考察的紀錄，不只對卵地周圍情勢瞭若指掌，更重要的，是和負責接待她們的低階官員與地方社團有著良好的關係。

或許「良好的關係」並不足以定義這些特別的友情。赫塞樂與海卿充滿激情地要為愛斯達引薦她們的卵地摯友，布蕾可與皮波夫婦。赫塞樂激動地說道：

「你一定要見見他們，愛斯達！你一定要見見他們的育幼院。」

赫塞樂說話的模樣時常令愛斯達想起拉坎，那樣激動地噘起嘴巴，快速地顫動搖晃著頭腦與長髮的模樣，黝黑的面容上水晶般的眼珠發光閃耀，總是急於坦誠，急於訴說，任何時候都充滿了深不可測的理念精神。趁著海卿得負責給偵查營的小兵們惡補大裂谷基礎地理的空檔，赫塞樂載著愛斯達驅車南下，前往拜訪不斷從她口中冒出來的皮波夫婦。

皮波與布蕾可在坦干伊喀湖濱市西南部郊區經營一家育幼院，育幼院有個令人憐愛的名字，叫做「畢尤與茉莉」，那是皮波夫婦的兒子、與未婚的妻子之名。

「他們在剛果被殺了。」

有著一頭濃密白髮的皮波先生用著斯文、但卻心碎的語調說道：「被阿美卡的軍隊殺了。」

夫婦深沉地對望一眼，布蕾可接著說道：

「噢！我的兒子畢尤！他從就小聰明好學，一路拿獎學金唸完研究所，之後，他就參與了阿美卡推動的和平社團，前往剛果服務。和平社團的宣傳是說他們要去照顧當地的弱勢者，聽說那裡缺乏醫生與教師。畢尤是教師，而且更重要的，是當時大家都很愛戴阿美卡，希望替阿美卡政府效力。畢尤去到剛果不久後，大概才一兩個月吧，就寄回來一封信，告訴我們說，雖然很緊急，不過他決定要結婚了！對象是一位同在和平社團服務的當地女性，年輕的女醫生，充滿智識與女性的纖細賢慧，畢尤非常傾慕她！我們聽了都很興奮，迫不及待想看見這位新娘子！」

「但是從那次聯絡之後，突然就沒有消息了。」皮波說道：「一開始，我們猜想畢尤可能失戀了，畢竟結婚可沒這麼容易！然而隨著時間過去，情況變得不對勁。新聞上什麼壞事都沒有播報，但是愈來愈多人連絡不上參加剛果和平社團的家人。我們聚集起來，拼命打探消息，才知道在剛果發生了慘劇，我們的孩子也牽涉其中，慘遭軍隊殺害。」

「我們去接畢尤的時候，他的頭顱……只有一半，」布蕾可顫抖著說道：「他的手以奇怪的姿勢彎在胸前，好像緊緊抱著什麼東西。我們想了很久，他到底抱著什麼？」

夫婦倆驀然一陣沉默，布蕾可接著說道：

「是茉莉。就是畢尤的未婚妻。我們不知道當時的詳細情形，但是最後看到茉莉時，那個……幾乎不算是遺體了。她被凌遲而死。」

布蕾可停頓了一下，努力抑制住情緒，搖搖頭，宛如吟詩般追頌說道：

「他們、死得、很慘。」

皮波解釋說道，畢尤與茉莉死後，他們百思不得其解，明明是阿美卡政府發起的和平社團，為什麼參加成員竟然會被阿美卡的軍隊殺害呢？阿美卡政府試圖讓人們相信，那是因為當地發生了暴動，軍隊不得不展開鎮壓攻擊。然而對於頓失兒女的父母而言，這不是理由！這絕對、不是個好理由！憤怒與悲慟大爆發，皮波與布蕾可決定要自己追求真相。他們要找出竟能奪走畢尤與茉莉這樣年輕美好生命的醜惡真相！

夫婦倆嘗盡各種努力，然而，阿美卡透過資訊封鎖而使一切迫切的尋求成為徒然。更糟的是，皮波夫婦因對真相不離不棄，而被阿美卡政府列為黑名單，不僅住處與工作場所時常無預警遭受檢警襲擊，肅查還波及親友同事，迫使皮波夫婦放棄的原本的居所與工作，用所剩不多的積蓄移居郊外。嚴密的權力壓迫持續了二十餘年，終於隨著阿美卡的逐年衰老而陸續放鬆。但是，飽受二十年精神折磨的皮波夫婦已是身心俱疲，只能心碎地開設了「畢尤與茉莉」育幼院，作為對兒子與未婚兒媳的紀念。

信，就在育幼院慘澹經營的時期，一位神秘的女士找上門來。帶著二十年前與茉莉之間的通信，基烏女士前來拜訪。她告訴皮波與布蕾可，二十年前，阿美卡政府為了剝奪北剛果的各項土地資源而派軍隊佔領剛果北部，同時派去的和平社團則負責收容當地難民；尤其是親人與村落被阿美卡軍隊屠殺殲滅的倖存孤兒。事實是，這些孤兒由和平社團照顧一陣子之後，會有另一個效忠阿美卡的近親社團接手，他們把兒童當作圖利商品，轉賣至需求廣大的奴隸市場。阿美卡的近親社團在國際黑市中相當有名，販賣出去的孩子若非成為勞力苦工或者性奴隸，就是被關在內臟走私販子的狹小牢籠裡，成為提供內臟移植的新鮮素材。發現真相的畢尤與茉莉不想讓阿美卡的近親社團帶走孩童，於是私下聯絡上「北剛果女性救助會」，打算偷偷把孩童送走。基烏所經營的北剛果女性救助會是由「蟲洞網之父」普萊德博士籌組的私募基金「普萊德基金會」所贊助，重要股東多為東沙王國政商權貴，因此基烏的救助會也被認為是不屬於捷魯歐與曼格勒兩大強權之外的獨立組織。畢尤與茉莉幾次暗中和基烏協商，確認暗渡計畫；計畫非常周詳。只是很不幸的，阿美卡的軍隊監視，更為周詳。

『我們失敗了。畢尤與茉莉丟了性命，還有更多參與計畫的和平社團成員也遭受處死。而我只能看著，眼睜睜的看著。』基烏說道。「悲憤與絕望淹沒了她黑白分明的眼睛！」皮波如此形容。

「從那時候起，我們就決定不再心軟，不能再心軟。」布蕾可堅毅的說道：「你們今天會留下來過夜嗎？赫塞樂？我要你們今天留下來！基烏現正往這裡趕來，晚點兒就會到。我一定要你們會見基烏！」

赫塞樂用鼓勵的眼神對愛斯達點了點頭，接著對布蕾可說道：

「那正好！我來幫你們一起準備晚餐吧？」

傍晚十分，廚房裡傳來陣陣鍋瓢碰撞的烹飪聲響，隨著濃郁的食物香氣四溢飄散，愛斯達獨自坐在育幼院的起居室裡，那瑣細的聲響如夢似幻，使人不由得出神起來。不論何時何地，靜謐的室內與溫暖的燈光總是令人沉醉，蘊藏著無與倫比的希望，與穿透靈魂的悲傷。美好的事物顯得特別容易破碎，即使身經百戰的愛斯達，在這種時刻裡，也會感覺到強悍之後的疲憊。

就在晚餐之前，皮波載著一位魅力十足的女士回來，人都還沒進門，洪亮的嗓音已率先衝入室內。愛斯達聞聲出迎，迎面而來的是一位年長的女士，有著比軍人更粗壯的身材與無比剛毅的眼神。光一眼就知道，這位女士是個可敬之人。基烏女士一進門，抬眼看見愛斯達，立刻神色一變，凜然而迫切地說道：

「你一定就是愛斯達！我認得你！我就是來見你的！」

接著，她趨身向前，兩隻肥厚堅硬的大手抓住愛斯達臂膀，用著極低、極熱誠的聲音說道：

「你們是希望，你們就是最後的希望！」

基烏的眼神比夜間的探照燈更加強烈明亮，毫不隱藏地直接射穿愛斯達，瞬間，愛斯達從頭皮直到腳跟，都經歷一陣未曾有過的戰慄！那是一種共通的語言，是知悉真實的靈魂之間無聲的共鳴。布蕾可用樸素的食材做出豐盛的晚餐款待重要摯友，基烏風塵僕僕，卻一點兒也不影響驚人的好食慾。席間眾人暢談無阻，不過愛斯達無法融入這種家常談話，同時，她也感覺到基烏以一種極為嚴厲的眼光盯著自己，掂算著自己的重量。

「我很高興你已經聽說我們北剛果女性救助會的事情了，」

餐後，基烏終於開口了。她壓低聲音對愛斯達說道：

「除了趕盡殺絕之外，我想不出其它的辭彙可以形容阿美卡軍隊對我們做的事情。阿美卡一家三代都是捷魯歐的走狗，他也非常懂得如何讓其他人成為走狗的走狗，他的軍隊全部都是強暴戰犯！」

皮波起身關上門窗，從櫥櫃中拿出反竊聽偵測器在屋中定點放好，氣氛祥和而肅殺。布蕾可略顯悲戚，赫塞樂臉上則充滿柔軟的同情。基烏說道：

「事情很明顯，最初是捷魯歐的聯合黨培植阿美卡掌控卵地，聯合黨背後的克萊爾集團直接支持著阿美卡軍隊的財政。不論對於卵地還是剛果盆地來說，阿美卡都不是一個好的領導者，他有他的『任務』，就是幫助克萊爾集團掠奪剛果盆地的大量資源！克萊爾集團在非洲的投資獲得巨大成功，付出代價的，是我們剛果人，體無完膚、身心破碎的剛果人！慘況不止如此，更可怕的還在後面。大約二十年前，也就是二一三零年代，整合成功的北梅集團也加入了中非的投資戰場。不同於克萊爾集團透過阿美卡軍隊直接屠殺反抗者來控制盆地東部的礦業資源，北梅集團專門扶植反叛游擊隊，這才真正是噩夢的開始！反叛軍與阿美卡軍隊拿著同樣從捷魯歐丟進來的軍火相互殘殺，游擊隊會在各個農村之間流竄躲藏，導致阿美卡軍隊毫不猶豫地屠戮任何受牽連的村落，無辜百姓成了游擊隊的盾牌，噢，或者說『牲口』似乎更加貼切。這些游擊隊其實根本不是軍隊，他們完全沒有受過正式的紀律組織訓練，只是一群拿到武器的一般民眾，普通人，普通的男人。拿到幾把舊型槍械，冠上游擊軍之名，吃了軍用亢奮劑，就以為自己強大了！以為自己天下無敵，能征服一切了！高喊著為自由、為反暴政而戰，實際的作為卻是到處殺人放火，衝進村莊裡殺掉小孩、強暴婦女，搶走糧食與財物，更時常威脅村裡的男人替他們工作，給點甜頭，拉人入夥。男人從不會抗拒誘惑，他們會為了一點點的毒品把妻子和女兒拖出去給群眾強暴。」

愛斯達沉默如金。基烏停頓了一下，換口氣繼續說道：

「幾百年了？幾百年了！唯有這裡，厄運從未改變，為什麼？暴亂，饑荒，獨裁，屠殺，不論哪種情況，婦女注定被犧牲。孩子養不大，只要一個疏忽，不足周歲的女嬰也會被一群大男人輪姦，為什麼！這樣的世界正常嗎？我們理所當然得承受這種厄運？婦女是牲口，男人是權力的奴隸。在這個地區裡，只要男人繼續握有武器，繼續掌握權力，我們就沒有未來。」

愛斯達依然沉默，眼神流露出可怕的精光。基烏直視愛斯達，神色堅定、語調極緩，低聲說道：

「我們決定反抗。」

愛斯達看著基烏，沉默的對峙須臾，接著，極為嚴厲的說道：

「基烏，我絕不會像曼格勒人那樣說『我來了你們就安全了』。戰爭不是奢華的理想，反抗的唯一途徑就是屠戮。我們的確為了奪取卵地而來，但你要想清楚，一旦和我們合作，你們將面臨敵人更卑劣的對待。」

「我想妳還沒搞清楚，愛斯達，」基烏說道：「我們並不想要宵特為我們打戰，我們也並不像你們一樣想奪取卵地，我正在說的，是不再令男人掌權。如果一定要有武器，武器控制在婦女手裡。」

基烏再度停頓了一下，確定愛斯達是否聽懂她的意思。然後，突然語重心長的吐出說道：

「⋯不能再讓男人掌權了。我們要成立一個政府，母權體系的政府。創建一個母權國家。母權國家同樣必須具有一支自己的獨立軍隊，但是軍權必須握在『母人』手中。」

愛斯達渾身一顫，瞬間數道電流通擊全身，反射性問道：

「母人？」

「是的，母人。」基烏說道：「不能是女性，而必須是『母性』。不能是婦人，而必須是『母人』。女性要領導一個宗族、一個國家，必須先使自己母性化。請注意，我說的不是女權，而是母權領導。」

愛斯達罕見地寒毛直豎，粗重地喘息了起來。她了解到，基烏說的，不是戰爭，不是武裝反抗，不是成為眾多暴亂勢力中的一支。基烏所說的，是對現行社會體系的顛覆，是徹底的革命。她要建立一個母權國家，在這裡，而且必須是強大的母權國家，使婦女能夠安居，孩童得以茁壯，男性不再被權力所利用。愛斯達突然顫抖了起來，情緒有些失控混亂，因為，這是何其困難的目標！她想起自己的母親，那麼無力、那麼弱小，連保護自己都做不到，全身崩潰地撐到最後一刻，那麼努力、那麼悽慘，最後曝身於簡陋的擔架上悲涼而逝，為了什麼？還有拉坎，拼死拼活也要創立宵特，渾身髒汙、極為狼狽，最後在作戰中丟了性命，瞪著眼睛慘死於血泊之中，即使如此，她也寧可拋棄原有的富裕生活，又為了什麼？至於阿麗西亞！噢，令人心痛的阿麗西亞！直到死前，愛斯達都還以為她很強大。然而阿麗西亞一點兒也不強大，她早就身患重病！全身滿滿的腫瘤，忍受著難以想像的病痛強撐不語，讓大家相信她會永遠強大，究竟為了什麼？

土地，自由，靈魂。一直以來，愛斯達所熟知的世界，只有戰亂毀壞一切，最後只剩屠戮與浩劫，希望躲藏於黑暗中的神祕孔穴，不斷發出悲傷的微弱幽鳴，任由恐慌吸乾附著於其上的所有生命。愛斯達也朝著黑孔前進，只不過，在她心裡，她把這個孔穴叫做絕望。土地、自由、靈魂，沒一樣得的到。

拉坎曾說，想要安居至終老，就必須戰勝！對此愛斯達也感同身受。問題是，到底是要戰勝什麼？更多的暴徒軍隊？更強的獨裁軍閥？更大的企業勾結？還是更肥的投機政客？有生以來，為了確保生存，愛斯達不斷渴求著無比強大的、壓倒性的力量，不斷殲滅所有具有威脅性的敵人，然而殺人殺得手都麻了，卻發現，能用槍彈打死的，都不是真正的敵人。那麼真正的敵人是誰？厄運的源頭在哪兒？到底要擊敗什麼，才能夠獲得安居？

非洲呵！婦女呵！為何如此心碎。

「母權體系。」愛斯達有感而道。

她不知道自己這樣思考，是不是脫離了宵特原有的道路？但是胸中震撼迴盪，久久無法停歇。基烏看著愛斯達的神情轉變，露出慈愛的神色，溫聲說道：

「現在，你懂了。」

愛斯達難過地看著基烏，千言萬語都不值得一提，只能悲傷的點點頭，輕聲重覆說道：

「是的，我懂了，基烏。」

從此刻開始，愛斯達發覺她觸摸到一種很致命的物質，深藏於靈魂之中、比「力量」更加激昂。有記憶以來，愛斯達始終追求著力量，沒有力量的生命是糞草，只有力量可以制敵於死，確保自己的生存。但是在那其中，卻也始終有著某種很不協調的感覺，愛斯達無以名之，只覺得，靈魂離自己好遠。赤腳踩踏於炙熱的大地，大地不屬於自己。焚風撲面迎來，裂痛的皮膚毫無欣喜。豐盛的佳餚端盛上桌，舌頭卻麻木無味。每當夜晚的蟲吟襯托出壯麗的星河，在那絕世的美景當中，耳朵卻只聽見死寂的悲傷。啊，唯有太陽，太陽啊！只有致命的太陽直射下，愛斯達絕望而冷靜，能夠充分展現力量。而在一次一次、無數無數次單純的力量展現中，孤獨籠罩視野。心臟跳動、肺部張縮、血液流淌、空腹的飢餓感與手腳動作；肉體淪為一具不符合現代化效率的機械，不如一座自走砲，不如一支輕機槍，不如高翔之兀鷲，不如鑾獅之盤中飧。愛斯達堅定又茫然，但是她知道，這不是、絕對不是、生命的解答。

但是，在非生即死的世界裡，又有什麼是可靠的、是值得信任的呢？或者說，除了生存之外，還有任何值得追求的事情嗎？甚至即使與求生的本能相牴觸，也必須捨命捍衛？

愛斯達無法停止深處的顫抖，終於鼓起勇氣，惶恐的敲擊心中最脆弱的一句：

人，真的可以跨越過什麼，超越過什麼，而相信希望嗎？

瞬間，一股既遙遠又熟悉的熱流驀地翻滾上來，從眼眶中噴發爆出。愛斯達嚇了一跳，怎麼像挖到地泉似的，眼睛竟然出水了？傻了約兩秒，才反應過來，原來是哭泣。愛斯達一哭不可收拾，鼻息粗重地發出嗥聲，一股看不見的光芒從腹中不斷洪湧竄出，令她幾乎要發狂吼叫了起來！

「這股光芒不是力量，而是趨動力量的能源！」腦中驀然冒出的聲音使愛斯達冷靜了下來，只剩嘴巴喃喃默念著：母權……母權！

隔日清晨，「畢尤與茉莉」育幼院沐浴於變幻莫測的七彩晨曦中，湖畔的草叢間此呼彼應地發出陣陣喧奏的唧呤，愛斯達從睡夢中驚醒，推開窗戶，震懾於眼前的美景。一大群羽褐豐滿的鸛鳥從天而降，輕巧又矯健地點入湖中，湖面攪起一陣美不勝收的瀲灩紋波。隨著氣溫緩升，湖水逐漸變幻為嬌嫩艷澤的翡翠色、濃綠色、墨藍色，各處不同的藻類輝映於晴澈的蒼空之下，搖晃著閃閃發亮。在晨曦中閉上眼睛，愛斯達想起西非的浩歎赤漠，沙暴與狂風，大無畏的火橘色天空，與天空之下全身卑微的黑污礦工。

愛斯達心想，母權體系不會是所有問題的解答，甚至將是另一場巨大紛爭的開端。動亂不會停止，威脅不會遠離。本來，要打破既存規範，建立新的思想、新的邏輯、與新的秩序，那是比單純的軍事征服更加千萬倍困難的艱鉅任務，而從非洲數百年來的渾噩宿命而論，這份宏偉的夢想，就更如痴妄之談，不切實際。但是在那之中！卻有著一種不可描繪的動力深深擄獲住愛斯達的心靈，猶如壯烈的日出通天照耀，使人為之而生，也值得為之犧牲。

第十章　怒綻的花果

雄渾的雨勢下個不停，雨珠如砲彈般滂沱砰擊，四處都淹起大水，迅猛的急流迫入村庄，瞬間摧毀人們賴以維生的房舍與糧倉。村民顫抖地往高處驚叫奔逃，與所有驚惶的動物們一樣，發出悲切的喉呼之聲。初春的洪流猛然突襲隱身於班加索河谷的基烏救助會，初入北剛果山區，這是愛斯達第一次看見洪水。洪水跟蝗蟲一樣，一旦過境，什麼都沒了。人為的傲欲被原始的野生所取代，不多久，碧綠肥厚的叢林植物在洪流淹沒過的土地上爆發式的生長起來，競賽般爭相掩蔽天際，使肥沃的地表一如以往大多數的時間那樣，再度埋藏於潮濕的陰影下。

直到萬物重回黑暗，一切，才又都安靜下來。

帶著惶恐的神情，劫後餘生的村民趕忙檢視殘存的救助會村落，糧食、軍火、農具，一概不剩，連外道路成了沼澤與爛泥，原本建造房屋設備之處，很快的長出了茂盛植被。若沒有適當機具輔助，要重新清地開墾，恐怕還得花上不少時間。愛斯達沉默思忖，她們沒有那個時間。一切都在變動之中，她們也不能停留。野生的本能在血液突流中竊竊私語，只有跟著移動，確保機動性，才是最佳的應變之道。

進入北剛果山區的宵特軍只帶了少數裝備，她們向村民探聽四周地形與情勢，得知上游不遠處的隘口有一座小型水壩，由阿美卡軍隊駐守。愛斯達命部下清出一塊空地，首先搭起牢固的軍用帳棚為指揮中心，讓麥牙的電子小組接上設備，沿著基烏救助會所在的班加索河谷往上游拍攝詳細的衛星空照圖，果然看見村民們說的那座水壩。水壩連結著四周建築形成要塞，後方駐守區大剌剌停放著六十二台泰坦一三七型輕坦克，估計至少有兩個營的裝甲兵力駐紮於此。愛斯達讚嘆說道：

「這地點真棒，水壩！」

「是啊，我還是第一次看見距離這麼近的水壩！」麥牙也驚嘆著說道：「真想親眼見識一下，離我們很近呢！」

「那是塔蔻水壩，」基烏走進帳棚，無奈的向宵特軍解釋說道：「是普萊德基金會派塔蔻博士為我們建造的水壩，救助會原本的地址就在那兒。我們有學校、牧場、本來的計劃是建造一個自給自足的莊園。」

「但是被阿美卡軍隊占走了？」愛斯達問道。基烏說道：

「對。十年前左右，我們收留了一批游擊隊的家眷，結果阿美卡軍隊來攻打我們，叫我們交出那些家屬。我說不行。他們又說，他們要那座莊園，我們只好連夜撤出，逃到這裡。我們曾向普萊德基金會求助，請求他們透過國際交涉拿回水壩，他們盡力了，但是阿美卡有捷魯歐撐腰，從不理會國際規則。希望落空，基金會後來只能幫助我們在這裡落腳。」

「基烏，這裡是沒有辦法訓練軍隊的。」愛斯達壓低聲音直話直說：「我強烈建議奪回上游的水壩要塞，雖然計劃跟原本不一樣，但反正我們現在正好需要一個新的落腳處，與其重新開墾別處，還不如直接奪回水壩。打仗的事情我會想辦法，然而你要做出決定。」

基烏嚴肅而凝重，環顧四周，低聲說道：

「我們都還沒武裝，甚至許多人連吃住都成問題，現在是要怎麼打仗？」

「我們會打，」愛斯達毫無動搖，神貌篤定的說道：「我們，宵特軍。我們打第一仗，奪回重要基地，然後在水壩基地建立基烏部隊。當然我要先向米雅報告，確保奪回水壩之後有後援。」

「這麼急？」另一名救助會的婦女擔憂地質疑：「這麼急著打仗，你如何確定能有後援？萬一輸了，萬一阿美卡軍隊展開報復呢？」

愛斯達正要回應，基烏卻率先大手一擺，眼中射出一道精光，確認問道：

「你確定打得下來？」

「是的，」愛斯達指指空照圖中阿美卡駐軍的輕型坦克泰坦一三七，說道：「這種三戰時代的骨董，能看見都覺得很稀奇！看來阿美卡已經不是那麼受捷魯歐寵愛了。」

「不要輕敵，愛斯達！」基烏嚴正說道：「不過，那本來就是我們的土地。我會連絡普萊德基金會與紐賽納協會，現在時局不同了，可以重啟談判。作戰就由妳負責了，愛斯達！」

二一五五年三月，愛斯達向米雅調動支援的同時，第四十八旅的成員也化身為地理探險隊，從西非市與卵地分別往班加索河谷緊急行軍。由於河谷北岸地勢較高，愛斯達將整個臨時據點往北岸一座隱密的山溝裡遷移，山溝後方有一條蜿延綿長的古老便道，只要稍加修整，正好通往中非蟲洞網施工用的接駁鐵路。基烏讓救助會村民體動員，花了兩天把這條便道闢寬至三米，七日下午，透過尚未對外開放的撒哈拉縱貫蟲洞隧道，透魯從北非重工區火速運來第一批支援──九十五台備配強大火力、以及繽紛色彩的班普戰車。瞪著一排排如彩虹糖果般鮮豔可愛的班普戰車，愛斯達差點兒沒抓狂，只能驚聲呼道：「這是什麼啊！」

班普當然不是非洲戰爭賽事中時常出現的配備，嚴格來說，它是前世紀末奧延福拉克戰爭中不幸殘留下來的戰爭遺跡。基於原設計者一場神經質的夢魘，班普的外觀非常戲劇化，車體成圓形，直徑兩米，高度一米八，特殊的八爪式車足設計極像螃蟹，還有那令人咋舌的鮮豔色彩！依照傳統，標準的班普戰車，是鮮紅色的；後來隨著奧延福拉克戰爭結束，班普因它備受嘲諷的各項謬誤傳奇而淪為富豪軍事迷的收藏玩物，於是產生時尚面的需求，衍生出如今這般七彩絢麗、甚至有各式動物圖紋供以選擇的華麗外觀。從歷史上的實戰紀錄顯示，班普最大的優點是火控精準，轉寰靈巧，這樣的優點在遠離戰場之後的長年間經過不斷改進，送到愛斯達手上的第七代班普配有精密輔助操控系統，乘員四人，一人即能完全操控。然而致命的缺點仍是裝甲輕薄，和初代班普相較，防禦力幾乎沒有提升，車頂砲塔正面的彈力合金裝甲均質僅七十至七十五公厘，令人膽戰心驚。

鮮豔的班普令集合而來的宵特軍大為驚愕，這種富豪玩物豈能隨意開上戰場？押送班普過來的透魯對愛斯達傳話說道：

「奇絲說，叫我們適應它。」

「那米雅說什麼？」愛斯達問道。透魯一挑眉毛，認真的說道：

「她開著一台艷綠色的班普在裡面住了一個星期。」

「噢。」愛斯達靜默兩秒，接著一扁嘴，聳聳肩說道：「那麼我們只能適應它了！」

塔蔻水壩坐東朝西，壩體與四周防禦式建築緊密連結，是一座易守難攻的優良要塞。前後有兩條主要聯外道路，沿途設有檢查哨。河谷兩側山壁陡峭，傳統方式難以行軍。愛斯達思索著米雅送來班普戰車的原因，實際駕訓演練後發現班普那怪異的爪式車足竟相當適應崎嶇的山路地形，甚至連一開始令人詬病的繽紛顏色，一旦放進濃密複雜的熱帶雨林背景中，也瞬間成了動物毛皮般絕妙的保護色。利用這兩點特殊優勢，愛斯達打算讓宵特軍直接越過山谷，避開敵軍耳目，從水壩後方高處進攻。塔蔻水壩的空照圖中顯示阿美卡軍的防禦主要佈置於三處，南北兩側主要道路駐點之外，還有一處是水庫後方的上游駐守點。這個駐守點的地勢較高，更位於兩條分支匯流的叉口上，可以俯瞰監視整個水庫周邊要道、前方的水壩要塞、以及部分下游河谷。愛斯達和麥牙都認為在整個進攻行動中，必須以突襲的方式率先占領這個駐守點，使其喪失預警功能，才能集中火力、一股作氣的拿下要塞。

愛斯達與透魯在班加索河谷秘密備戰的同時，宵特黨更是全力動員，莉奧與法伊分別代表宵特黨與紐賽納協會，前往休達港市與普萊德基金會的兩位重要代表會晤。前來與兩人會面的是舉世聞名的「蟲洞網之父」普萊德博士，以及普萊德博士的愛徒，莫珂蒂女士。莫珂蒂女士正是當初負責監造塔蔻水壩的總工程師，十年來始終對於自己初次監造的水壩竟落入阿美卡軍方手中感到耿耿於懷，為基烏救助會四處奔走不遺餘力。不過更重要的是，莫珂蒂還有另一個顯為人知的身分——她的家族全權經營著東沙王國的國家能源開發公司，而莫珂蒂是家族的第六代繼承人。

熱切如火的莉奧與沉穩如土的莫珂蒂一見如故，立刻激情地討論起雙方理念。莉奧真誠地對莫珂蒂說道：

「正如您所知，宵特的信念就是成為人們的庇護所，這始終是我們前進的原動力！我們希望在剛果盆地成立一個婦女保護區，保護區在政治上將恪守中立立場，不涉入競爭利益，並由國際維和部隊駐守，讓受盡磨難的婦女們有一個安全的家園，可以放心生活，從事農務，好好養育子女。這和貴基金會在班加索河谷設立的北剛果女性救助會有著同樣的原始立意！」

莫珂蒂說道：

「我明白！但這真是教人慚愧，我們為救助會建造的莊園與水壩都被阿美卡軍隊奪走了，他們占領了整個河谷的上游地區，現在基烏女士帶著救助會的可憐人們躲藏於河谷的中游山區，那裡的生活條件並不好，我們卻什麼也做不了，這真是令人憤慨！我完全明白宵特黨提出建立婦女保護區的緣由，如果可以我也非常希望能夠這麼做，但你一定瞭解，莉奧！這個計劃牽涉到周邊地區的龐大利益，恐怕沒有人會輕易退讓。」

「正因如此，」法伊接口說道：「我們認為必須從現行的體制中去贏得最初的踏板，也就是世界經濟會議的支持！我們可以先提出一份關於婦女保護區的草案，說服世界經濟會議成立一個調查委員會，請他們深入剛果東部與北部山區親自了解問題，使這個議題蔚為主流，我們才能有操作的空間。但是，光憑宵特與我們紐賽納協會的力量實在不足以對世界經濟會議進行如此大型的遊說活動，我們需要更多的支持，由其是您的支持，普萊德博士！您的意見對於世界經濟會議而言舉足輕重！」

「我了解你的意思，法伊，」普萊德博士沉思著說道：「我也十分贊同成立婦女保護區的提案，我可以找讓梅葉談一談，請他督促世經大會成立專門的調查委員會。只不過，你們必須了解到，真正困難的地方在於，這事兒不只是對我們在這邊討論的人的考驗而已，更會嚴重影響救助會的安全！我擔心的是，一旦我們這邊付諸行動，救助會一定會受到軍隊的攻擊！」

「不用擔心，普萊德博士，」莉奧低聲說道：「宵特軍已經暗中入駐班加索河谷，現在與救助會在一起，村民們至少安全上是沒有顧慮的。」

「但這卻會產生政治上的顧慮，」普萊德博士沉著臉色說道：「你們在中非的軍隊絕對不能曝光！曝光就完了，懂嗎！更不能有任何軍事行動！你必須立刻向米雅女士傳達我的警告！在調查委員會的事情成功之前，絕不能有任何軍事行動！」

「但是萬一她們受到襲擊呢？」莫珂蒂擔憂地問道：「萬一阿美卡軍隊再度攻擊救助會呢？」

「所以必須用最短的時間使調查委員會成立！」法伊接口說道：「一旦調查委員進入當地，阿美卡軍隊的任何野蠻行為都將成為把柄，更快促成保護區誕生。」

四人達成共識，莉奧立即將普萊德博士對中非宵特軍的警語與要求轉告米雅。「按兵不動」的命令隨即傳至愛斯達耳中，愛斯達震驚，反駁怒道：

「我們現在打一定贏啊！米雅！再拖時機就過去了，敵軍也會增加防禦不說，就算什麼委員會真的來了，那種傢伙逛個一圈寫個幾份報告，無關痛癢的投個幾次票，根本不可能幫救助會拿回水壩！想要自己的領土，最後還是得打啊！阿美卡就是中非的撒哈拉基金會，它的勢力範圍就是這裡的撒哈拉保育園區，請問，那些一天到晚開會的大人物們，曾經想過要逞罰撒哈拉保育園區的惡行嗎？他們有認為撒哈拉保育園區對待我們的行為是『惡行』嗎？」

「愛斯達，你先冷靜下來，」電話另一頭的米雅語調威嚴，堅定說道：「沒錯，要得到實際領土只有透過武力作戰才能解決，但在那之前，我們得先在國際上取得正當性，打下來的土地才有保障。就算阿美卡也是如此！規則就是老話一句，只有在受到敵軍攻擊之時才能還擊，不准主動攻擊敵軍陣營。不要告訴我這又回到被動模式，你要知道現在是很關鍵的階段，阿美卡已是國際承認的政權，而我們還不是，宵特，還不是。我們需要更充分的準備，更充足的條件，不論用任何手段。」

愛斯達不能抗命，緊閉嘴巴忿恨地掛上電話。透魯聞聲說道：

「不用擔心，會成功的！」

愛斯達聽了，冷然說道：「是啊。只怕成功之後，宵特也成了另一個撒哈拉基金會。」

透魯沉默著沒有說話。愛斯達停頓了一下，無奈又憤怒地說道：

「為什麼靠武力打下來的土地會保不住？為什麼沒有『國際』的許可就會保不住？『國際』是什麼？我是說，關那些人什麼事？那些無關緊要的傢伙憑什麼決定我們能不能保住土地？」

「噢，愛斯達！」透魯瞪著愛斯達，露出一種愛斯達未曾見過的恐怖神情，彷彿咬牙切齒般，緩緩低聲說道：

「愛斯達，他們有著我們沒有的所有一切！」

透魯罕見的嚴厲震懾住愛斯達反駁的本能，見愛斯達啞口，透魯隨即轉換語調，回復平常的模樣說道：

「所以說，不用擔心，會成功的。基烏也已經前往休達港市與法伊還有莉奧會合了，這次的談判對我們很有利。」

透過紐賽納協會的引見，連續十七年擔任世界經濟聯盟常任主席的讓梅葉•巴特翩然降臨正要度過奢華周末的休達港市，在這裡等待讓梅葉的有四人，緊張侷促的法伊，蓄勢待發的莉奧、悲壯誠懇的基烏女士，以及因年邁而禁不住長程奔波、顯得有點昏昏欲睡的普萊德博士。當讓梅葉的保鑣推開大門的瞬間，法伊差點兒驚呼了起來，隨同讓梅葉一同前來的引見人，竟然是自己的父親米斯帝。米斯帝對法伊示意地笑了笑，招呼大家圍桌入座，法伊亢奮得幾乎要口吃起來。米斯帝與讓梅葉是熟識老友，他會出現在這兒，表示事情已有柳暗花明之跡。普萊德博士也曾為了蟲洞網計劃與米斯帝短暫共事，他熱誠地拍住米斯帝的肩膀，語意深長地連續好幾次說道：

「當初辛苦你了！真委屈你了、委屈你了！」

「哈哈哈，不委屈！哪裡委屈了！」米斯帝豪邁笑道：「做我該做的事而已，盡本份，我樂意啊！現在也是，能為蟲洞網的理想再度盡一次心力，我的榮幸，我真是好福氣，好福氣！」

讓梅葉則是閒雅淡笑，親切地與基烏談起話來。當普萊德博士向讓梅葉提起婦女保護區的計劃時，讓梅葉則直接說道：

「我知道這件事，我也深感共鳴。然而你們一定清楚，這不是其他問題，這是領土要求！不論任何情況，領土要求永遠都非同小可。我得先弄清楚，你們真的只是要成立『保護區』嗎？因為在我看來，你們想取得領土，然後成立主權政府。」

「我們的確希望取得土地！」基烏女士說道：「一塊能讓受害的婦女們安心生活的土地！而如果成立了保護區，管理上的確也需要一個類似政府的機構，然而這一切只是為了能夠安居！讓梅葉先生，您是個仁慈高貴的富裕之人，您認為自由與幸福是什麼呢？對我們而言，自由，就是擁有自己的土地，沒有人會惡意騷擾，不用時時擔憂被驅趕迫害，可以在自己的土地上安身立命，用手挖開泥土，播下種子，養育後代，那就是無上的幸福啊！我們並不想同阿美卡政府競爭，更不希望戰爭，然而目前面臨的情況是，如果放棄奮鬥，阿美卡政府幾乎不允許我們活下去呀！我們有孩子，我們不能放棄！只要有土地，我們就有希望！」

基烏渾身散發著一股令人折服的氣勢，讓梅葉也顯出動容情貌，感性地許諾將會與世經聯其他高層人士認真討論婦女保護區的提案。基烏聽了，立刻嚴正的提出指正，說道：

「讓梅葉先生，我希望您能立即瞭解到這件事的急迫性！對您們而言，遲一天早一天，或許沒什麼差別，但許多人卻是命懸一線！您可見過從阿美卡的人口販商貨車中逃出來的婦女？知道她們抱著活不下去的孩子躲藏於險惡山區、赤腳在滿是礫石的曠野中奔逃數十日，只為了尋求一線生機？您可見過慘遭阿美卡軍隊凌虐分屍的無辜孩童？看過他們絕望的眼神，聞過他們腐敗後的氣味？我們的兄弟姊妹、我們的父母與子女，人們活在慘死的邊緣，奮力掙扎，您可曾聽見這些淒慘的呼號、感受過我們的心碎與無力？我們需要一塊安全的土地，只要有了這塊土地，我們能在其上建立出最美麗、最富饒的家園！就算您不幫助我們，我們也不會放棄尋求，但是！我們真的需要您的幫助！」

「嗯……」讓梅葉沉思良久，說道：「那麼，你們有個希望的時間點嗎？」

「這個夏天，七月！我們需要今年七月就正式成立保護區！再拖更久的話，阿美卡政府一定會正式對我們展開清剿。」基烏毫不思索地說道。

讓梅葉的臉色終於凝重起來，因為基烏指的時間點，就是本年度的世界經濟會議會期。世界經濟會議每年七月日四於羅徹斯特召開，為期兩周的會程當中將討論數以千計的提案與草議，像這種要在各方勢力衝突的地帶取得土地，成立一個中立的婦女保護區的大提案，通常都得花個幾年醞釀，沒有兩到三次會期，恐難達成共識。基烏想在四個月內完成整個程序、並且通過提案，這是跳脫框架的想法，讓梅葉認為太過脫離現實，一舉成功的可能性很低。但是，政客的本性使然，他也向基烏鄭重允諾一定會積極促成調查委員會成行，認為這個說法至少能讓基烏感到善意，並且抱持希望。

兩日後，回到羅徹斯特的讓梅葉果然依約召集了一次特別會議，要求大會針對「阿美卡政府對剛果婦女的迫害問題」成立應對委員會，設法瞭解、並研究在剛果盆地「建立婦女保護區的可能性」。完全出乎讓梅葉預料，與會成員反應相當熱烈，彷彿受到共鳴似的，大部分會員都積極參與討論，爭相擔任調查委員的工作。終於很快的，基烏與救助會村民期盼已久的「中非婦女保護區特別委員會」於三月十八日正式成立，成員由代表七個都市的調查員組成，其中最為知名的一位，就屬捷魯歐政壇中聲勢如日中天的妮露・哈德威了。現年五十三歲的妮露・哈德威是聯合黨中流砥柱，由於顯赫的家世與出色才幹而被視為聯合黨黨黨魁接班人。雖然捷魯歐的聯合黨正是當初扶植阿美卡政府的幕後禍首，但妮露・哈德威的作風宏觀而出人意表，她甚至為了擔任這次調查委員的工作而毅然辭去原本的職務。另外，莫珂蒂代表東沙王國首府黑奧市出任委員，而在紐賽納協會的大力運作下，一位原本任職於全球貨幣基金的金融分析師瑪莉遊梭，也一躍而昇，出任羅徹斯特的調查委員位缺。休達港市也派出了委員尚崁，他是阿沙托杜拉的年輕心腹，此行奉命要替婦女保護區護航。另外還有曼格勒市的委員保羅揚恩，鳩擇市的委員卡森柏爾，與微物市的委員雷納貝加。

七名委員加上十數人的隨扈與貼身記者，從羅徹斯特的盛大記者會上浩浩蕩蕩風光出發，搭上蟲洞專車往班加索河谷直航前進。專車出發前還發生了一點小事故，一群在羅徹斯特留學的卵地青少年在車站聚集，趁著群眾防備鬆懈時鑽出人群、衝向正要出發的隆重隊伍，以一桶腐敗生肉隊調查委員們施以驚悚的腥臭攻擊，並破口怒罵這些委員是「衣冠禽獸」！而在卵地當日的新聞播報中，阿美卡的政府電視台亦怒斥這個調查委員會的組成「居心苟測」，其中必然有「背後的利益集團」試圖「干預內政」！儘管如此，調查小組還是意氣昂揚的上車出發，一路南下，不出幾個鐘頭時間，便已現身於班加索河谷下游的接駁樞紐班基車站。七名委員在班基車站分成兩組各自行動，由妮露・哈德威領隊，莫珂蒂與瑪莉遊梭，以及鳩擇市委員卡森柏爾四人一組，和基烏救助會的專門聯絡人赫塞樂一陣熱情的擁抱相見歡之後，即沿著河道公路深入班加索河谷，探視救助會的村落。而曼格勒市委員保羅揚恩、休達港市的嵙崁、與微物市的雷納貝加三人，則轉搭東向列車，準備進入卵地。

進入卵地的三人組很快就感受到卵地政府與民眾的深刻敵意，當他們想和商家與工廠的員工探訪閒聊時，大部分卵地民眾對他們嗤之以鼻，有些比較兇悍的店家老闆更會氣憤地衝出來關門趕人，就連走在街上，都有打掃行道的老人拿著裝滿灰塵垃圾的畚箕對他們進行髒污襲擊。阿美卡的政府官員對三人委員更是冷淡，不但沒有專人接待，甚至安排他們住在一間美其名是汽車旅店，實則為卵地著名的廉價性交易賓館。賓館的床褥與盥洗室處處沾染著沒有刷洗乾淨的體液與殘留穢物，養尊處優的曼格勒委員保羅揚恩一走進狹小的房間，立刻不斷發起嘔來，保羅決定自費到他處住宿，便帶著隨扈與記者一同前往卵地出名的一座高級度假飯店訂房。這個季節並不是卵地的旅遊旺季，街道上冷冷清清，幾乎沒有外地人，然而飯店櫃台人員用內線電話洽詢了好一陣子之後，神色漠然地告訴保羅說已經沒有空房了，請他另尋別處。一開始保羅信以為真，很客氣地跟櫃台人員道謝，順便請他介紹其它飯店的地點。結果這位櫃檯人員卻用著一種令人詫異的笑容冷冷說道：

「我想這裡不會有地方給你們住的。」

保羅這才瞬間理解對方的敵意，接著一連問了五六家飯店都是同樣情況。正猶豫著不知該如何是好時，休達港委員嵙崁打電話連絡上保羅，告訴他已經找到合適的住處了，叫保羅趕緊過來會合：

「入夜之後治安會更差，你最好快一點。」

嵙崁與雷納貝加找到的救星是紐賽納協會經營的大裂谷地理研究社團，駐地學者海卿女士幫忙安排三人委員與他們的隨扈記者團入住社團的臨時宿舍，雖然簡樸節省，住起來有點擁擠，不過在一群社團學員的熱情招待下，一行人心中充滿暖意。一整晚保羅都感慨得輾轉難眠，不斷發出疑問說道：「為什麼他們要這樣抵制我們？我們絕對不是來搶地盤的，為什麼他們不能理解？」

「對民眾來說沒什麼好理解與不理解的，」睡在下鋪的雷納貝加意味深長地說道：「他們在監視之下，現在卵地阿美卡當家。」

與卵地的三人組相反，在赫塞樂的帶領下進入救助會村落的四名委員，則受到村民們熱情的簇擁，赫塞樂與透魯分別帶她們參觀克難但是整潔的臨時房舍，儘管才剛遭受洪水沖蝕的災難，學校與工作區卻是一片生氣勃勃的積極氛圍；還有分散在河谷兩側高處的果園農園，在終年高溫又水氣充足的先天條件下，土壤像是被施了魔法般，各式瓜果又香又甜，幾乎什麼果實都種得出來！而且生長得肥美又快速。務農的壯碩婦女們不斷告訴四位調查委員，只要能有一塊安全的土地，她們真的能夠自立！不用當難民，不需要救濟！孩子們可以受教育，可以在這裡建立家園！

莫珂蒂是最進入狀況的調查委員。當四位委員中唯一的男性，也就是鳩擇市委員卡森柏爾，對赫塞樂提出要求想到山谷後方「順便走一走、看一看」時，跟在一旁的莫珂蒂突然提高嗓門，對著正在芭蕉園裡工作的幾位農婦吆喝起來，大聲招呼大家一起下田幫忙採收芭蕉。妮露・哈德威有些遲疑，卡森柏爾更是慌忙地拼命搖手拒絕這份「好意」，不料生得一副清秀佳人樣貌的羅徹斯特委員瑪莉遊梭卻適時表態，竟然開心而笨拙地接過農婦們正在使用的收割刀具，與高采烈地真的收割起芭蕉來。心裡不願下田的妮露・哈德威與卡森柏爾在眾人的呼擁下顯得有些尷尬，本來妮露・哈德威已經打算狠下心來拒絕了，畢竟調查委員會有其專業任務，可不是來觀光遊玩的！然而此時，一群始終尾隨在後的稚齡幼子們瞪著大大的眼睛，散發出一種世人對「非洲兒童」的一貫印象——脆弱、無助、絕望得動人心弦！其中一個稚女就用著這樣純真的眼神凝視著卡森柏爾，然後張開圓圓的小嘴，以細嫩、但卻透徹心扉的語調驀然說道：

「媽咪，他們不會做的。」

噢噢！瞬間，卡森柏爾像是內心燒著了火似的，三步併兩步衝上前去抱起這名女孩兒，不顧一切地說道：

「我們會做！當然會做！我非常樂意！而且我要告訴你，我不但樂意，還感覺很榮幸！我們的確應該嘗試一下的，哈德威女士，你說是吧？」

話還沒說完，卡森柏爾已經抱著女孩兒一起衝進芭蕉園裡，一邊忙亂地傻笑著，一邊錯手錯腳地收割起芭蕉來。妮露・哈德威堅持著自己的原則，最終還是沒有下田，不過她也沒辦法單獨離開，只得和赫塞樂站在田埂旁邊閒聊直到傍晚，殊不知自己錯失了唯一一次得以目睹駐紮於山谷後方、一眼望去黑壓壓一片的愛斯達軍營的大好機會。

受到熱誠款待，以及一大群美麗婦女與動人幼童團團包圍的卡森柏爾，幾乎已經百分之兩百確信這些婦女用血與汗在蠻荒大地上所創造出來的生命奇蹟，是任誰也無法抹滅的！他也開始相信「婦女保護區」的設立確實是必要的、正當的，就算要在競爭激烈的非洲心臟地帶硬生生挖出一塊備受各方垂涎的豐美土地，不論這個想法實際上有多麼荒誕不羈，都仍然是唯一可能的解決途徑。

隔日，赫塞樂決定帶四人往上游溯行，前往探視莫珂蒂一直念念不忘的塔蔻水壩要塞。由於水壩駐有阿美卡軍，不能開車前往，若想不被察覺只有步行一途。於是天剛破曉，五人輕裝上路，沿著綿延隱密的雨林密道往東翻山而去。然而，不同於跑遍大江南北、體能與登山術都極佳的赫塞樂與莫珂蒂，妮露・哈德威與瑪莉遊梭很快就開始氣喘吁吁，腳步落後許多；赫塞樂與莫珂蒂兩人卻健步如飛，簡直像競賽似的拉開一大段距離，就連素有健身習慣的卡森柏爾也幾乎追趕不上。艱苦的跋涉約兩個小時左右，距離水壩的路程還走不到二分之一，瑪莉遊梭突然踩到一塊動石，整個人往前啪的一聲摔了個狗吃屎，雖然沒什麼外傷，但她感覺左手手肘有脫臼的情況，無法轉動，劇痛難當。妮露・哈德威一聽，立即建議這回行程暫時作罷，在危險的環境中更應該傷員優先，謹慎至上！走在前頭的赫塞樂與莫珂蒂也折回來，莫珂蒂堅持繼續前進，建議分組行動，然而肩負一行人安全責任的赫塞樂卻感覺不妥。正當五人爭論著該前進還是折返之時，四周巨大的植物枝葉突然一陣不正常的窸窣抖動，鬼魂從幽暗叢林中悄然浮現，充滿敵意的槍口從四面八方伸出，一隊約十來人的水壩駐軍小隊包圍了她們。五人受到挾持，包圍她們的士兵情緒高昂，亢奮得有些不合常理；妮露・哈德威試圖保持鎮定，用友善而威嚴的態度嘗試說服（或者說騙過）這些她認為應該沒有受過教育的年輕士兵，望能全身而退。然而帶頭的隊長卻露出一種令人難以容忍的邪惡神情，面目姦淫地笑道：

「我知道你們，我知道你，妮露・哈德威！我逮到你了！」

妮露渾身一陣冷顫，隊長用槍口指揮動作，叫妮露往他示意的方向過去，妮露寒毛直豎，腳步虛軟無法動彈，躊躇的當口，後面一個士兵過來拽住她的膀子，眼見就要將她強行拖走，卡森柏爾與赫塞樂警覺不妙，立刻衝上前去抱住妮露，雙方一陣肉搏纏鬥，赫塞樂被踹倒在地，抱著肚子狀甚痛苦，卡森柏爾則被兩名士兵雙手反扣，壓制得死死的。妮露・哈德威確定此時大概是無法脫身了，便厲聲說道：

「別打！我跟他們走，你們去求救！莫珂蒂，你認識路，帶她們回去！」

「不！」赫塞樂狼狽地爬起來兇狠大吼，眼見又要吃一槍托，莫珂蒂急忙撲上前阻擋，表示順從，會立刻帶人離開。

妮露・哈德威與卡森柏爾在班加索河谷遭阿美卡軍綁架的驚悚消息不脛而走，全球媒體逮住了大事件，不出幾個小時，已經撲天蓋地的討論起來了。然而相關機構緘口不言，真相難以查證，各種揣測與不滿情緒逐漸高張。許多人都相信阿美卡政府必然會抓住這個機會，挾人質對世界經濟聯盟恐嚇勒贖，最可能要求解散調查委員會，以及終止中非婦女保護區的計劃與提案，甚至還可能會獅子大開口、狠狠敲詐一筆也說不定！畢竟妮露・哈德威的身分背景太過重大，而阿美卡又是橫行中非四十餘年的超級軍權流氓！一直到當天晚間新聞播報的時間，不論捷魯歐方面還是阿美卡政府，都沒有對這個事件發表正式談話，各方訊息混亂，不但卵地政府駐羅徹斯特大使沒有接到阿美卡的任何指示，就連理論上必須居中協調的世界經濟大會也搞不清楚狀況。甚至當讓梅葉被記者追問事態時都說：「我們仍不確定真的有人被綁架，我們將與阿美卡政府試著溝通，確定大家都平安無事。」

記者聽了說道：「您是說這是一場烏龍？」

「我們正努力釐清真相，」讓梅葉不疾不徐地解釋說道：「畢竟像那樣的地方，通訊斷個幾天說不定也很正常。」

「您說『那樣的地方』是指卵地與剛果盆地很落後的意思嗎？」記者眼睛發亮地問道。讓梅葉搖搖頭，沒有多餘的反應，只用一貫輕軟的語調簡單說道：

「我們希望只是通訊不良。」

在讓梅葉看不見的地方，這番談話可大大激怒了負責看守妮露・哈德威與卡森柏爾的阿美卡士兵，他們就直接在關押著妮露與卡森柏爾的簡陋牢房外觀看直播的國際新聞，看到高興的就哄堂叫好，看到不順意的，就轉過頭來手舞足蹈地對兩人狠狠唾罵一番。尤其對於妮露而言，只覺得每一刻鐘都是命懸一線，這些阿美卡的士兵似乎認為抓到妮露是天大的喜慶一件！他們輪番過來騷擾她，有時盯著她發出鄙穢的嘲弄尖笑，有時朝著她丟擲肥大的蟑螂與恐怖的爬蟲；妮露恐懼得整晚警覺，整夜的嚴苛僵持幾乎耗盡她所有體能。

水壩之外，黑夜流動著無聲的亢奮，彷彿預期大事即將發生，蟲蠅們今晚異常沉寂。弦月纖細而黯淡，河谷幽魅而邪慢，肥厚的植被層隱隱散發出一股艷綠的惡意，嬌羞包容著黑暗中圍聚而來的七彩班普。愛斯達與麥牙翻越過河谷峻嶺，兵分三路，正往圍攻塔蔻水壩的定點上就位。當星河傾落，烏雲吞噬僅存的月光；渾沌之中，地平線下的太陽，已悄然甦醒。

第十一章　想望之鄉

朦朧睡意戰勝了清醒的意志，經過整日的體力浩劫，凌晨時分，妮露・哈德威終於屈身縮倚牆角，顧不得滿地腐臭積水，虛脫的垂地而眠。仍帶著淡妝的臉上露出衰老挫敗的神色，燙得幹練的鬈髮也坍塌下來，油膩地黏掛在臉龐周圍。囚禁在隔壁牢房的卡森柏爾情況更糟，他那不到一坪大的空間緊鄰著廁所，嗆鼻的氨氣燒得卡森柏爾呼吸道幾乎灼傷，更有每隻都像花生仁大小的巨蟻雄兵緊密羅列，牠們勢如破竹，行軍的隊伍像跑步機上的履帶那樣寬，爆發出驚人的群體意識與對食物的迫切渴望，不斷從廁所牆角來回運送大量奇珍異寶，勤快不已。卡森柏爾在驚懼中赫然發覺自己陷入一種既險惡、又窘迫難言的稀奇困境，依照過去的習慣，他自然想叫人給他換個房間，然而在牢房之外，狂歡過後的看守士兵早已爛醉如泥，癱軟的姿態跟屍體沒什麼差別，衣不蔽體，橫臥四方，鼾聲齊鳴。就連遠處傳來陣陣悶聲射擊，也沒有驚醒他們沉醉的好夢。卡森柏爾警覺地盯著手錶確認時間，三月二十二日凌晨四點二十五分，空氣中有股凝結的腐敗酸味，伴隨著不甚明顯、短促如韻律般在遠處悶響的機槍聲音，沒有一點兒火藥味，氣氛異常冷冽。妮露・哈德威也驚懼覺醒，背脊像藪貓那樣悚然拱起，兩手往前扶著地面，擺出百米賽跑的預備姿勢，眼中瞬間有了一股能量，如電光火石來回掃射。遠處聽來「唧唧唧唧」的聲響逐步趨近，不時挾帶著一種較大威力的「噗咻」、「噗咻」聲，本身也擁有一台玩樂型班普的卡森柏爾愈來愈確定那就是第七代班普的靜音火力，「唧唧唧唧」聲是前置機槍，「噗咻、噗咻」聲是頂座機砲，因此通常在噗咻聲之後，便能聽見像是碎石滾落的聲音。陰森的靜音砲擊在遠處持續了十數分鐘，接著又陷入一陣詭譎的沉寂。妮露與卡森柏爾全身寒毛直豎，生命在此刻受到一種全能的監視，血液亢奮奔流，在體內猛烈激盪，延展出任何人都未曾知曉的、深遠的覺醒。思想被遠遠摒棄，取而代之的，是野生本能的沸騰；五感毛然直豎，變得異常敏銳，渾身充滿力量！醉癱在牢房外的看守士兵仍舊渾噩無覺，他們發出的鼾聲如同響亮的號角，不時還迸出像弦樂那樣的跳音。妮露與卡森柏爾對看一眼，儘管意志高漲，但卻不太確定下一步該怎麼做，雖然擔心牢房遭受砲擊時自己將會無處可逃，不過沉睡而遲緩的敵人或許將為自己帶來脫身的機會。

一個士兵被自己的鼾聲吵醒，揉著眼睛怔忡地正要坐起身來，頓時一側水泥牆突然化為粉塵爆發開來，劇烈震波將所有人拋摔飛起，又猛地向下撲倒，視線霎時灰暗，空氣猶若泥漿，還不及回神，耳邊掃過陣陣尖削細風，隨即一種帶著滾輪的巨大機械引擎聲轟然破牆而入，冷酷踐踏在碎裂的泥磚地上，四處地面都爆出噶吱噶吱的破裂碎震。妮露感覺背上彷彿扎進千萬根長釘似的，身軀被牢牢嵌入地面的巨大裂縫。建築物內部傳來淒厲的方言嘶吼，阿美卡的駐軍試圖在混亂中展開搏命反擊，他們的槍械來不及上膛，只能先往敵方胡亂丟擲手榴砲彈，妮露渾身一寒，幾枚榴彈滾落地面，猛然就在附近炸開，瞬間盲目的閃光與強烈巨震令意識漂浮起來，碎片硝風隨處濺射，如颶風中的殺人冰暴。恍惚間，一台入侵的爪式裝甲車及時幾個蟹步向前，威風凜凜地橫身擋在妮露與火線中間，接著「呼！」的發出一陣低沉、甚至是陰狠的聲調，持續幾個長音，又接連幾次短音，然後「啵、啵！」的零星幾聲冷靜斷音，宣告了終結的寂靜。

大氣還沒喘上一口，藏青色的軍靴一腳踩進灰黃一片的視野。妮露的身軀被一雙黑如焦木的臂膀粗魯提起，一張殘骸似難以形容的生物面孔冒入眼簾……巨大的凸眼，塌陷的鼻孔，扁平而下垂的嘴唇，以及局部皺摺的毀損表皮。這「東西」的頭上戴著制式軍盔，身上穿著常見的野戰服，露出一口白得不像樣的暴牙朝向四周咆嘯著，趨身聚來的同夥們也操著同樣野蠻的語言相互應和；妮露呆若木雞，彷彿陷入一個無解的虛幻夢魘；這裡是史前世界、是蠻荒的失土，彷彿妖魔與野獸在狹縫中無理地撕咬混戰，邪惡的異端化為魑魅，在黑暗庇蔭之下盈滿孳生……啊啊！這裡是非洲，這就是非洲啊！

妮露頓悟現實，愛斯達那張著名的魍魎面孔終於喚醒她的理智，恐懼地向四周張望，看見卡森柏爾一臉如釋重負地坐在高起的碎裂地磚上，身旁一名穿著西非軍服的士兵正在檢察他的足部，似乎在剛才攻堅過程中受了傷。愛斯達見妮露恢復精神，便用一種幾乎要聽不懂的土氣腔調對妮露說道：

「您安全了，哈德威女士。我們已經攻下這裡。」

妮露反應還有些遲緩，皺著眉頭思索了一會兒，喃喃複誦著愛斯達說的話，狐疑的問道：

「……你們攻下這裡？」

愛斯達難掩得意笑容，然而卻克制的說道：

「是的，我們已經打敗敵軍，成功收復塔蔻水壩。您已經安全了，不用擔心，我們很快會護送您返回救助會村落，哈德威女士。」

妮露瞠目結舌，愛斯達的神態勾起她心中更多疑問，妮露試圖釐清狀況，重覆問道：

「你是愛斯達對吧？西非省宵特黨的愛斯達？」

「是的。」愛斯達回答的理所當然，妮露卻警覺了起來，說道：

「你們西非軍在這裡幹什麼？你們為什麼會在這裡！」

愛斯達面色如鬼魅般變幻，突然厲聲斥道：

「你搞錯了，妮露・哈德威。西非省衛軍從來都不在這裡。這些營救你的人是『基烏部隊』，我只是受到聘用來幫忙訓練她們而已，而她們今天救了你！」

憤怒的唾液激動噴射，散濺於妮露臉上，愛斯達一手將妮露粗暴揮開，轉身離開坍頹的建築物，妮露餘悸猶存，又感覺受辱，心臟發狂迸跳，一手扶著裂開的牆壁蹲身下來，眼看就要呼吸不上來了，卡森柏爾適時過來穩住她的肩膀，給予溫柔的關切，才勉強穩住情況。

隨著部隊踏出戶外，微亮天空散發著靛紫光暈，邊緣帶有蜜橙色澤的肥厚雲朵像是受到召喚般往山谷上游聚集而去，蒼藍空中隱隱散發出一股黏稠氣味，那是帶著藻類的湖水氣息混合入濃重的火藥、金屬粉塵，以及土壤翻攪過後的特殊味道；儘管深入肺腑，卻令人倍感沉重。高聳渾圓的蟹足裝甲猶如魔幻生物，隱身於曖昧的微曦中，滿山滿谷都是它們發出的盈盈微光，在險傲地勢上循序漸進地逡巡彷徉，宛若一層流動的奇幻植被。

妮露和卡森柏爾被安排在臨時帳篷中休息，兩人筋疲力盡，無可自拔的陷入不省人事的昏睡。此時，天色漸亮，四周景色顯現出寫實的原形，泥濘破爛的地面，轟炸得只剩牆根的斷垣殘壁，顏色詭譎的班普戰車在其中忙碌穿梭，猶如遠古叢林中啃食遺骸的巨大甲蟲。濃厚的烏雲匯集穹頂，太陽消失無蹤，翠綠得太過陰鬱的險礙山谷裊裊蒸散出土壤與草根的惆悵氣味，不久，雲中霹靂轟隆，隨即嘩地傾下砲彈似的狂暴大雨。

妮露與卡森柏爾順利獲救的消息立刻鋪天蓋地的淹沒全球新聞頭版頭條，在他們自己都還不知道的時候，以妮露・哈德威為首的「中非婦女保護區特別委員會」已經儼然成為非洲婦女的守護象徵。莫珂蒂與瑪莉遊梭先在班基車站火速召開一場記者會，激動而憤怒地描述她們在基烏救助會的所見所聞，以及當她們在救助會周邊地區不幸遇上阿美卡軍隊時，這些兇惡的土霸王又是如何粗暴地擄走妮露與卡森柏爾。莫珂蒂聲淚俱下地控訴說道：

「我這輩子沒有如此憤怒過！他們用暴力控制這個地區，掠奪弱者的生命財產，強行奪走塔蔻水壩，那是普萊德基金會為了當地的弱勢婦女團體而建造的！他們不斷騷擾基烏救助會，讓婦孺們生活於恐懼之中，現在甚至強行擄走妮露與卡森！他們知道妮露是誰，他們是蓄意犯罪！只要阿美卡的軍隊還在這個地區，這裡就沒有和平，永無安寧！」

就在這時，莫珂蒂的助理突然慌張地高舉著電話闖了進來，不顧一切地把電話塞到莫珂蒂耳邊。莫珂蒂聽沒兩秒，猛然爆跳起來，發瘋似的與瑪莉遊梭相擁號泣，失控大叫著：

「她們獲救了，她們獲救了！」

現場一陣振奮騷動，記者們全都著急地要求莫珂蒂告知詳情。莫珂蒂用著虔誠的手勢感謝上天，然後冷靜說道：

「我剛剛得知，妮露‧哈德威與卡森柏爾兩人都已經平安獲救，妮露沒事，她很好，只是精神疲憊。而卡森比較不幸，他的足踝被砲彈碎片打穿，如果恢復得不好，未來可能得重建人工關節才能正常行走。」

「她們是如何獲救的？現在人在哪兒呢？」在一片諂媚的唏噓聲中，一個記者稱職的發問。莫珂蒂誇張地用手撫住心窩，彷彿承受不了胸中的感激之情，動容地說道：

「兩人已經安全抵達基烏救助會的村落，感謝上天，宵特黨的愛斯達英勇果決的救了他們！」

說完，不等旁人反應，立刻在記者會現場揮旗號召一批百餘人的國際媒體大軍，直接就地出發，轟轟烈烈地殺入班加索河谷，溯行直上救助會村落。在聲聲催促的期待之下，妮露與卡森從昏厥的睡帳中被莫珂蒂挖醒，頭昏腦脹地出來與媒體會面。僅是驚鴻一瞥，卻讓世人看見一幅令人寒噤的震撼景象！油頭垢面、神情衰老得幾乎要認不出來的妮露‧哈德威，以及一臉劫後餘生模樣、一反純真形象而顯出老沉的卡森柏爾。兩人劇烈的形貌變化使見識者無不心生畏懼，究竟是什麼樣的地獄經歷才能使人瞬變至此？啊！一定是阿美卡的軍隊害的！眾人從妮露與卡森的臉孔上霎時領悟到非洲婦女遭受的迫害與苦難，而阿美卡的軍閥暴政，必然是導致所有禍害的最大元凶！

卑劣的撻伐聲群魔四起，阿美卡風光一世，現在成了世紀罪人。抗議團體、恐怖組織、革命行家、情蒐間細，渴望亂世的人們爭相湧入卵地，在正義的布條下，明來暗去地催生各種顛覆活動。不出兩個星期，卵地已秩序全失，三天一次小暴動，五日來個大遊行，各處鬧區店家都做不得生意，走在街上，路邊的汽車隨時可能爆炸，更別說還有誰敢搭乘公共交通工具了！還在工作的卵地民眾只能徒步上下班，儘管步行一樣危機四伏。由於各行各業公會相接串連罷工，經濟結構近乎癱瘓，下層百姓一旦面臨斷糧危機，強盜偷竊罪行地很快地猖獗了起來，地痞幫派占據各區街道，如豺狼般「獵食」過路的老弱婦孺，犯罪率飆高，都市機能徹底停擺。道路兩旁像積雪般堆滿垃圾山丘，堵塞的排水溝日夜湧出未處理的腐臭水肥，時節正值仲春，從森羅萬象中孵化出來的毛蟲飛蠅如雪災般氾濫，像是要侵蝕掉人類文明似的占據所有能鑽得進去的空間。天空中、地面上，牆壁到屋頂，衣櫃到糧倉，在床褥之中，在皮膚之下，於大人的腸胃裡繁殖，於幼童的腦髓中茁壯。情況壞得不能再壞了！阿美卡政府無計可施，只能不斷提高戒嚴層級以維護治安。為了讓該工作的人趕緊回去工作，於是派軍隊鎮壓罷工群眾，強制終結示威遊行，接著取締公會，鐵腕逮捕所有相關的反動分子。然而當鎮壓行動一開始，卻又正好落人口實，鑒於事態嚴重，年過八十的阿美卡親自撐起一把霸道的老骨頭，在卵地國營電視台上發表「訓話」，以大家長的身分把參與抗爭的群眾狠狠猛訓一頓，告誡這些「不聽話的兔崽子」不可以聽信「邪惡的外國勢力的陰謀」，並花了長達兩個小時的時間，詆毀基烏與北剛果女性救助會。在阿美卡口中，北剛果女性救助會是一群「不忠貞的婦女」，這些不忠貞的婦女為了染指權力，淫亂地勾結邪惡的外國勢力，企圖推翻阿美卡政府！真是天誅地滅，十惡不赦。而為了逞罰這群該死的女人與該死的外國人，阿美卡正式宣布了卵地進入無限期戒嚴狀態。

屠殺很快就開始了。阿美卡的首都部隊已經非常習慣幹這種勾檔，行動效率令人稱奇！他們掃蕩街頭與民宅，任何和外地人有一丁點兒關係的家庭全數連坐逮捕，特別是單身的職業婦女，如果沒有跟在男性身後而單獨出門，光是走在路上就已構成罪惡，卵地士兵非常樂於將她們以勾結反動組織為由毆打盤查，拷問之後若沒有由家世清白的父親或者未婚夫前來說情保釋，則拖到街上進行殺雞儆猴的凌辱處決。頓時風聲鶴唳，包括留在卵地親眼見證了整段抗爭與屠殺過程的保羅、科崁、與雷納貝加等三位調查委員，還有海卿主持的大裂谷地理研究社團，均在屠殺開始的第二天遭到扣押，幸好微物市委員雷納貝加與阿美卡的老東家「克萊爾集團」關係匪淺，雷納說服對方相信他的身分之後，才得以使全員平安脫身。

然而，光從看守所脫身是遠遠不夠的！得要安全離開卵地邊境，才算是保住性命。海卿想盡辦法連絡人在基烏救助會的赫塞樂，但是卵地通訊已全面斷線，就連衛星電話也受到磁波屏蔽。海卿想起住在郊區的皮波與布蕾可夫婦，突然一股寒意掠過腦中，擔憂育幼院恐怕受到牽連。

隨著屠殺行動快速蔓延，大批逃命的難民開始從卵地往四周郊區湧出，海卿與雷納貝加一行人花光手邊所有緊急備用款，讓社團成員與三位委員強行擠上一台已經爆滿的小巴士，打算趁著夜色往邊境移動，總之走一步算一步。行進間往窗外瞄去，月黑風高，夜路上，無數沒開車燈的超載車輛隱身潛行，躲藏於幽暗的期望中往郊區方向緩慢行進。道路是單行道，四周是深切的縱向壑谷，一切條件都透露出危險的訊號，愈靠近邊界，眾人情緒愈加緊繃，生怕一個粗重的呼吸都會導致失敗。蜿蜒的山路永無止盡，沉重壓得人喘不過氣，海卿強忍難耐，探頭掃視遠方路面，突然眼睛瞪大了起來。同車的人陸續發現異狀，不由得徬徨騷動，幾名卵地婦女抱頭痛哭起來，崩潰地說著，完了！完了！絕望的面孔彷彿已見識到自己臨終時的場景。斛崁與保羅趕忙溫情安撫這些失控的婦孺，向她們保證大家都會沒事，一個剛加入地理研究社團的卵地青年無聲縮在角落，突然開口說道：

「不，你們會沒事。他們會放過你們，但我們全完了。我們都死定了。我才剛結婚，我的老婆和她的家族也都完了。只有你們會沒事。」

阿美卡的軍隊在陡峭的山峽彎處設下站哨，坦克威嚇一字排開，阻斷由卵地離開的民眾。所有人都被趕下車，在激動的槍桿指揮下魚貫被推進軍用坦克，保羅與斛崁試圖與兇惡的士兵辯解，希望世界經濟會議賦予他們的法律豁免權能起點效用。被斛崁擋下來講話的士兵不發一語，往旁邊看了他的長官一眼，倏地喀擦一聲，步槍上膛，頂住斛崁胸腔。保羅一見行不通，趕緊態度柔軟地一邊道歉，一邊把斛崁推離槍口，走回來跟其他人一起擠上沙丁魚罐頭似的軍用卡車。海卿保持冷靜，但明白事態緊急，低聲對雷納貝加說道：

「沒有其他辦法可以對外連絡嗎？」

雷納貝加沉默沒有回答，但是眼神一點兒也不慌張。海卿嚴厲打量著雷納貝加的態度好一會兒，突然用著更低沉的聲音，湊近他的耳邊說道：

「你連絡了？」

雷納貝加依然不語，緊抿著唇角微微頷首。海卿深吸一口氣，才把眼光轉開，心想，那麼只有先順從保命了。

動彈不得的站了四個小時，卡車終於在巨大坦克的前後監視下緩緩開動。她們被載離主要道路，往一條幾乎看不見路面的叢林密道開了進去。海卿心裡愈來愈感覺不妙，若是在這種地方被殺人滅口，屍體很快就會因潮濕的環境而分解無蹤，連證據都無法留下。雖然雷納貝加說已經對外連絡過了，看這情況怕是遠水救不了近火。海卿四處張望，發現嵙崁與保羅的臉上也掛著與她相同的思慮，意思像是在說：若真硬幹起來，至少我們人數占優勢啊！幾雙眼神對上視線，情緒頓時高昂起來，開始爭相耳語，不斷提出各種想像中的反抗方法，海卿見狀，反而瞬間打消了強迫脫身的念頭，知道這些付諸口舌討論之人絕對無法有效的行動。卡車一顛一跳的在山谷中迴繞，突然一個轉彎，一片銀白色的光輝從空中宣洩而下，眾人無不抬頭仰望，亮得幾乎脫離現實的雪白月牙突兀地探出雲層，尖尖的嘴角彷彿不懷好意地露出微笑。順著月光往下看去，他們正處於一條不甚險峻的平緩山脊上，道路左方是一片茂密叢林，隱約可以看見緩坡下方有條河谷，從前後地形判斷，河流必然湍急。在不尋常的月光照耀下，對面山坡叢林間閃耀出幾束纖細的螢光，猶如躲藏於植被下的寶藏，不禁使人側目狐疑。萬籟俱寂，只有搖晃的卡車持續發出鬆散的咿呀聲，海卿側耳傾聽，發現原本壓送卡車的兩台沉重坦克不知何時已不見蹤影。此時，對面山坡上的不明光束變得愈來愈顯眼，接著，只聽卡車底盤發出一陣剁菜似的墮墮聲，隨即車體劇震，輪胎陷坑停頓，笨拙地擋住了後方車隊的進路。

一瞬間都還沒這麼快地，火光爆發彈起，高溫毒煙濃濃滾滾地湧灌而上，四周又黑又嗆，很快抹去了視線。阿美卡的士兵慌亂叫囂，激憤地扛起彈藥脫出著火的卡車，搶時間建立臨時防禦陣地。被關在車後籠的民眾困於猛烈火勢，恐慌得尖叫、扭打推擠，在瀕臨窒息的黑暗中七手八腳的胡亂攻擊，終於在老舊的鐵籠門鎖上踹出個破口，你撕我踩地奮力鑽出密布濃煙的漆黑牢籠，半滾半爬的逃了出來。海卿在雷納貝加強而有力的脫扯下狼狽滾出火海，還來不及回頭張望，雷納已又架著她強行往緩坡下方的樹林蹲身爬去，就快找到掩蔽之時，身後發出一陣密密麻麻的槍聲，腳邊的泥土飛濺起來，海卿驚惶尖叫，開始發狂用力奔跑。她不知道自己有沒有跑對方向，也不知道自己能跑多遠，但是身邊耳邊腳邊手邊有無數飛射的小石子擦身而過，餘光瞥見之處，不斷有逃離者身影在噤聲之中頹倒。腎上腺素高度作用，海卿渾身著魔，雙腳強勁騰躍，迅捷輕掠過錯綜盤繞的地面，感覺像是要飛了起來，突然後方傳來一股不知名的推力，把她的身體輕推向上、向上、往前翻倒……眼中變得火光一片，熊滾滾的燒上視線，海卿踉蹌摔落滾地，看見一條斷腿落在不遠處，心裡直覺惋惜，下意識的想去幫助身邊這位不幸的朋友，她的意志堅定，身體卻動彈不得。斜著眼睛往下一看，看見自己的軀幹。海卿愣了一下，腦子冷靜的轉了轉，謹慎地、再度審視一次——海卿往下一看，只看見自己的軀幹。以外的部分，全沒了。

二一五五年四月六日凌晨，在大規模的砲擊掩護下，麥牙小隊趁著夜色渡過急流，逆坡對卵地軍隊展開突襲，他們被告知這裡有大批欲逃離卵地的難民正受到阿美卡軍隊的屠殺與追捕，然而他們的任務並非營救難民，而是趁卵地運送部隊行動遲緩之際，以奇襲方式迅速攻佔橫跨卵地邊境的史坦利山區要道，並沿該道路向南推進，肅清並佔領位於卵地北端米珍巴高地上的邊境駐口。麥牙小隊順利渡河，沒入背光的緩坡叢林間，一邊發出徐徐螢光將戰線往前推進，同時持續從後方分批砲擊。落單的卵地運送部隊火力配備並不充足，只有兩支舊式的輕型機砲與常備機槍，有效射程和載具防護力都有限，給了麥牙小隊迅速迫近的機會。然而當麥牙小隊穿越過濃密林地，逼近緩坡上緣，這支試圖從密集轟炸中逃脫的卵地運輸部隊已經技巧性的退至後方空曠處，背山面敵，和麥牙軍前線拉開一段堅壁清野的距離。推進的戰線牽引著麥牙小隊離開掩蔽，當他們一股作氣往空曠的山脊上突入，卻赫然發現自己闖入一陣天雷地火的嚴密火網中，攻擊從四面八方襲來，原本黑暗的山壁陰影被火光照得通亮通亮，肉眼能見的敵軍就有十數輛卡車、坦克、火砲、以及數以百計的卵地士兵，麥牙的前線班普部隊在這種重砲攻擊下陷入一片混亂，只能立即撤退，躲回樹林間尋求掩護，不出幾分鐘的暴露已經使小隊損失慘重。卵地裝甲部隊駛出黑暗山蔭，以壓倒性的火力朝麥牙軍躲藏的緩坡穩穩推進，雙方砲兵都從戰線後方進行猛烈射擊，樹林早已是一片火海，濃煙遮蔽視野，擅長精準控射的班普部隊優勢盡失，只能且戰且退。沿途受牽連的逃亡民眾屍橫遍野，坡地上佈滿燃燒冒煙的卡車、坦克、炸得焦黑的樹根、以及解體四散的班普殘骸。從大規模轟炸中生還的少數難民與前線班普部隊撤退至河谷崖邊，打算與後援的火砲小隊會合以重整戰線，此時隆隆穿越過燃燒坡地的卵地軍隊又發動一波砲擊，把麥牙軍架設的軍用便橋轟然炸斷，砲彈打入對岸的陡峭崖壁，連帶架橋的工兵車一同崩塌翻落，與燃燒的橋面先後墜入險峻溪壑。麥牙軍背水而戰，狼狽的班普部隊損失近三分之二，大約剩下三十餘輛。

從麥牙軍南方三千公尺位置進行渡河的愛斯達主力部隊這時已經順利侵入史坦利山區要道，正在向南移動，沿途沒有遇上卵地軍警，只有一些零星的逃亡民眾，距離攻佔卵地北端的目標駐口只差一步之遙。凌晨三時，當愛斯達部隊順利到達指定地點，正想向基烏總部回報這意外的佔領消息時，突然間各種火力猛烈襲來，大口徑的砲彈如赤道暴雨般轟然降下，愛斯達軍的班普部隊立刻被炸得四肢橫飛，她們使用戰車上一切武器朝各個敵軍火力點射擊，但隨後還擊而來的是更強烈的飛彈、火箭彈、密密麻麻的機槍砲彈的瘋狂濫射，班普部隊幾乎瞬間毀滅，她們迅速脫離著火損毀的戰車，企圖搶入邊境駐口的哨站作為掩蔽以重整戰力，然而遭到卵地軍隊炮火嚴密射擊，寸步難進，只能趴在混黑的爛泥地上拚命徒手挖掘掩體，愛斯達發現守不住，只好下令撤退，拼上所有火力收容傷兵之後，帶領殘存的部隊與少數後援工兵車從北面衝出重圍，盡速退回史坦利山區要道。卵地裝甲部隊火力跟進，然而在險惡的山區裡很難跟上班普輕捷的速度，數架卵地攻擊直昇機從後方營地接連起飛，到達史坦利山區上空時，在蜿蜒的要道上早已遍尋不著愛斯達軍的蹤影，往四周叢林上空低飛探尋，卻在距離甚遠的數處不同位置被相繼擊中，脆弱地墜入陰暗的叢林幽谷。

此時，失去渡河設備的麥牙軍殘部正沿著河谷邊緣且戰且走，並理解到班普戰車並不適用於開闊地形，而需要複雜的環境與濃密的自然植被作為掩蔽，始能發揮良好潛能。一旦躲入濃密的河谷叢林地區，卵地的重裝坦克便顯得緩慢笨拙，麥牙開始運用游擊戰術成功將數台敵軍坦克誘入地形的天然陷阱，使敵軍坦克深陷或者翻覆，而當其中的卵地士兵匆促爬出裝甲保護時，熟悉的悸動湧上心頭，麥牙嘴角發笑，獵田鼠！這可是宵特軍最熱血的傳統。愛斯達也終於發現了班普的特質，一股光亮乍現，沒有時間為駑鈍的錯誤懊惱，陰鬱的黑夜即將結束。這時跟隨愛斯達的主力班普部隊只剩原先的四分之一，其中完好的班普所剩無幾，能夠參與進攻作戰者只有七十二輛。儘管損失慘重，愛斯達決心繼續進攻邊境駐口，她讓工兵車與麥牙軍會合，命令麥牙堅守河岸渡場，確保後援通路。霧氣漸濃，微曦將至，愛斯達軍化整為零，從原始山林間曲折繞道，再次對邊境駐口發動進攻。這時天色已亮，班普部隊由高而下，從極遠之處便能清晰俯瞰駐口周圍動態。只見卵地軍隊大批集結於T字交叉路口，路面上節節設有巨大路障，公路路肩佈滿觸雷，數不清的反裝甲飛彈導線在地面上編織交錯，卵地軍隊的坦克、反裝甲飛彈、近千名反裝甲步兵則屏蔽於提霸後方，隨時可以朝任何方向進行射擊。愛斯達班普部隊兵寡力弱，加上先前慘重的損失教訓，愛斯達按捺心中澎湃，俯首思忖：

「很好，這兒不是西非，班普不是坦克，沒辦法硬碰硬。我太習慣『懲戒弱者』的打仗方式了，這樣不對，這不是宵特的初衷。」

愛斯達認為此時最好的進攻辦法，就是讓敵軍自己走出這個地獄陣地。愛斯達親自率領四十輛班普從北面發動攻擊，其餘三十二輛組成的第二小隊則從西面山區邊緣進攻，這次班普部隊採取的是遠距離射擊為主的火力戰術，停留在敵軍火力射程邊緣，並不靠近，而利用班普的射程優勢對層層防衛的敵軍陣地進行縱深打擊，企圖迫使卵地軍隊離開堅固的提霸。同時，班普各機也必須盯住與敵軍的間距，敵軍前進，班普就進行等距後退運動，以免珍貴的戰力蒙受更多損失。

戰鬥一開始，愛斯達軍順利擊中地面上密集的地雷區與飛彈導線，陣地周圍瞬間焰火四射，卵軍陣地陷入一陣混亂，然而當他們從突襲的錯愕中反應過來，便立即離開掩蔽而堅守發射陣地，開始朝向所有運動中的戰車猛烈射擊。雖然班普的射程與準度都較卵地軍隊的泰坦一三七型輕坦克好得太多，卵軍陣地的損失也明顯快速增加，但是班普部隊缺乏突擊力的行動卻無法給卵軍陣地帶來更嚴重的危機感，他們靠著少數幾台射程可與班普抗衡的固定砲台與源源不絕的後援補給，牢不可破的嚴守陣地，並未如愛斯達希望的那樣被吸引上前。欲擒故縱的激烈交戰持續到早上九時左右，愛斯達無法使班普部隊取得進一步成果，反而逐漸感覺到部隊被對方牽制住了。卵軍的後援豐足程度使愛斯達心生警覺，理解到阿美卡政府對於此次戰端的嚴謹重視。反觀己方這支由宵特軍成員扮演的基烏部隊，由於匿名參戰，無法正大光明的要求各種戰備後援，如果演變成持久戰，對高機動的班普部隊而言不僅浪費，更是不利。假若此時使用的是西非軍的輕裝甲車，愛斯達一定會集中火力衝鋒陷陣，但是班普的彈力裝甲跟裸體上陣沒什麼兩樣，完全無法與敵方老舊而堅固的坦克陣地抗衡。腦中閃過不祥之念，愛斯達意識到一個心裡不願承認的念頭，或許這次真的打不下來。班普戰車原本的設計就是用以補強正規裝甲部隊的機動性，而不適於作為主力部隊使用，尤其當交戰的敵方是一支正規裝甲軍隊的時候！

打仗果然不能沒有坦克！

一想到本次作戰恐怕得以失敗撤退作為收場，希望隨即流逝，愛斯達痛心領悟，若是再有延宕，難保撤退也將成亡羊補牢之舉。

這時，河谷背面猛然竄起一陣炙焰熊光，半個天空都被照得通紅，愛斯達愣了一下，耳機中傳來透魯的聲音。透魯率領宵特軍（西非省防衛軍第四十八特殊機動旅）隔岸砲轟追擊麥牙的卵地軍隊，並趁此時搭建橋樑，麥牙小隊趁勢散開，滑動至橋頭兩側進行掩護射擊，猶如恭迎眾神出巡般，數十台頭頂閃著焰光的輕裝甲車如鬼火影子魚貫掠過橋面，碰慟一晃歪個身子落地，接著屏息的抬升、須臾間死亡寂靜，當茂密叢林中迸出第一聲寒噤的哭嚎，宵特裝甲部隊已轟轟烈烈地燒進難民們襤褸奔逃過的黑暗斜坡；剷平土石、毀盡生靈，使人間化為煉獄，將雨林夷為荒漠。

宵特軍以壓倒性的武力殲滅河谷中的卵地部隊，隨後沿著指定路線開往邊境駐口與愛斯達會合。當愛斯達從即將敗退的前線清楚看見宵特軍開著西非省防衛軍第四十八特機旅的正規裝備出現在戰場邊境時，驀然一陣悚慄感襲上背脊，彷彿時代的巨掌將一根巨大的地樁敲入她的脊髓，愛斯達心中有了覺悟。

「這下沒有藉口，我們都成為赤裸裸的入侵者了。」

木已成舟，愛斯達樂得拋開不擅長的擔憂，立刻決定集中火力發動一次猛烈進攻，一吐先前班普部隊久攻不下的怨氣。而卵軍陣地在早上牽制住愛斯達班普部隊的同時，也從後方獲得三個預備隊的加強，打算一鼓作氣的解決入侵者。正午時分，無堅不催的裝甲車打開頭陣，宵特軍嚴謹而緩慢的向卵軍陣地推進，在裝甲車的掩護下，分散於陣列中的班普展開準確而猛烈的射擊，使卵軍陣地的前端戰線遭受很大的損失。然而在整條宵特軍前進的路線上，四處佈滿雷陣，卵軍砲兵亦對行進於狹窄道路的宵特部隊激烈轟炸，身陷火網的宵特軍沒有選擇，只有全軍砲彈齊發，強行通過狹窄關隘，以進攻取代防禦，強取關鍵的交叉路段。卵軍雖知路口之重要價值，但仍因損失過大而逐漸退縮防線。終於佔領路口的宵特軍立刻於轉角兩側設立作戰據點，將卵軍陣線從中切斷，形成前後兩節。儘管被迫撤退，卵地軍隊將作為主要戰力的裝甲旅和機械化旅都往東面道路撤退，由於東面道路地勢較高，能夠一定程度的抵銷班普與宵特軍輕裝甲車的速度與射程，使宵特軍無法像之前那樣大力仰賴射程優勢對卵軍的東面陣地展開攻擊。西面的陣地則主要由步兵與砲兵組成一條巨大的固定式防線，以一字排開的傳統型反裝甲飛彈發射器作為封鎖戰線的骨幹力量。愛斯達迅速決策，本能告訴她要往東面進攻，並且立刻就要進攻！絕不能給予敵軍站穩陣腳的時間與機會。

一聲令下，透魯指揮的宵特砲兵部對西面戰線展開火力十足的防禦射擊，愛斯達同時率領宵特裝甲部隊朝東面開打，卵軍東面陣地的嚴厲炮火隨即傾巢而下，卻未能阻止宵特裝甲部隊的冒死推進，短短數分鐘死亡激戰，宵特軍在上坡路段丟下了四輛被擊毀的輕裝甲車，將東面戰線往前推進八百公尺，進入較平坦的開闊路段，暫時解除地形威脅。從這裡開始，宵特裝甲部隊改以寬大正面進攻來削弱卵軍砲兵及反裝甲火力的效果，再次喪失射程優勢的卵軍防禦陣地面對宵特軍這種緩慢的蠶食性進攻顯得使不上力，損失逐漸增加。激戰近五小時，宵特裝甲部隊奪取了東面道路上卵軍的一線陣地，兵力受到嚴重消耗的卵地軍隊此時後撤至米珍巴高地的後援陣地，從這個堅固的陣地可以俯瞰整個邊境駐口北面的帶狀區域，砲兵距離宵特軍位在交叉路口的駐守點不到六公里，擁有相當良好的射程範圍。對於整個補給線都暴露在卵軍火力範圍內的宵特軍而言，威脅不言而喻，所幸此時天色已黑，為宵特軍的夜戰裝置帶來決定性的優勢，愛斯達在東面防線上利用天然地形建立反斜面的發射陣地，以持續且密集的炮火吸引住卵地軍隊的注意力，同時，由麥牙率領班普部隊六十餘輛趁著夜色突入南面山區，循著黑暗叢林的天然掩蔽往東迂迴至米珍巴高地後方，將與愛斯達部隊形成合擊態勢，徹底封閉卵軍的後援陣地。

夜間十一時，麥牙與愛斯達對米珍巴高地發動猛烈進攻，一如預期的在卵軍陣地前方受到嚴重抵抗，這時候透魯已經肅清了交叉路口以西的卵軍殘部，又從隨後趕至的補給中獲得一個裝甲旅和一個傘兵旅的加強，正往米珍巴高地行進。夜空中不斷劃過一道道飛嘯悲鳴的焰火，高地四周瀰漫著濃重煙霧，四處堆疊著冒出滾滾濃煙的坦克與戰車。這時麥牙軍傳來東面有一支卵軍裝甲旅正在朝米珍巴高地開進的消息，愛斯達決定呼叫空中火力支援攔截卵軍後援。數架西非軍戰機咆嘯著低空飛掠，對米珍巴高地以東的黑暗荒漠投下象徵死亡的燒夷彈，瞬間！海嘯般熊焰洪湧而上，火橘色的夜空猶如慘烈白晝，空氣中不斷發出哄……哄……的絕望嘶嘯聲。圍困於米珍巴高地的卵軍陣營在七日午夜三時至天亮之間接連發動了兩次大規模突圍進攻，然而該軍團在前面一整日夜的突發戰鬥中已經遭受了過重的損失，實際可用的戰車屈指可數，因而未能取得太多戰果。日出之前，即將覆滅的卵軍殘部曾一度封鎖住通往米珍巴高地的戰略通道，然而不久後即被愛斯達部隊突破，兵力消耗殆盡，終至殲滅的命運。

宵特軍完全佔領米珍巴高地的邊境駐口，原本突發性的態勢，已經演變為大規模的武力衝突，報告傳回各方高層，阿美卡政府七日一大早立刻提高了作戰層級。付出巨大犧牲終於佔領米珍巴高地的宵特軍如臨虎穴，此時雙方都必須不斷投入更多資源才能保住目前的戰線，而不至退敗。

經歷死劫的休達港市委員嵙崁與曼格勒市委員保羅揚恩，兩人在離主要道路五公里遠的山谷中被尋獲得救，而海卿令人心碎的遺體則散落在最初奔逃的焦黑樹林中，在她看見自己的斷肢與殘存軀幹之後，就沒能再往前多走一步。赫塞樂和莫珂蒂崩潰痛哭的模樣被詮釋為這次「不幸衝突」的結論定義，羅徹斯特委員瑪莉遊梭與鳩擇市委員卡森柏爾站在她們身後，義憤填膺地表示將「不計一切代價支持婦女保護區成立」。

最後，大家才又想起了妮露・哈德威。當所有的鏡頭與目光注視終於摩肩接踵地擠到憔悴的妮露面前時，獲得到的，是一個令人難掩驚喜的震驚消息——

微物市委員雷納貝加，下落不明。

「必得有重大的犧牲，才有快速達成的目標。」奇絲在西非市的頂級豪宅中獨酌美酒，暗自慶賀。宵特黨一直等待的「更大的危機」，已經發生了。現在得趕緊替西非軍出現在卵地邊境的難看事實，找個美麗的理由、編個動人的故事才行！

第十二章　不協調多重奏

明月皎潔高懸，一縷身影如幽魂從夜色中顯現。奇絲・阿尼安步下私人客機既高又長的冰冷階梯，堅硬的鞋尖踏進另一片無知的黑暗。凌晨時分，豪華的微物市水晶天頂因內外溫度差異而巧凝寒霜，彷彿鑲上一層美味冰粉的半圓形透明玉糖，在寒夜之中閃閃發亮。奇絲冷冷地看了這地標式的出名景觀一眼，毫無感覺地邁開大步，坐進漆黑的轎車裡。轎車昂然駛入無聲的夜色之中，這是西元二一五五年四月十日，在一位家族老友的引薦下，奇絲受邀來到讓梅葉・巴特位於微物市郊區的別墅，她將秘密參與名義上由妮露・哈德威主持的中非婦女保護區特別委員會會議。依照成立時的規章，哈德威委員會必須徹底且全面地研討有關設立婦女保護區的必要性及可行性，並且在六月底前向世界經濟會議提出報告。這份報告至關重要，不但將直接決定緊接而來的世界經濟會議中對於中非婦女保護區的看法與討論方向，更會間接影響基烏救助會今後的存亡命運。

參與這次會議的除了有妮露・哈德威之外的五位調查委員，莫珂蒂、瑪莉遊梭、卡森柏爾，嵙崁與保羅揚恩，還有已經退休的捷魯歐前議員富特・白森耶情義出席，代替在卵地邊境衝突中失蹤的微物市委員雷納貝加來參與討論。大權在握的讓梅葉自是義不容辭的主導者，此外，他還邀請了一位眾人不甚熟悉的生客。這位陌生的客人有著豐滿身形，白嫩而肥胖，看上去儀表光潔，嘴上蓄著赤金色小鬍髭，年紀約為五十出頭，有一雙比馴犬更溫柔的下垂眼睛。在檯面上絲毫不出風頭，實際上也沒有什麼出色的學經歷背景，然而這尊不起眼的胖子，卻是同時代表著捷魯歐政權兩大神格財團（克萊爾集團與北梅集團）的非正式仲介人。他是厄爾斯・巴爾頓。一生中沒做過什麼像樣的正職工作，交友也並不廣闊，不過就是有個製藥業巨頭的老爸與權傾天下的政客妹婿的中年宅男。但是對於宵特黨而言，厄爾斯・巴爾頓卻做了一件非常有意義的事情，就是他在學生時代不幸結交了一位像可諾耶・阿尼安這樣幹盡壞事又老奸巨猾的社團死黨。正因如此，表面上與中非婦女保護區毫無關係的奇絲・阿尼安，才得以躡手躡腳地出現在這日的會議場合中。

帶著一臉倦容來到別墅會場的妮露・哈德威似乎尚未從人質事件的精神傷害中恢復，她一臉陰霾，縮著肩膀，不時摩搓手掌，眼神呆滯而充滿背叛感，渾身散發出一股敢怒不能言的沉噤。當初次見面的奇絲上前表達慰問時，妮露才終於打破沉默，隱忍著憤怒說道：

「噢，阿尼安女士，我真希望你能為大家解釋一下西非軍隊出現在卵地邊境、而且還進行了侵略作戰的原由！莫非這才是婦女保護區、噢不，應該說是宵特黨的真面目？」

奇絲沉默以對，漆黑的眼神卻更加激怒了妮露，妮露怒指在場其他委員，壓抑著幾乎爆發的聲調說道：

「我們差點死掉，差點死掉！你們沒有良心嗎！我們真心真意的為婦女保護區奔波，你們卻設計我們，想犧牲調查委員的性命當作開戰藉口！你們宵特黨沒有良心嗎！你們根本是利用他人的苦難來達成自己的目的！我真的感覺我害死了雷納貝加！你們沒有一點兒良心嗎！」

「我相信您是真的很難受，哈德威女士，」奇絲冷淡說道：「您們的確是經歷了一次超乎日常生活的特殊體驗，我很遺憾您如此不滿，並且將它怪罪於人。我很難過您在戰亂中遭受的損失，畢竟這種事情，一開始總是最難接受的。」

「一開始！」妮露惱羞成怒、正要發作，奇絲卻打斷她強行說道：

「是的，一開始。所幸您只經歷了這微不足道的一開始，對您而言，這場劫難便已結束。但是當您帶著傷痕離開的時候，那兒還有多少走不了的人，您認為，她們的劫難也會結束嗎？」

妮露愕然語結，嚴厲的抿起嘴巴，奇絲愴聲說道：

「愛斯達、透魯，這些年輕的女孩，長得漂漂亮亮，她們為什麼要撲身沙場？當您和柏爾先生遭綁架的時候，我就是那個在電話裡咆嘯阻止米雅對卵地出兵的人。把軍隊派去卵地邊境當然會有嚴重的問題，愛斯達是抗命跑去中非救你的。因為您是守護婦女保護區的天恩聖人，孩子們為您殺戮屠城。」

妮露震驚地搖晃了一下，但仍絲毫不能認同，猛烈搖著頭辯駁說道：

「你真可恥！把孩子們送上戰場的不就是宵特黨嗎！」

「的確如此，」奇絲毫未動搖的說道：「假若宵特沒這麼做，這些孩子將永遠活比地獄離世界更遠的黑暗裡！這就是我們如此需要婦女保護區的原因！也是女孩兒們自願投身戰場的原因！更是西非軍會出現在卵地邊境的原因，因為整個世界上，沒有人會像保護你一樣去保護她們！當她們淪為魚肉的時候，不會有人像救你一樣去解救她們，就連你也不會。你說宵特可恥，我承認，就連我也覺得自己可恥！因為不論怎麼做，我們這種外人根本無法終止非洲的苦難。但是妮露•哈德威，說實話，你連恥這個字都不配。你不知道孩子們吃得什麼苦，傲慢的批評她們行為粗魯；你不理解求生時的極度心碎，用淺短的經驗優越的鄙視她們；你不明白無可翻身的暴力教人何等心寒，天真的以表現憐憫來炫耀自己的羽毛。我並不意外你如此無知，妮露•哈德威。但若你敢再侮辱宵特的孩子們任何一句，我保證我會用這雙手，徒手扭斷你的喉嚨！」

超乎尋常的冷靜語調反使氛圍更顯驚悚，妮露暗中發了個寒噤，冒煙的靈魂被奇絲釘在牆壁上動彈不得。趁著對話的空隙，厄爾斯趕緊用肥胖的身軀擋進兩人中間，溫和地說道：

「別吵了，哦，兩位女士，別吵了。我們這會兒就要討論了不是嗎？今天大家都是為了成立婦女保護區而聚集於此，我對這個事情的了解雖然沒有各位深入，但一定能好好解決的，是吧？是吧？」

「等等，巴爾頓先生，」妮露・哈德威警覺起來，說道：「我不知道是誰告訴你今天的會議是為了要成立婦女保護區，但我們『還沒有』決定是否要成立婦女保護區！」

「哦，那真是不幸！」厄爾斯一臉無辜，溫柔地說道：「不然你認為我們還能為她們做什麼呢？難道叫她們回去做奴工？親愛的妮露，你知道奴工是什麼嗎？日前我受邀前往亞洲地區參觀了一些子公司的下線工廠，那兒的人們不是奴工，但是他們辛勞的程度令我震驚！數以萬計的青壯年男女、少年與較大的孩童，像是應付戰爭的後勤那樣在工廠裡毫不停歇的超時工作！每日每夜，全年無休！事實上是，他們每年的休假大約只有十天！你能想像嗎？投資專家個個大力誇讚這些工人的效率與工廠的產能，聲稱這是振興當地經濟最強而有力的資產，更說服當地政府鼓勵更多的企業仿效！可是說實話，我捫心自問，如果有人叫我的孩子去做那種工作、過那樣的生活，我寧可他失業！去做任何自己喜歡的事兒都好上太多……」

「你離題了，厄爾斯，」讓梅葉好不容易從無數通冗長的電話會議中脫身，一派輕鬆地笑著走過來制止厄爾斯大發興論。他揮了揮手，示意眾人入席坐定，隨即開場說道：

「各位，好消息。剛才聯邦政府已經做出了正式決定，全球共和聯邦將支持成立中非婦女保護區。

「太棒了！正確的決定！」

全場一陣歡呼，人人亢奮地鼓掌叫好，唯有妮露一臉敗退地縮進椅背。讓梅葉繼續說道：

「而現在，我們必須完成兩種不同方案的草稿提案，好提供給世界經濟會議討論。依我個人淺見，我們可以在『成立婦女保護區』的前提下，進行兩種不同狀態的詮釋，包括保護區的領土範圍？政府型態？主權狀態？以及軍事歸屬的問題。針對以上四個關鍵項目，構築出兩種不同版本的草案。」

眾人皆表同意。讓梅葉便問道：

「那麼首先是領土範圍。保護區需要多大的領土範圍？」

「我強烈建議應以『現有領土』為界定基礎，」奇絲搶先說道：

「愛斯達已經佔領了卵地邊境，也就是說保護區的現狀等於是在西非省治下，我們可以暫時用省衛軍確保該地區安全，等保護區政府成立之後，再將防禦工作和平轉移給其他單位……」

「不不不我不同意！這太超過了，」嵙崁急忙否定說道：「我堅決反對用西非軍介入中非事務，愛斯達的部隊必須從目前位置撤退！西非軍隊不能『入侵』卵地！我們必須提出一種至少讓阿美卡政府也能勉強接受的方案，這樣才有和平的可能性。西非軍絕對不能用來干涉中非事務，特別是你們宵特軍！」

「等等你這是軍事歸屬的問題，第四部分應該後面再談……」卡森柏爾突然插嘴糾正嵙崁，同時莫珂蒂亦洪聲強調：

「不論如何都一定要確保塔蔻水壩！塔蔻水壩本來就屬於北剛果婦女救助會，我的建議是保護區的領土至少必須包括塔蔻水壩及水壩的第一集水區、加上救助會村落現址範圍。這對她們而言是最基礎的生存空間！」

討論如爆竹般展開，火熱言詞鋒利相交，隨即吵得口沫橫飛。雖然卡森柏爾數度出言提醒眾人應該尊重妮露的意見，但在讓梅葉已經宣佈捷魯歐聯邦政府確定會支持成立保護區的情況下，加上厄爾斯又代表著支持聯邦政府的兩大財團出席，妮露認為不論她再提出任何意見，都已毫無意義，因此一臉嚴寒，不發一語，形同放棄討論。反觀奇絲方面則是火力全開，在莫珂蒂與瑪莉遊梭的附和護航下，力駁嵙崁的「保守提案」。嵙崁不希望讓保護區變成一個獨立存在的主權政體，更不能容忍有任何一支西非省衛軍以外的主權軍隊存在，他擔心那樣會使保護區成為未來中非地區的毒瘤。嵙崁認為婦女保護區應該限制在一個小型的村落特區，並納入蟲洞網的體系內進行管理，把「人」和充滿問題的「土地資源」分開，由蟲洞網扮演公正的中介機構，才是最安全的通往和平之道。莫珂蒂與奇絲堅決反對這種「豢養式」的提案，她們不顧形象群起攻之，數度激動得尖叫起來，莫珂蒂堅決強調固守塔蔻水壩，奇絲則更進一步要求愛斯達領軍的『基烏部隊』現有佔領地。雙方怒目拍案互不相讓，肢體衝突一觸即發，讓梅葉於是建議在這裡先進行一次意見表決。

瑪莉遊梭率先表示支持莫珂蒂的方案，認為如果失去塔蔻水壩與最低限度的第一集水區範圍，保護區的居民在基礎生活上根本無法自立，最後只會成為另一個理所當然的難民區，這是她最不願意見到的；另外還有一個問題就是，若是不把塔蔻水壩「歸還」給北剛果女性救助會，也就是未來的婦女保護區，那麼究竟應該由誰來「佔領」塔蔻水壩呢？這將會衍伸出更嚴苛難解的領土糾紛。卡森柏爾也贊同這個看法，認為保護區應當擁有塔蔻水壩，同時對於嵙崁與奇絲的提議都抱持負面的評價。卡森柏爾認為，如果真的把保護區的居民「豢養」在蟲洞網裡，其實就根本不需要成立保護區了，因為光是像紐賽納協會這樣的民間組織就已經可以把事情做得夠好，而不需要國際政治力量的額外援助。相反的，如果讓一個「保護區」擁有太過強大的軍事實力，那麼不但無法解決問題，勢必會製造更多紛爭。卡森柏爾說得頭頭是道，滿以為自己的豪論已經獲得全場認同，然而曼格勒市委員保羅楊恩卻隨即以「不信任阿美卡政府維護和平的意願」為由而支持奇絲的提案，更令人意外的是最後表態的代理委員富特・白森耶，竟然也支持奇絲的提案。還一副了然於心的模樣說道：

「阿美卡那種人我太明白了，他不會容忍婦女保護區的。」

一輪表決下來，嵙崁驚訝的發現自己竟然落單了！情急之下轉向妮露・哈德威求助，希望妮露支持保守提案。嵙崁誇張地揮著手說道：

「如果不能用蟲洞網來解決這個問題，非洲還要蟲洞網幹什麼？」

妮露沉默了一會兒，一臉諷刺的說道：

「非洲本來就不需要蟲洞網。非洲蟲洞網完全是是為了非洲以外的利益而建造的。」

「什麼？」嵙崁錯愕迷惑，正待進一步辯駁，莫珂蒂已先宣告勝利般的說道：

「面對事實吧，你的提案是不可能通過的！嵙崁。」

氣氛一面倒，孤獨的異議隨即受到徹底的忽略，會議中過半的「多數者」開始情意相通地規劃起他們在非洲共同的美好未來，很快就順暢的完成令人滿意的兩種提案，並且暫時命名為「折衷方案」與「理想方案」。

在莫珂蒂提出的「折衷方案」中，世界經濟聯盟會員共同設立中非婦女保護區，保護區的行政單位為一自治會，由蟲洞網管理局主管。同時，由世界經濟聯盟派出一支（包括西非省防衛軍在內的）聯合維安部隊來負責保護區的邊防安全。保護區的預定領土則為北剛果女性救助會於班加索河谷中的現址，及以東至塔蔻水壩第一集水區的「最低限度生存所需」之範圍。

而奇絲大力提倡的「理想方案」則更進一步，同樣由世界經濟聯盟會員共同設立中非婦女保護區，然而保護區應成立自理政府，並由自理政府全權負責保護區日後的營運，包括區內的財政平衡，以及自行招募自衛部隊等等。領土為班加索河谷中的北剛果女性救助會現址，及以東至「基烏部隊」現行佔駐範圍。

在奇絲的描繪中，中非婦女保護區將會是一個令人稱羨的理想國，建立一個足以阻擋任何邪惡勢力入侵的健全社會，保護區將成為非洲的希望、正義與和平的守護者。奇絲說得莫珂蒂與瑪莉遊梭都紅了眼眶，男士們也不時顯出動容情感而深深頷首。讓梅葉見討論告終，便叫侍者送上美味的茶食點心供大家享用，自己還親自起身去播放音樂。沉穩樂聲揚起，氣氛逐漸緩和下來，吃完甜點的委員們紛紛帶著成就的喜悅在低迴的大提琴音下起身退散。嵙崁雖心有不甘，但他的舌苔與胃腹都已徹底降服，離開時儘管仍對讓梅葉數度強調他不會放棄保守方案，並將持續尋求其他的遊說管道，然而吃飽想睡的滿足神態卻已說明了一切。讓梅葉禮數周到地一一送走這些後生晚輩，神情很明顯地變得較為輕鬆。他開了一瓶薄酒拿回會議室，在鬱鬱寡歡的妮露面前坐了下來。

妮露哀怨地喝起酒來，突然憤怒地說道：

「這有什麼意義？根本只有貪婪！」

「哦，人不貪婪是活不下去的，妮露。」讓梅葉悠閒地說道：「重要的是，每一件事情的目的。」

「目的？」妮露不能苟同地說道：「哈哈，曼格勒和東沙王國想要染指剛果盆地，這是她們的目的！北非榮耀黨不願她們得逞、亦不願捷魯歐勢力在中非紮根，更想控制中非蟲洞網，這就是他們的目的！捷魯歐也一樣，大家都想要獨占中非利益，這就是每一個人的目的！這跟貪婪有什麼差別？」

「吼吼，說得這麼難聽！不過你搞錯了，妮露，」讓梅葉一副事不關己的模樣說道：「控制中非不是目的，而是為了達成『目的』所必須滿足的條件之一。讓我這樣問你吧，你一個月的日常生活費大約多少錢？兩萬元？還是三萬元？」

「啊？不不，沒那麼多，」妮露愣了一下，歪著頭想了想，不太確定的說道：「大約六千至八千元左右。」

「噢，很好，你很節省。」讓梅葉不急不徐地接著繼續問道：「我們就假設是八千元好了，那麼在這八千元當中，你一天喝幾杯咖啡呢？吃不吃巧克力食品？喜歡購買美麗的鮮花嗎？」

「這有關係嗎？」妮露摸不著頭緒而有些喪失耐性。讓梅葉聳肩笑了一下，說道：

「好吧，這個問題是說，每個月八千元的生存成本當中，有多少比例是用於購買了原料來自非洲的產品？」

「原料來自非洲？」妮露嚴肅地皺起眉頭。讓梅葉隨性的活動了一下筋骨，索性放鬆克制，一揮手，大聲說道：

「讓我告訴你吧，太多了！咖啡，可可，剛才喝的花茶，早上吃的麥片，塗抹麵包的花生醬，加在各種食物裡的蔗糖，作成各種電器零件的金屬礦產，裝潢用的木材，織成內衣的棉花，溶成塑膠與人造纖維的橡膠與石油……噢，還有過節必買的美麗花卉！太多了！我要說的是，我們平常所熟知的這些『大公司』，幾乎在非洲都擁有廣袤的土地。他們買下一整座山脈，或者是一整條河谷，那些土地，難道原本都荒垠無主嗎？怎麼可能！早從十九世紀以來，我們就徹底的用企業投資的方式壟斷了非洲的土地資源，使得失去土地的當地人顛沛流離，然後我們再將這些人轉變成全世界最廉價的勞工資源納為己用。好了，現在你問，非洲為什麼總是那麼落後？我們長年下來投入巨額的金錢與心力，為什麼仍無法改善非洲的窮困問題？哪還有為什麼，所有對非洲進行的大型商業投資與建設，目的就是為了侵占當地資源嘛！剝奪土地，壓榨勞工，好對非洲以外的『市場』提供物美價廉的產品。現代文明的特點就是，什麼都可以很便宜！然而這種普遍的富裕只是假象。人們富裕，是因為東西很便宜。這些東西事實上根本不該如此便宜。我這麼說好了，如果今天我們失去對非洲的控制，又或者整個非洲突然變得統一又強大，不給外人強取豪奪了，那麼它勢必成為全球霸主，而我們，都會窮得要死！那會是什麼情況？所有現代生活中視為理所當然的事物，都將成為可望不可及的奢侈品！兩百元一罐的即溶咖啡，現在可能得花兩千元才買得到，小孩子不用擔心過胖，因為巧克力與甜食就算是生日或者重病，也都不一定能吃得到。原料價格會是今日的十倍甚至二十倍都不足為奇，更糟的是，我們的貨幣還會變得一文不值。科技產品與能源供給狀況更會倒退一百年，因為沒有便宜的金屬原料，加上我們的貨幣又買不起，所以啥都別想做。親愛的妮露，你明白這血淋淋的真實了嗎？你要求別人不對非洲貪婪，但若真的沒有人對非洲貪婪，那麼今天你每個月的生存成本就不是八千元了，而必須是八萬、十萬，甚至考量匯率因素的話，超過二十萬元也不誇張。噢，我知道你的家族跟我一樣，我們都很有錢，我們不是世界上最有錢的那一種人，但也足夠有錢了，或許我們可以支付這十倍數字的成本。但是那些升斗小民呢？在非洲以外，你我腳下，遍佈全世界，現在每個月用三、四千元就能安分守己過著平靜生活的升斗小民呢？他們能過得起沒有非洲的高貴生活嗎？」

話一停頓，室內陷入一陣恐慌的靜默，只有明亮飛揚的弦樂不合時宜地演奏著歡悅的曲目。妮露內心驚駭掙扎，又不願承認自詡正義的挫敗，表情變得扭曲而陰暗。當問題與自身利害不相衝突時，任何人都可以毫無負擔的展現出零成本的仁慈、詠唱出最動人的偽善言論。因為正義不但永遠幼稚，還總是很夢幻。妮露痛苦地低聲問道：

「若是如此，我們還能做什麼呢？」

「哈哈，有啊！」讓梅葉一反溫和常態的用力拍了一下桌子，諷刺的說道：「至少我們還能支持那該死的『折衷方案』，以確保非洲的均勢啊！不然你認為還能做什麼，難道你要為了那些根本無法逃出牢籠的牲畜，去毀掉在每一次大選中把票投給你、對你寄予厚望的升斗小民的生命基礎嗎！你打算自己去扮演良知的英雄，然後讓一般大眾去替你背負原罪的成本嗎？」

讓梅葉說完粗魯的喝了一口酒，大聲的打了嗝，還意猶未盡洩憤般地咋舌舔嘴。半晌，才又緩下氣息，幽婉說道：

「妮露啊，我們都是既得利益者，沒什麼好逃避的。包括那些非洲以外的所有一般民眾。只是一般民眾比較幸福一點，可以理所當然的不知道真相、理所當然的賣弄無知，而我們，知道的人，就必須背負原罪。噢，我真是愛死這個詞彙了。唉。你要搞清楚自己應該守護的對象是誰。你今天就在這裡休息吧，我叫人給你準備房間了，好好休息一晚，睡個覺，腦袋放鬆。明天醒來之後，妮露！你最好卯足全力的去把這件事情負責到底。因為以可諾耶在阿尼安投資的會員都市中的影響力，最後通過的不見得會是『折衷方案』。你心裡有數。」

妮露情緒低落，只能哀歎默認，當她曲身離席時，感覺眼前的道路從未如此黑暗過。絕望使人身心俱疲，現在她只想一頭埋入永恆的被窩，來個死亡式的睡眠。

隔日一早，電話鈴聲猶如驚雷轟頂，妮露的助理尖叫著強迫妮露打開電視，晨間新聞正播報著另一起卯地邊境衝突的現場連現報導。近日來阿美卡對卯地西北邊防大幅增兵，戰事的升高導致數以千計的大批難民沿著水路北逃，打算繞過軍隊後方再往西橫越魯文佐里山脈，以進入班加索河谷上游尋求庇護。這批難民在某個國際慈善組織的幫助下用盡各種方法藏匿形跡，然而仍在山脈北麓不幸被一支卯地軍隊逮個正著。同行的一位戰地記者不顧自身安危，將現場畫面立即以衛星連線發給國際媒體試圖求救，畫面不斷上下劇烈震動，大部分的時間不是朝著天空，就是垂向地面，鏡頭中也看不見這位記者的臉，但能聽見他氣喘噓噓的急迫播報聲。卡西法將攝影機反綁在背上，用大膠布把麥克風牢牢黏住半邊臉頰，在搖晃奔逃的野蠻畫面中幾乎要斷氣的驚惶說道：

「我們分散了，我們走散了，現在我們分成了幾批人，逃往不同方向，希望能活下去！」

接著畫面因過度震盪而中斷了十數秒，全球觀眾都只能聽見卡西法瘋狂地發出粗重且歇斯底里的氣喘聲，四周伴隨著崩潰的尖叫與混亂撞擊，一陣昏天黑地，畫面突然碰的撞在岩石上，鏡頭前出現一道白色的深刻裂痕。卡西法滾地爬起，喘息著、壓低聲音說道：

「我們現在躲起來，希望能逃過一劫，我們藏身岩石下的凹洞裡，不大，只希望他們會錯過，不要被發現。」

卡西法喘了好幾口氣，才又撿回半條命似的說道：

「我們有五個人在一起，其他人我不知道在哪裡，他們可能繼續跑，我認為凶多吉少，天哪！有誰能來救救我們！」

「該死！」妮露吃驚得摔掉叉子，心中怒罵：「那個奇絲！」

她推開桌子，拽掉餐巾紙，一掌抓起電話，瞬間猶豫了一下，接著心一橫，啵的打了出去。一接通，妮露劈頭喝道：

「你是認真的支持你昨天提的『折衷方案』嗎，莫珂蒂？」

「當然啊！什麼意思？」莫珂蒂語調直覺的反擊。妮露粗聲吼道：

「我要讓『折衷方案』快速通過，你必須全力支援！」

莫珂蒂頓了約千分之一秒，然後說道：「哦，沒問題！太好了。」

事態緊急，讓梅葉立刻通知世界經濟聯盟成員前往羅徹斯特召開臨時會議，就中非婦女保護區的命運做出最後決定。二一五五年四月十五日，來自世界各地的都市代表陸續聚集於神聖的西奈山博覽會館，在這裡，他們面臨的是毫無想像空間的兩種選擇：由基烏女士親自領軍遊說的「理想方案」，以及妮露‧哈德威與莫珂蒂積極運作的「折衷方案」。按照大會章程，不論是理想方案還是折衷方案，都必須爭取到超過三分之二的贊成票才算正式通過。為了達成目的，基烏女士帶著二十位北剛果女性救助會成員日夜輪班駐守於都市代表們用餐的咖啡廳裡，她們態度柔軟，長時間等待，絕不放過任何遊說的機會，她們隨時攜帶大批相本，直接用畫面說明一切。奇絲和米雅也是遊說團的一員，她們在曼格勒市委員保羅楊恩與西非市代表蘆若夫人的穿針引線下得到逾越紀律的權力，得以直接在會場的休息室裡與眾都市代表一同喝茶閒聊，奇絲妙語如珠，米雅則散發出不凡的誠懇氣勢，在這裡，她們不像門外的基烏遊說團那樣攜帶厚厚的相本，而是隨時掌控著休息室裡的高畫質電視牆，利用卡西法不斷現場直播的卵軍暴行畫面一搭一唱、盡情發揮，兩人熠熠耀眼，猶如會場的主人翁。然而，在接下來兩個月的遊說期間內，願意明確表態支持理想方案的會員都市大多仍是曼格勒市在經貿上的附庸國，不論宵特黨與基烏救助會在遊說行為上如何努力，理想方案始終由於激進的軍事主張而未能爭取到純粹信念上的支持者。「在剛果盆地上建立一個充滿慈愛的理想國」這樣的主張固然動聽，但在聽到將會有一支新的主權軍隊因此而誕生時，莫名的反感立刻攫佈了大腦神經，最後的考量，永遠只有利益。想要破除眼前僵局，奇絲認為必須跳過莫珂蒂，直接去爭取東沙王國總統的支持才能達成。她把這個想法告訴兄長可諾耶，只有可諾耶有足夠的地位與影響力能直接與東沙王國的總統打交道。

於是，六月十八日的黑奧市，一個難得乾爽的下午，可諾耶神采奕奕地走進東沙王國總統府，在華美柔軟的棗紅色沙發上與三十年沒見的舊情人貝蘿荷麗桑一同享受了豐盛的下午茶。貝蘿荷麗桑是個感情豐富的女人，她誠實的告訴可諾耶，雖然她「當選了」總統，但東沙王國的決策權並不在她手上。

「現在是個以都市發展取代國家邊界的年代，總統職務充其量只是個光鮮亮麗的代言人，實權在黑奧市長手上，你應該找他，他直接聽命於國家能源開發公司。你明白，就是莫珂蒂的家族。」

「如果說我可以幫助你掌握實權呢？你會信任我嗎？」可諾耶以充滿男性魅力的口吻說

道：「你在法律上仍有實權，而且我必須告訴你，你絕對有辦法影響莫珂蒂，因為這對她的家族亦有莫大的好處！莫珂蒂家族就是典型的獨裁者，任何獨裁者都不會放過掠奪眼前好處的機會！你能夠利用這一點，而我會幫你製造誘因。更重要的是，現在你能夠幫助一群處境艱困的非洲婦女，而她們亟需你的幫助！」

貝蘿荷麗桑一向都以出色的容貌與對有利用價值的男人言聽計從這兩項特長來鞏固自身的權位，在這一刻，她深知可諾耶也即將成為造就自己的無數功臣之一。

十九日下午兩點多鐘，莫珂蒂正在西奈山博覽會館如皇宮般富麗堂皇的休息室裡和妮露・哈德威一同用免費的餐點宴請同盟的數位都市代表，氣氛閒和而充滿自信，妮露毫無疑問的相信折衷方案將獲得超過三分之二的贊成票。這時，莫珂蒂被她的秘書喚去接起一通電話。現場無人覺異，妮露遠遠地監視著莫珂蒂通話時的神情，警覺事態有變。之後幾日的討論會議上，東沙王國的兩位都市代表明確轉變立場，改為支持理想方案，此舉更連帶影響另外六位都市代表的意向，使折衷方案頓居弱勢。妮露只得轉而向原本決定投棄權票的蚪崁等人求助，希望以休達港市為首的歐洲都市代表們願意支持溫和的折衷方案。她警告蚪崁：

「保護區是成立定了，而這（指折衷方案）是唯一能讓我們繼續監控中非事務的機會，假若你們棄權而使理想方案通過了，結果是美洲完全奪走了非洲，那麼整個歐亞大陸，都會是輸家！」

臨時會議在六月二十四日早上再次針對兩種方案進行預演表決，理想方案對折衷方案票數為五十票比二十六票，其餘都市棄權或者缺席。妮露與折衷方案同盟嚇出一身冷汗，理想方案距離三分之二的多數只有一票之差！這樣的預演結果也嚇壞了蚪崁等投棄權票的都市代表，他們開始認真思考插手非洲均勢的問題。嵙崁對妮露說道：

「我們不可能願意讓曼格勒把非洲整碗捧去，如果折衷方案在行政與軍事部分上能稍做修正，我們將支持折衷方案。」

由於票距懸殊，為了快速縮短與理想方案之間的差距，妮露毫不猶豫的依照嵙崁與其他投棄權票的都市代表們的要求大幅修正了折衷方案，包括保護區的行政單位、聯合維安部隊的指揮權、甚至保護區的領土設定也都受到刪改。妮露已經放棄心中對原則的堅持，反正最先提出折衷方案的莫珂蒂也都不再支持折衷方案，那麼本來就不支持折衷方案的自己，還有什麼好堅持的？眼下只要先阻止理想方案的正式通過，便算是完成任務。

二一五五年六月二十八日，比往年提早開幕的世界經濟會議在一片緊張而亢奮的情緒中開始，直到正式投票的前三十分鐘，各國都市代表的意向都還不斷變化，聯絡室的電話鈴響不絕於耳，代表們緊張地匆匆往返，空氣緊繃地快要可以拉出弦樂。在利誘與威脅的交互恫嚇下，充滿彈性的修正版折衷方案人氣直升，許多亞洲都市在最後一刻鐘也得到了滿足，有時「一個觀測站」的口頭允諾，就能使人無關痛癢地做出徹底改變他人命運的決定。

靠近中午的時候，投票結果終於出爐。理想方案對折衷方案的票數為四十六票比一百零七票，二十票棄權，兩票缺席；修正版折衷方案驚險通過。世界經濟聯盟主席讓梅葉・巴特站在主席台上，態度一派輕鬆地拿起木槌清脆敲下，宣讀以修正版折衷方案為內容的《中非婦女保護區決議》正式通過。

會場外，耐性守候兩個半月的救助會遊說團員們欣喜若狂，涕淚並下的互相抱頭慶賀，她們認為不論是哪一種方案通過，婦女保護區都已經苦盡甘來，擁有了誰也無法侵犯的、合法的領土，一個安全的家園！投票結果也隨著媒體快速播散，西非市的民眾湧上街頭狂拉彩砲，激情高呼：「這是非洲重獲新生的日子！」北美的曼格勒市民也為這劃時代的崇高精神所感動，許多素不相識的人們在餐廳裡、酒吧裡、運動場上、還有證券交易所裡都激動地鼓掌慶祝，街道上的汽車爭相鳴笛，駭人的分貝在都市叢林中久久迴繞不去，路過的行人不得不掩耳遮蔽，但卻完全沒有人報警抗議，大家都對這意義非凡的一刻感同身受。南美的黑奧市則更加宣洩起熱情的天性，索性直接辦起嘉年華會來，奇裝異服的舞者癱瘓交通，人們跑上街頭飲酒狂歡，如繁花盛開的鞭炮與雷射光束佔據了優美的夜空，直到隔日都還尚未停歇。

駐紮於米珍巴高地的愛斯達部隊當然也收到了這份永生難忘的捷報，然而當愛斯達打開電郵附件，仔細一看所謂「折衷方案」內容時，臉上卻幾乎立即浮現出瀝青般的憤怒。修正版的折衷方案，實在已經不能稱之為折衷方案了，而是一個根本不可能實現的「破碎方案」。這份決議把中非婦女保護區離譜地劃分為十一塊地區，先是沿著狹長的班加索河谷橫向分成三區，再從縱向切割成三段，另外還有成為飛地的塔蔻水壩，以及水壩北岸根本不是集水區的「第一集水區」。十一塊地區當中，只有河谷北岸的中間一段是直屬於北剛果女性救助會的「特區」，和塔蔻水壩被隔得遠遠的，完全沒有連接，其他區塊則分別由各國都市派遣專門團體進駐經營。比這更糟的是，根據決議的結果，愛斯達與她駐紮於米珍巴高地的部隊必須在一週內完全撤出卵地邊境，西非部隊得回到西非省，再也不得越界，而基烏部隊則將被迫解散；取而代之的，是一支由世界經濟聯盟聘僱的「聯合維安部隊」。哦，愛斯達比誰都清楚那是什麼。新民軍、撒哈拉反恐部隊、非洲復興軍團、什麼都好，它們可以有各種輝煌的暱稱、不一而足的戰鬥規模、敵友難辨的曖昧形式；只要一種精神不變，叫做暴力優先；只要一條規則寰宇共榮，叫做暴利至上；愛斯達比誰都清楚那是什麼，那就是職業傭軍。

所有的煩躁與喧囂瞬間比無常更加寂靜，愛斯達孤身靜坐在鏽蝕棄置的彈藥桶上，日光鬱鬱黏黏，仲夏的叢林展現出灰暗的一面。望穿洪荒，愛斯達舉頭看向天空，混濁的雨滴正好如水銀般落下，將揚起的凡塵打入地面，在泥濘之中，發出濕滑的聲響。

下篇　舞之魂

第十三章　孤獨的肉糜

六月二十八日下午，《中非婦女保護區決議》通過不到三個鐘頭，數支卵地軍隊開始朝米珍巴高地開進，到了下午五時，包圍的態勢已經十分顯著。愛斯達不斷收到基烏傳來的急切訊息，叫她千萬忍耐沉著，不可妄動，因為阿美卡政府在稍早之前已透過國際媒體表示將會「暫時同意」《中非婦女保護區決議》的決議內容——這意味著，不論阿美卡如何調動軍隊，都不可能在本週之內對米珍巴高地的愛斯達駐軍發動進攻；因為，根本用不著進攻。現在阿美卡只需耐住性子原地等候一百六十八個小時，便能以收復失土的光榮姿態，大喇喇地把坦克開回米珍巴高地，不費一兵一卒重新掌控史坦利山區要道。這等同於宣告宵特黨在中非的河流陣線計畫徹底失敗。此次一旦撤軍，宵特幾乎不可能重回剛果盆地，而隨著採行「破碎方案」的婦女保護區正式成立，各國勢力像一整坨扭鬥的蛇那樣糾纏進駐，加上中非蟲洞網貫穿在即，捷魯歐政權便能毫無疑問的再次鞏固它「非洲莊家」的霸主地位。愛斯達不知道此情此景能為婦女保護區帶來多大的生活保障，但是，她十足確定，那裡絕對不會有「母權」，不會孕育出飲啜希望的自由靈魂；武器，依然握在男人手中，為了無限制的交配權與巨大利潤聲聲擊發出震耳欲聾的暴戾猝響。

時間趨近傍晚，猖獗的熱帶蚊蟲活躍飛竄起來，輪番批次地撞擊著發光發熱的監視螢幕，流連忘返地吸附於其上，無視愛斯達臉上的肅殺氣氛，彷彿想與文明世界一同歡呼這偉大一日的和平進程。晚間六點之前，愛斯達最後一次連絡米雅與奇絲，得到的卻總是由莉奧代發、措辭模糊的敷衍回應。愛斯達怒不可遏，困惑又急躁，忍不住叫罵起來。莉奧卻不為所動，不斷用節制的語調重複說道：

「愛斯達！我不能給你任何指示，『宵特』也沒有給你任何指示！」

同時，透魯從科西嘉方面獲得了後勤補給的消息，一長串密碼通信顯示出西非省衛軍南線部隊正往班加索河谷移動，照情況估算，六個小時內即能到達米珍巴高地。愛斯達瞬間寒毛直豎，察覺有異，激動問道：

「什麼意思？要打嗎！」

透魯與麥牙互看一眼，眼神中透露的同樣的訊息。麥牙嚴肅說道：

「恐怕是她們要你扮魔鬼，不論戰況如何，最後都會是你愛斯達一個人的責任，不是宵特的，西非省也不會認帳，更別說基烏與救助會了。」

愛斯達冷哼一聲，惡劣的說道：

「基烏已經倒戈了，她似乎認為那個破碎的特區就已足夠。但是我必須說，『國際』是不會信守諾言的，國際沒有良知，只有掠奪與分贓！特區不過是另一個牢籠，營養充足的話，或許可以養活一大坨蠕蟲。但是！那不是……嗯，那不是……」

愛斯達陷入片刻沉思，一咬牙，下定結論說道：

「……那不是我們追尋的道路。」

麥牙與透魯一陣沉默，露出了然的神情。麥牙確認了一下透魯的意見，沉聲歎道：

「那麼，就來把戰場好好清理一番吧。」

當晚，世界各地的慶賀聲浪方興未艾，月光悄悄灑下黑暗，惡意如潮湧黏膩地襲向卵地。米珍巴高地本身是一個視野良好的制高點，西南方一條支流河谷中有數個零星散佈的小型農村部落，其中一支卵地軍隊就在不遠之處過夜紮營。這是一個理想的突擊地點，愛斯達不但不在意會牽連平民，反而將之視為此次作戰的主要考量。因為，就是得要有數目可觀的無辜之殃，國際媒體才會重視。而唯有國際媒體的爭相競報，業已通過的《中非婦女保護區決議》才有機會再度受到質疑與檢視，拖延落實的程序。至於誰是誰非這種問題，真相仰賴的從來不是事實，而是演技與謊言。愛斯達從突擊隊員中挑出一支全由臉型較為瘦長的男性隊員組成分隊，命令他們脫掉西非軍服，穿著骯髒的內衣便裝，發配先前卵軍俘虜繳械的步槍與彈藥，偽裝成擅離營地的卵軍士兵。透魯弄來四輛拼裝吉普車，把被卵軍丟棄在戰場上的機砲與機槍勉強加裝上去，看起來可笑，但運作很靈活，重點是，當初卵軍從這個陣地倉皇撤出時留下了一整個庫房的彈藥，不過這些彈藥都是捷魯歐系統的規格，與裝備曼格勒軍火系統的西非省衛軍配備互不相容，既然愛斯達的軍隊無法使用，那麼索性就用敵人的機槍全部打在西南河谷土地上，嫁禍予敵，趁機大鬧一番。

晚間九點，麥牙率領突擊分隊駕駛四輛裝吉普車衝進西南支流河谷，二話不說，放火燒掉第一個村莊，熊熊火光閃著黑焰一噴沖天，麥牙隊員粗暴的搜括民宅，掠奪這些根本是家徒四壁的可憐村民，然而實在沒什麼財物可搶，只好屠殺幾支病弱的瘦豬替代。旋風式的掃過第一個村莊，突擊隊急流勇退，朝下一個村落撲去。附近的卵軍營地延遲數分鐘後才看見遠處火光，慢吞吞拉起警報，就寢的士兵睡厭厭的從營帳中出來集合，一副不太想動的模樣。愛斯達從高處監測，發現敵軍態度消極，似乎沒有具體的作戰準備。這時麥牙在第二個村落外對空發射數枚燃燒彈，斜飛亂竄的巨焰像火山噴發，在濃密的黑烏雲層中炸出大半天空的霹靂連閃，朦朧中怒號轟轟，挾帶細雨的綿綿嘶聲從天而降。這可終於嚇著了卵軍士兵，幾個小隊倉皇整備，由於夜空中炮火威力令人驚駭，該陣地竟同時派出兩台新型主力坦克前往河谷村落察看。坦克出發不到五分鐘，趁敵軍注意力分散，愛斯達率班普部隊猛然從後方襲擊營區！首先集中火力摧毀營區中剩餘的四台泰坦一三七型舊坦克，隨即在炮火掩蔽下快速推進，卵軍措手不及，後方防線遭到突破。瞬間烽火蔓延，班普部隊如魑魅的百鬼行軍，用詭譎的姿態前仆後繼地顫動身軀，彷彿在海潮中抖出腹卵而痙攣不已的鬼怪生物，不斷發出寒噤的喀喀聲響。此時離開營地的兩台卵軍新型坦克已越過丘陵持續往河谷前進，受到地形阻擋，他們沒能聽見班普的靜音火力，殊不知後方已成人間煉獄。此處山區崎傲難行，行徑間雨路泥濘，坦克遲緩掙扎，不斷搖晃著巨大身軀，卻只能發出陣陣無力回天的悲鳴。粉紅銀輝的月光把坦克嶄新的外殼照得煦煦發亮，宛若一座唯美的活標靶。

毀滅之美征服世界，萬物停止哀歎，只有赤裸裸地躺在腳下，任憑紅色的、赤金色的詭幻光圈炸開身軀，層層剝離之後氤氳落地，在黑暗中封閉起來。礫石、金屬碎片從四面八方交互飛射，織成一道道短暫的銀塵星雲，削炸、撞擊、飛旋、噴散出暴風雨的恐怖咆哮，高大的樹冠層捱不住要命的攔腰掃射而嘩然垂倒，發出一陣沖刷的憤怒直撲而下，壓蓋住燃燒的地面，阻擋住進攻的視線，也狹隘了逃生的路線。西非軍裝甲部隊花不到四十分鐘就徹底摧毀西南河谷的卵軍戰力，此刻的時間才剛過晚間十點。

戰報傳入卵地，成功激怒阿美卡，乾若屍骨的巨掌重擊石桌，把覆蓋桌面的強化玻璃打出一片綿密的裂痕。宵特軍曇花一現的勝利毀了卵地政府原想漁翁得利的暗中竊喜，然而也隨即招來老暴君的怒吼與殲圍式的重軍壓境。暗夜風聲鶴唳，時間是二十九日凌晨，米珍巴高地周圍的卵軍部隊展開突襲，實力堅強的東面裝甲集團軍發動一次正面進攻，浩浩蕩蕩的砲口火光在米珍巴高地周圍蔓延十多公里，猶如一場漫無目的的煙火秀，多數砲彈發出沉重的悲鳴射入夜空，炸開後分裂成無數無數的小型怨火落入無人叢林，兩軍都尚未進入彼此射程。即使如此，卵軍依舊進行著目的不明的射程外煙火秀一邊縮小包圍圈，主力部隊魚貫進入東面主道，將泛著酸苦澀味的硝煙迷霧一併往米珍巴高地推進。卵軍行駛了一小段路，剎那間每一樣東西都震動起來，兩面側翼部隊突然遭到宵特軍機槍與砲兵的猛烈射擊，由於路肩兩側佈滿地雷，路面又狹長難以迴轉，卵軍只有不顧損失全速衝過宵特軍的攔截火網。米珍巴高地易守難攻，四面道路都暴露在高聳陣地的射擊範圍內，正如兩個月前愛斯達部隊在這裡付出極為慘痛的代價一樣，如今卵軍則嘗到了更加致命的苦果，卵軍的夜戰裝備與炮火射程在閒置的兩個月中未能得到任何加強，現在宵特軍砲兵部隊利用先進的夜視設備從高處俯瞰戰場，能夠有效針對任何一支運動中的卵軍進行集中射擊摧毀其戰力。卵軍在衝擊過程中受到重大傷亡，許多戰車被打得偏離路面而誤觸雷區，炸燬的殘骸嚴重阻塞交通，使後續部隊徒增損失，只好試圖向兩側迂迴行進，然而他們不只在運動中受到宵特軍猛烈的火力襲擊，離開道路之後的河流、壑谷、叢林、以及零散雷區更是地獄般的陷阱，盲目擴大進攻範圍的決定使得這批卵地裝甲集團軍陷於無法動彈、只能任人魚肉的窘境，現在他們唯一的希望，是一支位於北面山區的獨立裝甲旅，這批同袍正繞過米珍巴高地，肩負著偷襲米珍巴高地後方、封閉宵特軍在史坦利山區要道之補給陣地的重大任務。

卵軍新成立的獨立裝甲旅是一支尚未經歷實戰洗禮的部隊，儘管配有九十輛新型主力坦克，硬體實力飽滿，然而兵員年輕資淺且多半訓練不足，首次的夜間山區行軍，該旅很快就由於各種技術問題而嚴重遲滯。夜色之中，浩浩蕩蕩的行軍隊伍在斷裂綿延的山地間蔓延數公里，混雜著大量坦克、火砲、彈藥運輸車、以及後勤吉普車輛，走走停停，遇到地形窒礙處，隊形更顯破碎。當先頭戰車克服萬難終於趕到史坦利山區要道東側襲擊點時，已經是清晨四點，這時在米珍巴高地東面戰場的卵地裝甲集團軍經過四個小時的激戰，已在反覆的攻擊、逆襲中嚴重受挫，戰力消耗殆盡；現在北面這支形同落單而且缺乏戰鬥經驗的卵軍獨立裝甲旅，經過艱辛的山區夜間行軍後，帶著惶惶不安的氣氛走進晴空萬里的沁涼晨曦，遇上了遠道而來的西非省衛軍南線精銳部隊。

六月二十九日至三十日，兩天內，米珍巴高地的宵特軍不但撐過被卵軍圍殲的急迫情勢，更在西非省衛軍的支援下轉危為安，進而將戰線往東推進，覆蓋整座魯文佐里山脈，壟斷了卵地北面所有交通要道，形成對峙的局面。宵特黨借機發揮，透過像卡西法這樣「具有良知的」國際媒體人發出怒號與唾罵，彷彿身歷其境般誇示控訴出卵地軍隊在西南支流河谷劫掠民宅的「事實」，並且大張旗鼓，喊出「支持愛斯達的軍隊硬起來！」這種煽情的口號。突然間，來自各方的大筆獻款盈滿為患，入伍兵員、軍火生意，充足的金援、人員與物資透過宵特黨湧入西非地區，帶來了百年難得一見的大好年頭。尤其來自東沙王國數以萬計的青壯年，他們穿著隨性的破牛仔褲穿越大西洋，帶著滿身筋肉與一口迷死人的笑容前來加入西非省衛軍，沒能入伍成功的，緊接著就被攬去重工業區工作。不出幾個月，商業活動興盛起來，都市蓬勃發展，西非省的工業生產力從這一刻開始，一路邁向兩年後的史上頂峰。在二一五五年的仲夏，七月至八月，每一刻鐘，都有新造的槍彈、火砲、醃肉、以及小飛彈那麼大的白麵包熱騰騰地抵達愛斯達所在的前線部隊，每一星期，都有擦得亮晶晶、漆得油光光的坦克、裝甲車、新式的雷達、與洋溢著南美風情的大批生力軍投入中非戰場，支持著宵特軍日益強大。反觀戰線不斷向南後退的卵軍陣線，一路丟掉的每個廢棄陣地中都顯露出殘破的嚴苛現實，砲彈鏽蝕或者用罄，砲管也磨到幾乎變形，流動廁所污染了飲用水，營房四周不時飄溢出嘔吐物與穢物混合的氣味。兩個月下來，兩軍幾乎沒有正式交戰，疾病瓦解了卵軍戰力，時常有醫療站裡被遺留下來的卵軍傷患病員，他們形鎖骨立、蠟黃慘瘦，腹痛絞洩得人都站不直。愛斯達發現每日推進的戰線已經不是在對抗戰爭，緊跟著前線部隊進入戰場的，總是揹著大桶消毒藥劑的化學兵，什麼都必須消毒！嗆鼻的消毒噴霧取代了勝利的硝煙，讓人感覺不到戰勝的欣快，只有無止盡的消毒、消毒、防疫、再消毒。

九月初，不知該說是屢戰屢敗，還是根本是被疫情打敗的阿美卡政府終於提出和談要求，同時請求世界經濟聯盟提前派遣維和聯軍進駐卵地週邊地區以維持秩序。讓梅葉很高興戰事告一段落，隨即指派妮露•哈德威負責斡旋工作，召集兩方代表於西非首府「希望都」（北非地下城）展開一連串的漫長談判。和談期間，愛斯達拒絕撤兵，宵特軍此時不但完全佔領魯文佐里山脈，每天都還收留更多由卵地疫區逃出的流亡難民，在邊境設立了一個又一個防疫醫療站，提供免費的藥物與治療。儘管阿美卡的外交官員堅持宵特軍應依照《中非婦女保護區決議》全數撤回西非省，不得再度干預中非事務，包括班加索河谷的中非婦女保護區。然而每天打開電視，各家媒體卻大量重複播映著愛斯達與宵特軍在卵地邊境含辛茹苦的照顧著數以萬計「被阿美卡政府拋棄」的疫病難民的畫面，輿論壓力排山倒海而來，國際情勢對阿美卡相當不利，加上短短兩個月的全力作戰更顯露出卵地政府財政惡化的實況，當一家捷魯歐公營電視台辛辣地披露出自七月以來卵地國內在這次疫情中呈現指數型上升的每日死亡人數時，阿美卡突然驚覺到他的老東家——現在控制捷魯歐政權的這群龜孫子們——已經無法理解阿美卡政權之於卵地的重要性了！阿美卡氣得幾夜難眠，最終，由於財政窘困難以久耗，只好退一步打算，他沒再堅持愛斯達必須撤回西非省，但是依然要求宵特軍必須撤出魯文佐里山脈，不過卵地軍隊並不進駐接收，而改由世界經濟聯盟派遣維和聯軍、與國際醫療團體前來「管理」史坦利山區要道。

這一招合情合理，又正中愛斯達要害。二一五五年十一月，一支名為「非洲維和部隊」的雇傭軍團從茱芭鐵路南下，進入史坦利山區要道北端，在這裡，愛斯達正依照預定計畫要撤出米珍巴高地，雖然心中不情不願，但是逼迫「國際」重新檢討破碎不可行的《中非婦女保護區決議》的目的已經達成，實在找不到其他的藉口可以堅守奪來的土地。宵特軍整裝行軍，寂靜地從卵地邊境撤出，每個士兵臉上都難以掩飾地露出失望的神態。同時撤出的還有派駐於沿途數十個防疫醫療站的所有設備與醫護人員，愛斯達命令他們把剩下的藥物也一併帶走，以免流入當地黑市。一路上，頓失依靠的傷員、病患、難民、扶老攜幼、赤足而襤褸地跟隨著健步行軍的隊伍，惶恐、落寞、無助的眼神渙散地朝四周鵠望，許多人走得跟不上了，漸漸落下隊伍，傷殘的腿足磨拖著毀壞的地面，每走一步，都發出令人窒息的聲響。脆弱的難民人潮足足綿延了十公里長，所幸一路上走的都是大路，至少景象還不算太過悽慘。

當愛斯達與先頭部隊轉出史坦利山區要道，正要往西朝塔蔻水壩行進時，後方隊伍突然一陣騷動，無線電裡傳出麥牙急切的呼叫，對講機接連發出波波破頻噪音，愛斯達渾身一震，猛然喝道：

「怎麼回事！」

「維和部隊！」麥牙的聲音憤怒而冷靜，彷彿咬著牙齦說道：「他們在逮捕難民，不讓跟我們走！」

「跟對方司令官溝通過嗎？」愛斯達問道，又一波破頻噪音打斷麥牙聲音，幾秒後，只聽麥牙吼道：

「來不及！已經交上火啦！」

愛斯達腦光一閃，停止前行、立刻揮軍回援，雖然這只是作為一個軍人本能的反應，然而當她在山壑彼端親眼看見那支名為「非洲維和部隊」的傭軍時，一瞬間，一股瘋狂的憤怒襲入愛斯達腦中，眼睛爆發出殘忍的野蠻！那是一支皮膚白兮兮、軍人臉上曬得紅通通的部隊，那種戴著墨鏡曬傷的痕跡、漠然的舉槍姿態、傲慢的作戰氣氛、還有嶄新的戰車塗裝、鮮豔筆挺的軍服等等……剎那間，愛斯達做出了決定！她命令宵特軍堅守史坦利山區要道，更把原本一起撤離的西非省衛軍南線部隊調回米珍巴高地協防，決意不交出魯文佐里山脈。

命令一出，宵特軍戰意猛然高漲，她們習慣了中非潮濕的氣候與裂谷地形，懂得如何在複雜地形中利用天然掩蔽達成奇襲、衝鋒、與合擊的良好效果。相對之下，乍看霸氣凌人的「非洲維和部隊」實際上卻沒有太多戰鬥意志，套句愛斯達的話：他們是傭軍。先頭隊伍一被突破，後續就亂了陣腳，集中火力對著天空與地面攻擊，狂躁地朝山谷丟擲榴彈，前部撤退的比後部快，馬上就被自己人堵住退路，像是焦急卻過不了河的牛羚群那樣擠在狹窄的路段裡嘶叫著相互推拱，四周毫無倚仗，成群成群的在彈幕中被掃倒。傾洩而出的憤怒炸開棕色大地，宵特軍大開殺戒，剩餘的維和部隊只能做出零星抵抗，一路慌忙潰逃，愛斯達瘋狂地追逐他們直到史坦利山區要道北端與茱芭鐵路交匯處才停止。這支徒具外表的花瓶傭軍裝載了太多不必要的設備，他們撤退的路徑上，每一公尺都丟下至少一項有價物資，槍械、砲彈、戰車、雷達、除雷儀器、新的軍靴、未拆封的換洗衣物、整箱整箱的啤酒、香菸、巧克力、肉罐頭、大量的軍用亢奮劑、與大量的走私藥品。

愛斯達看過太多這種部隊了。嗑藥的、有著戰爭癮的傭軍，許多軍官平日大麻不離手，作戰前更得先吞幾口古柯鹼以免神智太清醒。坐在指揮車上時，總愛搖晃著因嗑藥充血的眼珠與酒醉腫脹的頸項，志得意滿地揮動步槍，彷彿君臨天下，再大的禍事兒都不曾令他憂慮。這些部隊基本上不作戰，而喜歡單方面的殺戮，專挑因飢荒而四處流動的災民下手，或者挾持豐收的農村收取保護費用。如同世界上任何一支傭軍，上戰場的目的不是打仗，而是做走私生意。眼前這支「維和部隊」的素質，甚至不能和卵地軍隊相比；卵軍雖然設備老舊、兵員訓練不足，但畢竟是一支有鄉有土的正規軍。愛斯達心意已決，宵特軍要死守魯文佐里山脈！絕不讓北邊的「維和部隊」與南邊的卵軍碰頭。而在這中間，史坦利山是最關鍵的分水嶺。

愛斯達的決定讓基烏崩潰抓狂，圓潤的喉嚨卻叫出像殺豬似的聲音，痛罵道：

「軍事是手段！政治才是目的！你把一切都弄反了！都弄反了！愛斯達！這樣下去，你們都會變成傀儡！變成殖民者的殺人工具！」

然而奇絲與莫珂蒂對於這意外的結果反倒很興奮，米雅甚至親自巡視米珍巴高地，嘉獎愛斯達說道：

「我們有水壩，我們有分水嶺，我們能控制整條流域直到出海口！」

米雅的意見對愛斯達而言總是十分重大的，這番嘉獎讓愛斯達欣喜若狂！更加全心投入「河流陣線」的經營。儘管南北敵軍夾峙，宵特軍的醫療站依然迅速發展成十幾個萬人村落，每到夜晚，山谷閃爍螢螢燈火，一大片、一大片的接連點亮起來，如夢似幻。卵軍持續在南線邊緣進行游擊騷擾，然而由於宵特軍佔領了附近一帶所有的制高點，使得卵軍游擊部隊難有斬獲。縮回山區北麓的維和部隊同樣面臨陣地受到俯瞰監視的情形，不過初出茅廬便吃上苦頭的經驗使他們老實許多，部隊活動十分有限，總是緊緊挨著茱芭鐵路不敢稍越城池。宵特軍利用這段時間在每一個重要的山頭上精心構築了大量的防禦工事，這些永久性的支撐點都有堅固的地下避難所，除了存放糧食彈藥，必要時也將庇護一路跟隨宵特軍而在此落腳的四方難民。每一個支撐點之間均以軍用公路充分連接，可以迅速彼此支援。奇特的是，這些軍用公路的與一般道路截然不同，雖然鋪建於地表，外觀卻猶如一條條裸呈的露天大水管，內部道路輕盈便捷，行車時，可以無視崎嶇地形與植被障礙飛速穿越於其中，連大型車輛最害怕遇上的潮濕、泥濘天候也被隔絕於管道之外。軍用公路內部佈滿導航感應儀，愛斯達可以在米珍巴高地的總部裡直接監督所有正在移動的部隊狀態，需要隱密行動的部隊調度，也得以輕鬆有效率的完成。這神奇的管道公路一下子就解決了愛斯達在中非作戰期間遭遇過的所有地形問題，甚至取代了史坦利山區要道在這場戰爭中原有的重要性；它讓宵特軍在人數劣勢的情況下穩穩固守住魯文佐里山脈，好似她們天生就是這裡的山大王，有著山裡來山裡去的高超本領，好不威風！

然而，這些軍用管道卻讓愛斯達變得心神不寧。從第一條管道啟用的那天起，愛斯達就時常夢見莫名其妙的管道如妖魔般向自己撲捲襲來！每次一走進管道裡，那種被壓制的情緒、不見天日的恐慌，令愛斯達全身毛骨悚然！哦是的，是的。愛斯達回想了起來，這種感覺，就跟蟲洞網一樣！

本能的猜測如月指引，這的確就是蟲洞網。不過正確來說，是「蟲洞的衍生物」，也就是以蟲洞隧道的專利工法、與專利建材所製造的迷你蟲洞。

早在二一五五年三月初，宵特黨第一次與莫珂蒂接觸的四人會議中，除了達成促請世界經濟聯盟組成調查委員會的共識之外，莉奧同時也提出了共同投資的企劃，建議由阿尼安銀行與東沙王國能源開發公司共同投資一間「諾叡港建築公司」來搶下中非蟲洞網的建案。這麼做不但能奪得先機，更能購得碳原塑鋼在中非地區的專利使用授權！這一點非常重要，因為這意味著，她們將「不只」建造中非蟲洞網。碳原塑鋼與蟲洞工法，可以隨她們需要的在中非地區用於任何一種用途，與任何一個地方。本來莉奧主要的說服對象是莫珂蒂，令人意外的，普萊德博士卻反應很大，對於這個提案相當興奮！多年來，他對自己的苦心研究被蟲洞網管理局壟斷專利，結果無法更廣闊的應用於改善人類福祉的目的上感到不滿，在當天的會談中，普萊德博士甚至橫眉豎目地氣憤說道：

「如果政治集團有權把我的研究當成統治武器，那麼我也可以支持以商業投資來作為實質佔領的理想。巨大蟲洞為權勢而生，迷你蟲洞則為百姓而生！這個提議非常好，我非常贊成！」

儘管當時為止蟲洞網工程並沒有發包給非洲本地建商的前例，不過由於普萊德博士破格擔當「諾叡港建築公司」專門顧問，使事情變得容易一些。普萊德博士老驥伏櫪，搬出他「終極的」口頭禪嚇唬一大票蟲洞網管理局的主管們，告訴他們中非地區工程難度太大，一定要交給熟悉當地地質的人來做，否則永無完工之日！然後又感性的說道：

「這是我催生的計畫，請讓我來完成其中最困難的部分吧！」

普萊德博士的魄力令人懾服，世故的奸巧也令人莞爾。他趁著全世界都被熱烈討論的《中非婦女保護區決議》吸住眼睛時，連續十日親訪羅徹斯特蟲洞網管理局總部，緊迫盯人地壓著即將引退的局長文森特親筆簽下合同、蓋上印章，笑瞇瞇、靜悄悄地拿回脫手已久的帶血香腸。當全世界都等著看阿美卡會如何對付中非婦女保護區的時候，如蜘蛛絲般不起眼的管道公路已經爬滿整座山脈。普萊德博士把這新型態的管狀公路叫做「蟲管」，不論愛斯達願不願意，她都已經活在蟲管的世界之中了。

沙漠的彼端，米雅與莫珂蒂正積極向世界經濟聯盟進行遊說，強調世界經濟聯盟應貫徹《中非婦女保護區決議》中「維和聯軍」的「聯軍」性質，而不是依循過去慣例雇用一支私人經營的職業軍團。首當其衝的建議，就是希望將西非省防衛軍也列入「維和聯軍」的名單，以落實一支真正的「聯軍」。然而這個提案卻遭到出乎意料的強烈反對，特別是嵙崁與妮露・哈德威。嵙崁拍著桌子大叫：

「你真該擦一下自己的口水，米雅・阿姆斯壯！你怎麼不說說愛斯達為什麼『現在』就已經在中非了？西非軍『現在』還不是維和聯軍啊！」

「與其問『現在』愛斯達為什麼在中非，不如問為什麼她無法回來！」

米雅凜然怒道：

「你待過那裡，受過戰爭牽連，當時和你一起的雷納貝加至今仍下落不明！我倒要問你，你憑什麼認為一支走私藥物的私家傭軍會比我們西非省衛軍更『夠格』來維護和平？是你投資了多少錢還是阿沙托杜拉投資了多少錢在那支毒販部隊裡？」

「你不知羞恥！」嵙崁噴出口水哮道：「我知道你！科西嘉！我知道你們的『河流陣線』計畫！瓦解卵地政府、獨占水源！哼！恬不知恥，想都別想！」

嵙崁鼻孔噴火地喝阻這個提案，妮露和讓梅葉也都清楚的表態反對，米雅見勢不可逆，只好暫時退陣下來。返回西非市的路上，莫珂蒂心忡憂憂地說道：

「米雅，我得跟奇絲商量一下。不論如何，我們都需要一支正當的軍隊來正當的主導中非局勢才行。」

米雅明白莫珂蒂的意思，她指的是婦女保護區即將被分裂為十一個破碎區塊的危機。法案已經通過，宵特黨也無力回天。現在唯一能在破碎地帶中保住優勢的方法，就是一支完全控制當地局勢的軍隊。為此，要鏟除的敵人有一個：阿美卡。要瓦解的阻力有兩個：「非洲維和部隊」，以及阿沙托杜拉。

阿沙托杜拉擔任西非省長的第一任期為二一五四年六月一日起，至二一五九年五月三十日止。他在二一五五年初任命捷魯歐北梅集團的經濟學家艾索爾為財政部長之後，西非省便進入了自由利潤的時代，加上中非戰事纏綿糾葛、不時升溫，讓西非省在二一五六年狠狠賺進一筆戰爭財。到了二一五七年初，奇絲已經明確看出西非的泡沫危機。所謂「安泰」，多半都是怠惰的。中非的戰爭並未深入西非人心，下對賭注的人發了橫財，卻從不認為自己應得的天外收穫正是戰爭財。年輕人喜歡歌詠西非的壯闊與強盛，同時又悲歎著中非在戰亂中的生靈塗炭，對他們來說，倡議和平，只是炫耀新詞賦的一種文雅遊戲。眼下的西非歌舞昇平，人們活得荒誕又頹靡，戰爭只在電視上發生，與現實世界毫無關係。

只不過，剪羊毛的時限已經迫近眉睫！

阿沙托杜拉的貪瀆是人盡皆知的，多年來，他搖擺於捷魯歐的兩大集團（北梅集團和克萊爾集團）與曼格勒的阿尼安集團之間，不論政策還是黑手交易，他從不做出明確的決定。在模稜兩可的局勢中海撈最大私利，這就是阿沙托杜拉的一貫風格。兩年來，在國際資金蓄意的過度放貸下，西非省爆炸性的發展造成內部經濟結構嚴重失衡，由於沒有政策適當調節，不論是貧富斷層、高速通膨還是失業飆增，都成了理所當然的事情。崩潰的大限將至，奇絲暗忖，得快點想個辦法，能在剪羊毛的時候把西非省衛軍一起剪下來，偷偷裝進宵特黨的口袋中才行啊！真可謂萬事具備，只欠軍隊！

摸入「維和聯軍」不成，挫敗的宵特黨使出渾身解數操縱媒體，運作民間運動，試圖讓西非省「吐出」省衛軍的所有權。她們宣傳時刻意不提中非戰爭，或者把中非問題形容成醜陋的集團鬥爭行為，讓西非省衛軍看起來除了花掉很多錢之外，對於西非省毫無用處。東沙王國也一併配合演出，派出一票高知名度的學者與評論家南唱北喝，還大手筆邀請全球當紅政要齊聚黑奧市，用鮮花與紅毯恭迎西非省長阿沙托杜拉前來參加學術論壇。整個黑奧論壇期間，洗腦策略就只有三點：「讚美阿沙托杜拉榮耀西非省」、「讚美蟲洞網與和平幣富貴西非省」、以及「讚美一個自由和平的、不需要軍隊的新世界」！

事實上，西非省是一個兩強共管的特殊行政區。在任何重大議題上，不管阿沙托杜拉、或者一般西非民眾怎麼想，最終決定，永遠出自於曼格勒與捷魯歐之間均勢妥協的共識。在廢軍議題上，捷魯歐政權的態度始終如一，他們從不希望這裡有一支獨大的主權軍隊，他們喜歡使非洲處於破碎的均勢狀態，這對捷魯歐最有利。二一五八年底，廢除省衛軍的議案從宵特黨籍議員手中送進西非省議會，討論十分熱烈，過關情勢明朗，儘管目的不同，曼格勒與捷魯歐都希望廢除西非省衛軍。警覺到自己即將被剝除軍權的阿沙托杜拉憤而試圖力挽狂瀾，但時機已老，只能眼睜睜看著軍權被宵特黨全盤接收，吃得一乾二淨。

戰爭創造財富，財富統治疆土，疆土又喚來戰爭；唯有持續不間斷的商業投資，才能達成持久的佔領。中非婦女保護區從一開始，就被認為是一塊待瓜分的肥肉，而不是一個應當貫徹正義的理想樂園、或者一個追求社會進步的實驗場。捷魯歐、曼格勒、東沙王國、羅徹斯特，宵特、榮耀黨、卵地政府、世界經濟聯盟，紐賽納協會、阿尼安銀行、普萊德基金會、東沙王國能源開發公司，還有看不見的更多隻手隱身其後，為了控制更多疆土，而彼此作戰。中非婦女保護區實際上有多麼破碎、多麼悲哀，都已經不重要了，就像銀河系裡某天撞飛了某顆沒人知道的小行星那樣，有誰會發現、誰會在意呢？沒有財富的人，無法擁有疆土。沒有疆土的人，囚困於伸手不見五指的黑暗之中。不論走到哪裡，都只有黑暗。

二一五九年初，喪失軍權的阿沙托杜拉搖搖欲墜，面對共同角逐西非省長的蘆若夫人，阿沙托杜拉顯得左支右拙，雖然民調顯示民眾對阿沙托杜拉沒什麼不滿，並且多半感謝阿沙托杜拉使西非變得富裕，然而蘆若夫人的形象慈愛又親民，像個可靠的大媽媽，人氣始終居高不下。宵特黨的財源也比榮耀黨充裕許多，現在宵特的背後象徵著整個美洲（曼格勒＋東沙王國）的力量，令人望而生畏。反而一手扶植阿沙托杜拉的捷魯歐金主日漸冷漠，除非阿沙托杜拉開口要求，連最基本的固定獻金都已付之闕如，其中最主要的原因，是蘆若夫人與捷魯歐圈子關係良好，被認為是比阿沙托杜拉更能穩定雙邊關係的理想人選。榮耀黨風光一世，首次嚐到被邊緣化的不堪滋味，為求策略聯盟，阿沙托杜拉安排了一次出訪行程，準備前往卵地友情探視高齡多病的阿美卡，同時關切卵地疫情的恢復狀況。這個行程被宵特黨譏笑為「取暖行程」，總之就是兩個失勢的老頭互相取暖、求取安慰的會面。並且由於進入卵地的通路目前均在愛斯達的控制之下，阿沙托杜拉能否順利進入卵地會見阿美卡，還得看宵特臉色。榮耀黨先前作威作福，奇絲非常討厭阿沙托杜拉，她建議米雅刁難一下出訪團隊，把時間拖延個十天半月，打壞整趟行程的氣氛。米雅也深感快意恩仇，叫愛斯達護送阿沙托杜拉通過魯文佐里山脈時，特意給他一點難堪，使他知曉自身份量。

二月三日，阿沙托杜拉搭乘茱芭鐵路南下，來到愛斯達的掌股中。沒有體面的禮車，也沒有加強防護的包廂專車，愛斯達安排阿沙托杜拉坐上普通軍用運輸卡車的副駕駛座，隨扈、秘書等一行人全部像貨物那樣塞進後頭貨倉的站板上，貨倉四周只有簡單圍上老鼠皮顏色的防水布，乘客蹲坐在野戰凳子上，連手抓的地方都沒有。坐在前座的阿沙托杜拉也沒有好到哪兒去，圓肥的肚子被座椅的安全帶勒成兩大半區塊，鬆軟的表皮隨卡車引擎震動而不斷微顫，他艱難地扭著臀部，想找個比較輕鬆的姿勢，然而軍用卡車的座椅根本連坐墊都沒有，硬梆梆的一整塊，堅固又狹窄，任何追求舒適的嘗試，都注定成為徒然。不過奇妙的是，阿沙托杜拉卻一句抱怨也沒有，他安靜的坐在愛斯達旁邊，看著卡車從無止盡的蟲管中呼嘯穿越，一條、接著一條，好長好長的一段路，都沒有看見天空；彷彿世界就是蟲管的內壁，不論走到哪裡，距離、時間，都只是蟲管的延伸。

愛斯達一路載著阿沙托杜拉出訪團來到卵地邊境，許多人下車的時候，折騰得腰都直不起來。阿美卡派出十二輛豪華禮車前來迎接阿沙托杜拉，隆重之情令人不甚唏噓。臨別前，愛斯達驀然問了阿沙托杜拉一句話，說道：

「你來中非，看見什麼？」

阿沙托杜拉沉下眼皮，考慮了一會兒，然後疲倦地說道：

「你，和你的絕望。」

第十四章　虛無十年

從誕生之初，西非省就充滿了矛盾。它從一開始，就是曼格勒與捷魯歐之間利益衝突下的產物，在外人眼中，西非從來不是一個獨立的主權政體，也稱不上是個有尊嚴的經濟體。被譽為現代經濟奇蹟的西非省，既不是世界工廠，也沒有世界市場，而是個名副其實的世界礦場。西非省每年出口的總礦產量佔全球產量近四成，國內卻沒有一條能達到量產水平的商品生產線。只有廉價的奴工而沒有成熟的市場，使它無法出口終端商品，亦不能自主出口原物料。西非省實際上真正出口的，是「開採權」。因此，當全球熱資搶進非洲，大手筆瓜分廉價的源頭礦產與寶貴沃土，少數趨炎附勢者蓬勃起飛，多數人則和過去沒什麼不同，不是流離失所，就是世襲奴工。

經濟大爆發的西非看上去風發了得，遍地噴金流，人人臉上燙著鑲金仮面。一帶上面具，大多數人就忘了來時路，相信西非省天生偉大，如果有人敢提起不到十年前的落後印象，或對當前繁榮景況發出質疑，那必然是種族歧視與見不得別人好的酸葡萄謬論！媚俗的氛圍水深火熱之際，就連最為真知灼見之人，也不免迷失於巨獸亂舞的腳步之中。二一五九年六月一日，蘆若夫人在激烈的選戰中勝利，宵特黨獲得西非省全面的執政權。在開票的那個夜晚，沿岸都市化樂喧天，人們徬徨醉步、身不由己，狂傲的口舌談起高論氣勢凌人，更時常教人寒噤得抓狂。被視為經濟命脈的蟲洞網已橫跨、縱貫整個西非省，彷彿世界上沒有蟲洞到不了的地方。資金、能源、野心、與放逐的靈魂如怒濤般流貫其中，大家都相信，西非人已經活在現今地球文明的巔峰之上，不能與其他地方混為一談了！

從諾叡港進入西非省，燈火通明的港灣不分日夜繁忙吞吐，而延展於其後、垂直聳立的摩登建築群就像切割精緻的光電寶石般錯落排列。從夜空中俯瞰，整個連結港灣的西非市區宛如一片無邊際的積體電路視界，巨大的單元與單元纏綿迴繞，形成一圈又一圈精細多彩的電氣光暈，不知人心地閃爍著耽美的引誘。走進市區大街，豪華、氣派的歐式殿堂四縱展開，人群沉醉而光鮮亮麗，他們強烈地感受到時間的驅策，無不掏胸掏肺地擺渡著虛幻的今夜與充滿希望的明晨。一般民眾生活富裕，並且敢於消費，因為就算身家一窮二白，也能隨時從各種信貸機構中借出好像永遠不用還的大把鈔票。超市的貨架上幾乎看不見本地商品，從生鮮食材到汽車輪胎，西非市民會自豪地對來訪遊客介紹說，這些都是進口貨！售價愈是貴得超乎常理，愈能造成搶購人潮。飲食與習慣也大幅改變，漠西草原在蟲洞網地下灌溉系統的滋養下成為廣大的良田美地，七成農地透過便宜的長期合約租給外國農業公司，用以生產大量的節慶花卉、咖啡、棕櫚、可可等高價值經濟作物。每到收成時節，港口便像是面臨戰爭那樣塞滿了打著普利馬物流商號的貨櫃與輪船，靠著小小的拖曳船在巨輪陣中協調穿梭，巧妙地把這些滿載花金的巨輪安全送出港外，分流湧向世界上每一個中低收入的消費者都能唾手可得之處。這是西非省的農業奇蹟！手頭寬裕的西非市民們一點兒也不在意漠西草原已有數年無法自給出產糧食作物，他們會仰頭大笑，露出雪白牙齒開心的說道，只要有錢，世上哪兒有吃不到的東西？

新都會的豪華彷彿奪走了鄰人的好運；若從休達港進入西非省，數年前的絢爛稍有褪色，富饒風情的別墅區旁緊鄰著新建的粗劣廠房，日以繼夜地在單調節奏中敲打著生產線，為廉價的日常用品進行最後加工。這裡是北非榮耀黨的大本營，也是西非省唯一的民生工業區，透過休達港市歐非兼俱的獨特屬性，商品、資金、與訂單，在此展開一場詭幻的百鬼夜行遊戲。企業廠區多集中於休達港南岸，充分利用非洲區的廉價人力，同時將總部登記於北岸，如此便能享有歐洲地區各種豐裕的補貼與政策福利。西非省政府的行政權過不了直布羅陀海峽，休達港市南岸廠區裡的數十萬非洲員工又多是臨時雇員，沉默而疲勞，只要一有風吹草動，工作就朝不保夕；想從這些有實無名的廠商頭上徵到稅金簡直是不可能的任務，加上更有一批「專家」專門以合乎法律的恐嚇行徑勒索西非省政府，他們通常會先提出一篇道貌岸然的學術報告，然後藉由不斷在媒體上大肆撻伐西非的投資環境來營造輿論壓力，並以經濟冷凍為要脅，頤氣指使的命令西非省政府應立刻大興土木來改善休達港南岸加工區的各種條件缺失。而這些「改善工程」，時常是替幾家重要廠商效勞，如提供擴廠土地、分擔設備成本、減稅、放寬融資與增加補助等等。不論是阿沙托杜拉還是蘆若，西非省政府總是將勒索者視為掌上明珠，竭心盡力地滿足各種要求；然而不幸的是，由於受惠廠商的總部也總是登記在休達港北岸，西非省大筆砸下的補助投資永遠一去不返，並且當生產的商品銷入西非市場時，西非政府不但抽不到稅，還賠上暴量攀升的貿易赤字與指數型飆高的融資壞帳。南岸的血汗養分把北岸餵飼得油光肥滋，休達港和諾叡港猶如兩顆膨脹的大乳房，巨大而不對稱，不斷波動搖晃地發出陣陣猥靡疼痛。

好幾年前開始，泡沫的傳言就甚囂塵上，但直到二一五九年除夕，熱錢依舊滾滾沸騰，這是宵特黨執政後的第一個跨年節慶，街道煙火四射，股市追高狂飆，整夜都能聽見四處奔竄的警車呼嘯追逐著放浪形骸的失心罪犯。當杯盤狼藉的二一六零年元旦清晨在昏沉的宿醉中悄然降臨，某種不祥的預示覆下陰影，晴明微曦中出現一個不起眼的小黑點，在人們尚未察覺之前，演變成一長條、一長條捲曲變形的黑雲；接著很快地、數條巨大雲龍籠罩西非上空，恐怖的顫音驚醒萬物，蝗蟲如洪水般撲天蓋地襲來，黑色的團塊淹沒天空、地平線、擠滿窗戶與門縫、甚至鑽入蟲洞網內部，在數以萬計的通風管與壓縮機中發出震耳欲聾的悲鳴。

西非市是最先遭殃的災區。漠西草原貴為農業區，但近年來由於地表水源被引入蟲洞網暗渠內，未獲灌溉的土地反而加速漠化，整個地區乾旱程度更勝以往，對付蟲害的藥劑使用早已超過上限，這次的蝗災不但規模驚駭，抗藥性之強更是前所未見！蝗蟲大軍咬穿保護作物的防蟲網，永無止盡的食慾驅策它們一路往北攻去，將一望無際的美麗農園啃個精光。隆冬的蝗災教人心中發毛，除了漠西農業區難以估計的巨大農損，蝗蟲對蟲洞網的危害更令人寢實難安。蝗蟲受到電磁場吸引，成群成群地鑽進管線，啃食任何啃得動的東西——高壓電線、燃氣管線、地下城中控系統的液壓線；管線漏損嚴重引發安全上的危機，甚至當火災發生時，消防水管裡竟噴出一坨坨的蝗蟲屍體！居民們輪番守夜，不敢入眠，蟲洞網的維修員工更是個個筋疲力竭，分身乏術，下層的貨運隧道與油汽管線在單月內數度封閉維修，損失上看億兆。

一開始，人們熱烈討論蝗害災情，帶著不言而喻的驚恐與興奮，甚至感覺到某種命中注定的浪漫！一種世間墮落的快感！好像自己成了災難片中的主人翁，微醺而刺激，至於實際的損失，暫時還與自己無關。到了第二個星期，蝗蟲開始肆虐蟲洞網內部，無預警的爆炸、毒氣外漏、機械故障與火災問題連發不斷，危難中的勇氣與無意義的死亡在惶恐的歌詠中成了英雄，哀歎的災民被迫遷離背負三十年重金貸款的居所，並哭訴著沉重貸款得不到「緩刑」的悲哀。媒體都樂歪了，這麼好看的戲碼，怎能錯過！蝗蟲像是知道自己成了明星似的，沿著海岸與蟲洞隧道迅速擴散，北非也慘烈淪陷，休達港的控制系統備受迫害，四處管線滲漏、短路、空氣中混合著油污與易燃化工毒氣，隨時發生爆炸也不足為奇。不只海港停擺，空港也暫停營運，旅客們堵在機場大廳，害怕地鵠望窗外。停機坪四周跑道上累積著一層又一層海綿似的紅棕色軟墊，工作車忙碌地來回穿梭，努力將雪片般的紅棕色粒子推掃清除；然而每剛清完一個區域，不久又覆上新的。恐怖的嗡聲共鳴穿腸洗腦，使人疲弱抓狂。而為了防止蝗蟲越過直布羅陀海峽蔓延至北岸，休達港市對南岸災區噴灑大量特效殺蟲劑，雖然有效折損了蝗蟲軍勢的部分老弱殘兵，但同時也賠上四百餘條人命與近千名孩童的健康。無所不在的記者卡西法直擊了曝露於高毒性殺蟲劑環境下工作的北非蟲工（受蟲洞網雇用的勞工），以及大批孩童因氣管灼傷而行將就木地躺在醫院單架上的悲慘實況。卡西法在採訪期間也不幸爆發嚴重氣喘，由於事發突然，歇斯底里的發病模樣就活生生地現場轉播了出去，一陣手忙腳亂之後，搞得全球譁然，罵聲狂飆。

這時，自認為是蝗災的最大受害者蘆若夫人，正火燒眉頭地應付著另一樁棘手問題。由於國際糧價在蝗災爆發的恐慌影響下失控飆漲，西非股市、債市一洩見底，西非省被熱錢組織集體倒會，紙上財富猶若落泥萍梗，瞬間打回原形。偏偏禍不單行，就在這最不幸的時候，世界經濟聯盟突然以「惡意操縱和平幣幣值」為罪狀控告西非省政府，指控蘆若政府與宵特黨蓄意放任和平幣在西非省境內喪失購買力，從而規避和平幣會員國應盡守之義務與責任，並打算伺機發行醞釀已久的地方性貨幣——西非軍用代幣。這真是莫須有的指控！西非軍用代幣計畫早在二一五四年底前就已停擺，宵特黨對於這款不成熟的貨幣也沒有死灰復燃的期望。世界經濟聯盟的控告，完全是個老調重彈的陷阱。在蘆若政府還沒來得及反應之前，嚴密的貿易制裁已然全面展開；泡沫破滅，正當西非人民最需要和平幣的時候，偉大的和平幣惟獨在西非省境內成了廢紙。

雖然政經狀況一塌糊塗，但有重軍駐紮的中非情勢卻相對穩定。愛斯達在二一六零年四月獲得一整個月的休假，光是想到能與許多數年不見的宵特成員相聚，愛斯達就期待得等不了天亮，放假當日午夜立刻駕駛軍用貨卡前往班基車站，搭上凌晨第一班蟲洞特快車直奔西非海岸。列車駛進西非市府站，遠遠就看見一張熟悉的面孔俏立月台，愛斯達還沒下車，莉奧就撥弄著一頭艷麗鬈髮，帶著挑釁的笑容高聲說道：

「你可回來了，大英雄愛斯達！」

愛斯達笑了起來，她感覺到四周視線，卻覺得分外安心。剛從戰地回來，很難意識到車站裡的景象有什麼不對勁。民眾拿著身分證件排隊領水，每人每日限領一加侖，愛斯達認為政府真是服務周到，能夠苦民所苦！補給站前總是長長一大條人龍，有時綿延數公里，所有提著水桶的人都呆若木雞，像殭屍般跟著隊伍滯立或者緩緩前行，愛斯達看了心中激歎，讚賞西非市民真是太禮讓、太有秩序了！領水隊伍四周不時有警察與宵特黨工拿著電擊棒來回巡視以維持秩序，若有民眾脫隊擋路，或者超過了當日領水時間而不肯離去，警察與黨工就會過來驅散排隊民眾，如不願服從，辛辣的電流就會刺擊靈魂，使人五體投地，癲癇不已。愛斯達此刻終於沉下臉，認為電擊棒的喝阻力太過輕微，如此脫序事件才會一再發生，應當立即修正。當她對莉奧說「實彈還是必要的！」，莉奧隨即用一種驚懼的眼神盯住愛斯達，把一頭鬈髮搖得像翻天波浪，壓低聲音說道：

「不，你不明白！愛斯達，這裡不是軍隊！都市、民生、不應該如此！」

「為什麼？」愛斯達滿腹狐疑說道：「總有乾旱的時候，乾旱總是會發生！你可能沒遇過大乾旱，大乾旱就是戰爭，人們必須像應付戰爭一樣應付乾旱。這是非常時期！你們已經做得很好了，大家都可以領水喝，沒有爭端，只要排隊！我以這樣的宵特為榮。」

「不，不是這樣，」莉奧嚴肅起來，抓住愛斯達的手臂加速腳步，緊張地把愛斯達拖進車裡。轎車開動，莉奧沉默了一會兒，突然低聲說道：

「愛斯達，宵特分裂了。」

「怎麼可能！」愛斯達心臟一蹬，頗不認同的呼道。

「我們，」莉奧解釋說道：「我們和蘆若一派決裂了。那肥肉是個腐渣，她只想簽下所有文件把西非省賣掉，土壤，砂礫，水源，甚至空氣！」

「怎麼回事兒？」愛斯達問道。莉奧說道：

「你看見補水站那兒我們派了黨工嗎？因為蘆若容許警察自主決策。他們會找任何藉口抓住隨便一個人，帶回去拷打監禁，這樣就能從他的親友家屬身上榨出錢來，有時也會把不順意的民眾施暴致死，所以我們必須派足夠的黨工在那兒『幫忙巡視』，防止那些混帳找藉口抓人。我們推薦用電擊棒，不然他們本來用實彈。不過暴力還是會發生，像剛剛那樣，因為警察是法律的執行者，而我們的黨工在法律上也只是一般民眾。你說的沒錯，愛斯達，乾旱的確會發生。但是這裡的最大問題不是乾旱。我問你，你在戰區的糧餉補給應該很充足吧？」

「非常充足，食物多到會腐敗。」愛斯達說道：「赤道濕氣重，跟西非不一樣，糧食很難久放。」

「明明西非旱災，哪來這麼多軍糧，有想過嗎？」莉奧問道。

愛斯達張口語塞，補給聯絡一向是由透魯負責，愛斯達通常很少過問。莉奧上半身傾斜過來，眼睛直射愛斯達說道：

「我們最大最好的農業區漠西草原，全部租給了外國農場。他們在這裡以極低的成本栽種高經濟價值的作物，而我們則收取低廉的土地租金與不成比例的勞動費用。好的農地都便宜租給外國人了，西非幾乎無法自己生產糧食。我們必須拿付出勞力賺來的血汗錢到國際市場上高價收購糧食穀物，才能餵飽自己。這聽起來很不符合成本效益對吧？不過對於蘆若來說，這就和以往阿沙托杜拉寬鬆開放採礦權一樣，是對曼格勒與捷魯歐這種國際強權的示誠，在他們眼裡，這就是確保西非通往『繁榮』的康莊大道！送去戰區的軍餉，全部是用過高的價格從國際糧食市場中掃貨買來的，其中穀物類與肉類，七成是曼格勒傾銷的小麥和玉米，剩下來自南美與歐洲。我們打戰誰最賺錢？炒作物價的人最賺錢。中非戰爭真正的贏家是誰？不是西非省也不是卵地，是賺到錢的人。西非省算什麼？我們是肥羊，也是垃圾桶。而且你知道嗎，全球共和聯邦首都捷魯歐是不進口農糧的，它自給自足！但卻大量消耗西非的珍貴農地來生產經濟作物，尋找各種藉口把農作物價格不斷推高，西非人表面上很有錢，卻個個吃不起飯。礦業的情形也一樣，我們賤價出售勞力與源頭礦產，最後卻必須花費全球最高的價格才能購買製成後的終端商品。西非省每賺進一分錢，就得付出十倍成本才能過活！」

愛斯達不懂經濟，聽得一頭霧水但情緒沉重。莉奧喘了一口氣，繼續說道：

「好啦，那現在來講你最懂得乾旱。我們知道西非省是地球上最乾旱的地區之一，雖然蟲洞網號稱能將天然水資源的蒸發損耗降到最低，但在水源匱乏時期，最優先擁有用水權的是跨國礦業的洗礦場，接著是外國投資的農場，像咖啡園、可可農場、花卉溫室等，再來是政府機關與沿岸的別墅區，那裡住的都是外商企業的高層官員與富豪投資家。一般民生用水列於最後，限水嚴格，根本不夠。所以我們和紐賽納協會鑽了一點漏洞，把多弄來的用水配額提供給一般大眾。如果還是不夠，就得跟黑市買了，那可是天價！就算不講黑市水價，實際上一般民生用水的單位計價也遠高於企業，因為這些企業都與蟲洞網自來水公司有聯盟關係。」

莉奧一口氣說完，空氣中餘音震盪。愛斯達皺起眉頭，遲疑說道：

「所以意思是，我們的人，至今一樣沒有糧食，一樣得不到水，一樣是因為土地遭受掠奪？」

「是的。」莉奧眼睛發亮。

愛斯達瞬間沉默下來，瞳孔深邃如湖泊，思忖道：

「這不是什麼都沒有改變了嗎？」

莉奧神色一變，語調嚴厲的說道：

「你剛剛看到宵特給民眾發水，認為宵特做得很好？我告訴你，一點也不！我們真正該做的，是去終止那個由頂層企業壟斷世界資源的『蟲洞生態』！而每當我們一朝這個方向前進，各種打擊就接踵而至。雖然外商農場佔據了大部分的優良農地，但我們也有少數本地小農在漠西草原上獨立務農，我們的農人自力更生，卻因為沒有加入蟲洞網的產銷聯盟而被蟲洞網自來水公司中斷供水！這是去年秋天的事情。宵特出面交涉不果，眼看美麗的果樹日漸枯萎，只好用水罐車從基烏那兒運一點兒水過來緊急灌溉，你在中非可能聽過這事，那些水至少讓我們的農人撐過這一季收成。沒想到自來水公司知道後，居然控告這些農家『侵權』！你說世界上有這麼好笑的事？說我們用水罐車從別處載來的水是黑市水也就算了，竟然說只要不使用蟲洞網自來水公司的供水，就是侵犯水公司在西非地區的『供水專利』！宵特因此招來一馬屁的官司。我從不期望世界經濟聯盟的仲裁法庭有任何公正性可言，但我們會纏訟到世界末日！那些可惡的財團向蘆若施壓，以為這樣就可以擊垮宵特，蘆若像條狗般人手一摸就打地翻滾，露出乳頭與肚子，她以為這樣就能獲得全球央行的紓困金，噢，當然還有她個人的前途啦！哼哼。上星期，法警逮捕了三位被控告侵權的農夫。宵特總部現在忙得一團亂，我們要積極營救他們。你回來得正好，愛斯達！你必須知道這些事情，米雅要你參與。中非現已大勢底定，西非則正是關鍵時刻。」

愛斯達沉默不已，點點頭，又搖搖頭，只能堅定說道：

「我願做任何事。」

莉奧安排愛斯達住進宵特總部的宿舍，宿舍很儉樸，和宵特剛搬進蟲洞網時沒什麼差別，愛斯達喜歡這種儉樸的舒適感。總部收留了許多失去居所的民眾，大部分是農人，受到蘆若的農地整併政策影響而失去世代深耕之地，在自己的土地上淪為無薪勞工，像罪犯一樣囚禁於外商農場中數年不得自由。最近基於一連串的紛爭而脫離禁錮，卻也流離失所。去年秋季，西非嚴重缺水而使經濟作物產量銳減，國際期貨價格波動劇烈，一度飆升至史上天價，結果交易量下滑，趨近於停頓，盤商便以滯銷為由回頭腰斬產地價格，引發農場與盤商間的抗爭，滯銷問題反而更加嚴重。臨冬之際，世界經濟聯盟發出全球缺糧警示，結果經濟作物價格應聲崩潰，囤貨惜售的西非外商農場血本無歸，加上突如其來的蝗蟲大亂，乾燥的沙塵使農田荒無，許多工人趁機脫逃，接受紐賽納協會與宵特黨的安置。這些外商農場一方面放話恐嚇宵特不可包庇脫逃的農工，同時又很快的招募到更多無薪勞力。貧富差距實在太大了，富豪永遠張羅得到奴隸。愛斯達每天和這些農工相處，看見他們脆弱而激動，和自己當年一樣；恐懼，神經質，憤怒，又疲憊；這個世界，什麼也沒有改變。

四月中旬，西非省糧食儲備已捉襟見肘，宵特黨開始大張旗鼓的公開輔導一般民眾自己種植基本糧食作物，雖然不能立刻收成，民眾反應卻出乎意料的熱烈，特別是曾經擁有土地的失根農人，他們憎恨霸佔土地的外商農場、厭惡勒索農人的種子公司，逢此報復時機，用盡全身力量教導大家在自家窗台、後院、甚至旋關鞋櫃上種植各種蔬菜。宵特總部宿舍裡開闢了一整層樓的稻穀長廊，每天吸引大量民眾前來參訪學習。志工們總是一邊教導基本的種植法，一邊諄諄告誡：

「農業是生活的基礎，植物是我們最好的朋友！不能在自己的土地上收成的作物，都是夢幻！」

愛斯達也應邀參與稻穀長廊的宣傳工作，莉奧幫她寫了幾篇簡單的演講稿，讓她可以在任何場合都出口成章。愛斯達特別喜歡其中一段，數次在訪談中說道：

「今天，我們活在一個破碎的、怪異的世界裡，沒有天空，沒有土地，走到哪裡都只有蟲管，更不要說母權了，那只是一場夢。人們不被允許有鄉土，只有無止盡的效勞。而如果你不效勞一天，如果你自由一天，你就背負怠惰的罪惡。在蟲洞的世界裡，人們工作也是折磨，不工作也是折磨。」

「有生以來，我為了生存與自由奮鬥。但是這個世界崩潰了！或者說淪陷更恰當。我們淪陷在一種看不見的力量之下，觸目所及，只有死亡與臣服。我現在終於知道它是什麼了，但我要問，我們有拒絕的權力嗎？」

愛斯達本身有種強烈的魅力，她說話時語調沉穩，句句入魂，帶著令人難以抗拒的樸直剛毅，只要在非洲生活過的人，就無法拒絕她的聲音、不能躲避她的眼神。愛斯達是宵特的大門神，她用最原始的呼喚把一票種子專利權公司的聯合勒索阻擋在外，讓私植專利作物的一般民眾與農人志工敢於抬頭挺胸，不畏攻訐；而當蘆若授權種子公司的私人查緝部隊可以隨意破入民宅進行檢蒐，並對遭舉發的民眾祭出嚴重刑責時，愛斯達身先士卒，率領大批民眾加入原本被認為是農人的抗爭，群眾罷工罷課、癱瘓交通，像蝗蟲一樣在蟲洞網中飛竄作祟，人們在衝動中覺醒，又在混亂中解體，昔日繁華如黃粱一夢，消失於宿命病灶之中。

四月底，米雅開除蘆若的宵特黨籍，雙方完全決裂，迫使蘆若徹底倒向捷魯歐。此時可諾耶與莫珂蒂也傾向於支持蘆若，宵特黨只有奇絲的西非阿尼安銀行獨撐大局，加上社會動盪，大批民眾擠兌，情況十分吃緊。就在愛斯達即將收假前夕，一直遊走在危險邊緣的抗爭行動終於擦槍走火，鬧出了人命。一個種子公司律師團的年輕助理在西非市區替她的長官張羅晚餐時，不小心暴露了自己的身分，結果被一群激動的暴徒群起圍攻，活活打死。女性的屍首被生吞活剝，悽慘地綁在杆架上野蠻的示威遊行。一見大事不妙，愛斯達當晚立即返回中非部隊，米雅則親身上陣，暴怒斥喝示威群眾的蠻荒行徑，長達三十分鐘的斥教使群眾心灰意冷，紛紛散去。隔日一早，米雅偕奇絲一同趕往北非希望都會見蘆若，期望能負荊請罪，稍微緩和情勢。蘆若在前一晚的電話中原本表示此事應照刑事案件的程序處理，米雅十分認同，並保證會從嚴審辦，絕不包庇；然而隔日一會面，奇絲立刻發現情勢有變，蘆若的心腹艾索爾坐鎮大局，堅持應以軍隊鎮壓西非市的暴動。米雅不可置信地說道：

「這是哪門子玩笑？」

蘆若露出溫順的笑容，看了艾索爾一眼，然後說道：

「不，米雅，我們沒有在開玩笑，這種事情哪能兒戲？很顯然的，宵特管不住西非市，那些罷工群眾根本不知道自己在幹什麼，必須有人幫助他們走回正軌！蟲洞網是我們西非省的命脈，不能讓他們繼續胡鬧下去。我們派科西嘉下去管管他們，等秩序恢復了，一切都好談。」

「你已經通知科西嘉了嗎？」米雅問道。蘆若說道：

「不，還沒，我想先讓你知道。」

蘆若親暱地摸了摸米雅的手背以示善意，米雅卻一點兒也高興不起來。她嚴肅地試圖讓蘆若了解「軍隊鎮壓」的實質意義，不過蘆若心不在焉，只是一味敷衍，看著艾索爾的臉色或笑或點頭。時近中午，一直沉默在旁的奇絲終於像是超過了某個臨界點，突然打斷米雅與蘆若之間無效率的辯論，微笑說道：

「米雅，我想這事兒已經有定論了。要派軍隊也可以，不過突然有軍隊出現恐怕會引起恐慌，至少要有時間讓我們準備一下。」

「這麼說你同意了？」蘆若高興地問道。奇絲不答，追問道：

「您打算什麼時候告訴科西嘉呢？」

蘆若望向艾索爾，再度顯得猶豫不決。艾索爾看了一下時鐘，沉吟著說道：

「我看中午通知，讓她明早下去。」

奇絲嘴角一揚，這句話證實了科西嘉尚未接到命令。她轉頭環顧週遭，然後氣定神閒地站起身來，細長的手掌探入胸前口袋，說要打個電話，人卻走到艾索爾背後。看見奇絲的舉動，米雅頓時神色一變，冷硬猶如他人附身，抓起蘆若往地上一扳，一隻手摀住蘆若嘴巴，另一隻抵在喉嚨上；艾索爾正欲驚呼，一道強烈電流急竄上身，雙腿不支跪地，奇絲又一腳踏過來從背後補上好幾次電擊，直到確定艾索爾失去意識才停止。

米雅粗暴地剝光蘆若的衣服以確定沒有任何通訊器材，蘆若嚇得顫抖不已，就算米雅已經放開她，依然像個幼兒般瞪著眼睛縮在椅子上。奇絲這時才真的拿出電話撥出，冰冷的說道：

「阿麗西亞拉坎，驚蟄！」

瞬間電光迸竄，烈日下的希望都陷入黑暗，麥牙親手切斷首府與北非地下城電力，埋藏於貨櫃中七彩螢光的班普隊從蟲洞網最底層潛伏疾走，無預警佔領北非電信總局與四個本地電視台，隨即透過干擾裝置中斷北非地區廣播與衛星通訊。同時失去電力與通訊，蟲洞運輸系統剎然停止，驚逢劇變的民眾只能看見成群的班普盈光在漆黑之中疾馳如風，氣氛肅殺，又有種說不上來的詭異，還以為是政府搞了某種新的慶典在做演練，商家怒火沖天地抱怨停電，其他人則一臉困擾地枯等通訊恢復。此時另一支豹紋班普隊湧出地面，率先封閉省府行政區所有連外道路，接著毫無顧忌地轟爛警察總部，分批搶進西非省府。愛斯達凶神惡煞地掃蕩省府大樓、鎮壓蘆若的警衛兵，啪噹一腳踹翻會議室大門，舉槍闖進奇絲與米雅的起事地點，低聲報道：

「孤島完成。」

「把人質集中過來，」奇絲命令說道：「全部關到下頭的緊閉室裡去。」

愛斯達應喝一聲，宵特隊員便把行政區裡上千名人質全都塞進省府地下室，暫時關押；其中政府高官或是艾索爾這種直通國際組織高層的人物則單獨隔離，嚴密監禁。米雅親自點收逮捕名單，確定省府行政區已落入掌控，便下令麥牙恢復通訊與電力供應。政變後兩個小時，地下城燈光緩緩亮起，一度中斷的蟲洞運輸系統也在自動檢查後重新啟動，電話、電視聲響潮湧般起落，一切終歸正軌。民眾鬆了一口氣地回到日常之中，除了少數受班普部隊控制的機構之外，沒有人意識到西非省變天在即。

時間寶貴，遠在羅徹斯特的蟲洞網管理局必然已記錄到北非地下城這次無預警停電，在事情變得複雜之前，必須先行瓦解最大的威脅勢力。奇絲冒用一名蘆若辦公室主任的名義致電科西嘉，吊著嗓子叫她緊急來省府一趟，有要事面談。科西嘉數日前曾從艾索爾那邊接到可能要整兵待發的情報，此時以為大生意要來了，立刻欣快應允，毫不猶豫地從休達軍區乘車出發。這一仗沒有退路。宵特的政變目前仍與世隔絕，如果不能在今日之內逮捕科西嘉，控制住全非洲最強大的一支軍隊，那麼她們的新政權將會非常脆弱，隨時有顛覆之危。雖然科西嘉過去曾大力提攜愛斯達，但在愛斯達眼中，科西嘉也與那些職業傭軍一樣，是追逐利益的騎牆派；不能信任，只能利用。米雅原本想讓科西嘉的座車進入省府大樓之後再逮捕她，這樣科西嘉撤退困難，逮捕時若發生戰鬥，也不容易驚動外界。然而愛斯達認為這種想法太過天真，科西嘉表面豪爽，實則猜忌多疑，恐怕一看到希望都的守備情況就會起疑。愛斯達先讓部分宵特軍換上省府警備隊制服假扮成當地部隊，至少遠看無異。然而正牌警備隊的武裝設備早被宵特軍打得千瘡百孔，路面也彈痕累累，發生過戰鬥的各種跡象一清二楚，騙得了外行人、也騙不了科西嘉。唯一不讓科西嘉有機會脫逃的做法，就是在行政區的路口要衝直接逮捕她——冒著全程被衛星拍攝下來的風險。

約莫下午四時，科西嘉的座車出現於監視畫面中，愛斯達徐緩起身，依照奇絲擬定的計策上前迎接。她的心中惴惴不安，望著淨空的路面，交錯焚風裡瀰漫著虛渺氣息，彷彿數年前、甚至十數年前也曾出現過的那樣，沙啞而沉重、在封閉的世界裡悶燒著赤熱心靈，令人舉足千金重。當科西嘉的黑色座車躍入視線，擔任路障的宵特班普部隊立刻在行政區入口把它攔下，後面則由一個小隊圍堵而上，封住退路。科西嘉與四名隨扈立即持槍警戒，司機雙手緊握方向盤，引擎轉聲愈來愈大。愛斯達趕緊從一台班普中探出身子，揮手示意雙方各退一步，科西嘉一見愛斯達，稍微放下警戒，拉開車窗問道：

「這是怎麼回事？」

「長官，發生大事了，」愛斯達心忡憂憂地說道：「我們必須護送您進去！」

科西嘉仍覺有異，質疑說道：

「為什麼你會在這裡？愛斯達？為什麼你的部隊在這裡？」

「是這樣的，長官，」愛斯達停頓一下，突然笑了起來，說道：「因為我想取代您的地位。」

兩人對峙了幾秒，突然間科西嘉爆出大笑，顫著身體收起手槍，搖搖頭關起車窗，叫司機繼續前進。愛斯達的部隊跟隨在兩旁與其後，一齊駛進省府大樓的地下停車場。科西嘉一下車，立刻甩頭問道：

「蘆若在哪裡？你們宵特是政變了嗎？」

愛斯達有些猶豫，沒有回答。科西嘉似乎非常確信不論對於哪一個政權而言，自己都有著無可取代的重要價值，因此一點兒也不對愛斯達設防，昂首闊步地走向樓梯間，用一臉陽剛笑容等待電梯。愛斯達卻像個犯了錯的孩子，心神不定地站在一旁，偶爾皺著眉頭用惶恐的神情看著科西嘉的側影。她正在考慮一件嚴重的事情，臉色看上去陰沉而怪異。

電梯噹的一聲展開大門，愛斯達跟著科西嘉走進去，其餘部下與隨扈都被留在門外，當電梯收起門，開始往上浮動的時候，愛斯達轉頭盯住科西嘉，瞬間抽出短刀，送進科西嘉胸腔。科西嘉警覺拔槍的手停在一半，只能悶呼一聲，瞪著眼睛往側邊倒下，愛斯達順勢抽回短刀，任由血注四射噴灑。她低頭鄙視著科西嘉的屍首一會兒，直到電梯噹的一聲再度展開大門。咬緊牙根，愛斯達憤恨說道：

「你們都一樣。」

就像科西嘉認為不論對於哪個政權而言自己都有必然的重要性一樣，愛斯達則認為，一旦利用科西嘉來強化軍事實力，那麼不論哪個政權，最後都會變得一樣。雖然奇絲原本想將科西嘉連同由她直接掌管的休達軍團一起爭取過來，然而愛斯達受到激怒，不願再忍受這些傭軍。

米雅趕過來看見科西嘉的屍首，嚴肅地瞪了愛斯達一眼，說道：

「你種下了禍根，愛斯達。現在我們該如何處理休達軍團？」

「我可以接管那支軍隊！」愛斯達說道。米雅冷哼一聲，說道：

「如果我死了，死在科西嘉手裡，她又要來接收宵特軍，你讓嗎？」

「我會殺了她，和今日一樣。」愛斯達說道。米雅說道：

「愛斯達，你從今天開始給我閉上嘴，什麼都不要做。聽懂了嗎。」

米雅轉身離開，愛斯達瞪著眼睛不發一語，心碎地看著米雅的離去背影。她懷疑自己走上了一條與宵特不同的道路，一切景物都顯得如此陌生，宵特是她的世界，這個世界現在面臨著無比嚴峻的挑戰，而她卻被一掌推開，不准許參與。愛斯達手足無措地呆佇角落，眼前一切彷彿鬧劇，忙忙亂亂地自顧演了下去。

二一六零年四月三十日，晚間六點。米雅穿上正式禮服，在豪華的省府大廳發表預先擬好的公報。她首先宣布成立宵特新政權，然後強調所有邦交與聯盟關係不會改變，西非省宵特政府仍將履行過去簽訂的所有外交協議與義務，所有外資在西非省境內的合法利益不會受到損害。接著，米雅以一種愛斯達從未聽過的感性聲調說道：

政變的確是一種令人感到遺憾的手段，但這一切都是為了反抗違憲的舊政權！我們曾經以為蘆若是一位可信任的盟友，但她的政府卻因為各種自私的慾望而惡意操縱和平幣，使我們唯一信賴的貨幣在西非省內喪失價值，人民苦不堪言。我們成立新的宵特政權，是為了追求長久穩健的經濟體質！我們決心帶領西非省，成為一個自由公平的幸福國度！

米雅的正式禮服並非軍裝，也不是一般女性的套裝，而是像晚宴禮服那樣美麗的連身長裙，頭髮梳成典雅的高髻，胸前閃耀著性感的墜飾。麥牙在地下城的駐守處看著電視畫面，指著米雅身後鋪著絨毛紅毯的台階，難掩興奮之情地說道：

「看哪！愛斯達，我們終於到了這裡！」

愛斯達斜倚著牆角，冷淡地苦笑了一下，沉吟著說道：

「是啊。但最後又能得到什麼。」

麥牙意外的回頭望向愛斯達，晶亮的眼睛露出笑意，說道：「你引領我們來到這兒的呀，愛斯達！」

愛斯達沉默回望，突然間時空錯置，彷彿回到了童少時期，宵特村里破爛的泥草屋裡。愛斯達伸出手，撫摸著麥牙柔軟的前額毛髮，神態縹緲地輕聲說道：

「這是我們最好的時光。」

第十五章　愚者的再會

自米雅穿著華麗的晚禮服宣布成立宵特新政權之後，世界彷彿搭乘著一股前所未聞的太陽之風浮躍飛翔而起，就連冷肅軍事風格的希望都首府建築都褪失了陰暗之色，勉強張揚的點綴上各種彩慶花旗，守衛的憲兵也不再是一身野戰軍服，新的制服炫亮誇飾得太過，花邊、鑲釦、絲巾、長靴，甚至還有如小丑戲服那樣的飛鼠褲與公主袖，就差執勤時沒能站在彩球上。新編制的「憲兵隊」的確就是小丑，因為西非省根本沒有憲法，這些穿得誇張喜感的士兵就像店鋪開張時擺放於門口的慶賀花束，讓川流不息的國際媒體為「米雅—宵特」新政權立下定義，說她們「穿得像小丑，實際上也是一群小丑」。

米雅也努力扮演著小丑的角色。初獲執政至今，無數重大會晤圍繞著這位國際新寵兒，米雅一反剽悍常態，用性感的裝扮與傻氣的言行媚惑媒體與投資集團的注意力，試圖為西非省爭取寶貴的時間。她背負著重大責任，新宵特政權表面上虛與尾蛇，為的是期望能在不得罪國際勢力（說穿了就是曼格勒與捷魯歐）的前提下，暗中謀求西非省的獨立發展；在政策上，由於政府受制於諸多既定的不平等條約而無法多有行動，因此必須致力於培養民間團體，以強大且活力旺盛的民間團體來推動各種實質上有利於西非省經濟獨立的活動。然而，不能明確制定相關法令等於變相肘制著民間團體的力量，她們一方面需要拖延時間而不被狼群趁虛而入，另一方面，也需要像紐賽納協會這樣已經有龐大影響力的主流團體的幫助。

時間有限，假戲無法真作，很快就會被識破手腳。這段時間莉奧大展身手，她透過法伊與紐賽納協會之間的特殊關係，密集地對協會的董事會長卓若卡女士下工夫，試圖說服卓若卡女士公開支持宵特的稻穀長廊運動。經過幾個月的努力，稻穀長廊已經發展成一個專適於地下城生態的居民農會組織，莉奧希望透過紐賽納協會遍佈蟲洞網的影響力為稻穀長廊打開長期且固定的銷售通路，如此便能藉由直接快速的產銷優勢來提高稻穀長廊在西非省內地下城市場的市佔率。她提出一個以合併「稻穀長廊」、「西非阿尼安銀行」、「宵特勞工團」、與「紐賽納教育協會」為概念的農業協同計畫，讓稻穀長廊不但能生產農糧，還能同時經營農業金融信貸、有機農藥與肥料的生產、獨立的產銷體系與農產品加工業，當自給循環的機制建立起來，就能再更進一步——利用宵特軍在中非的勢力成立一家獨立的水公司，使地下城農業擺脫蟲洞網自來水公司的控制與剝削。法理上，這些都是純粹的民間活動，政府無法可管，頂多惹來更多不解決也無所謂的官司罷了，只要愛斯達的軍隊實質控制西非省，國際勢力也不能挑明干涉。

莫珂蒂也身先士卒地瘋狂支持米雅宵特政權，只要一有機會露面，就會大力宣揚稻穀長廊與莉奧的農業協同計畫（雖然紐賽納協會根本還沒答應），甚至她的家族已經砸下重金，準備在中非開始勘查水利工程的路線了。卡西法特意為莫珂蒂安排幾次專訪，以「水力女王」稱呼她，讓莫珂蒂在電視中暢談蟲洞網的水資源公平正義。熱語酣時，莫珂蒂激動的大喊：

「把蟲洞網交給自由市場吧！每個人都有權力免費喝水！」

「如果你成立了一家水公司，你會讓民眾免費喝水嗎？」卡西法問道。莫珂蒂信誓旦旦地說道：

「我會用最低的成本價提供乾淨的飲用水，以及免費的農業用水！」

「免費的農業用水！」卡西法故作吃驚，接著又嚴肅質疑道：「我們以為這有技術上難以突破的問題？這在技術上做得到嗎？」

「當然！」莫珂蒂瞬間眼神抖擻，威嚴煥發，沉聲喝道：「這不是做得到做不到的問題，而是要不要做？要不要以民生需求為優先考量的問題！」

火熱的宣言鼓舞了無數為農業協同計畫努力的宵特人，但是由於卓若卡女士方面遲遲沒有明確的正面回應，莉奧終於沉不住氣，怒火衝衝地質問了態度先熱後冷的法伊。法伊滿面愁容，吱唔了一會兒，好不容易才說道：

「這事情，你可能得去問厄爾斯•巴爾頓先生。」

莉奧青面僵直，立刻明白了背後曲折，怒道：「噢我懂了，所以紐賽納協會得聽捷魯歐的！」

法伊一聽，罕見地怒氣積蓄起來，爆發說道：「不是紐賽納協會的問題，我們從未背離過創立的初衷！莉奧，你的野心太大了，任誰都會想殲滅你！」

莉奧詫異吃驚，橫眉豎目地退後兩步，傾斜著身體望著法伊，好像在打量一個陌生人。接著她眼神一轉，渾身冷漠起來，拽下手指上的訂婚戒指重重放在桌上，包包一拎，硬擠出一個冷笑說道：

「去找別的母豬為你生豬囝吧。」

法伊來不及回應，莉奧已甩門離去，紐賽納協會注定與宵特分道揚鑣。法伊想起與愛斯達初次相遇的情景，頹喪癱坐矮沙發上，彷彿生命中某種閃耀而遙遠的精髓已然黯淡，不再屬於自己，令人不堪惆悵。

莉奧把事態告知奇絲，並修正了農業協同計畫，抽掉紐賽納協會的部分，決定以宵特獨自的力量來開設稻穀長廊的銷售點。儘管應變迅速，莉奧心情還是嚴重受創，她開始把紐賽納協會視為可能阻礙農業協同計畫的假想敵，報復型人格一發不可收拾，莉奧連日徹夜工作，踞在電腦前打出一份密密麻麻的機密報告，裡頭甚至詳細描述了該如何成立一個新的教育組織來徹底取代紐賽納協會。

和紐賽納協會一樣，捷魯歐政權對於米雅宵特的西非省新政權抱著遲疑態度，最主要的原因，還是介意由愛斯達領導的宵特軍方勢力。他們擔心軍團起家的米雅宵特政權會難以抵擋權力的誘惑，而逐漸走上軍國集權的道路。愛斯達的軍團在政變之後就被賦予重任，全省軍力提升至最高警戒，表面上開放，實則形同戒嚴。科西嘉的死訊則受到隱瞞，休達軍團在這段期間內完全沒有活動。愛斯達每隔一段時間就會給休達軍團幾道命令，要他們持續作一些小幅度的調動、執行一些輕鬆又多油的任務，讓休達軍團內部以為科西嘉也是政變的參與者之一。愛斯達最常派休達軍團去對付種子公司雇傭的私人警察部隊，不僅因為這是油水最多的工作之一，還可以在不動干戈的情況下，透過這些公司向它們各自的母國政府施壓。對於像曼格勒與捷魯歐這種由財團經營的政權來說，跨國企業的利益，就是政府本身的利益。不過事實上，在這些強大的國際組織尚未於檯面上明確表示支持或者反對米雅宵特的西非新政權之前，所有潛在的反對勢力都不曾認真活動過，如休達軍團、卵達烏龍地地的阿美卡、以及阿沙托杜拉等榮耀黨人，大家都等著見風轉舵。在這種節骨眼上，和深入靈魂的理想比較起來，國際財閥的支持，恐怕才是米雅政權所必須優先爭取的對象。

油滑如可諾耶自然深知箇中滋味，他和雄才大略的水力女王莫珂蒂一樣，選擇搶先支持米雅政權，因為這意味著經營觸角得以更加深入非洲，瓜分捷魯歐對蟲洞網的全面控制；如此一來，過去看來不可能的事情，也會變得唾手可得。問題是，只要捷魯歐仍對米雅政權抱有疑慮，世界經濟會議就不會正式承認米雅宵特的西非新政權，日日延宕下去，已經投入巨額資金的莫珂蒂和可諾耶就會成為最大受損者。莫珂蒂火爆性急，拉著基烏往亞洲跑了一圈，沿著太平洋西岸與印度洋連續拜訪了幾十個有投票權的一級都市，為米雅政權宣傳拉票。她們在密集的行程中受到熱情款待，倒不是因為唱作俱佳的魅力演說，而是靠善施小惠，暗自拍賣了許多西非資產。這些零嘴誘惑不了全球老大捷魯歐，但對於以往難以插手非洲事務的亞洲國家來說，簡直就是天外飛來的甜頭，教人不心動也難！可諾耶等級不同，自然考慮得多一些，他既不想得罪捷魯歐，又想瓜分獨占利益，更想一手宰治米雅的西非政權！想要三面全贏，就得先把最強敵手請入甕中。趁著夏日閒情，可諾耶安排一個秘密度假營，透過厄爾斯幫忙，前後共招待了十來位捷魯歐方面的關鍵人物。其中最為位高權重的還是讓梅葉，他已經連續二十三年擔任世界經濟聯盟主席一職，現年六十九歲，未來預期還有十年以上的好光景。政治世家出身，讓梅葉是個徹頭徹尾的騎牆派，在趨勢之前絕不低頭！但也從不對抗。他會聽從身體的本能，選擇為自己帶來最大利益的道路。讓梅葉對米雅政權的態度顯得很反感，他忠實傳達「捷魯歐的想法」，尤其對宵特堂而皇之的侵犯種子專利非常不滿。除非宵特接受嚴苛的懲戒條件，乖乖聽話！否則捷魯歐不可能支持米雅政權。可諾耶一臉輕鬆，說道：

「這有什麼問題！奇絲早就說過她們願意配合所有條件，她們只是想建立一個讓婦女與兒童能安心生活的社會，不要再有暴徒民兵，不要再有傭軍肆虐，只是如此而已！其他的都好說。」

「那很好，」讓梅葉輕描淡寫地說道：「我這邊只有兩個條件，我要西非全面開放市場，同時要保障我們的各項專利權不再受到侵犯。她們想要不受暴徒民兵侵犯，就要先保障我們的專利權不受侵犯！這很合理吧？西非傭軍肆虐又不是捷魯歐的責任！但捷魯歐的產品專利權在非洲受到嚴重迫害，始作俑者不是他人，就是宵特！她們得先負起責任來，徹底改頭換面，我們才可能支持這樣一個政權。沒什麼比這更合理了吧！她們得先證明給我們……噢不，證明給世界看！」

讓梅葉展現出一貫的義正辭嚴，說得厄爾斯與可諾耶只能不斷點頭，唯唯稱是。為了使讓梅葉放心，可諾耶說道：

「您不用擔心，我就是米雅政權的代理人，我人在這裡，就已經證明了我們的誠意！事實上，我們現在就可以擬定一個草約，甚至正式的條約也行！我有充分的授權能搞定這事兒！」

「不急，可諾耶，」讓梅葉徐緩說道：「你能代表一個小小米雅政權，我可不能代表整個捷魯歐啊！不過我了解你的意思了，詳細的我們下次再談。你有事情就告訴厄爾斯吧，厄爾斯能隨時找到我。」

數日後，厄爾斯態度輕鬆地打來一通電話，邀請可諾耶到讓梅葉家裡詳談。厄爾斯欣喜說道：

「他們會開一張菜單，只要你們達成共識就成了。」

抱著興奮的心情到訪，可諾耶走進大廳，看見讓梅葉的身邊坐著另外三位友人。環顧四周一會兒，可諾耶若無其事地問道：

「咦？厄爾斯呢？」

「他今天不來，有其他事情要忙。」讓梅耶說道：「我來給你介紹吧，可諾耶！這位是北梅集團總裁包溫，你一定聽說過他。這位是我的老友文森特，還有這位是米斯帝，這兩位老朋友今天是純粹來度假的，不用太在意。」

說完，滿堂一陣哄笑，讓梅葉招呼大家入座，可諾耶便在北梅集團總裁包溫的旁邊坐了下來。包溫是個瘦高陰沉的人，很少出現在媒體前，可諾耶對他不甚了解，而且面無表情，不太說話，令人難以交涉。可諾耶有種不妙的感覺，暗罵自己大意，不該隻身赴會，眼下恐怕要被這群老頭子屠宰了。原本是想要把敵人請入甕的，沒想到自己卻入了敵人的甕。果然，一輪吃喝敬酒之後，讓梅葉拿出一疊文件，慢條斯理的一張張攤開來翻看，說道：

「讓我再確定一次，可諾耶，你就是米雅政權的代理人，是吧？」

「噢，當然！」可諾耶趕緊點頭說道，生怕讓梅葉翻臉變卦。讓梅葉點點頭，指著桌上文件說道：

「那麼現在只要把這些文件簽一簽，世界經濟會議就會正式承認米雅政權了，咱們今天的工作也就大公告成。」

讓梅葉一邊說著，一邊把文件推向包溫，包溫又把文件推過來放到可諾耶面前，說道：

「老弟，你明白，我的股東們，大家都對我們的專利權受到宵特嚴重侵犯感到非常不滿，說實話，我個人很反感米雅宵特，她和蘆若不一樣，不願意溝通，一意孤行，還以為自己演技很強，穿個露旦衣服就騙得了人？我是看在你，可諾耶的面子上來這裡的，但是你曉得嗎？你和厄爾斯是朋友，可是巴爾頓製藥每一年因為西非省境內偽藥猖獗而蒙受多少損失？我告訴你，我們大多數人其實一點兒也不在乎什麼西非省，或者誰是西非省長，那根本不重要。最重要的是，我們絕對不能忍受寶貴的智慧財產遭受侵犯！現在宵特已經重重踩在這條紅線上，而且用軍隊威脅騷擾我們誠實做生意的廠商！你想要我們支持米雅政權，脣特得先做出承諾，等價的承諾！」

可諾耶一愣，氣氛僵滯起來。文森特笑著起身，打圓場說道：

「沒關係，我快速的帶你看一下吧。」

他繞過讓梅葉身後，過來拍拍包溫的肩，然後走到可諾耶身邊坐下來，沉穩而優雅地拉開文件，用修長的手一一指著內頁，如絲綢般的語調說道：

「最主要的，是這兩大項目，我想你已經知道了，首先當然是專利權的部分，既有的糧食種子專利，以及人體基因研究的智慧財產，我們需要西非省也能遵守國際法約。還有就是軍隊的部分。脣特黨、與脣特黨的軍隊，近年來嚴重擾亂了西非的市場秩序，不僅蟲洞網的營運安全受到威脅，和平幣在西非的幣值也高度波動，事實上是，脣特不斷在製造區域緊張！因此，我們必須要求西非省政府重新把社會的基礎交回給蟲洞網，重新回歸和平幣系統，包括教育，公共工程，醫療、社會福利，與水電通訊等；不能再用軍隊擾亂秩序。當然，我完全明白曼格勒的考量，如果在非洲的投資無法獲得足夠的報酬，那麼曼格勒在面對內部的經濟困境時就會頓失支持。你必須明白，為了世界和平，蟲洞網在非洲的威權不容挑戰，但是，我們可以開放曼格勒入股蟲洞網。藉由這個方式，你們，特別是阿尼安銀行，可以免費獲得蟲洞網百分之九點九的經營權。這樣的條件，您滿意嗎。」

可諾耶沉默思忖，全場屏息以待，只聽得米斯帝悠閒嚼著辣香腸的聲音。可諾耶深呼一口氣，表現出一副很無奈的模樣，說道：

「不。我要百分之二十。我要至少百分之二十的經營權。」

全場展現出不同意的氛圍，可諾耶追加說道：

「我們在非洲的投資、尤其在西非的投資已有數百年歷史，如果捷魯歐認為你們在非洲的利益不容退讓，那麼曼格勒更甚其上！沒有百分之二十以上的蟲洞網經營權，我們阿尼安銀行是不會接受的。我要曼格勒全體享有百分之四十的經營權，我們阿尼安銀行要有百分之二十。」

「哈哈這不可能，這太荒謬了。」米斯帝突然笑起來，嘴邊帶著香腸油膩的光澤。他抿了一下嘴巴說道：「你可能沒搞清楚，可諾耶老弟。這不是曼格勒與捷魯歐的談判，而是我們在和你談判。是全世界最大的集團（北梅）和全世界第二大的集團（克萊爾），在和阿尼安銀行談判。你別搞錯了，會死無葬身之地的。」

米斯帝說完，又意有所指的嚼起下一根香腸，嚼得強而有力，油光四濺。可諾耶冷哼一聲，身體往後一靠，說道：

「曼格勒不是只有阿尼安銀行。」

「噢對啦，還有西非阿尼安銀行，是吧。」米斯帝說完自顧自地發笑，破壞了可諾耶的氣勢。見雙方僵持不下，讓梅葉一揮手，示意包溫來拍板定案。包溫沉吟一會兒，說道：

「那就百分之二十吧。曼格勒全體百分之二十，阿尼安銀行百分之九點九為上限。這是底線了，不成的話我要回去了。」

包溫說完，狀似不耐煩地起身離開。米斯帝又叫了許多甜點上來大吃一頓，可諾耶屏息按捺，想等包溫回來重新和他議價。然而一等兩個小時，發現包溫早已搭車離開，才發現中了計。可諾耶心中大叫不妙，趕緊試圖脫身，卻被米斯帝、讓梅葉與文森特三人困在餐桌前，可諾耶還注意到屋外的保全人數增加，在窗外來回巡邏，心中光火，拍案怒道：

「我不管！沒有百分之二十我是不會簽字的。要我們放棄百年來在西非的投資，你們就得免費拿出百分之二十的股權出來！不然我也要回去了。搞什麼把戲，哼，搞什麼把戲！」

讓梅葉突然收起笑容，滿臉嚴厲有如恐嚇，低聲說道：「你明白光手回去代表著什麼，可諾耶。」

隔日下午，可諾耶氣急敗壞地回到曼格勒，阿尼安銀行免費獲得了百分之九點九的蟲洞網股權，但他必須盡快召集籌資，才能購買另外百分之十，而達到接近百分之二十的持股。蟲洞網規模之巨大，若無百分之二十的持股，根本無法自保。他簽下了對方要求的所有文件，再一次把西非省交給蟲洞網。從今天開始，西非省必須回到過去，忘記宵特所主張的「自由」市場，必須向跨國公司繳納高額授權金，才能被允許吃飽肚子、追求健康、過正常的生活。為了要求奇絲配合籌資，可諾耶隱瞞條約內容，只說是為了取得蟲洞網百分之二十的股權，並要她對米雅保密，確保不會壞事。最後一句不說還好，一提到米雅，奇絲立刻警覺有疑，再三逼問下，可諾耶只有忿忿不平的全盤托出。奇絲一聽，激動得尖叫一聲，然後咬牙壓低聲音，說道：

「你根本沒有決定權！讓梅葉那批人哪有這麼天真好騙！」

「你聽著，奇絲，」可諾耶說道：「我用我們阿尼安銀行的名義簽約的，這是一場企業對企業的合約，我當然有決定權！我不簽下來，也只是被別人搶走而已，西非政府在這場談判中根本沾不上邊！不論是誰執政都一樣。你認清現實吧！貪腐是為了利益，革命也是為了利益，現在不抓住機會，我們就會被逐出非洲，他們就是這麼打算的！重點是，我們可以拿下百分之二十的蟲洞網股權！這是我好不容易爭取來的，你可別忘恩負義！」

奇絲沉默許久，說道：「我知道了，但先別急著付錢。讓他們看見籌資正在進行，我們要拖到最後一刻！」

「當然。」

可諾耶應允奇絲的拖延策略，他認為這麼做可以幫助他們在最後一刻進行殺價。不過，奇絲掛上電話，心中立刻琢磨起另一樁計畫。

可諾耶與包溫之間的密約迫使宵特走上最後一條道路。六月初，愛斯達接到命令，要她暗中調動部隊為封鎖邊境作準備。愛斯達指派西非省衛軍在各大主要公路、鐵路、以及蟲洞網的邊境關口上設置檢查哨，並加強各處哨站軍力，準備在最後關頭才進行正式封鎖。直屬的宵特軍則駐守於首府希望都東側軍區，可以直接監管北非地下城的蟲洞交通。比較棘手的是休達港市。直布羅陀海峽南北岸往來頻繁，如果要有效封鎖休達港，就必須捨棄北岸，南岸市區將會只剩下空殼般的廠房與幽靈出沒的度假別墅，這對休達港市的民生經濟無疑是重大打擊，想必會引起國際間的強烈反彈。愛斯達決定讓休達軍團背負這個臭名。然而透魯嚴重警告她，應該趁此機會將休達軍團分散編列到西非省衛軍當中，削弱其勢力！不過愛斯達持反對意見，認為一旦這麼做，休達軍團立刻會察覺到科西嘉已死、或者至少是失去權力的狀態，那麼次級將領勾結造反的可能性反而升高。休達軍團和宵特不同，它們是利益優先的商業化組織，唯有抓住科西嘉的亡魂，才能暗中引誘這支軍團的邁向它應得的業果。因此，比較理想的做法是，將休達軍團半數的主力部隊派至中非邊境支援西非省衛軍南線部隊，而北非的軍力空缺，則由愛斯達的直屬部隊補上。這樣調動既有「科西嘉在中央」的風格：休達軍團受到重用，愛斯達則被降級；實則將休達軍團一分為二，兩邊都受到宵特軍的嚴密監視。愛斯達決定隻身入虎穴，把摯愛的米雅留給透魯與麥牙，率領少數精銳組成直屬部隊進入休達港，她要親手解決這顆曾經育化過自己的北非毒瘤。在離開希望都之前，愛斯達將這個秘密的計畫保留在心底，沒對任何人提起，她決定成為隱藏於米雅身後、那個不見天日的黑影。

六月十一日，愛斯達部隊毫無預警的闖入休達重工區，如火如荼地完成部署，隨即將原本駐防的休達軍營像蒼蠅一樣驅逐趕走。此時留守休達軍指揮總部的指揮官是瓜迪亞中校，是個愛出風頭、性格過激的自戀傢伙，沒有上場打過仗，最近由於軍團中高階將領都被派往外地擔負重任，而臨時被任命為總部指揮官。傳令兵敲門進來時，瓜迪亞正打算來個午間小憩，當他聽見愛斯達佔領重工區的消息，立刻激動得跳起來說道：

「什麼？我還為她們準備了營房！」

不出一刻，一長排蠟光啵亮的豪華禮車呼嘯駛入休達重工區，後頭跟著原本被趕走的休達軍營隊，緩慢、轟隆的包圍過來，軍力是愛斯達部隊的三倍以上。瓜迪亞身姿挺拔地步下座車，興師問罪式的走進愛斯達的營房，密談數分鐘後，只聽得室內一聲驚叫，瓜迪亞慘白著臉落跑出來，憤怒的右手捲曲縮在胸前，兩根指頭扭曲反折，狀甚痛苦。瓜迪亞憤吼命令部隊攻擊愛斯達陣營，自己則在車隊護送下火速奔回總部就醫。瓜迪亞離開不到五分鐘，受命進攻的休達軍營隊也循著同樣道路落荒撤退，士兵們一路又怒又怕地回頭叫囂。愛斯達守住休達重工區，嚴格控制住休達軍團的軍火補給，休達軍團因為日前主力部隊調動，總部的軍火庫存已接近枯竭。六月底，瓜迪亞情急上訴科西嘉，連追了三次報告，卻只得到令人更加不滿的書面回應，內部壓力逐日遽升，瓜迪亞只得棋走險招，轉而從歐洲訂購一批軍火應急，預計一個月後運往休達港南岸碼頭交貨。休達軍團與歐洲軍火商一向往來密切，瓜迪亞過去也曾親自經手數樁大型交易，除了偶有輕微海損之外從沒發生過任何問題。愛斯達探知交易情報，刻意對己方部隊發布封口令，暫時按兵不動，也不表示任何意見，然而私下將到貨日期回報給奇絲，預告這天將會封鎖休達港，並建議「緊接著執行所有重要行動」。

七月二十日清晨，載運著軍火的歐洲貨船抵達休達港，瓜迪亞親自站上碼頭指揮兵員檢收、搬運彈藥，這天風和日麗，天空藍得發綠，交貨流程進展得相當順利。正當瓜迪亞在最後一箱貨櫃的名單上打勾時，突然間愛斯達部隊傾巢開到，把碼頭上的休達軍團層層包圍，命令瓜迪亞棄械投降，並宣布沒收這批走私軍火。瓜迪亞錯愕震驚，一口回絕，愛斯達二話不說，當即開火，一陣短暫的機槍交戰，佔盡先機的愛斯達部隊步步進逼，接著一枚七十五厘米砲彈轟地擊中後方貨船油艙，船體隨即猛烈爆炸，火焰狂燒起來，來不及放下救生艇的船員紛紛跳海求生。愛斯達一兵未失，逮捕了三百多名休達軍團兵員，同時以走私軍火為由，封鎖休達港南岸港口，斷絕南北間船運往來。愛斯達鎮壓休達軍團總部，陷入歇斯底里狀態的瓜迪亞也慘遭逮捕。他聲淚俱下的不斷辯駁怒罵，滔滔不絕地大叫著：「你這白痴！把我們趕盡殺絕你能得什麼好處！休達軍團讓你有今天！你們宵特是瘋狂的獨裁者！愛斯達！你這白痴！混帳！」

休達港正式封鎖，休達軍團總部已肅清，外派的休達軍權力分散，落入西非省衛軍的掌控。接著只要宣布西非省獨立為西非民主國，就能立刻發行宵特軍幣，擺脫和平幣的控制。西非省衛軍隨時可以封鎖國境。就算外界那些國際集團要拿出老梗，對新生的西非民主國實施禁運與經濟制裁，只要能好好利用西非境內的蟲洞交通網，西非依然可靠本身的內需市場自行存活。這是奇絲所擬定的「阿麗西亞拉坎・破曉」計畫，她以西非阿尼安銀行為軸心而暗中運作多年的宵特軍幣發行準備，也已水到渠成。此刻，最關鍵的人還是可諾耶。如果可諾耶支持宵特使西非獨立，西非民主國就可能成真。奇絲判斷唯利是圖的可諾耶一定會支持，只要別給他太多考慮時間，說出來的時機要剛剛好！可諾耶就是利慾的奴僕。

可諾耶當然察覺了事態的異變，事實上，全世界都因為休達港的封鎖察覺了宵特的心思，各方都緊盯狀況重新撥打著如意算盤。眼見邊境關卡一個個封閉，宵特軍幣的紙鈔樣品從諾叡港走私流出，原物料出口關稅一日數改、以倍數提高，各方結論亦呼之欲出。可諾耶清楚理解到宵特已決心走上強人統治之路，除非政權破滅，恐怕不會回頭，他面臨了兩種極端利益的考驗，要嘛成為西非民主國的救世主，要嘛成為大義滅親的和平英雄，兩條路都伴隨著巨大利益，但魚與熊掌難以得兼，令人唏噓抱憾！猶疑而患得患失的當口，來自捷魯歐的信差擊發了最後一鳴槍響。厄爾斯在一個秋涼的清晨搭乘私人專機來找可諾耶一起吃早餐，除了滿嘴奶油的顢頇吃相外，只帶來一句話：

「宵特完了，你別蹚渾水。先來告訴你。」

「完了？怎麼會完了？我才和北梅集團簽的約啊！包溫他是說什麼了？」

「不是包溫的問題，老可，」厄爾斯神情肅穆起來說道：「是讓梅葉，要我跟你轉達捷魯歐的決議。宵特已經是世界公敵了，她們即將被擊潰、被摧毀、被炸得一點兒灰也不剩。就像從歷史上消失的每一個集權主義的恐怖組織一樣。」

「那合約呢？」可諾耶緊皺眉頭愁問。

「和新的政權談。」厄爾斯看了可諾耶一眼，頓一下，說道：「我們將重新扶植蘆若。」

可諾耶噢了一聲，視線飄邈地在厄爾斯飽滿的天庭與肥胖的下巴之間繞圓打轉，考慮了一會兒，輕聲問道：

「什麼時候？」

厄爾斯眉毛微揚，給了個籠統的日期，然後挺起十噸重的肚子，拉起餐巾紙擦擦嘴角殘渣，嘆口氣，說道：

「把你妹妹叫回曼格勒來吧！我可不想看你痛失親屬的模樣。你是我的朋友，老可！正因為是朋友我才這麼說，別忘了自己的腳下！太多人能取代你。」

可諾耶眉頭挑得老高，眼球瞪個圓大，嘴邊卻帶著不協調的笑意，看不出來究竟是什麼情緒。莫測高深的送走厄爾斯，可諾耶立刻打電話給奇絲，叫她緊急來曼格勒市一趟。奇絲正好想趁機拉攏可諾耶，一口爽快答應，把西非事務暫時交給莉奧管理，自己搭上飛機，當日晚間便抵達老家門前。兄妹二人久違地同桌吃了名廚料理的晚餐，奇絲熱絡而技巧性的向可諾耶透露西非獨立、以及宵特軍幣計畫，強調「整體程序已勝券在握，是不可錯失的投資機會」！可諾耶耐性傾聽，眼睛散發著神秘螢光，沉默思考了很長的時間。談話結束前，可諾耶還沒下定決心，他對奇絲說道：

「這是很重大的計畫，我得多想一想。這樣吧，明天我們一起吃早餐，那時我會告訴你我的決定。」

「噢，可諾耶，你一定要明白我們有多麼需要你！」奇絲一反冷艷常態，語調感性的說道。可諾耶點點頭，用一絲帶著憐憫的微笑結束這場晚餐的會談。

隔天早上，從一片雪白模糊的視線中睜開眼睛，奇絲頭腦昏脹，渾身僵硬，她試著晃動身體，卻聽見四周發出扣環與支架碰撞的金屬摩擦聲，試著張嘴叫嚷，才警覺口中竟被塞滿藥用紗布。零瑣的噪音驚動醫護人員，外頭走進來兩個穿著白袍的傢伙，一個拿手電筒翻看一下奇絲的眼珠，另一個看看時鐘，說道：「時間差不多了。」另一人表示同意，接著他們從奇絲手臂上連接的點滴導管中注射了一針筒藥劑，奇絲瞪著眼睛沒能掙扎太久，螺旋狀的幻影迅速襲來，很快又昏睡過去。可諾耶將奇絲軟禁在曼格勒老家中，重劑量的鎮定劑使奇絲在其後數月間都神智不清的臥病在床，失去行為能力。厄爾斯得知這個消息，再三向讓梅葉證實可諾耶的真誠，並說道：

「他的妹妹生病了！現在的他一點兒也不想關心非洲人的生活！」

最先警覺的總是莉奧，莉奧每週都會給奇絲作週報，合作十年來，奇絲一次也不曾漏失。奇絲去訪曼格勒兩週後，在莉奧的質問下，可諾耶才說奇絲突然重病，正在接受治療與嚴密的觀察。莉奧聽了，不知為何渾身寒毛直豎，掛上電話後連夜直奔希望都，一見到米雅，立刻上前抓住她，緊張地壓低聲音說道：

「奇絲被抓了，恐怕是被可諾耶軟禁起來，我有一種恐怖的感覺，關於破曉計畫，我覺得他們都知道了！」

「噢，他們一定會知道的，莉奧！」米雅說道。

「不不，我的意思是……」莉奧渾身發抖，解釋說道：「他們知道，並且已有萬全的準備，只等我們一行動，就會徹底擊潰我們！奇絲被抓了，就是最好的證據！不到最後關頭，他們不會隨便把奇絲抓走！他們會動奇絲，表示已經箭在弦上，我們大難臨頭了！」

米雅面色凝重，為難地沉默思索。莉奧撫平喘息，說道：

「現在我們只有兩條路可走，一是暫時延後計畫，用一些誘人的條件先把奇絲換回來再說；二是提前計畫，突擊式的宣布獨立，接著發行宵特軍幣穩固內部市場。如果獨立後的內部情況很穩定，他們再威脅奇絲也沒有用。」

「嗯，我瞭解了，莉奧，」米雅說道：「總之你先回西非市，西非的銀行系統才是我們的核心，奇絲不在，你必須坐鎮指揮！」

米雅認為延後計畫不妥，同時由於軟禁奇絲的人是可諾耶，米雅判斷奇絲應該沒有急迫性的人身安全問題。米雅傾向於提前執行計畫，她對宵特黨發布動員令，並召開西非省臨時議會，準備在臨時議會上宣布西非省獨立為西非民主國，並發表獨立演說。鑒於莉奧的警告，透魯安排宵特勞工團沿途封街以避免不必要的意外，自己則全副武裝緊隨米雅，希望把危險降到最低。二一六零年十月二十一日上午，米雅的車隊華麗而肅殺地開往西非省議會，數以千計的勞工團員排立路肩上夾道戒備，交通號誌也全數管制，車隊一路暢通，來到議會大樓前，車速因狹窄路段的直角彎道而速度減緩，透魯警戒起來，透過弧形的車窗往大樓車道入口處一瞟，瞬間心臟狂蹬、失聲大叫：

「車隊、不要轉進去！立刻離開這裡！不要轉進去！啊、混帳！」

驚惶的命令為時已晚，整排車隊已轉進入口，被阻擋於緊緊關閉的車道電捲門之外，米雅座車被前後眾車包夾，進退不得。透魯一急，隻身飛躍下車，衝到電捲門前試圖手動捲開，卻發現控制箱外圍有燒焦的痕跡，明顯被人刻意破壞。透魯心一涼，眼前景物頓時失去色彩，她聲嘶力竭地回頭暴吼：

「米雅！下車！下車！」

米雅聞聲探頭而出，正要拉開車門時，突然天光迸裂，一道貫穿宇宙的雷擊猛轟而下，透魯被一股狂野的電光風暴撕裂拋飛，最後身體懸掛在遠處的灌木叢上。透魯睜開眼睛，本能的搜尋米雅身影，卻只看見地面上一個隕石坑般的開闊黑洞，四處濃濃冒出黑煙，隊員死傷無數，但坑洞中空無一物，沒有任何一具屍體。透魯看見自己的身體，知道時間不多了，必須採取最後的行動。視線逐漸模糊，她伸手摸出口袋中的緊急通訊器，打了第一封訊息給莉奧，通知她計畫失敗，米雅身亡。接著要打第二封時，手一抖，通訊器躍動似地從指間滑落，喀啦地清脆掉落地面。透魯歪斜身體極力想去撿拾，啪的一聲樹枝連根折斷，整個人重摔地面。視線全然漆黑，透魯已毫無知覺。她錯以為自己處於某種溫暖的光線中，黃澄的夕陽，悶熱的微風，柔軟的沙土，與清柔的哼唱。平靜的愉悅感包圍周身，彷彿要將她帶離所有苦難，透魯疲倦極了，半推半就地沉沉睡去。忽然煞那間，一張憎惡的臉孔閃現，愛斯達的骷髏化為厲鬼，阻擋於透魯面前。透魯心痛哭泣，但靈魂已被黑暗捕獲，無力掙脫。在焦黑的灌木叢下，殘破而逝。

第十六章　明日降臨之際

猶如恆星炸裂，高速噴射出無盡虛妄，萬物陷入無聲無息的世界，只有寂靜的光影與洪湧的憤怒於絕望中電光傳遞。二一六零年十月二十一日上午，米雅座車遭衛星武器狙擊，人車俱焚，半徑五公尺內無人存活，一路領導勞工團茁壯自立的透魯亦重傷喪生。夢魘從黑暗的最深處襲來，迫人窒息的靜寂使污穢的現實褪去原色，宵特軍從四面八方踏出一條條塵煙翻滾的惡夢，在米雅身亡數小時後，以不可思議的速度往休達重工區集結。大批大批的部隊直到日暮西沉時分還不斷從非洲各地疾馳而來，隨著夜幕降臨，在近乎全然黑暗的非洲大陸上四處燃起搖曳星火，若從高空探照而下，有如透明大地上的熠熠星空。重裝集結於北非的宵特軍彷彿正進行著一種重大儀式，她們眼中悲慟的孤獨感一分一秒逐漸消逝；取而代之的，是一股沉默、且即將以極端形式展現而出的純真之愛。

三千六百公里外，羅徹斯特此時高度戒備，一支二十四萬人的龐大武裝勢力在羅徹斯特的城西陣地組織成極為嚴密的防衛網，其中包含羅徹斯特新民軍十三萬人，聯邦維和部隊七萬人，與名震天下的捷魯歐聯邦空軍四萬人。蘇伊士機場上軍機引擎磨刀霍霍，準備隨時以大規模突襲摧毀愛斯達的地面勢力。蟲洞網管理局也全面支援作戰計畫，他們能隨時切斷整個非洲蟲洞網的電力供應，更可機動式地瞬間封閉任何一個隧道閘門——非洲蟲洞網即為羅徹斯特的意志延伸！一切優勢都操之在己，如此陣仗用於對付一群爬在地上的螻蟻們，實是牛刀殺雞，太過有餘！

老驥伏櫪的讓梅葉親自坐鎮世界經濟聯盟總部，二十一日整個下午都沒做什麼重大決定，只是冷眼盯著衛星監視畫面，冷酷苛刻、而且無情，這不是眾人所熟知的讓梅葉。沒有謙和的笑意，沒有體貼的風趣，讓梅葉活得夠老了，老得足以消磨掉他一生的耐性、與原本就禮輕情薄的憐憫額度。老人凜然靜坐，像尊險惡的嚴峻石雕，臉上每一條皺紋、每一處溝痕，都透露著輕視與殺意。二十一日晚間八點二十分，讓梅葉下達名為「明日沙漠」的空襲命令。瞬間，蘇伊士機場轟聲大作，九架威克提姆電子戰機先發出擊，負責開闢通路的任務，沿途癱瘓北非十七座雷達站。隨後半個小時中，數以百計的攻擊型無人轟炸機如暴雪般洪湧起飛，一大片銀灰色機體如活物般錯動交疊，在流動的夜空中向西呼嘯疾馳。三十分鐘後，非洲蟲洞網遭逢史上第一次超級大斷電，各地隧道閘門在瘋狂驚呼的警鈴與倉皇的尖叫聲中赫然落下，重重封鎖，非洲大陸一度引以為豪的蟲洞交通，全面中斷。

不祥的夜空引來致命攻擊，宵特軍擊結的北非陣地在二十一日夜間遭受到毀滅性的大規模轟炸，比蝗蟲更密集的空降彈雨擊穿休達重工區數個燃料庫與軍火工廠，沖天火柱從焦黑斷垣的廢墟中噴射放出，左右逢源的油料與炸裂物像遇上慶典般揮霍燃燒……漆黑大地上流竄著諸神的話語，當烈火在平原上創造出一片荒蕪沙漠時，人們就能依照神的旨意，在晨曦中宣告和平到來。

綿密瘋狂的地毯式轟炸持續了整晚，光是二十一日晚間至二十二日凌晨五時之間，不到十個小時內，蘇伊士機場上各種戰機出動量就已高達兩千架次，轟炸範圍從北非希望都、休達重工區、甚至西非市郊的宵特軍區都受到嚴密空襲。空中戰役一直進行到二十二日早晨，讓梅葉與一幫聯軍大將們「保守」估計宵特軍已損失超過百分之三十至四十五的重裝備、所有的防空雷達、與數以萬計的作戰兵員。羅徹斯特的北非戰區司令部浸沐於金色耀眼的晨光下，洋溢著志得意滿的氣氛。讓梅葉依據他廣大的智慧研判情勢，同意地面進攻的條件已經成熟，於是威嚴而面帶微笑地簽出名為「沙漠復興」的地面攻擊命令，決定把重金聘來的二十萬人大軍批次送進廣袤的北非大陸，來個名震古今的西線殲滅戰。

這時，在空襲中元氣大傷的宵特黨透過紐賽納協會傳來協商要求，莉奧・馬斯洛發在公開聲明中措辭嚴厲、但語調卻很委婉地譴責羅徹斯特是非不分的攻擊行為，同時要求立刻與羅徹斯特展開和平會談。曼格勒市也趁機提出五項和平建議，包括解散宵特黨軍、解散西非省政府、由世界經濟聯盟組成多方代表共同接管西非省事務等等，呼籲羅徹斯特應慎重考慮推遲地面進攻。

各方線人奔忙起來，事態看起來似乎還有轉圜餘地。然而二十三日中午，讓梅葉在世界經濟聯盟總部嚴正重伸羅徹斯特不會改變立場，企圖玩弄世界經濟聯盟公信與公平規則的「恐怖組織宵特」必須被徹底剷除！方能避免蟲洞網落入撒旦之手，淪為滿足私利與獨裁的工具。讓梅葉語重心長的說道：

「我們要摧毀的，不是熱愛自由與進步的宵特黨、或者任何一個光明磊落的正當政黨。我們要摧毀的，是那些假民主之名、行獨裁極權之實的貪腐軍閥！宵特軍，她們危害的不只是非洲秩序！現今世界，任何一個正正當當的政治黨派，都不應該擁有自己的軍隊！這是今日民主制度之所以受人信賴的基石，是我的底線，也是世界的底線。我已經命令羅徹斯特北非戰區司令動用維和聯軍的地面部隊，把宵特軍殘黨一舉擊潰，使腐敗的軍閥積習從人類文明中消失！這是必要之惡，是為了有效維護世界和平的正義之舉措！」

二十四日凌晨零時，蟲洞網北非路段有限制恢復通行，維和聯軍與新民軍分別從地表路線與蟲洞網公路浩浩蕩蕩開進西非省境內，行經希望都與北非地下城時，大批民眾爭先恐後夾道歡呼，每個人都想向戰車上的士兵們獻上點兒鮮花水果，甚至有名婦女捧著兩大盒紅豆羊羹追著車隊跑上百米，儘管備受阻撓，最後仍硬是把羊羹塞進了最後一輛坦克的戰車長手中。當她激動而興奮地退下陣來，一位隨行的國際記者撲上前逮住她，問道：

「為什麼你這麼歡迎維和部隊？你們不喜歡宵特嗎？」

「我喜歡宵特啊！但我更喜歡國際組織！」婦女高聲說道。記者問道：

「為什麼你更喜歡國際組織呢？」

「這個嘛，」婦女想了想，說道：「因為它大嘛！大到你無法反抗！既然無法反抗，何不乾脆加入它？」

「所以你不喜歡宵特的原因是她們不願意加入國際……」

婦女打斷記者說道：「我喜歡宵特！她們是非洲的良心！但是只有良心是活不下去的，這是撒旦的世界。而且我要告訴你，我家的羊羹遠近馳名！不吃絕對會後悔！現在訂購有超值優惠喔！」

街道上盛況空前，記者團被推擠得有些傻眼，維和聯軍不費一兵一卒接收了希望都與北非地下城，原本預計三十分鐘通過的路程，被搶進的群眾擠得水洩不通，部隊只能龜速前行，等到全軍通過離開北非城區時已經是凌晨四時。情緒鬆懈下來，士兵們戰意全消，繼續西進攻取休達重工區的路途上，充滿了大麻、酒精、下流的玩笑話與荒腔走板的歌唱。一名士兵拿起婦女強塞進來的羊羹禮盒啪地撕開包裝，拉開盒蓋瞬間，一頭青綠色鬼魅猛然竄出，還不及反應，空間像曝光過度那般透亮刷白，一股難以言喻的光彩與壓迫感奪走知覺，寂靜的眩光在行軍的部隊中央炸出一球渾圓天坑，震波推進，爆破聲如雷鳴，大地狂吼而劇烈搖晃，隧道像軟管那樣激烈蠕動，路面成為海中巨浪。蟲洞管制系統進入安全模式，供電中斷，匝道閘門像得了感染病那樣一個接著一個重重落下；只不過，這回不受人為控制，而是單純被炸壞了。少數取道地表公路的維和聯軍未受影響，但近九成新民軍與大多數重機械裝備，全都因斷電而困在蟲洞網內，進退不得。

意料之外的狀況使羅徹斯特北非戰區司令部忙亂起來，讓梅葉銳利老眼突的射出兩道精光，指示留守城西陣地的維和聯軍立即加強警戒，說道：

「她們可能已經兵臨城下！」

眾軍官十分驚訝，認為這是不可能的推測，當務之急應是優先搶救困在蟲洞網中的大批部隊。讓梅葉大喝斥道：

「別管他們了，我要羅徹斯特進入一級戰備態勢！現在！」

眾將噤聲，縮著肩膀正要傳出命令時，霎時地面劇震，群聚高聳的建築物群紛紛扭腰擺臀地搖滾戰慄，眾人趕緊調看市區監視器想釐清狀況時，卻不約而同露出疑惑的神貌；一球球淺灰色巨大絨毛球體佔據了監視畫面，這些毛球體下有著多彩蟹足，正兵分多路往中央行政區疾行移動。每過一個路口，就有一群毛球停駐而緊密結合，就像依附於土司表面的黴菌那樣，快速擴散、快速生根！往四周發射更多孢子！景象實在詭異，一股恐怖的氣氛流傳而出，一旁站崗的年輕衛兵突然顫語說道：

「……那是班普吧？」

語落雷驚，眾將大夢初醒，氣急敗壞地發布戰鬥命令、通知城西陣地部隊前來救援。讓梅葉在層層護衛下匆促離場，打算由密道脫身。逃生電梯從百餘樓直落至地底停車場，那兒始終備有五輛防爆車與一個緊急應變小隊值班待命。讓梅葉並不慌張，神情冷漠而嚴峻，嘴角甚至帶有笑意，直至此時此刻，他都還氣定神閒地隔空指揮著遠在聯邦首府捷魯歐的部下。電梯門一開，驀的一片巨大灰絨擋住去路，瞬間麻癢難耐的靜音連擊聲侵入骨髓，只持續短短一秒鐘，讓梅葉從震撼中回神，身上濕漉得像從暴雨中行來，指尖、衣擺都垂滴著雨珠，獨自毫髮無傷地站在滿濺鮮血的電梯中央。

愛斯達捉住讓梅葉，佔領北非戰區司令部，逮捕上百名高階與中階軍官，但班普部隊的突擊行動尚未停歇！灰色毛球沾染著泥灰與血腥氣味，繼續攻取關鍵的主要道路、控制交通要津，封鎖羅徹斯特中央行政區；接著關閉都心機場，佔領蟲洞網管理局總部、全球央行總部、與世界經濟聯盟總部三大核心建築。要控制情資，就必須控制全部的通信與媒體管道，羅徹斯特的大眾媒體數量眾多，不可能一一接管，但是所有廣播、電視台、與網路電信的主機線路均通過蟲洞網管理局總部大樓的地下機房，此外，蟲洞網管理局本身還有一套連接全球盟軍基地的通訊網路，以及非洲蟲洞網的總控制室也都在此。區區一棟不起眼的建築物，卻是名副其實的世界軸心！班普部隊毫不留情攻進蟲洞網管理局，肅清所有機房，切斷總電源，把人質關進密閉的倉庫，更焊死厚重鋼門！鎮壓了關鍵硬體設施後，愛斯達軟土深掘，為了預防事態多變，如火如荼展開一連串鐵血逮捕行動。除了在戰區司令總部率先逮捕的讓梅葉、羅徹斯特防衛部長與一大票新民軍的高階將領之外，一個擔任路障的班普小隊在封鎖邊境逮捕了倉皇逃亡的羅徹斯特內政部長，這位部長正打算趕往封鎖圈外的武警部隊緊急會合地點，晚了一步，給宵特班普隊五花大綁拖了回來。

天色漸亮，戰鬥聲響趨於平靜，對世界而言，這個早晨令人寒慄。羅徹斯特從世界的軸心淪為一座沙漠孤城，通訊、交通一概斷絕，行政區被一群古怪的蟹足毛球嚴密封鎖，氣派的市區街道經過慘烈的對待，四處傷痕累累，牆角、路面淤積著流體的黑褐污漬，隱隱散發出腥臭鐵味。在日光的另一側，肅殺之氣迎向太陽而來，留駐城西陣地的新民軍部隊大軍壓境，靜默地包圍中央行政區，將數百門大砲對準宵特軍設下的殘酷但非常有效的路障——人質牆。新民軍的高階軍官都已被逮捕，留守城西陣地的又是二線部隊，他們沒有實戰經驗，更從未自己做過決定，面對責任不清的緊急情況，儘管有著數量上的優勢，卻也動彈不得。趕來採訪的是紐賽納協會的記者，雖然對外通訊斷絕，但記者們仍本能地試圖用各種古老的方式紀錄下這歷史性的事件。

愛斯達現在面臨兩種選擇，一是透過讓梅葉和捷魯歐政權和談，要求全球共和聯邦承認西非民主國，並且讓西非市與北非希望都共同代表西非民主國加入世界經濟聯盟。西非必須以國家的身分加入，同時必須要有三席以上的一級代表都市，如此才能確保自身主權在世界經濟會議的投票制度當中不受侵犯。這是米雅和奇絲一直以來極力策動的計畫，但自從米雅穿起華服走上迂迴談判的道路之後，愛斯達就認為這種做法不會成功，和讓梅葉對話很危險！愛斯達本能的知道這一點。要面對讓梅葉，宵特的籌碼顯然還遠遠不夠多。愛斯達心中等待的，是第二種選擇。在二十一日大量聚集於休達重工區、之後在維和聯軍十小時瘋狂轟炸下近乎殲滅的那支部隊，其實並不是宵特軍，而是由上萬輛貨運卡車加掛無數金屬塗裝氣墊所製造出來的偽影像。在那瘋狂的十小時當中，各地宵特軍都安全地藏於四通八達的蟲管內部，不受監視，不受管控，現正往羅徹斯特方向行進。使敵人沒有反擊的力氣，叫做戰勝，使敵人喪失反擊的意志，才叫做征服！她認為必須使捷魯歐受到更多壓力、更大的實質威脅感！才能把宵特推上雙方對等的談判桌。愛斯達等待的，是條件成熟時的天外一擊！然而愛斯達不擅謀略，時機的拿捏就如湍水行舟，此時只有仰賴野生的直覺，始能掌握好運。

二十四日中午，先前受困北非的新民軍正在重新集結，愛斯達必須有所行動。愛斯達命人給讓梅葉梳洗顏面、換過服裝，選擇性的開放幾家媒體，讓他神輕氣爽的出面，簡單的唸一篇講稿。一方面安撫民眾，宣布一度中斷的全球貨幣交易市場再度開市，並且強烈表示和談意願，希望藉此令捷魯歐政府喪失警戒，以解除新民軍的戰備狀態。讓梅葉不愧是個老練演員，他面容慈祥、一派輕鬆地唸完講稿，看上去十分真誠，不像是受到極端壓力的對待。莉奧看見讓梅葉接見訪談的新聞後立刻撥打緊急電話給愛斯達，警告她不可擅自和讓梅葉談判，讓梅葉是人質，沒有交涉權！而談判需有國格，一定要等到捷魯歐政府派出代表全球共和聯邦的官員過來，才能展開正式的協談。莉奧掛上電話後立即起身行動趕往羅徹斯特，她相信愛斯達在談判時會需要自己的力量。愛斯達也同意莉奧的看法，問題是如果沒有更進一步的壓力，捷魯歐是不會輕易派出談判官員的。若就此靜待下去，只會讓敵軍重新聚集，到時候別說談判，就連孤軍駐防於羅徹斯特中心的宵特班普部隊也難逃升天。因此，為了在時限內把捷魯歐政府逼出檯面，愛斯達認為必須以極端的手段先發制人。

此時宵特軍已控制住北非蟲洞網，把正在第一層隧道中集結的新民軍隔離開來，使趕往羅徹斯特的宵特後續部隊從第三層隧道中疾速通行，預計兩小時內便能於羅徹斯特會合。為了避免多生枝結，愛斯達在北非戰區司令部地下室處決了所有決策層級的軍方人質。晚間七點，麥牙率領重軍到齊，愛斯達命令班普部隊嚴加駐防羅徹斯特佔領區，並把決策權交給隨後趕來的莉奧，自己則加入麥牙的行列，準備指揮宵特正規軍往捷魯歐突襲開拔。

捷魯歐對愛斯達而言是個未知的領域，此時她的心中有個最大的隱憂。羅徹斯特蟲洞網管理局雖然能總控整個非洲蟲洞網的電力與通路，但卻不包含往東至捷魯歐的路段。也就是說，「羅徹斯特蟲洞網管理局」其實是「非洲蟲洞網管理局」，而「捷魯歐—羅徹斯特路段」不屬於「非洲蟲洞網」，控制權不在羅徹斯特，則必然屬於捷魯歐。這個先決的劣勢足以破壞宵特軍的突襲計畫，然而，敵人最強大的部隊都已經拖陷於北非地區，全球共和聯邦首府捷魯歐儘管有著少數精英的軍警機構交互協防，其數量應該無法與此次集結而來、擁有五個裝甲師的宵特軍正面對抗。時不待人，愛斯達認為進攻條件已經成熟，於是下令全軍進入進攻出發位置。

十月二十四日晚間十點三十分，近一千八百輛主戰坦克與兩千輛各型裝甲戰車組成的龐大隊伍從羅徹斯特東南艾拉特港口出發，考慮到遭逢敵軍時和密閉局促的地下隧道比起來，開闊地形對宵特的輕裝甲戰車較為有利，同時為了避免陷入像新民軍那樣的窘境，愛斯達決定取道地表公路，在夜色的掩護下越過亞拉伯谷地，由半島北部廣大的納夫德沙漠直取捷魯歐！

在這日之前，愛斯達從未想過宵特軍會在紅海岸邊洗刷戰車的征塵，而現在宵特首次跨出非洲，朝向全球共和聯邦首府捷魯歐全速疾馳！陌生的沙漠看上去既熟悉、又顯得死寂而危險，觸目所及，毫無障物，只有單調偏硬的沙質地面延伸至視線盡頭，地面捲起的塵霾風沙在戰車身周不斷畫圓起舞，有如瘋癲的妖精踩踏著魔幻步伐，在灰茫的月光下誘人迷失。蒙塵的星空冷冽漠然，混濁得幾乎要凝結起來的空氣帶著某種隱晦不祥的預示，彷彿生物世界的邊境。混雜在戰車轟隆的引擎噪音中，一種十分微小的頻率擄獲了愛斯達的注意，她的體內竄出一股寒意，瞳孔放大，手腳僵硬起來，一種恐懼的嗡嗡聲擄獲了她。愛斯達知道這種恐懼，雖然時有不同，不過還是一樣，那是即將帶來毀滅的天神在體內走動時產生的共鳴，微弱、殘酷、而致命。愛斯達露出銳利目光，這次旅途歷經滄桑，而不得輕言放棄，這是機會！是最後的機會！是二十年磨刀以來即將展現的最後成果！每一股沙塵中的風暴有著拉坎的氣息，每一道天空乍現的光明中有著阿麗西亞的身影，泥土中有透魯，空氣中有米雅，還有無數的已逝之人，她們雖死猶生。黑暗中的幽靈步步逼近，愛斯達抑制住轉頭逃命的衝動，想起生命最初時的那股憤怒，在爆發而出的求生激情中大膽掀開車頂，挺身一探，睜大眼睛仔細把空中看個清楚！

夜空中，一襲遠古魅影追趕著月亮，白霧透光的影子悄悄覆蓋而下，週遭陷入一片寂靜。愛斯達也靜默下來，她看見的，是嚥下最後一口氣時的恐懼。月面中的奇特陰影隨宵特軍的行進停留了一段時間，愛斯達呼吸急促起來，她的瞳孔放大，手心冒汗，目不轉睛直瞪著敵機。突然一瞬間，陰影直墜下落！消失於愛斯達的視線之中。愛斯達驚天一吼：

「空襲！全車輛迴避！」

縱隊顫聲呼嚎，往四周捲起一片飛沙帷幕，愛斯達在激烈迴轉的指揮車上仍緊盯天外，尋找任何一絲最後的警訊。麥牙大呼叫道：

「我沒看見敵機！愛斯達！雷達上啥都無！」

愛斯達吼道：「別管雷達！不會顯現的！」

「怎麼可能？真的是敵機嗎？」麥牙問道。

「是怪物！」愛斯達頓了一會兒，說道：「可惡，它在玩我們！」

麥牙探頭往空中搜尋，只見無垠夜空靜如止水，毫無敵襲跡象。愛斯達咬牙斯忖，說道：

「這樣下去不是辦法，我們要引它出來！麥牙，全車輛拆散各自避退！」

「全車輛分散避退！」

軍令一出，全軍棄守道路，往四面八方奔馳散開，所有戰車、坦克、各種後勤車輛分成幾組小隊，分列駛向不遠處的硬質沙岩山地，那兒地貌崎嶇，有許多可供躲藏的山溝洞谷。愛斯達的指揮車也在急轉迴旋後跟上分隊，往西北方向的山壁疾馳。突然間天光一閃，右側天空數道雷擊殞落，麥牙率領的前導部隊如爆竹般一陣霹靂爆閃，殘骸連串炸翻飛天，愛斯達渾身一顫，失聲大吼：

「正上方！全面砲擊！」

瞬間，各種主砲、火箭砲、防空機槍、飛彈、甚至步兵機槍全都往空中猛烈射擊，上萬枚曳光彈將渾沌夜空燒得通透明亮，隱約可視一架怪形敵機於空中浮躍跳動，全軍朝目標瘋狂噴射彈藥，有那麼一瞬間，怪物機腹冒出一點兒火光，隨即高昇撤退，然而只要防空網一有空隙，天譴般的雷擊就噤聲落下，一次摧毀一整支旅級武力！宵特軍無計可施，只得與這架不知名的敵機展開長時間防空火力戰。她們被迫停止前進，期間愛斯達又收到羅徹斯特的班普部隊傳來訊息，得知有兩個裝甲旅的新民軍正往此地開跋。宵特軍一邊盡力維持防空火網一邊緩慢移動，四十分鐘後，殘存部隊終於撤退至西北山壁南側，躲進山區地形中獲得掩蔽。此時彈藥見拙，愛斯達分隊的坦克亦減少至十輛以下，雖然隨即與麥牙軍的一支裝甲偵查營在山谷中會合，但如此膠著下去將有全軍覆沒的危險。愛斯達領著兩個坦克營的殘部進行大幅迂迴，把坦克深深隱藏於複雜山溝中。詭異的敵機仍於山區低空盤旋，數度探尋時幾乎近得就在眼前！一名麥牙軍分隊長亞塔魯企圖用坦克主砲近距離攻擊敵機，卻遭愛斯達阻止。亞塔魯低聲咆吼：

「我們可以擊落它！長官！就是現在！」

愛斯達再度嚴厲制止，卻沒有給予任何理由。亞塔魯激動得顫抖說道：

「它殺了麥牙隊長！我看見了！」

愛斯達立即警示亞塔魯禁聲，嚴厲地側耳傾聽一會兒，才低聲說道：

「不只是麥牙，我也看見了！它就是殺死米雅與透魯的兇手！在希望都上空，米雅準備發表獨立宣言的那天早上！這東西是捷魯歐的殺人機器，我們的火力拿它沒辦法，若它的任務是殲滅我們，一擊就完了，像米雅那日相同！但我們還在這裡，少數人逃了出來！」

「什麼意思？」亞塔魯怒衝問道。

愛斯達沉思一會兒，說道：

「它會離開，而新民軍會來。今天它的任務，大概是摧毀我們的戰力，然後留著少數人，好給新民軍收割。所以聽著，我們得保留戰力，擊敗接下來的新民軍，才有活路。」

亞塔魯瞪眼沉噤，腦袋還在思考著。瞬間一股爆炸氣流轟傾而下，一架魍魎黑灰的龐然大物下落至愛斯達所在的洞穴前方，強大的氣流吸引而上，愛斯達幾乎要脫離地面，粗暴的砂礫如旋風葉片由下往上刮蝕著皮膚，眼睛刺痛得快要睜不開。倏地一道探照燈直晃晃地正打在愛斯達臉上，愛斯達憤而睜眼，怒目直視，在走沙飛洩的強光中什麼也看不見，卻聽見機器喀嘶了一聲。死神黑影緩緩往後方飄移數尺，於隱微夜光中逐漸露出彎月般的機翼邊緣，愛斯達瞪著眼前光景，腦中掠過一絲驚恐與錯愕，心裡突然領悟了某種事實。當靈魂遁入黑暗，愛斯達持槍朝向目標猛烈射擊，傾出的子彈像是落入無底洞中渺無聲響，在敵機前方全數消失！數十輛裝甲車亦集中火力全速砲轟，敵機加大排氣，機體微幅側傾一邊，嚴密的彈幕彷彿被彈開似的紛紛滑落機身四周，打下無數山谷微塵，接著一瞬黑影浮掠而上，伴隨著直貫而下的急爆氣流，長揚消失於無邊暗夜。

愛斯達挺立原地，手指僵硬，背脊發冷，她緩緩放下機槍，月光突然變得皎潔而無垢，無情照入陰冷山谷。愛斯達眼珠子閃著亮光，她知道新民軍就要來了，在迎敵之前還有一點時間，必須盡速集合剩餘武力。

繁星璀璨，黑夜如華麗的絲絨，沙漠寒風中飄送著撕裂心扉的氣味。愛斯達生平第一次感覺到驚恐，發現死亡在她的周身徘徊，無垠的虛無於空洞感中吞噬著精神，一切的事物都顯得遙不可及。身體因寒冷而發熱冒汗，又因為不踏實的恐懼感而微幅顫慟。愛斯達擔憂的不是自己的死亡。對於每天挺身與死亡奮戰的宵特人來說，死並不是什麼值得大驚小怪的事。然而，在死亡的更深一層意義之上，卻籠罩著一層令人腿軟無力的陰霾，縱使靈魂消散，也無法在其中找回安寧與屬於自己的歸宿。驚恐的不是自己的死亡，而是剛才那架強大得令人難以置信的敵機！當那股壓倒性的強大力量展現之時！愛斯達瞬間明白了一個真理，明白了這個世界的一個「真實」。對於捷魯歐（或全球共和聯邦）而言，宵特的綻放與凋零，也許只不過是這個非洲大花園裡常見樹叢間的一點兒消遣罷了。有時天時地利人和，繁花盛開頻仍，卵地阿美卡，北非新民軍，西非宵特，還有游散各地的民兵部隊，大家乘著前世紀的坦克彼此追逐，舉著舊時代的槍械相互廝殺，戰勝的一方用野生動物的方式集體高聲呼嚎！動物住在生態保留區，婦女住在婦女保護區，軍隊則在沙漠的競技場中進行著一場又一場的戰爭賽事。在這個非洲大花園裡的一切，就像上天安排好的偉大植栽計畫！哪棵樹上什麼時候開花，何時凋謝，能不能結出果實，又由誰來採收？養些蜜蜂來幫忙授粉，放些蚯蚓來幫忙鬆土，如果螞蟻想要擅自搬走果實，就灑下農藥全殺了吧！假若落葉掉盡，那就連根刨起，重新種下別種樹苗。盡數的繁盛、和平，都在「看不見的手」容許下飼育而出。不絕的爭亂、災難，亦在同一雙手攪和下放肆激盪。這不是宵特、更不是愛斯達所期望的未來！耀眼晴空下，赤紅色大地遍佈屍骸，全身剝落的母親仍曝身於室外破舊擔架上。驚恐的不是死亡，而是一種無法理解的空洞與虛脫。

然而，就只能臣服了嗎？就只能雙膝跪地而毫無還擊之力了嗎？好不容易才綻放而出的花朵，就將任其凋零嗎？

愛斯達默視黑夜，星河無語，月色唏噓。亞塔魯重新整合殘存部隊，大夥聚集在愛斯達身邊，等待著最後的作戰命令，但愛斯達已是多麼孤孤伶伶！她想起莉奧還在羅徹斯特，在只有少數班普部隊護衛的情況下主持大局；還有雖然做法不同，但也未曾放棄以婦女保護區為基礎而持續努力的基烏！愛斯達不曉得這樣的努力是不是徒勞，會不會白費，是否付出了過多的代價之後，最終也只能成為虛偽繁榮下的安寧家畜？是否真的能夠相信在黑暗世界中發芽的種子，終朝一日也能不受外力擺佈而自由地生長、枝葉貫穿天地？

「哼哼，說的也是，」愛斯達冷不妨笑了起來，對自己說道：「說的也是！想要從強權者手中奪取屬於自己的權利與自由，本來就不是立竿見影那麼簡單的事情！如果在一代人手中無法完成，那麼，唯有將意志化為信息傳達出去，夢想與祈願才能超越生命，繼續留存於這個世界！原本我們攻打捷魯歐的目的，在於替宵特後續的談判增加優勢，就算受到先進武器毀滅性的伏擊，如果夾著尾巴逃跑的話，別說優勢，恐怕宵特要面臨的就不是談判而是審判了！所以果然還是別想太多，直接狠狠打敗追擊於此的新民軍，宣示我雖然武力不及捷魯歐，但非洲眾軍團中，我宵特仍是絕對強勢的老大！除了宵特之外，捷魯歐想扶植誰，我就幹掉誰！我得告訴世界我就有能力幹掉誰！非洲的事情，只能跟我宵特談！所以在這裡，就算是殘兵敗部，也必須殲滅新民軍！絕不能讓新民軍在我們宵特身上得到一點甜頭！」

最後戰役無聲無息展開，愛斯達綜觀地形，此地坡度平緩，視野開闊，剛才躲藏的西北山壁南側高差也不到兩百公尺，東面是高差五十公尺的平坦高地，中間形成一道地勢北高南低的弧形通道。宵特軍兵力所剩不多，只有不到四個營的戰力。愛斯達命令亞塔魯帶領兩個戰車營部署於弧形斜坡上的塹壕內，準備將這裡作為誘敵入甕的主要陷阱，一個完整的裝甲步兵營配置於東面高地前方建立支撐點，負責誘導敵軍轉向進入弧形陣地。剩下只有不到兩個連的戰力，跟隨愛斯達埋伏於山壁以西的主要公路側翼，隱蔽於起伏不定的砂岩背後，按適當間距埋伏好戰車，愛斯達又命令其中一個排繼續西進三十公里，擔任預警與適時切斷敵軍退路。

二十五日凌晨四時，曙光未明，宵特軍殘部準備就緒，最西邊的預警排部隊隨即觀測到約有八十輛新民軍戰車以行軍縱隊疾馳東進，它們大膽地整齊列隊，浩浩蕩蕩越過宵特預警隊，毫無知覺自己已經踏上愛斯達精心準備的陷阱。宵特軍靜默無聲，百里內只有新民軍的戰車巨輪在風沙沉寂中轟隆作響，偶爾穿插幾句無線電通話的碎裂雜音，似乎也正在搜尋宵特殘部的蹤影。當新民軍先頭戰車來到宵特軍東面支撐點前方約一千公尺時，毫無預警的一聲怒吼，北側弧形陣地突發多枚照明彈，接著戰壕內宵特戰車全彈齊發，瞬間就擊毀多輛新民軍堅硬裝甲，爆炸火焰竄燒天空，更加暴露出新民軍的位置與隊形。新民軍立即轉面反制，朝向北面組成一道猛烈的直射火力，對宵特弧形陣地一步步猛轟逼近，同時裝甲步兵下車組成多支突擊隊伍，匍伏在夜色當中試圖滲入宵特陣地。為了對付敵軍滲入的步兵，宵特軍必須發揮機動性，不斷變換射擊位置，更加誘敵深入。新民軍仗著數量優勢一路挺進，此時其火力防線正好進入宵特弧形陣地與東面支撐點的交叉線上，見機不可失，宵特東線支撐點猛然發起第二波攻擊。瞬間，死亡捕捉了一切。激戰中天降彈雨，直擊新民軍側翼，頓時打亂組合緊密的堅實火線，戰車開始撤避逃竄，空曠谷地中卻沒有任何地形屏障，毫無掩蔽的新民軍不論逃或不逃，都處於宵特的直射火力下。雖然他們極度想找出宵特坦克躲藏的位置，但在烏煙瘴氣的黑夜裡很難辨識出躲藏於壕溝中的低矮輪廓。辨認不出目標，自然無法準確射擊，新民軍在短時間內遭受慘重損失，然而其主力部隊仍在同僚的掩護下頑強抵抗，以充足的戰鬥力堅定向宵特陣地發動一次又一次猛攻，戰場亂成一團。激烈戰鬥持續了兩個鐘頭，宵特陣地面臨嚴重的彈藥罄空危機，就在亞塔魯疾呼愛斯達支援時，頃刻間天光露白，新民軍禁不住重大損失而開始後撤，在這片短暫慘烈的戰場上丟下了近半數已焦黑損毀的裝甲車。晨光沐浴下，砲聲趨緩暫息，新民軍殘部防禦式地走避至公路南側，以高起的路基作為屏障向西逃逸，躲過兩百公尺高的北側山壁後，認為以宵特的戰力不會追逐至此，才又逐一駛回路面，出現在距離愛斯達埋伏點前方不到七百公尺處。愛斯達裂聲飆吼：

「部隊各就各位，開火！」

霎那間嚴密火網從兩側夾擊而來，新民軍像是不幸闖入隕石碎屑區的受害者那般無辜而驚慌，愛斯達部隊則冷酷且有條理地逐個消滅目標，新民軍遭到了著名的「獵田鼠」打擊，整個縱隊亂成一團，他們非但沒有還擊，反而加速逃逸，這時宵特的預警排部隊從前方包夾回來，一枚嘯聲火箭猛然炸開新民軍當頭戰車，新民軍受到驚嚇，碩大的裝甲車在公路兩側來回奔跑，試圖反擊卻又不知該往那兒發砲。愛斯達一向知道用襲擊對付新民軍這種劣勢素質的裝甲部隊非常有效，宵特軍在己方彈藥耗盡之前，沉著地將淪為靶子的新民軍不斷擊毀，然而卻仍有二十餘輛的新民軍殘部突破宵特防線，向西遁走。

亞塔魯搜括剩餘彈藥全數補給給愛斯達部隊，愛斯達補給過後，部隊沿公路向西移動，再度埋伏於稀疏的樹林與灌木叢中，耐性監視著公路。果然靠近中午的時候，新民軍殘部與一批後續部隊會合後，重新回來搜索宵特部隊。他們在先前激戰的地方反覆搜索了幾個小時，還仔細檢查了前夜被捷魯歐戰機擊毀的宵特軍殘骸，一番讚賞之後，判斷宵特軍已全數覆滅，於是沿公路向西打道回府，再次走向愛斯達埋伏的火力圈。宵特軍猛然進行齊射，第一回就擊毀七輛新民軍戰車，新民軍隨即展開反擊，愛斯達命部隊散開，迅速轉移陣地。新民軍分散追擊，卻被迂迴埋伏後的宵特軍逮個正著，一口氣又消滅了十餘輛在狹道間困惑失據的新民軍戰車。然而這時宵特軍彈藥告罄，而敵軍還有少數戰力在四周游離，她們必須劫取新民軍毀損裝甲車上的剩餘砲彈才能繼續作戰。愛斯達領隊下車，一陣衝鋒掃射後開始搬運敵軍彈藥，替己方進行補給。突然間腦門一涼，愛斯達身體失去平衡，直挺挺地往旁邊翻倒下去。一個部下焦急地把她拖進掩蔽處，四周機槍震響，愛斯達眼裡卻只見藍天無雲。她想起小時候看過拉坎最後的模樣，想起自己當時哭得好傷心。愛斯達微微笑起來，心中充滿了愛。

宵特軍勉勉強強補給過後再度開動起來，艱辛地在追逐戰中又擊毀四輛新民軍戰車，新民軍剩下殘部落荒而逃，不再有作戰意志。此時艷陽正盛，焦黑大地上硝煙止息。宵特軍在半日作戰中以四個營的戰力消滅了有充足補給為後盾的新民軍強大旅部。當她們帶著愛斯達的遺體緩緩開回羅徹斯特時，一路上沙塵溫柔相伴，煦日照拂，和風舞蹈，彷彿再大的困難，也都不會困擾著非洲了。

第十七章　世界之魂

西元二一八四年，初春。

返回西非市的蟲洞列車上，三個聒噪的女人正好坐在茱兒．烏林克後方，興高采烈地談論著此次的非洲遊歷，濃濃的曼格勒腔調像奶油幕斯般擠滿了整個車廂，滑順地灌進每個乘客耳中。三人並不驚覺自己打擾了別人，茱兒甚至覺得她們是刻意講得這麼大聲，彷彿若是沒有這個音量，就無法顯現出自己有多麼熱切，多麼沉醉，多麼投入於這次的旅行之中。茱兒調整一下椅背，在令人頭痛的玫瑰香水味中吞下一粒暈車藥，無奈地閉上眼睛休息。然而後座的熱談逐漸來到高潮，坐在正中央，那個嗓門最宏亮、音質最圓潤、聲調最高亢的女人驚呼嘆道：

「這些救助會的婦女真是太偉大、太令人敬佩了！我認識了其中一位婦人，她的家鄉發生內亂，有一天一群暴徒衝進她家，她的丈夫逃得飛快，而她卻躲避不及而被暴徒抓走，結果被關在封閉的倉庫內監禁了三個月，每天遭到輪暴！後來，好不容易逮到機會逃脫，卻因為強暴懷孕而被丈夫拋棄！最後，走投無路的她聽說了基烏救助會，歷行艱辛終於來到這裡，獲得了必要的幫助。我有幸認識她！而當我問她說：『受過這樣的遭遇，你又如何看待、如何定義和平呢？』這為婦女竟然回答說：『和平就在我心中，誰也無法奪走，誰也無法賜予。』我聽了之後如聞天聲！好不震撼！我生活在曼格勒市，我每天花那麼多時間做瑜珈、我看心理醫生、我還去上精神輔導課程，都只是為了求獲心靈上的平靜！我以為平靜如此困難！但是，她被暴徒監禁三個月，在這三個月間她每天遭受輪暴！你想想看，她受到如此的對待！而當你問她什麼是和平時，她卻很簡單的告訴你，和平就在你自己的心中！我……噢，我噢！你懂！這對我而言有如天啟！」

朋友們感性地隨之嘆息，女人喘息了一下，突然壓低聲音，有些瘋狂地說道：

「你們曉得，我一直是個女權主義者，噢是的，我當然是！但在遇到這些婦女之前，我認為既然要捍衛女權，我就必須非常剛強，必須比男人還要強硬，非常冷酷，必要時像個粗暴的惡棍！你知道我以前就是這樣！不然要怎樣從暴徒手中保護其他的女性呢？但是！在婦女保護區，這些救助會的婦女！她們真的給我上了嶄新的一課。你明白，她們多半都被強暴過，許多人強暴懷孕，生下禁忌的孩子，許多婦女被毀容，強暴者會用砂礫揉爛她們的眼睛，使她們不能指認犯罪者的罪行！還有更多人在遭受暴行的過程中感染可怕的疾病！她們經歷過這種充滿暴力與背叛的慘痛過去，但是，當你看到她們的時候，噢，這些婦女！她們歡笑，她們唱歌，她們跳舞，她們利用回收物製作美麗的飾品，她們喜愛花卉，熱愛美麗的事物，當然，她們本身也非常美麗！最重要的是，她們告訴我：『美麗的事物可以令人在絕望中重拾力量！』這真是天大的震撼了我！你想想，她們從絕望中重生，靈魂卻能如此放鬆而美麗，一點也不緊繃、不仇恨、不具攻擊性！你知道，我家就住在曼格勒那條呼風喚雨的《牆街》旁，我每天看見那些在金融街工作的人，都覺得他們好像活在戰場上！這真的好諷刺喔！嘿，曼格勒的生活已經這麼好了！這麼棒了！大家都豐衣足食、每天過著自由和平的日子，為什麼這些男人，你知道，這些在金融街工作的男人，為何還要那麼戒慎、時時恐懼？如此有侵略性？他們每天都像在打戰！我必須說，這樣絕對無法長久，這絕對是難以為繼的系統！他們都應該去度個假，去基烏救助會當幾個月志工，他們應該學習放鬆，學習和平，更懂得去愛！」

附和之聲流露出善美溫情，女人語調和緩下來，拿出一本厚紙張印成的刊物，唰唰唰地翻開來展示，說道：

「你們一定要看看這個！這是基烏救助會最新推出的商品目錄，看看它們，多麼的美麗！這些美麗的首飾，每一件，都是保護區婦女們精心製作的！她們會將蒐集而來的雜誌廢紙製作成各式各樣漂亮的圓珠，再設計成別出心裁的各類飾品！看看這條項鍊！噢還有這只手環！真是太美了不是嗎？看看她們運用顏色的方式！到底怎麼折出來的啊？這些圓珠都不是空心的喔！不只是實心，實際上還滿硬滿堅固的！天哪，我必須說，她們真的都是天才！基烏救助會定期出版這些目錄，好讓大家可以購買這些美麗的飾品，不只在北美、南美、歐洲、還有亞洲都有銷售通路。而你知道我認為最棒的是什麼嗎？我覺得最棒的是，這不只是一項營利生意而已，救助會將這它定義為慈善事業，只要你購買這些美麗的首飾，就等於是在幫助救助會的婦女，讓她們有機會和我們每一個人一樣，能夠自食其力，過著有尊嚴的生活！」

「噢，這真是太發人深省了！」坐在左邊的朋友說道：「這些珠子真是美麗，完全看不出來是用回收紙張做的！」

「而且會不會太便宜了啊？一條才賣三百元？」右邊的朋友驚呼說道：「我們都應該一人買十條！」

「我現在大約有十幾條，而且我還打算買更多！每天換著戴真的很不錯，而且很輕盈！」中央的女人說道：「只是有個問題，就是雨天不太適合。」

「的確，紙糊的嘛！」二友笑道附和。

茱兒打了個呵欠，以為後座的會議終於告一個段落，總算可以清靜入眠時，右邊那個朋友又突然說道：

「你想，她們就靠做這個吃飯嗎？」

話聲停頓了一下，中央的女人說道：

「是啊，基烏救助會輔導保護區的婦女從事這些飾品創作的事業！」

「我知道啊，我是說，既然要輔導，為什麼不輔導更有用一點的事情？」

右側的朋友提出疑問，前方的茱兒不自覺睜開了眼睛。對話停頓了一會兒，左側朋友也跟著說道：

「這倒是，雖然是很美麗啦，我可能會一次心血來潮買個十幾二十條，但老實說這實在不是必需品。鑽石還說得上是必需品，這些東西實在不是。」

「說什麼話呀！難道你們不想幫助這些可憐又可敬的婦女嗎？」

女人壓低聲音驚呼，不可置信地用力翻動著目錄書頁，像在展示著自己無垢的內心，說著：你看！你看！

「我明白、我明白！」右側的朋友趕忙安撫說道：「我是說，她們只做這些飾品嗎？沒有做其他的東西嗎？」

「沒有的樣子，」女人欲言又止，三人之間有種心照不宣的想法呼之欲出。中央的女人趕緊補口說道：

「善心永遠都是存在的！」

「嘿，是喔，那麼我問你，」

突然一個陌生的聲音揚起，冷冷的說道：

「你會因為『善心』而購買這些非必要的飾品，但是你會因為『善心』而去購買衛生紙或每天早上要吃的穀片嗎?你會因為『善心』而去使用電力，或者消耗更多一些自來水嗎?」

「誰啊?你?」女人錯愕問道。

茱兒總算爬起身來，越過椅背往後打上照面，說道：

「我想剛才的問題是這個吧?既然要輔導人家自力更生，為什麼要選擇這種對消費者而言其實可有可無、必須仰賴心血來潮的善意才會購買的產品?從經營事業的角度來看，這實在不是一個好主意!因為當你生產一項產品，對外銷售時，卻必須仰賴他人的『好心腸』才有辦法售出，如果他人沒有好心腸，如果消費者沒有善意，就賣不出去、無法達成可以養活自己的營收，這樣跟和尚化緣有什麼差別?和尚化緣是講好聽了啦，我是說，這樣算是自食其力嗎?而且說實在話，保護區都成立多少年了?每年有數以萬計打著慈善名稱的國際組織進駐其中，為什麼搞到現在當地的婦女們還得依賴這種不值得信賴的小玩藝兒在那邊乞討別人的救助?」

「什麼乞討別人的救助!」女人憤慨了起來，說道：「你說這什麼話?誰乞討救助了!」

「就是救助嘛!」茱兒兩手一攤，說道：「你要知道，班加索河谷不只是婦女保護區，更是避稅天堂耶!每天每天數也數不清的白花花銀子在那邊進進出出，保護區可說是日擲千金也不為過!帳面上富裕異常，寬敞的歐風街道旁，隨處可見衣衫襤褸的瘦小孩童四處搜尋撿拾著成堆的廢棄雜誌，然後用重複使用好幾年的破破爛爛的尼龍繩綁成一大捆、一大捆，扛在頭頂上帶回家給阿母阿桑們製作成美麗的廢紙串珠飾品。而且你曉得嗎，一條廢紙串珠項鍊當地銷售價格，不到和平幣一元，約為五十分，廢紙嘛。如果賣給定期收貨的基烏救助會，均一價和平幣三十元。而基烏救助會對外販售價格，每件最低售價和平幣三百元起。」

右側的朋友用手摀住口鼻，臉上的表情很清楚地寫著，噢天哪，賺十倍!我大概不會一次買十條了。中央的女人則氣得發抖，說道：

「她們的生活很困難，所以我們才要幫忙推廣這些飾品啊！你這人怎麼能夠這麼沒有同情心！」

「同情心不能作為產品的優勢！我想關鍵在這裡吧，」茱兒率性地比出手勢，解釋說道：「巴菲特說過，每一個國家都應該要建立起自己的營運模式！啊，你知道巴菲特是誰吧，就是兩百年前很有名的投資大師，人稱股神的那個。每一間公司也都應該要建立自己的營運模式。嗯，說『營運模式』好像很難理解，其實就是在講，不管做什麼生意，都要確定自己在同業競爭者之間的不可取代性！這種不可取代性，才是你的優勢！像基烏救助會這種做法，雖然對於受助者來說不無小補，但正如剛剛說的，這實在不是必需品，在同業、同類產品間也沒有任何特出的不可替代性，砸錢宣傳可以炒作消費者的同情心，但是，靠著客戶的同情來收購產品，這樣的經營策略，無法使經營者確立自己的生存之道。我所謂的生存之道，就是要成為一個真正有競爭力的事業，這個事業必須能以產品本身特有的不可取代的優勢來開拓出市場需求，這樣的事業，才能長久自立經營。能夠不靠外力幫助，像是匯率特惠啦，政府砸錢補助啦這種，要在沒有這種外力幫助的情況下還能長久自立經營，這樣才能說得上是一個好的營運模式。基烏救助會這種，不叫經營，叫做救濟才對。」

「你對別人好嚴格喔，她們都已經很努力了！」右側的朋友皺著臉說道。中央的女人一聽，立即唱隨道：

「哼哼，對啊，那麼你自己又做了些什麼？你的長篇大論又已經幫助了幾個保護區的婦女啊？自己什麼也沒做的話就少在那邊放厥詞！」

「喔，我的確什麼也沒做啊，」茱兒說道：「幫助她們不是我的義務，也不是每個人的義務。我比較好奇的是，為什麼婦女保護區不能經營自己的水利與電力事業？她們有塔蔻水壩，位處河谷，也不是沒有技術，只要恢復和東沙王國既有的合作，整個保護區在水利與電力供應上就能立即脫離蟲洞網集團的壟斷，只要水電一自立，整個河谷的豐饒沃土，就可以愛種植什麼就種植什麼，糧食自給自足的話，根本就不需要委屈將就於世界經濟聯盟的打壓與箝制了！保護區明明有自治的政府組織，為什麼不能制定符合本身利益的農業與基礎建設政策？為什麼一定只能經營那種需要仰他人鼻息才能勉強達成生存底線的事業？而且更糟的是，這種事業無法訓練出使人能自食其力所需的關鍵技能，一旦外界停止援助、停止憐憫，請問保護區要如何繼續營運下去？土地？有，很肥沃！水資源？有，從分水嶺到出海口！交通運輸？沒問題，有整條河谷！啊人咧？人都在茅草屋簷下捲廢紙串珠！為什麼？因為有人特意訓練她們做這個！有人特意訓練她們把力氣、時間、都耗在這種事情上，讓她們以為這就是生存所需的關鍵技能！我要問的是，為什麼保護區不能去經營真正具有獨立競爭優勢的事業？為什麼連基烏救助會這種單純民營的團體，都不被允許在保護區內經營與基礎糧食相關的事業？水利！電力！土地運用的權利！還有每天的糧食！明明是在自己土地上生產出來的東西，需要用時卻必須以辛苦付出勞力賺取的微薄工資向他人付出高價購買，這就是沒有建立起自主營運模式的悲哀。」

「照你這麼說，」左側的朋友若有所思地說道：「不只是婦女保護區了吧？西非省不也一樣嘛？宵特黨最近也還為了農業區的用水跟蟲洞網自來水公司又槓上了！」

「是啊，已經槓太多次都習以為常了，」茱兒說道：「從我出生之前就在那邊告來告去，又是抵制又是懲罰性停水，搞得大家很不方便是真的。」

「那你覺得，這事情算是誰的錯呢？」右側的朋友側著臉蛋兒問道。

茱兒手撐在椅背上沉思著，中央的女人眼珠一轉，發出一副沒好氣的聲音哀嚎道：

「哎唷，這當然是宵特黨不對啦！那種民粹的激進份子，哼哼，收割派！你們覺得，如果這中間沒有巨大的黑手利潤的話，宵特黨真的會站在農人這邊嗎！她們就是想搶水利專賣權啦！哎唷我的天，搶到就賺死了！當然不能讓她們搶到！」

「嗯，但是婦女保護區的用水不是也受制於蟲洞網自來水公司嗎？」右側的朋友說道。左側的朋友點頭回應道：

「對啊，我聽說是因為東沙王國倒向捷魯歐的世界和平黨了，當時世界和平黨執政，權力隻手遮天！莫珂蒂家族和阿尼安家族達成協議，放棄中非，換取在世界經濟會議中更大的影響力。」

「哈，沒想到打錯算盤，竟然輸給人民勝利黨！」中央的女人露出不屑的表情笑道：

「要不是那個小黨突然選贏我都還以為它已經解散了呢！」

「所以你認為是誰的錯呢？」

右側的朋友眼睛透亮地再度盯上茱兒，把問題又拉了回來。

茱兒露出不爽的表情，說道：

「宵特。」

「嘿？好意外！」左側的朋友驚呼：「我以為你一定是會討厭蟲洞網自來水公司的那種人！」

「很可惜猜錯了。我覺得錯在宵特。」茱兒賭著嘴說道，看上去真是不爽到了極點。右側的朋友忍不住笑了出來，問道：

「為什麼你認為錯在宵特？」

茉兒皺著眉頭，伸出一根手指頭比在半空中，說道：

「因為，這樣不是很沒有自知之明嗎？軍隊都已經被解散的宵特黨，西非省不管經濟政治軍事通通都在蟲洞網的管理之下，你宵特黨是要以什麼為條件去跟整座五指山談判？你根本沒有籌碼嘛！律師？律師有什麼用？法院人家開的啊！還是媒體助陣？輿論壓力？羅徹斯特的宣傳大軍是會怕你喔？別傻了！宵特軍解散的那一瞬間，西非省就已經完了，她們還沒意識到這一點。軍隊沒了，什麼就都沒了。主權沒了，什麼都別想、別談、別奢望了。」

「噢吼，不得了不得了，我們這裡來了一個軍國主義者呀！好可怕！」

中央的女人裝模作樣地驚呼起來，等著其他人跟著嘲笑茉兒這番不恰當的言論。但是左側的朋友沒有應喝，竟然直接反問茉兒說道：

「如果這樣算是宵特的錯，可是她們還能怎麼辦？難道完全放棄、什麼都不爭取了嗎？你覺得那樣反而會比現在更好嗎？」

「其實現在也沒什麼不好，」茉兒說道：「只是沒有獨立的經濟主權，是吃不飽也餓不死，隨波逐流的附庸型經濟罷了。事實上，只要蟲洞網到得了的地方，以及只要採用了和平幣制的地方，這些非洲的都市就不可能保住獨立的經濟主權。除非你有足夠的條件與實力能與整座五指山相抗衡，才能有交涉權，才能建立起自主的營運模式，而不怕外力的惡質干預。不然的話，不論是愛，侵略，恐懼，還是姑息，都不足以拯救一個在蟲洞的吸吮下陷入無止盡惡性循環的都市。唯有保住經濟主權，人才能活得有尊嚴，但在現在的非洲，恐怕愈來愈難以達成了。現在人們唯一被允許、而且會被讚賞的事情，就是滿足於眼前的小幸福、然後歌頌不見天日的小日子！」

「噢，真是胡說八道，」中央的女人揮揮手說道：「事情才沒有這麼糟糕，你只看自己想看、只說自己想說的。」

「唉，總之真慶幸我們住在曼格勒，」右側的朋友說道：「至少不用為了這種問題煩心。」

「哦，你們不知道嗎？」茱兒眼睛一亮，突然說道：「第一條北美蟲洞隧道已經開始動工了耶？路線是從蘇格蘭至冰島、冰島至格陵蘭、格陵蘭至北美拉布拉多半島，往下銜接現有的五大湖鐵路網，然後向西延伸至阿拉斯加。另外，既有的白令海峽隧道也已經確定原線擴建為蟲洞隧道，因為路線短，說不定會比格陵蘭線更快完工呢。」

三個女人愣了一會兒，中央的女人笑了起來，說道：

「呵呵，你該不會是說曼格勒也快要變成非洲了吧？」

「這個嘛，」茱兒聳聳肩說道：「如果曼格勒金融牆街的男人們也都在捲雜誌廢紙做串珠的話，也不是不可能。」

中央的女人挑高眉毛不予認同，左右兩側的朋友卻相視而笑。茱兒歎道：

「唉，現實永遠比人們想像得更快得多啊！」

列車到站時，中央的女人攔住拿著行李準備下車的茱兒，說道：

「嘿！不論如何，很高興跟你談了這麼多，但我還不知道你的名字呢！」

「哈哈，再見啦！」茱兒回首笑道：「如果這個世界有天需要我的時候，你就自然會知道了。」

走出西非車站，便能看見蟲洞網創造而出的一座璀璨都會。無比華美的天際線，高速便捷的交通，怒濤般湧動的金流，優雅富裕的生活習性，充斥且廉價的非耐久財，永遠消費不完的商品，以及將世界一家的大同理念化為局部真實的智慧、與勇氣。最多最大的奢豪商場，來自天父的贈與，美麗的街道與典雅的市容，則是聖母的溺愛，尖端先進的昂貴武器設備，由天使微笑奉上，一支用以強化治安的正義之軍，從愛神的手中誕生。蟲洞網所到之處，奇蹟不斷發生。恩典的光芒感化著人們，使暴力受到驅逐，貶謫至樂園之外，使絕望受到譴責，流放於蠻荒之疆；不知不覺中，和平滋養了心靈，大同世界，此刻正在降臨！

偉哉非洲，壯麗富士，希望漫天飛舞，如七彩之泡沫。

人唷！如此霓采天堂，為何不能認同？為何還要反抗？

西非的夕陽中，有一種來自遠古的聲音。當人們曝曬於那火橘色的原始烈焰下時，遙遠的聲音，就會愈來愈清楚，微細地從腦葉中、心扉間、耳邊、皮膚上、直到震耳欲聾的口鼻中、靈魂裡，傳遞出一股沉噤的騷動力量，在荒時暴月的猙獰原野間，不停地強韌誦唱——

我知道生命！
我知道死亡！
我知道戰鬥！
更知道如何回首凝視；

但絕不走、回頭路！

《全文完》

※人生三十二載總體戰，謹獻此書！

國家圖書館出版品預行編目資料

世界之魂 / 楊依射著
--初版-- 臺北市：博客思；2015.1 面；公分--（現代文學18）
ISBN：978-986-5789-46-6（平裝）
857.7　　　　　103025464

現代文學 18

世界之魂

作　　者：楊依射
執行編輯：張加君
美　　編：謝杰融、王曼殊、高雅婷
封面設計：謝杰融
封面插畫：啾太郎
出 版 者：博客思出版事業網
發　　行：博客思出版事業網
地　　址：台北市中正區重慶南路1段121號8樓之14
電　　話：(02)2331-1675或(02)2331-1691
傳　　真：(02)2382-6225
E—MAIL：books5w@yahoo.com.tw或books5w@gmail.com
網路書店：http://www.bookstv.com.tw 、華文網路書店、三民書局
http://store.pchome.com.tw/yesbooks/
博客來網路書店 http://www.books.com.tw
總 經 銷：成信文化事業股份有限公司
劃撥戶名：蘭臺出版社　帳號：18995335
香港代理：香港聯合零售有限公司
地　　址：香港新界大蒲汀麗路36號中華商務印刷大樓
C&C Building, 36,Ting, Lai, Road, Tai,Po, New,Territories
電　　話：(852)2150-2100　傳真：(852)2356-0735
總 經 銷：廈門外圖集團有限公司
地　　址：廈門市湖裡區悅華路8號4樓
電　　話：86-592-2230177　傳 真：86-592-5365089
出版日期：2015年1月 初版
定　　價：新臺幣280元整（平裝）
ISBN：978-986-5789-46-6